鹿鼎記
金庸

前頁圖片／楊柳青年畫「金玉滿堂」（部分）——繪製於康熙年間。楊柳青是清代繪製年畫的中心，在河北省運河之旁，與揚州交通極便，韋小寶可能見過這幅年畫。韋春花在麗春院大紅之時，與圖中少婦或相彷彿，而赤身露體、雙手索物之小兒，亦依稀如韋公當年。

董小宛像——禹之鼎繪。清代民間傳說，順治所寵愛之董鄂妃即董小宛，係奪之於冒辟疆。後世史家考證，認爲此傳說不確

右圖／順治帝繪「墨菊圖」。

左圖／順治墨筆鍾馗——畫上題有「御筆」「賜戶部尚書戴明說」字樣。戴明說於順治十二年二月至十三年四月任戶部尚書，此圖當繪於該時。

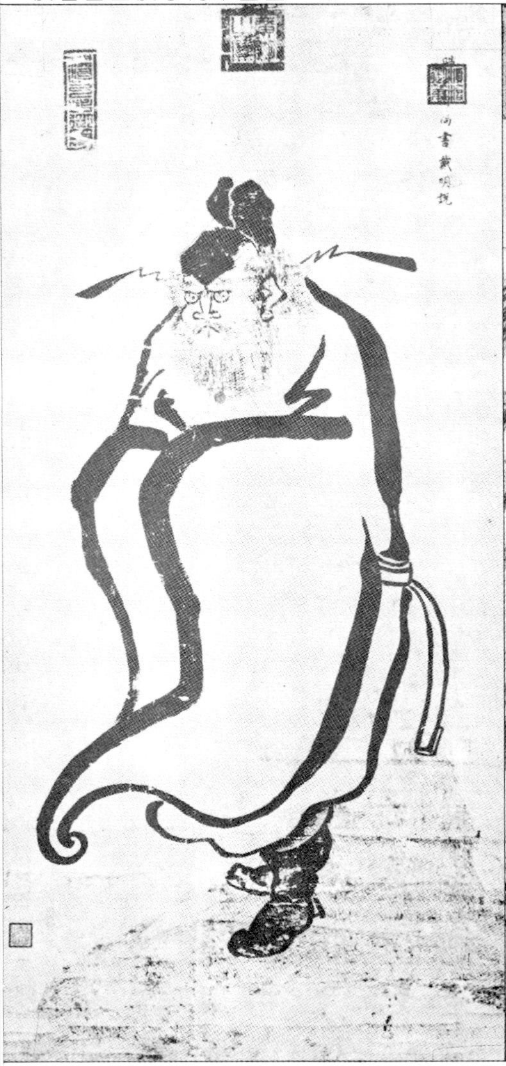

康熙時瓷器，五彩鏤空夔紋薰香爐。

清朝武官以賜穿黃馬褂爲最高榮譽——圖中爲英人戈登

上圖／清乾清宮。

下圖／清帝調動御林軍合符——滿清皇帝調動驍騎營、前鋒護軍營等親兵，均有黃金合符，統兵都統接到合符後，和先頒者相合無訛，方奉旨辦事，以防有人假傳聖旨。

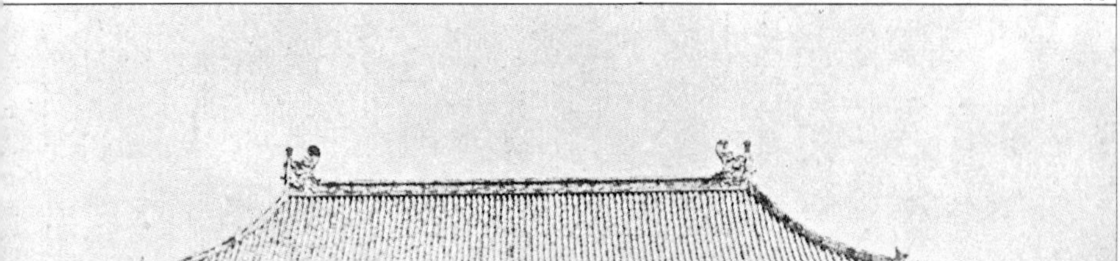

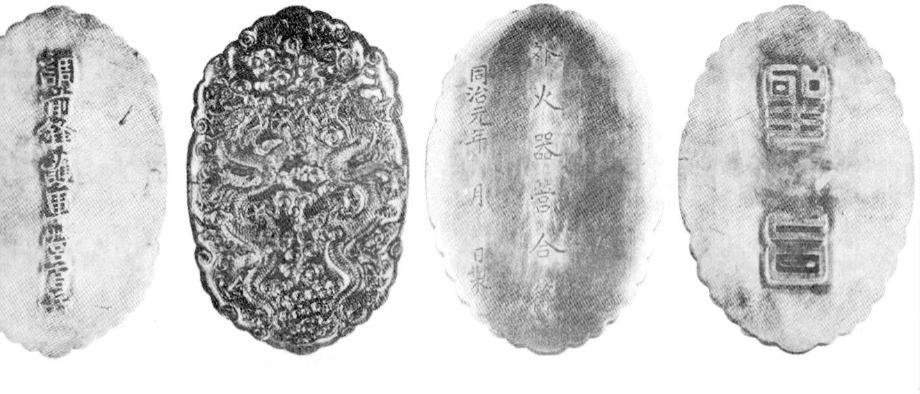

上圖／清朝皇帝出巡時的隨從及御前侍衛。

下圖／清朝皇帝出巡時隨從及御前侍衛備用的馬匹。

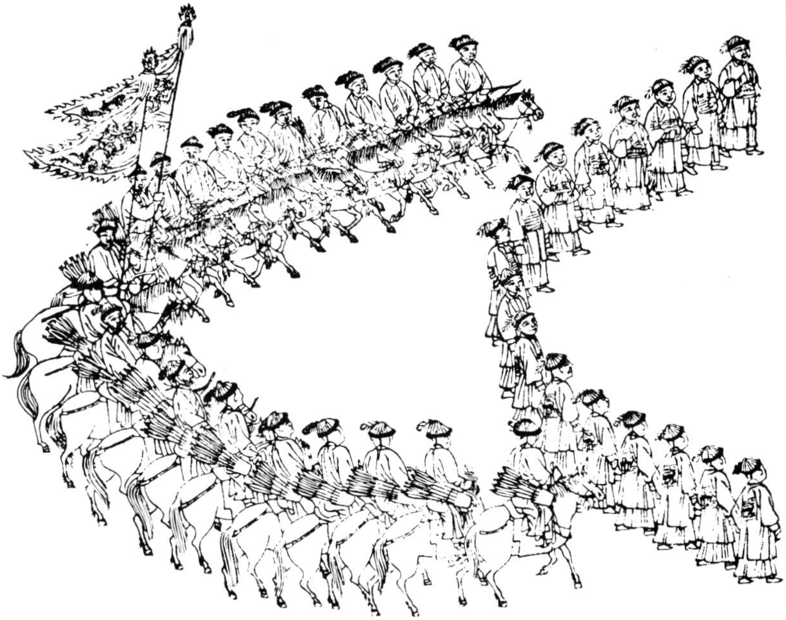

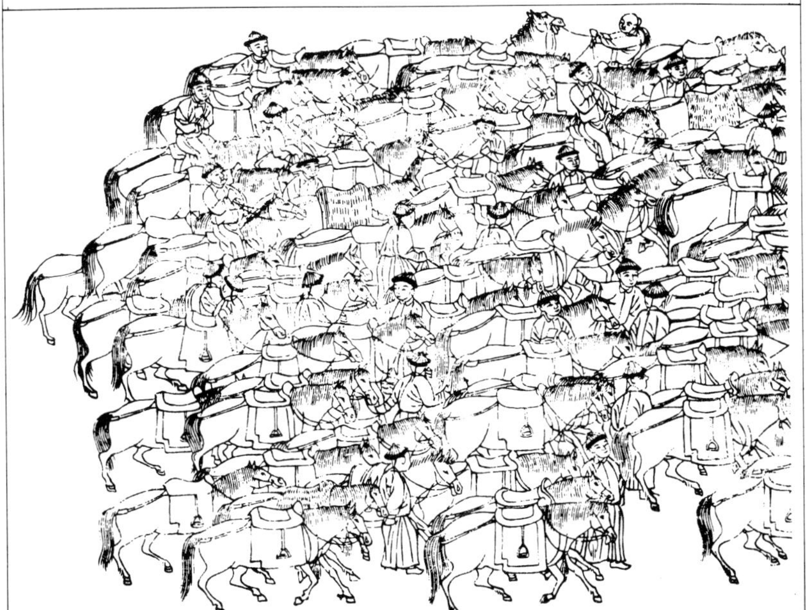

乾清宮中的佛像掛氈。皇太后慈寧宮寢殿中的掛氈當相彷彿。

清大喇嘛的穿珠帽。

圖一／順治時銅錢，韋小寶小時用過。背面滿文為「寶源」二字。

圖二／清軍武將上陣衝擊圖。

圖三／清軍武將校射圖。

圖一

圖二

圖三

上圖／少林寺僧人練拳圖。下圖／少林寺僧人練兵刃圖——兩圖繪於清康熙、雍正年間，現藏巴黎法國遠東學會。

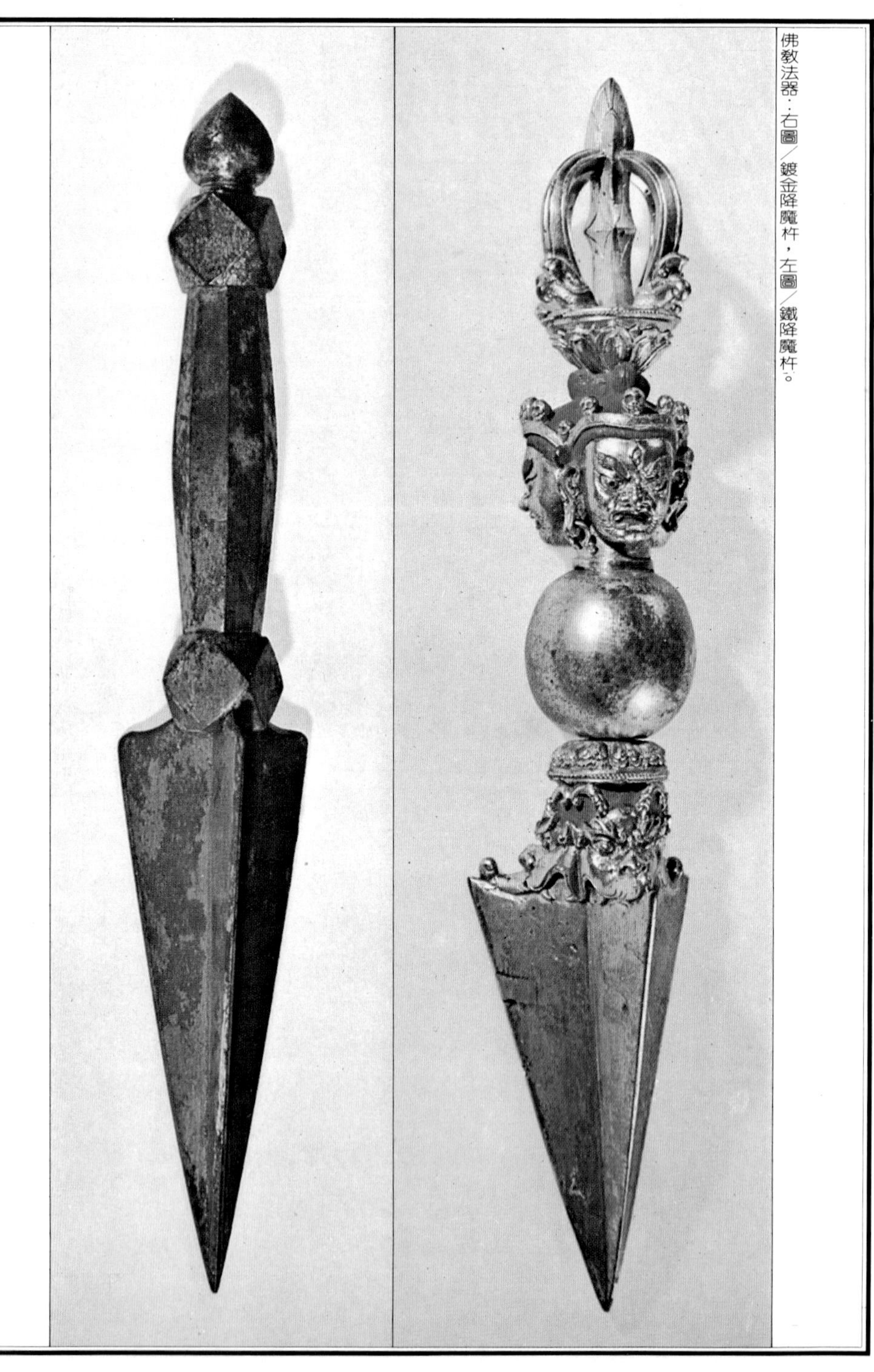

佛教法器：右圖／鍍金降魔杵，左圖／鐵降魔杵。

佛教法器：右圖／金剛杵，左圖／髑髏金降魔杵。

太和殿皇帝寶座。

清宮大殿內景。

圖一／順治勅諭鐵牌，嚴禁太監干政。

圖二／康熙御製文集之一頁。

圖三／「正大光明」匾額，係順治所書，康熙臨摹而製匾。（置於乾清宮正殿）

圖四／滿清八旗防衛京畿圖——原圖存軍機處，圖中「廂黃旗、廂白旗」等字，「廂」為「鑲」字之簡寫。八旗兵拱衛禁城，四郊並分布營房及伏兵。

皇帝勅諭中官之設雖自古不廢然任使失宜
遂貽禍亂近如明朝王振汪直曹吉祥劉
瑾魏忠賢等專擅威權干預朝政開廠緝
事枉殺無辜出鎮典兵流毒邊境甚至謀
為不軌陷害忠良煽引黨類稱功頌德以
致國事日非覆敗相尋足為鑒戒朕今裁
定內官衙門及員數職掌法制甚明以後
但有犯法干政竊權納賄囑託內外衙門
交結滿漢官員越分擅奏外事上言官吏
行凌遲處死定不姑貸特立鐵
守
順治十二年六月二十八日

御製文第三集卷二十七

雜著

古文評論

國語

穆王將征犬戎

布令修德不勤兵於遠自是先王撫馭

雜著

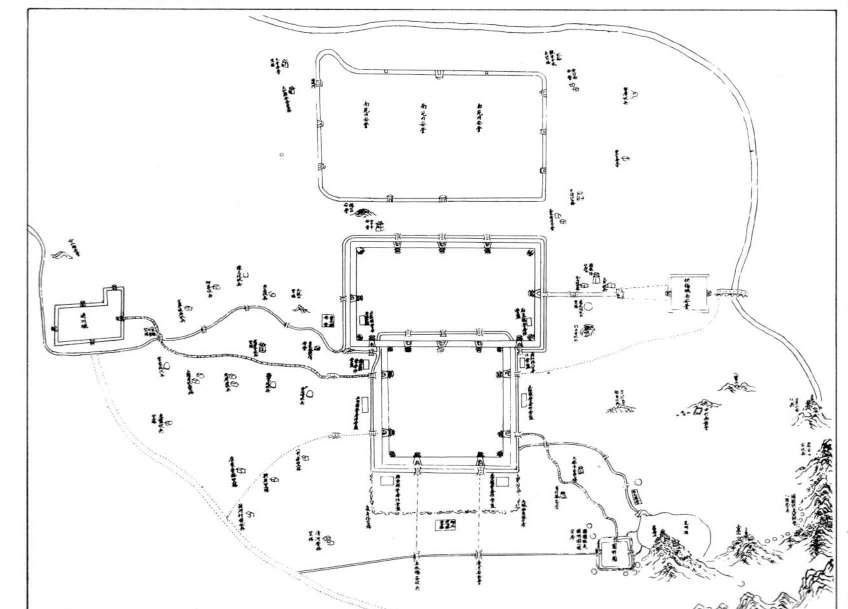

鹿鼎記

金庸著

金庸作品集㉝

鹿鼎記㈡

The Duke of the Mount Deer, Vol. 2

作　者／金　庸

平裝版封面設計／霍榮齡　典藏版封面設計／霍榮齡

內頁插畫／姜雲行　內頁圖片構成／霍榮齡．潘清芬．陳銘

發 行 人／王　榮　文

出版・發行／遠流出版事業股份有限公司

臺北市汀州路３段184號７樓之５

電話／2365-1212　**傳眞**／2365-7979

郵撥／0189456-1

印　刷／優文印刷有限公司

□ 1987年２月１日　初版一刷

□ 1998年12月１日　三版七刷

平裝版　每冊*250*元　（本作品全五冊，共1250元）

〔典藏版「金庸作品集」全套36冊，不分售〕

行政院新聞局局版臺業字第1295號

ISBN　957-32-2946-3（套：平裝）

ISBN　957-32-2948-X（第二冊：平裝）

Printed in Taiwan

YLib 遠流博識網

http://www.ylib.com.tw/jinyong　E-mail:ylib@yuanliou.ylib.com.tw

目錄

韋小寶拿近燭台一照，只見這女子半爿臉染滿了鮮血，約莫十七八歲年紀，容貌甚美，忍不住讚道：「原來臭小娘是個美人兒！」

第十一回　春辭小院離離影　夜受輕衫漠漠香

小郡主格的一笑，掀被下床，笑道：「我穴道早解開了，等了你好久，你怎麼到這時候才回來？」韋小寶奇道：「誰給你解開穴道的？」小郡主道：「給點了穴道，過得六七個時辰，不用解也自然通了。我扶你上床，我可得走了。」韋小寶大急，叫道：「不行，不行。你臉上傷痕沒好。須得再給你搽藥，才好得全。」小郡主嘻嘻一笑，說道：「你這人眞壞，說話老騙人。你幾時在我臉上刻花了？倒害得我擔心了半天。」韋小寶問道：「你怎麼知道？」小郡主道：「我早下床來照過鏡子，臉上甚麼也沒有。」

韋小寶見她臉上光潔白膩，塗着的豆泥、蓮蓉等物早洗了個乾淨，好生後悔：「我這麼莽撞，也沒先瞧她的臉，倘若見到她洗過了臉，說甚麼也不會着了她道兒。」說道：「你搽了我的靈丹妙藥，自然好了。否則我爲甚麼巴巴的又去給你買珍珠？我走遍了北京城的珠寶店，才給你買到這兩串好珍珠。我還買了一對挺好看的玩意兒給你。」

小郡主忙問：「是甚麼玩意兒？」韋小寶道：「你解開我穴道，我就拿給你。」小郡主道：「好！」正要伸手去給他解開穴道，忽見他眼珠轉個不停，心念一動，笑道：「險些兒又上了你的當。解開你穴道，你又不許我走啦。」韋小寶忙道：「不會的，不會的。大丈夫一言既出，那個馬難追。」小郡主道：「駟馬難追！甚麼叫那個馬難追？」韋小寶道：「那個馬比駟馬跑得還要快，那個馬都追不上，駟馬自然更加追不上了。」

小郡主不知「那個馬」是甚麼馬，將信將疑，道：「那個馬難追，倒是第一次聽見。」韋小寶道：「那你就學了這個乖。這玩意兒有趣得緊呢，一隻公的，一隻母的。」小郡主問道：「是小白兔嗎？」韋小寶搖頭道：「不是，比小白兔可好玩十倍。」小郡主道：「是金魚嗎？」韋小寶大搖其頭，道：「金魚有甚麼好玩？這比金魚要好玩一百倍。」小郡主又猜了幾樣玩物，都沒猜中，道：「快拿出來！到底是甚麼東西？」

韋小寶要誘她解開穴道，說道：「你一解開我穴道，我即刻便拿給你看。」小郡主搖頭道：「不行，我即刻得走，哥哥不見了我，一定心焦得很呢。」韋小寶道：「你穴道早解開了，爲甚麼不走，卻要等我回來？」小郡主道：「你好心給我買珍珠，我總得謝謝你，向你告別一聲。不聲不響的走了，不是太對不起人嗎？」

韋小寶肚裏暗笑：「原來這小娘是個小傻瓜，沐王府的人木頭木腦，果然沒姓錯了這個姓。」說道：「是啊，我擔心你一個人在這裏害怕，在街上拚命的跑，只想早些買了珍珠，可是一家一家珠寶店瞧過去，就是沒合意的，心中一急，連摔了幾個觔斗。」小郡主輕呼一聲：「啊喲！可摔痛了沒有？」韋小寶愁眉苦臉的道：「這一摔下去，剛好胸口撞在一塊大石頭上，痛得我死去活來。」小郡主道：「現下好些沒有？」韋小寶哼哼唧唧的道：「這一撞傷勢不輕，越來越痛了。你……你……你點了我穴道，不肯解開，我這……這……這一口氣……提……提……不上來……我……我……」越說聲音越低，突然雙眼上翻，眼中露出來的全是眼白，便如暈去了一般，跟着凝住呼吸。

小郡主伸手一探他鼻息，果然沒了氣，大吃一驚，「啊」的一聲，全身發抖，顫聲問道：「你怎麼會死了？」韋小寶斷斷續續的道：「你……點錯……點錯了我的穴道……點了我……我的……死……死穴。」

小郡主急道：「不會的，不會的。師父教的點穴法子，決不會錯。我明明點了你的『靈墟』與『步廊』兩穴，還有『天池穴』。」韋小寶道：「你……你慌慌張張的，點……點錯了，啊喲，我全身氣血翻湧，經脈倒轉，天下大亂，走……走火入……入……」小郡主道：「是走火入魔罷？」韋小寶道：「正是，走火入魔。啊喲，你怎麼這樣胡塗？點穴功夫沒練得到家，就在我身上亂七八糟的瞎點？你點的不是甚麼『天池』，甚麼『步廊』，都點了死穴，死得十拿九穩的死穴！」他不懂穴道名稱，否則早就舉了幾個死穴出來。

小郡主年紀幼小，功夫自然沒練得到家。點穴功夫原本艱難繁複，人身大穴數百，相去只是數分，慌慌忙忙之中點錯了也屬尋常，但她曾得明師指點，這三下認穴極準，勁力雖然不足，穴位卻絲毫無錯，可是新學乍用，究竟沒多大自信，韋小寶又愁眉苦臉，裝得極像，她以爲眞的點錯了死穴，急道：「莫非……莫非我點了你的『膻中穴』麼？」

韋小寶道：「正是，正是『膻中穴』，你也不用難過，你……你……不是故意的，我死之後，決不怪你。閻……閻羅王問起，我決不說是你點死我的……我說我自己不小心，手指頭在自己身上一點，就點死了。」

小郡主聽他答允在閻羅王面前為自己隱瞞，又是感激，又是過意不去，忙道：「快……快把穴道解了再說，或許還有救。」忙伸手在他胸口、腋下推拿。她點穴的勁力不強，只推拿得幾下，韋小寶已能行動。他呻吟了幾下，說道：「唉，已點了死穴，救不活了！」小郡主急道：「或許救得活的。我不小心點錯了，真……真對不起。」

韋小寶道：「我知道你是好人。我死之後，在陰世裏保祐你，從早到晚，魂鬼總是跟在你身旁。」

小郡主尖叫一聲，問道：「你鬼魂老是跟在我身旁？」韋小寶道：「你別害怕，我的鬼魂不會害你的。不過有個規矩，誰殺死了我，我的鬼魂就總是跟着誰。」

小郡主越想越驚，說道：「我不是故意要殺死你的。」

韋小寶嘆了口氣，問道：「小姑娘，你叫甚麼名字啊？」小郡主退了一步，道：「你問來幹甚麼？」臉上滿是驚異之色，又道：「你要到陰世裏告我，是不是？我不跟你說。」韋小寶搖頭道：「我不會告你的。」小郡主道：「那你問我名字幹甚麼？」

韋小寶道：「我知道了你名字，好在陰世保祐你啊。陰間鬼朋鬼友很多，我叫大家齊心合力的來保祐你，你不論走到那裏，幾千幾百個鬼魂都跟着你。」

小郡主嚇得大叫一聲，忙道：「不，不要！別跟着我。」韋小寶道：「那麼就單是我一個人的鬼魂跟着你行不行？」小郡主遲疑片刻，道：「你……你如不嚇我，那麼……那麼還不要緊。」韋小寶道：「我當然不嚇你。你白天坐着，我的鬼魂給你趕蒼蠅，晚上睡着，我的鬼魂給你趕蚊子。你悶得慌，我的鬼魂托夢給你，講很好聽很好聽的故事給你聽。」

小郡主道：「你爲甚麼待我這麼好？」幽幽嘆了一口氣，道：「你不死就好了。」

韋小寶道：「有一件你答應過我的事，你沒辦到，唉，我死不瞑目。」小郡主道：「甚麼事？我答應過你甚麼？」韋小寶道：「你答應過叫我三聲好哥哥，我在臨死之前聽到你叫了，那就死得眼閉了。」

小郡主出生於世襲黔國公的王府，父母兄長都對她十分寵愛，雖然她出世之時已然國破家亡，但世臣家將、奴婢僕役，還是對這位金枝玉葉的郡主愛護得無微不至，一生之中，從未有人騙過她、嚇過她。出世以來所聽到的言語，可說沒半句假話，因此對韋小寶的胡說八道，初時也都信以爲眞，待見他越說越精神，說到要叫他三聲好哥哥時，眼中閃爍着狡獪的光芒。她只不過天眞善良，畢竟不是傻子，知道韋小寶在逗弄自己，退了一步，說道：「你騙人，你不會死的。」

韋小寶哈哈大笑，說道：「就算暫且不死，過幾天總要死的。」小郡主道：「過幾天也不會死。」韋小寶道：「就算過幾天不死，將來總是要死的。你不叫我這三聲好哥哥，我的鬼魂天天跟着你，不住的叫：『好——妹——妹，好——妹——妹！』」他緊逼了喉嚨，聲音拖得長長的，當眞陰風慘慘，十分可怖，又伸長舌頭，裝作吊死鬼模樣。小郡主「啊」的一聲，回身便衝出房去。

韋小寶追將出去，見她伸手去拔門閂，忙攔腰一把抱住，說道：「走不得，外面惡鬼很多。」小郡主急道：「放開手，我要回家去。」韋小寶道：「走不出去的。」小郡主右手切了下去，斬他右腕。

韋小寶手掌翻轉，反拿她小臂。小郡主手肘後撤，左手握拳往韋小寶頭頂擊下。韋小寶身子後縮，避過了這一拳，卻已抱住了她小腿。小郡主一招「虎尾剪」，左掌斜削下去。韋小寶沒能避開，拍的一聲，打中他肩頭，他用力拉扯，小郡主站立不定，摔倒在地。

韋小寶趕上去要將她揪住，小郡主「鴛鴦連環腿」飛出，直踢面門。韋小寶一個打滾，又已扭住了她左臂。小郡主拳脚功夫曾得明師傳授，遠比韋小寶所學爲精，兩人倘若當眞比武，韋小寶決不是她對手。但二人此刻只是在地下扭打，一個想逃，一個扭住她不放。這等扭撲摔跤的功夫，韋小寶卻經過長期習練，和康熙比武較量，幾達一年。海老公傳他的武功雖然半眞半假，他又練得馬虎，這近身搏擊的擒拿，他畢竟還有幾下子。幾個回合下來，韋小寶胸口雖吃了兩拳，卻已抓住了小郡主右臂，拗了轉來，笑問：「投不投降？」

小郡主道：「不投降！」韋小寶抬起左膝，跪在她臂上，又問：「投不投降？」小郡主仍道：「不投降！」韋小寶手上加勁，將她反在背後的手臂一抬。小郡主「啊」的一聲，哭了出來。

韋小寶和康熙比武摔跤，兩人不論痛得如何厲害，從不示弱，更無哭泣之事，只不過一到給對方制住，無法反抗，便叫「投降」，算是輸了一個回合，重新比過。不料小郡主的作風與康熙全然不同，一輸便哭。韋小寶道：「呸！沒用的小丫頭！」放開了她。

便在此時，忽聽得窗格上咯的一聲響，韋小寶低聲道：「啊喲！有鬼！」小郡主大吃一驚，反手過來，抱住了他。

只聽得窗格上又是一響，窗子軋軋軋的推開，這一來，連韋小寶也是大吃一驚，顫聲道：「眞的有鬼！」小郡主向前一撲，鑽入了床上被窩中，全身發抖。

窗子緩緩推開，有人陰森森的叫道：「小桂子，小桂子！」

韋小寶初時只道是海老公的鬼魂前來索命，但聽這呼聲是女子口音，顫聲道：「是個女鬼！」連退幾步，雙腿酸軟，坐倒在床沿上。

突然一陣勁風吹了進來，房中燭火便熄，眼前一花，房中已多了一人。那女鬼陰森森又叫：「小桂子，小桂子！閻王爺叫你去。閻王爺說你害死了海老公！」韋小寶只嚇得魂飛魄散，想說：「海老公不是我害死的。」但張口結舌，那裏說得出話來？只聽那女鬼又尖聲叫道：「閻王爺要捉你去，上刀山，下油鍋，小桂子，今天你逃不了啦！」

韋小寶聽了這幾句話，猛地發覺：「是太后，不是女鬼！」但心中的害怕絲毫不減，心道：「若是女鬼，或許還捉我不去，太后卻非殺了我滅口不可。」自從他得知太后的機密，起初常擔心她會殺了自己滅口，但一直沒動靜，時日一久，這番擔心也就漸漸淡了，只道太后信了自己，以爲自己果眞沒聽到海大富那番話；又或許以爲自己即使聽到了，也決計不敢洩露，再升了自己管御膳房，自己感激之下，一切太平無事。

他那裏知道，太后所以遲遲不下手，只因那日與海老公動手，內傷受得極重，又見海老公重重一脚竟然踢不死韋小寶，只道這小孩內功修爲也頗了得，自己若不痊愈，功力不復，便不敢貿然行事。這等殺人滅口之事，不能假手於旁人，必須親自下手。否則的話，這小孩臨死之際說了幾句話出來，豈非壞了大事？這件事牽涉太大，別說韋小寶只是個微不足道的小太監，縱然是后妃太子、將軍大臣，只要可能與聞這件大秘密的，有一百個便殺一百，一千個便殺一千。

她已等待甚久，其時功力猶未復原，但想多躭擱一日，便多一分洩漏的危險，到這一晚實在不願再等，決定下手，來到韋小寶屋外，推開窗子時聽得韋小寶說「有鬼」，便索性假裝是鬼。她不知床上尙有一人，慢慢凝聚勁力，提起右手，一步步走向床前。

韋小寶知難抗拒，身子一縮，鑽入了被窩。太后揮掌拍下，波的一聲響，同時擊中了韋小寶與小郡主，幸好隔着厚厚一層棉被，勁力已消去了大半。

太后提起手掌，第二掌又再擊下，這次運力更強，手掌剛與棉被相觸，猛覺掌心中一陣劇痛，已爲利器所傷，大叫一聲，向後躍開。

只聽得窗外有三四人齊聲大呼：「有刺客，有刺客！」太后大吃一驚：「怎地有人知道了？」她親手來殺一個小太監，決不能讓人見到，手掌又痛得厲害，不暇察看韋小寶是否已死，雙足一點，從窗中倒縱躍出。尙未落地，背後已有人雙雙襲到，太后雙掌向後揮出，使一招「後顧無憂」，左掌右掌同時擊中二人胸口。那二人直摔了出去。

只聽得鑼聲鏜鏜響起，片刻間四下裏都響起鑼聲。遠處有人叫道：「右衞第一隊、第二隊保護皇上，右衞第三隊保護太后。」跟着東首假山後有人叫道：「這邊有刺客！」

太后知道這些都是宮中侍衞，當下縮身躲在花叢之側，掌心的疼痛一陣陣更加厲害了，只見影影綽綽的有七八堆人在互相廝殺，兵刃不斷碰撞，心想：「原來宮中當眞來了刺客，是海老公的朋友，還是鰲拜的舊部？」但聽得遠處傳令之聲不絕，黑暗中火把和孔明燈上的燈光之火，四面八方聚將攏來。太后眼見如再不走，稍遲片刻，便難以脫身，矮着身子從花叢後躍出，急往慈寧宮奔去。

只奔得數丈，迎面一人撲到，手中一對鋼錐向太后面門疾刺，喝道：「大膽反賊，竟敢到宮中搗亂。」太后微微斜身，右掌虛引，左掌向他肩頭拍出。那人沉肩避開，左手鋼錐反挑。太后向左一閃，右掌反拍，霎時之間，二人已拆了數招。那人口中吆喝：「好反賊，原來是個婆娘。」太后見這侍衛武藝不低，自己雖可收拾得下，但總得再拆上十來招，只怕其餘侍衛趕來，情急之下，叫道：「我是太后。」那侍衛一驚，住手問道：「甚麼？」太后道：「大膽奴才，你膽敢冒犯太后？」那人微一遲疑，太后雙掌齊出，砰的一聲，擊正在他胸口。那侍衛立時斃命。太后提氣躍出，閃入了花叢。

韋小寶鑽入被窩，給太后一掌擊在腰間，登時幾乎窒息，危急間拔出靴桶中匕首，在被窩中豎而向上，被窩便高了起來。太后第二掌向被窩隆起處擊落，那匕首鋒銳無比，太后這一掌勁道又是極大，匕首之尖立時穿過棉被，刺入掌心，直通手背。

待得太后從窗子中躍出，韋小寶掀起棉被一角，只聽得屋外人聲雜亂，他當時第一個念頭是：「太后派人來捉拿我了。」從床上一躍下地，掀開棉被，說道：「咱們快逃！」

小郡主哭道：「痛……痛死我啦！」原來太后第一掌的掌力既打中了韋小寶後腰，又打中小郡主的左腿，小郡主受力較多，左腿小腿骨竟被擊斷。

韋小寶道：「怎麼啦！」一把抓住她頸口衣服，道：「快逃，快逃！」將她拉下床來。小郡主右足先落地，只覺左腿劇痛難當，身子一側，滾倒在地，哭道：「我的……我的腿斷啦。」韋小寶情急之下，罵了出來：「小娘皮，遲不斷，早不斷……」心想老子自己逃命要緊，別說你一條腿斷了，就是四條腿、八條腿都斷成十七八段，老子也不放在心上，轉身搶到窗口，向外張望，只盼外面沒人，就此躍出。

一望之下，只見太后雙掌向後揮出，跟着兩人飛了起來，重重摔在地下，一人正好摔在他窗下，朦朦朧朧間見到這人穿着侍衛的服色，心下大奇：「太后爲甚麼打宮中侍衛？」見太后閃身躲向花叢，又見數丈之外有六七人正在廝殺，手中各有兵刃，鬥得甚是激烈，聽得遠處有人叫道：「拿刺客，拿刺客！」韋小寶又驚又喜：「原來眞的來了刺客，卻不是來拿我。」凝目望去，見太后又在和一名侍衛相鬥。那侍衛使一對鋼錐，雖和他窗口相距已遠，仍可見到鋼錐上白光閃動。鬥得一會，太后又將那侍衛打死，飛身在黑暗中隱沒。

韋小寶回頭向小郡主瞧去，見她坐在地下，輕聲呻吟。他既知自己並無危險，心情立時大佳，走到她身前，低聲道：「痛得很厲害嗎？外邊有人要來捉你，快別作聲。」

小郡主嚇得不敢再響，忽聽得外面有人叫道：「黑脚狗牙齒厲害，上點蒼山罷！」小郡主「咦」的一聲，道：「是我們的人。」韋小寶奇道：「是你的朋友？你怎麼知道？」小郡主道：「他們說的是我們沐王府的暗語，快……快……扶我去瞧瞧。」韋小寶道：「他們來皇宮救你，是不是？」小郡主道：「我不知道，這裏是皇宮嗎？」韋小寶不答，心想：「他們如知道這小丫頭在這裏，衝進來救人，老子雙拳難敵四手。」一伸手，牢牢按住她嘴巴，低聲恐嚇：「千萬不可出聲，給人一發覺，連你另一條腿也打斷了，我可捨不得！」

只聽外面有人「啊啊」大叫，又有人歡呼道：「殺了兩個刺客！」有人叫道：「刺客向東逃了，大夥兒快追！」人聲漸漸遠去。韋小寶放開了手，道：「你的朋友逃走啦！」小郡主道：「不是逃走！他們說上『點蒼山』，是暫時退一退的意思。」韋小寶道：「黑腿狗是甚麼東西？」小郡主道：「黑腿狗就是韃子武士。」

遠處人聲隱隱，傳令之聲不絕，顯然宮中正在圍捕刺客。

忽聽得窗下有人呻吟了兩聲，卻是女子的聲音。韋小寶道：「有個刺客還沒死，我去戳她兩刀！」宮中侍衞均是男子，這呻吟的自然是刺客了。

小郡主道：「不……不要殺，或許是我們府裏的。」扶着韋小寶的肩頭，站了起來，右足單脚着地，幾下跳躍，到了窗口，只見窗下有兩個人，問道：「是天南地北的……」韋小寶一伸手，又按住了她嘴。窗下一個女子道：「孔雀明王座下，你……你是小郡主？」

韋小寶心想這女子已發見了小郡主的蹤迹，禍事不小，提起匕首，便欲擲下，突然間右腕一緊，已被小郡主握住，跟着脅下一痛，按住她嘴巴的手也不由自主的鬆開了。

小郡主問道：「是師姊嗎？」窗下那女子道：「是我。你……你在這裏幹甚麼？」韋小寶接口道：「你奶奶的，你在這裏幹甚麼？」小郡主道：「你……你別罵她，她是我師姊。師姊，你受了傷嗎？你……你快想法子救救我師姊。師姊待我最好的。」她這幾句話分別對二人而說。窗下那女子呻吟了一聲，道：「我不要這小子救。諒他也沒救我的本事。」

韋小寶用力一掙，小郡主便鬆了手。韋小寶罵道：「臭小娘！你說我沒救你的本事？你這種第九流武功的小丫頭，哼，老子只要伸一根小指頭兒，隨手便救你媽的三十個、七八十個。」這時遠處又響起了「捉刺客、捉刺客」的聲音。小郡主大急，忙道：「你快救我師姊，我……我叫你三聲好……好……哥哥，好哥哥，好哥哥。」這三個字，本來她說甚麼也不肯叫，這時爲了求他救人，竟爾連叫三聲。

韋小寶大樂，說道：「好妹子，你要好哥哥做甚麼？」小郡主滿臉羞得通紅，低聲道：「求你救救我師姊。」窗下那女子的語氣卻十分倔強，道：「別求他，這小子自身難保，連自己也救不了自己。」韋小寶道：「哼，瞧在我好妹子份上，我偏要救你。好妹子，咱們說過了話，不許抵賴，你要我救你師姊，以後可不得改口，永遠得叫我好哥哥。」小郡主道：「叫你甚麼都成。好叔叔、好伯伯、好公公！」韋小寶道：「我只做好哥哥。叫我『公公』的人，還怕少了。」小郡主道：「是了，我永遠……永遠叫你好……好……」韋小寶道：「好甚麼？」小郡主道：「好……哥哥！」說着在他背上輕輕一推。

韋小寶跳出窗去，只見一個身穿黑衣的女子蜷着身子斜倚於地，說道：「宮裏侍衞就來捉你去了，將你斬成肉醬，做肉包子吃。」那女子道：「希罕嗎？自有人給我報仇。」韋小寶道：「你這小丫頭倒嘴硬。侍衞們先不殺你，把你衣服脫光了，大家……大家拿你來做老婆。」那女子怒道：「你快一刀將姑娘殺了。」韋小寶笑道：「我爲甚麼殺你？我也要將你衣服脫光了，拿你做老婆。」說着俯身去抱。那女子大急，揮掌打了他個耳光，但她重傷之餘，手上毫無勁力，打在臉上，便如輕輕一拂。

韋小寶笑道：「你還沒做我老婆，先給老公搔癢。」抱起她身子，從窗口送進去。

小郡主大喜，上前將那女子接住，慢慢將她放到床上。

韋小寶正要跟着躍進房去，忽聽得脚邊有人低聲說道：「桂……桂公公，這女子……這女子是反賊……刺客，救……救她不得。」韋小寶大吃一驚，問道：「你……你是誰？」那人道：「我……我是宮中……侍……衞……」韋小寶登時明白，他是適才給太后一掌打中的侍衞，竟然未死，他躺在地下，動彈不得，說話又斷斷續續，受傷定然極重，心想：「我若將這黑衣女子交了出去，自是一件功勞，但小郡主又怎麼辦？這件事敗露出來，那可是大禍一椿。」提起匕首，嗤的一刀，揷入他胸口。那侍衞哼也沒哼，立時斃命。

韋小寶道：「這可對不住了，倘若你剛才不開口，就不會送了性命，只不過我桂公公的腦袋，在這脖子就坐得不這麼安穩了。」

又想：「左近只怕還有受傷的，說不得，只好一個個都殺了滅口。」他在周遭花叢假山尋了一遍，地下共有五具屍首，三個是宮中侍衞，兩個是外來刺客，都已氣絕身死。韋小寶抱起一具刺客的屍首，放在窗格上，頭裏脚外，跟着在屍首背後用匕首戳了幾下。

小郡主驚道：「他……他是我們王府的人，死都死了，你怎麼又殺他？」

韋小寶哼了一聲，道：「他死都死了，我就不能再殺他了。你倒殺死個死人給我瞧瞧！要救你的臭小娘師姊，只好這樣了。」

那女子躺在床上，說道：「你才臭！」韋小寶道：「你又沒聞過，怎知我臭？」那女子道：「這屋子裏就有一股臭氣。」韋小寶道：「本來很香，你進來之後才臭。」

小郡主急道：「你兩個又不相識，一見面就吵嘴，快別吵了。師姊，你怎麼到這裏來？

是……是來救我麼？」那女子道：「我們不知道你在這裏。大夥兒不見了你，到處找尋，找不到……」說到這裏，已是上氣不接下氣。韋小寶道：「沒力氣說話，就少說幾句。」那女子道：「我偏要說，你怎麼樣？」韋小寶道：「你有本事就說下去。人家小郡主多麼溫柔斯文，那似你這般潑辣。」

小郡主忙道：「不，不，你不知道。我師姊是最好不過了。你別罵她，她就不會生你氣了。師姊，你甚麼地方受了傷？傷得重不重？」韋小寶道：「她武功不行，不自量力，到宮裏來現世，自然傷得極重，我看活不了三個時辰，等不到天亮就會歸天。」小郡主道：「不會的。好……好哥……你快想法子，救救我師姊。」那女子怒道：「我寧可死了，也不要他救。小郡主，這小子油腔滑調，你爲甚麼叫他……叫他這個？」韋小寶道：「叫我甚麼？」那女子卻不上當，道：「叫你小猴兒。」韋小寶道：「我是公猴兒，你就是母猴兒。」跟女人拌嘴吵架，他在麗春院中久經習練，甚麼大陣大仗都經歷過來的，那裏會輸給人了？那女子聽他出言粗俗無賴，便不再睬他，只是喘氣。

韋小寶提起桌上燭台，說道：「咱們先瞧瞧她傷在那裏。」那女子叫道：「別瞧我，別瞧我！」韋小寶喝道：「別大聲嚷嚷，你想人家捉了你去做老婆嗎？」拿近燭台一照，只見這女子半爿臉染滿了鮮血，約莫十七八歲年紀，一張瓜子臉，容貌甚美，忍不住讚道：「原來臭小娘是個美人兒。」小郡主道：「你別罵我師姊，她……她本來是個美人兒。」

韋小寶道：「好！我更加非拿她做老婆不可。」那女子一驚，想掙扎起來打人，但身子微微一抬，便「啊」的一聲，摔在床上。

韋小寶於男女之事，在妓院中自然聽得多了，渾不當作一回事，但說「拿她做老婆」云云，他年紀幼小，倒也從來沒起過心，動過念，只是他生來惡作劇，見那女子聽得自己一說到要拿她做老婆，便大大着急，不禁甚是得意，笑道：「你不用性急，還沒拜堂，怎能做得夫妻？你當這裏是麗春院嗎？說做夫妻就做。啊喲！你傷口流血，可弄髒了我床。」只見她衣衫上鮮血不住滲出，傷勢着實不輕。

忽聽得一羣人快步走近，有人叫道：「桂公公，桂公公，你沒事嗎？」

宮中侍衛擊退刺客，派人保護了皇上、太后，和位份較高的嬪妃，便來保護有職司、有權力的太監。韋小寶是皇帝跟前的紅人，便有十幾名侍衛搶着來討好。

韋小寶低聲向郡主道：「上床去。」拉過被來將二人都蓋住了，放下了帳子，叫道：「你們快來，這裏有刺客！」那女子大驚，但重傷之下，那裏掙扎得起？小郡主急道：「你別嚷，別叫人來捉我師姊。」韋小寶道：「她不肯做我老婆，那有甚麼客氣？」

說話之間，十幾名侍衛已奔到了窗前。一人叫道：「啊喲，這裏有刺客。」韋小寶笑道：「這傢伙想爬進我房來，給老子幾刀料理了。」衆侍衛舉起火把，果見那人背上有幾個傷口，衣上、窗上、地下都是血迹。一人道：「桂公公受驚了。」另一人道：「桂公公受甚麼驚？桂公公武功了得，一舉手便將刺客殺死，便再多來幾個，一樣的殺了。」衆侍衛跟着討好，大讚韋小寶了得，今晚又立了大功。

韋小寶笑道：「功勞也沒甚麼，料理一兩個刺客，也不費多大勁兒。要擒住『滿洲第一勇士」鰲拜，就比較難些了。」衆侍衞自然諛詞如潮。

一名侍衞道：「施老六和熊老二殉職身亡，這批刺客當眞兇惡之至。若不是桂公公，又怎對付得了？」韋小寶道：「大家還是去保護皇上要緊，我這裏沒事。」一人道：「多總管率領了二百多名兄弟，親自守在皇上寢宮之前。刺客逃的逃，殺的殺，宮裏已清靜了。」

韋小寶道：「殉職的侍衞，我明兒求皇上多賞賜些撫卹，大夥兒都辛苦了，皇上必有重賞。」衆人大喜，一齊請安道謝。韋水寶心道：「又不用我花銀子賞人，幹麼不多做做好人？」說道：「衆位的姓名，我記不大清楚了，請各位自報一遍。皇上倘若問起今晚奮勇出力、立了大功之人，兄弟也好提上一提。」

衆侍衞更是喜歡，忙報上姓名。韋小寶記心極好，將十餘人的姓名覆述了一遍，絲毫沒錯，說道：「大夥兒再到各處巡巡，說不定黑暗隱僻的所在，還有刺客躲着，要是捉到了活口，男的重重拷打，女的便剝光了衣衫做老婆。」衆侍衞哈哈大笑，連稱：「是，是！」

韋小寶道：「把屍首抬了去罷？」衆侍衞答應了，搶着搬抬屍首，請安而去。

韋小寶關上窗子，轉過身來，揭開棉被。小郡主笑道：「你這人眞壞，可嚇了我們一大跳……啊喲……」只見被褥上都是鮮血，她師姊臉色慘白，呼吸微弱。韋小寶道：「她傷在那裏？快給她止血。」那女子道：「你……你走開，小郡主，我……我傷在胸口。」韋小寶見她血流得極多，怕她傷重而死，不敢再逗，轉過了頭，說道：「傷口流血，有甚麼好看？你道是西洋鏡、萬花筒麼？小郡主，你有沒有傷藥？」小郡主道：「我沒有啊。」韋小寶道：

「臭小娘身邊有沒有？」那女子道：「沒有！你……你才是臭小娘。」
只聽得衣衫簌簌之聲，小郡主解開那女子衣衫，忽然驚叫：「啊喲！怎……怎麼辦？」韋小寶回過頭來，見那女子右乳之下有個兩寸來長的傷口，鮮血兀自流個不住。小郡主手足無措，哭道：「你……你……快救我師姊……」那女子又驚又羞，顫聲道：「別……別讓他看。」韋小寶道：「呸，我才不希罕看呢。」眼見她血流不止，也不禁驚慌，四顧室中，要找些棉花布片給她塞住傷口，一瞥眼，見到藥缽中大半缽「蓮蓉豆泥蜜糖珍珠糊」，喜道：「我這靈丹妙藥，很能止血。」撈起一大把，抹在她傷口上。

這蜜糊黏性甚重，黏住了傷口，血便止了。韋小寶將缽中的蜜糊都敷上了她傷口，自己手指上也都是蜜糊，見她椒乳顫動，這小頑童惡作劇之念難以克制，順手反手，便都抹在她乳房上。那女子又羞又怒，叫道：「小……小郡主，快……快給我殺了他。」小郡主解釋：「師姊，他給你治傷呢！」

那女子氣得險些暈去，苦於動彈不得。韋小寶道：「你快點了她的穴道，不許她亂說亂動，否則流血不止，性命交關。」小郡主應道：「是！」點了那女子小腹、脅下、腿上幾處穴道，說道：「師姊，你別亂動！」這時她自己斷腿處也是痛得不可開交，眼眶中淚水不住滾來滾去。韋小寶道：「你也躺著別動。」記得幼時在揚州與小流氓打架，有人跌斷手臂，跌打醫生用夾板將斷臂夾住，敷以草藥，當下拔出匕首，割下兩條櫈脚，夾在她斷腿之側，牢牢用繩子縛緊，心想：「這傷藥卻到那裏找去？」

一凝思間，已有了主意，向小郡主道：「你們躺在床上，千萬不可出聲。」放下帳子，吹熄了燭火，拔門出門。小郡主驚問：「你……你到那裏去？」韋小寶道：「去拿藥治你的腿。」小郡主道：「你快些回來。」韋小寶道：「是了。」聽小郡主說話的語氣，竟將自己當作了大靠山，不禁大是得意。他反手帶上了門，一想不妥，又推門進去，上了門閂，從窗中躍出，關上了窗子。這樣一來，宮中除了太后、皇上，誰也不敢擅自進他屋子。

他走得十幾步，只覺後腰際隱隱作痛，心想：「皇太后這老婊子下毒手打我，在宮中再躭下去，老子遲早老命難保，還是儘早溜之大吉的爲妙。」

他向有火光處走去，卻是幾名侍衛正在巡邏，一見到他，搶着迎了上來。韋小寶問道：「宮裏侍衛兄弟們有多少人受傷？」一人道：「回公公：有七八人重傷，十四五人輕傷。」韋小寶道：「在那裏治傷，帶我去瞧瞧。」衆侍衛齊道：「公公關心侍衛兄弟，大夥兒沒一個不感激。」便有兩名侍衛領路，帶着韋小寶到衆侍衛駐守的宿衞值班房。

二十來名受傷的侍衛躺在廳上，四名太醫正忙着給衆人治傷。

韋小寶上前慰問，不住誇獎衆人，爲了保護皇上，奮不顧身，英勇殺敵，一一詢問傷者姓名。衆侍衛登時精神大振，似乎傷口也不怎麼痛了。韋小寶問道：「這些反賊到底是那一路的？是鰲拜那廝的手下嗎？」一名侍衛道：「似乎是漢人。卻不知捉到了活口沒有？」

韋小寶詢問衆侍衛和刺客格鬥的情形，眼中留神觀看太醫用藥。衆侍衛有的受了刀槍外傷，有的受了拳掌內傷，又或是斷骨挫傷。韋小寶道：「這些傷藥，我身邊都得備上一些，倘若宮中侍衛兄弟們受了傷，來不及召請太醫，我好先給大夥兒治治。哼，這些刺客窮凶極惡，天大的膽子，今天沒一網打盡，難保以後不會再來。」

幾名侍衛都道：「桂公公體恤侍衛兄弟，眞想得周到。」

韋小寶說道：「剛才我受三名刺客圍攻，我殺了一名，另外兩個傢伙逃走了，可是我後腰也給刺客重重打了一掌，這時兀自疼痛。」心道：「老婊子來行刺老子，難道不是刺客？老子這一次可沒說謊。」四名太醫一聽，忙放下衆侍衛，一齊過來，解開他袍子察看，果見後腰有老大一塊烏青，忙調藥給他外敷內服。

韋小寶叫太醫將各種傷藥都包上一大包，揣在懷裏，問明了外敷內服的用法，再取了兩塊敷傷用的夾板，又誇獎一陣，慰問一陣，這才離去。

他見識幼稚，說的話亂七八糟，殊不得體，誇獎慰問之中，夾着不少市井粗口。衆侍衛雖然出身宗室貴族，但大都是粗魯武人，對於「奶奶，十八代祖宗」原就不如何看重，本來給刺客打傷，自覺藝不如人，待見皇上最寵幸的桂公公也因與刺客格鬥而受傷，沮喪之餘，忽蒙桂公公誇獎，那等於是皇上傳旨嘉勉，就算給他大罵一頓，心中也着實受用，何況是讚得天花亂墜？這一番當眞心花怒放，恨不得身上傷口再加長加闊幾寸。

韋小寶回到自己屋子，先在窗外側耳傾聽，房中並無聲息，低聲道：「小郡主，是我回來了。」他生怕貿然爬進窗去，給那女子砍上一刀，刺上一劍，懷中那幾大包傷藥可得自己先用了。小郡主喜道：「嗯，我等了你好久啦。」韋小寶爬入房中，關上窗，點亮蠟燭，揭開帳子，見兩個少女並頭而臥。那女子與他目光一觸，立即閉上了眼。小郡主卻睜着一雙明亮澄徹的眼睛，目光中露出欣慰之意。

韋小寶道：「小郡主，我給你敷傷藥。」小郡主道：「不，先治我師姊。請你將傷藥給我，我替她敷。」韋小寶道：「甚麼你啊我的，叫也不叫一聲。」小郡主澀然一笑，問道：「你到底叫甚麼名字？我聽他們叫你桂公公。」韋小寶道：「桂公公，是他們叫的，你叫我甚麼？」小郡主微微閉眼，低聲道：「我心裏……心裏可以叫你好……好哥哥，嘴上老是叫着，這可不……不……好。」韋小寶道：「好，咱們通融一下，有人在旁的時候，我叫你小郡主，你叫我桂大哥。沒有人時，我叫你好妹子，你叫我好哥哥。」

小郡主還沒答應，那女子睜眼道：「小郡主，肉麻死啦，他討你便宜，別聽他的。」

韋小寶道：「哼，又不是要你叫，你多管甚麼閒事？你就叫我好哥哥，我還不要呢。」小郡主問道：「那你要她叫你甚麼？」韋小寶道：「除非要她叫我好老公，親親老公。」那女子臉上一紅，隨即現出鄙夷之色，說道：「你想做人家老公，來世投胎啦。」小郡主道：「好啦，好啦，你兩個又不是前世寃家，怎地見面就吵？桂大哥，請你給我傷藥。」韋小寶道：「我先給你敷藥。」揭開被子，捲起小郡主褲管，拆開用作夾板的櫈脚，將跌打傷藥敷在小腿折骨之處，然後將取來的夾板夾住傷腿，緊緊縛住。小郡主連聲道謝，甚是誠懇。

韋小寶道：「我老婆叫甚麼名字？」小郡主一怔，道：「你老婆？」見韋小寶向那女子一呶嘴，微笑道：「你就愛說笑，我師姊姓方，名叫……」那女子急道：「別跟他說。」韋小寶聽到她姓方，登時想起沐王府中「劉白方蘇」四大家將來，便道：「她姓方，我當然知道。甚麼聖手居士蘇岡，白氏雙木白寒松、白寒楓，都是我的親戚。」

小郡主和那女子聽得他說到蘇岡與白氏兄弟的名字，都大為驚奇。小郡主道：「怎……怎麼他們都是你的親戚？」韋小寶道：「劉白方蘇，四大家將，咱們自然是親戚。」小郡主更加詫異，道：「眞想不到。」那女子道：「小郡主，別信他胡說。這小孩兒壞得很。他不是我親戚，有了這種親戚才倒霉呢。」

韋小寶哈哈大笑，將傷藥交給小郡主，俯嘴在她耳邊低聲道：「好妹子，你悄悄的跟我說，她叫甚麼名字。」但兩個少女併枕而臥，韋小寶說得雖輕，還是給那女子聽見了，她急道：「別說。」韋小寶笑道：「不說也可以，那我就要親你一個嘴。先在這邊臉上香一香，再在那邊香一香，然後親一個嘴。你到底愛親嘴呢，還是愛說名字？我猜你一定愛親嘴。」燭光下見那女子容色艷麗，衣衫單薄，鼻中聞到淡淡的一陣陣女兒體香，心中大樂，說道：「原來你果然是香的，這可要好好的香上一香了。」

那女子無法動彈，給這憊懶小子氣得鼻孔生烟，幸好他年紀幼小，適才聽了衆侍衞的言語，又知他是個太監，只不過口頭上頑皮胡鬧，不會有甚麼眞正非禮之行，倒也並不如何驚惶，見他將嘴巴湊過來眞要親嘴，忙道：「好，好，說給這小鬼聽罷！」

小郡主笑了笑，說道：「我師姊姓方，單名一個『怡』字，『心』字旁一個『台』字的『怡』。」韋小寶根本不知道「怡」字怎生寫法，點了點頭，道：「嗯，這名字馬馬虎虎，也不算很好。小郡主，你又叫甚麼名字？」小郡主道：「我叫沐劍屏，是屏風的屏，不是浮萍的萍。」韋小寶自不知這兩個字有甚麼區別，說道：「這名字比較好些，不過也不是第一流的。」方怡道：「你的名字一定是第一流的了，尊姓大名，卻又不知如何好法？」

韋小寶一怔，心想：「我的眞姓名不能說，小桂子這名字似乎也沒甚麼精采。」便道：「我姓吾，在宮裏做太監，大家叫我『吾老公』。」方怡冷笑道：「吾老公，吾老公，這名字倒挺……」說到這裏，登時醒覺，原來上了他的大當，呸的一聲，道：「瞎說！」

小郡主沐劍屏道：「你又騙人，我聽得他們叫你桂公公，不是姓吾。」韋小寶道：「男人就叫我桂公公，女人都叫我吾老公。」方怡道：「我知道你叫甚麼名字。」韋小寶微微一驚，問道：「你怎麼知道？」方怡道：「我知道你姓胡，名說，字八道！」

韋小寶哈哈一笑，見方怡說了這一會子話，呼吸又急促起來，便道：「好妹子，你給她敷藥罷，別痛死了她。我吾老公就這只這麼一個老婆，這個老婆一死，第二個可娶不起了。」

沐劍屏道：「師姊說你胡說八道，果然不錯。」放下帳子，揭開被給方怡敷藥，問道：「桂大哥，你先前敷的止血藥怎麼辦？」韋小寶道：「血止住了沒有？」沐劍屏道：「止住了。」原來蜜糖一物頗具止血之效，黏性又強，黏住了傷口，竟然不再流血，至於蓮蓉、豆泥等物雖無藥效，但堆在傷口之上，也有阻血外流之功。

韋小寶大喜，道：「我這靈丹妙藥，靈得勝過菩薩的仙丹，你這可相信了罷。其中許多珍珠粉末，塗在她的胸口，將來傷愈之後，她胸脯好看得不得了，有羞花閉月之貌，只可惜只有我兒子才瞧得見。」沐劍屏嗤的一笑，道：「你眞說得有趣。怎麼只有你兒子才……」

韋小寶道：「她餵我兒子吃奶，我兒子自然瞧見了。」方怡呸的一聲。

沐劍屏睜着圓圓的雙眼，卻不明白，方師姊爲甚麼會餵他的兒子吃奶。

韋小寶道：「把這些止血靈藥輕輕抹下，再敷上傷藥。」沐劍屏答應道：「嗽！」

便在此時，忽聽得門外有人走近，一人朗聲說道：「桂公公，你睡了沒有？」韋小寶道：「睡了，是那一位？有事明天再說罷！」門外那人道：「下官瑞棟。」

韋小寶吃了一驚，道：「啊！是瑞副總管駕到，不知有……有甚麼事？」

瑞棟是御前侍衛的副總管，韋小寶平時和衆侍衛閒談，各人都讚這位瑞副總管武功甚是了得，僅次於御前侍衛總管多隆，是侍衛隊中一位極了不起的人物。他近年來常在外公幹，韋小寶卻沒見過。

瑞棟道：「下官有件急事，想跟公公商議。驚吵了桂公公安睡。」韋小寶沉思：「他半夜三更的，來幹甚麼？定是知道我屋裏藏了刺客，前來搜查，那可如何是好？我如不開門，看來他會硬闖。這兩個小娘又都受了傷，逃也來不及了。只好隨機應變，騙了他出去。」瑞棟又道：「這件事干係重大，否則也不敢來打擾公公的清夢了。」

韋小寶道：「好，我來開門。」鑽頭入帳，低聲道：「千萬別作聲。」走到外房，帶上了門，硬起頭皮打開大門。只見門外站着一條大漢，身材魁梧，自己頭頂還不及到他項頸。瑞棟拱手道：「打擾了，公公勿怪。」

韋小寶道：「好說，好說。」仰頭看他的臉色。只見他臉上既無笑容，亦無怒色，不知他心意如何，問道：「瑞副總管有甚麼要緊事？」卻不請他進屋。瑞棟道：「適才奉太后懿旨，說今晚有刺客闖宮犯駕，大逆不道，命我向桂公公查問明白。」

韋小寶一聽到「太后懿旨」四字，便知大事不妙，說道：「是啊！我也正要向你查問個明白呢。剛才我去向皇上請安，皇上說道：『瑞棟這奴才可大膽得很了，他一回到宮中，哼哼……』」

瑞棟大吃一驚，忙問：「皇上還說甚麼？」

韋小寶和他胡言亂語，原是拖延時刻，想法脫身逃走，見一句話便誘得他上鈎，便道：「皇上吩咐我天明之後，立刻向衆侍衛打聽，到底瑞棟這奴才勾引刺客入宮，是受了誰的指使，有甚麼陰謀，同黨還有那些人？」

瑞棟更是吃驚，顫聲說道：「皇……皇上怎麼說……說是我勾引刺客入宮？是那個奸徒向皇上瞎說？這……這不是天大的寃枉麼？」

韋小寶道：「皇上吩咐我悄悄查明，又說：『瑞棟這奴才聽到了風聲，必定會來殺你，你可得小心了。』我說：『皇上萬安，諒瑞棟這奴才便有天大的膽子，也決不敢在宮中行兇殺人。』皇上道：『哼，那可未必。這奴才竟敢勾引刺客入宮，要不利於我，還有甚麼事做不出來？』」

瑞棟急道：「你……你胡說！我沒勾引刺客入宮，皇上……皇上不會胡亂寃枉好人。今晚我親手打死了三名刺客，許多侍衛兄弟都親眼見到的。皇上儘可叫他們去查問。」說着額頭突起了青筋，雙手緊緊握住了拳頭。

韋小寶心想：「先嚇他一個魂不附體，手足無措，挨到天明，老子便逃了出宮。那小郡主和方怡又怎麼辦？哼，老子泥菩薩過江，自身難保，逃得性命再說，管她甚麼小郡主、老郡主，方怡、圓怡？老子假太監不扮了，青木堂香主也不幹了，拿着四五十萬兩銀子，到揚州開麗夏院、麗秋院、麗冬院去。」說道：「這麼說來，那些刺客不是你勾引入宮的了？」

瑞棟道：「自然不是。太后親口說道，是你勾引入宮的。太后吩咐我別聽你的花言巧語，一掌斃了便是。」韋小寶道：「這恐怕你我二人都受了奸人的誣告。瑞副總管，你不用擔心，我去向皇上跟你分辯分辯。只要眞的不是你勾引刺客，皇上年紀雖小，卻十分英明，對我又十分信任，這件事自能水落石出。」

瑞棟道：「好，多謝你啦！你這就跟我見太后去。」

韋小寶道：「深更半夜，見太后去幹甚麼？我還是趁早去見皇上的好，只怕這會兒已有人奉旨來捉拿你了。瑞副總管，我跟你說，侍衛們來拿你，你千萬不可抵抗，倘若拒捕，罪名就不易洗脫了。」

瑞棟臉上肌肉不住顫動，怒道：「太后說你最愛胡說八道，果然不錯。我沒犯罪，爲甚麼要拒捕？你跟我見太后罷！」韋小寶身子一側，低聲道：「你瞧，捉你的人來啦！」

瑞棟臉色大變，轉頭去看。韋小寶一轉身，便搶進了房中。

瑞棟轉頭見身後無人，知道上當，急追入房，縱身伸手，往韋小寶背上抓去。

其實韋小寶一番恐嚇，瑞棟心下十分驚惶，倘若韋小寶堅持要去見皇帝，瑞棟多半不敢強行阻攔。但韋小寶房中藏着兩個女子，其中一人確是進宮來犯駕的刺客，只道事已敗露，適才太后又曾親自來取他性命，那裏敢去見皇帝分辯？騙得瑞棟一回頭，立即便奔入房中，只盼能穿窗逃走。他想御花園中到處是假山花叢，黑夜裏躲將起來，卻也不易捉到。不料瑞棟身手敏捷，韋小寶剛踏進房門，便追了進來。

韋小寶竄入房後，縱身躍起，踏上了窗檻，正欲躍出，瑞棟右掌拍出，一股勁風，撲向他背心。韋小寶腿彎一軟，摔了下來。瑞棟左手探出，抓向他後腰。韋小寶施展擒拿手法，雙掌奮力格開，但人小力弱，身子一幌，撲通一聲，摔入了大水缸中。這水缸原是海老公治傷之用，海老公死後，韋小寶也沒叫人取出。

瑞棟哈哈大笑，伸手入缸，一把卻抓了個空，原來韋小寶已縮成一團。但這水缸能有多大，再抓一次，終於抓住他後領，濕淋淋的提將上來。

韋小寶一張嘴，一口水噴向瑞棟眼中，跟着身子前縱，撲入他懷中，左手摟住他頭頸。

瑞棟大叫一聲，身子抖了幾下，抓住韋小寶後領的右手慢慢鬆了，他滿臉滿眼是水，眼睛卻睜得大大的，臉上盡是迷惘驚惶，喉頭咯咯數聲，想要說話，卻說不出話來，只聽得嗤的一聲輕響，一把短劍從他胸口直劃而下，直至小腹，剖了一道長長的口子。

瑞棟睜眼瞧着這把短劍，可不知此劍從何而來。他自胸至腹，鮮血狂迸，突然之間，身子向後倒下，直至身亡，仍不知韋小寶用甚麼法子殺了自己。

韋小寶嘿的一聲，左手接過匕首，右手從自己長袍中伸了出來。原來他摔入水缸，一縮身間，已抽出匕首，藏入長袍，刀口向外。他一口水噴得瑞棟雙目難睜，跟着縱身向前，抱住了他，這把削鐵如泥的匕首已刺入他心口。倘若當眞相鬥，十個韋小寶也未必是他對手，但倉促之間奇變橫生，赫赫有名的瑞副總管竟爾中了暗算。

韋小寶和瑞棟二人如何搶入房中，韋小寶如何摔入水缸，方怡和沐劍屛隔着帳子都看得清清楚楚，但瑞棟將韋小寶從水缸中抓了出來，隨即被殺，韋小寶使的是甚麼手法，方沐二女卻都莫名奇妙。

韋小寶想吹幾句牛，說道：「我……我……這……這……」只聽得自己聲音嘶啞，竟說不出話來，適才死裏逃生，可也已嚇得六神無主。

沐劍屏道：「謝天謝地，你……居然殺了這韃子。」方怡道：「這瑞棟外號『鐵掌無敵』，今晚打死了我沐王府的三個兄弟。你為我們報了仇，很好！很好！」

韋小寶心神略定，說道：「他是『鐵掌無敵』，就是敵不過我韋……桂公公、吾老公。我是第一流的武學高手，畢竟不同。」伸手到瑞棟懷中去掏摸，摸出一本寫滿了小字的小冊子，又有幾件公文。

韋小寶也不識得，順手放在一旁，忽然觸到他後腰硬硬的藏着甚麼物件，用匕首割開袍子，見是一個油布包袱，說道：「這是甚麼寶貝了，藏得這麼好？」割斷包上絲絛，打開包袱，原來包着一部書，書函上赫然寫着「四十二章經」五字，這經書的大小厚薄，與以前所見的全然一樣，只不過封皮是紅綢子鑲以白邊。

韋小寶叫道：「啊喲！」急忙伸手入懷，取出從康親王府盜來的那部四十二章經，幸好他躍入水缸之後，立即為瑞棟抓起，只濕了書函外皮，並未濕到書頁。兩部經書放在桌上，除了封皮一是紅綢、一是紅綢鑲白邊之外，全然一模一樣。到此為止，他已看到四部「四十二章經」，眼下兩部在太后手中，自己則有兩部，心想：「這經書之中，定有不少古怪，可惜我不識字，如請小郡主和方姑娘瞧瞧，定會明白。但這樣一來，他們就瞧不起我了。」拉開抽屜，將兩部經書放入。

尋思：「剛才太后自己來殺我，她是怕我得知了她的秘密，洩漏出去，後來又派這瑞棟來殺我，卻胡亂安了我一個罪名，說我勾引刺客入宮。她等了一回，不見瑞棟回報，又會再派人來。這可得先下手為強，立即去向皇上告狀，挨到天明，老子逃出了宮去，再也不回來啦。」向方怡道：「我須得出去瞎造謠，說這瑞棟跟你們沐王府勾結，好老……好老……方姑娘（他本來想叫一聲「好老婆」，但局勢緊急，不能多開玩笑，以致誤了大事，便改口叫她「方姑娘」），你們今晚到皇宮來，到底要幹甚麼？想行刺皇帝嗎？我勸你們別行刺小皇帝，太后這老婊子不是好東西，你們專門去刺她好了。」

方怡道：「你既是自己人，跟你說了也不打緊。咱們假冒是吳三桂兒子吳應熊的手下，到皇宮來行刺韃子皇帝。能夠得手固然甚好，否則的話，也可讓皇帝一怒之下，將吳三桂殺了。」

韋小寶吁了口氣，說道：「妙計！妙計！你們用甚麼法子去攀吳三桂？」

方怡道：「我們內衣上故意留下記號，是平西王府中的部屬，有些兵器暗器，也刻上平西王府的字樣。有幾件舊兵器，就刻上『大明山海關總兵府』的字樣。」韋小寶問道：「那幹甚麼？」方怡道：「吳三桂這廝投降韃子之前，在我大明做山海關總兵。」韋小寶點頭道：「這計策十分厲害。」

方怡道：「我們此番入宮，想必有人戰死殉國，那麼衣服上的記號，便會給韃子發覺。倘若被擒，起初不供，等到給韃子拷打得死去活來之後，才供出是受了平西王的指使，前來行刺皇帝。我們一進宮，便在各處丟下刻字的兵器，就算大夥兒僥倖得能全軍退回，也已留下了證據。」她說得興奮，喘氣漸急，臉頰上出現了紅潮。

韋小寶道：「那麼你們進宮來，並不是為了來救小郡主？」

方怡道：「自然不是。我們又不是神仙，怎知小郡主竟會在皇宮之中？」

韋小寶點點頭，問道：「你身邊可有刻字的兵刃？」方怡道：「有！」從被窩中摸出一把長劍，但手臂無力，無法將劍舉高。韋小寶笑道：「幸虧我沒睡到你身邊，否則便給你一劍殺了。」方怡臉上一紅，瞪了他一眼。

韋小寶接過劍來，藏在瑞棟的屍體腰間，道：「我去告狀，說這瑞棟是刺客一夥，這不是證據麼？」方怡搖了搖頭，道：「你瞧瞧劍上刻的是甚麼字？」韋小寶問道：「刻的甚麼字？」反正看了也是不識，不如不看。方怡道：「那是『大明山海關總兵府』八字，這瑞棟是滿洲人，不會在大明山海關總兵部下當過差的。」

韋小寶「嗯」了一聲，取回長劍，放在床上，道：「得在他身上安些甚麼贓物才好？」一轉念間，說道：「好極了！」將吳應熊所贈的那兩串明珠，一對翡翠雞，還有那疊金票，都去塞在瑞棟懷裏。他知道金票是北京城中的金鋪所發，吳應熊派人去買來，只須一查金鋪店號，便知來源，這一番栽贓，當眞天衣無縫，心道：「吳世子啊吳世子，老子逃命要緊，只好對你不住了。」

他抱起瑞棟的屍體，要移到花園之中，只走一步，忽聽得屋外有幾人走近。他輕輕將屍身放下，只聽得一人說道：「皇上有命，吩咐小桂子前往侍候。」

韋小寶大喜，心想：「我正擔心今晚見不到皇上，又出亂子。現下皇上來叫我去，那再好沒有了。這瑞棟的屍身，可搬不出去啦。」應道：「是，待奴才穿衣，即刻出來。」將瑞棟的屍身輕輕推入床底，向小郡主和方怡打幾個手勢，叫她們安臥別動，匆匆除下濕衣，換上一套衣衫，那件黑絲棉背心雖然也濕了，卻不除下。

正要出門，心念一動：「這姓方的小娘不大靠得住，可別偷我的東西。」將兩部「四十二章經」和大叠銀票都揣在懷裏，這才熄燭出房，卻忘了攜帶師父所給的武功圖本。

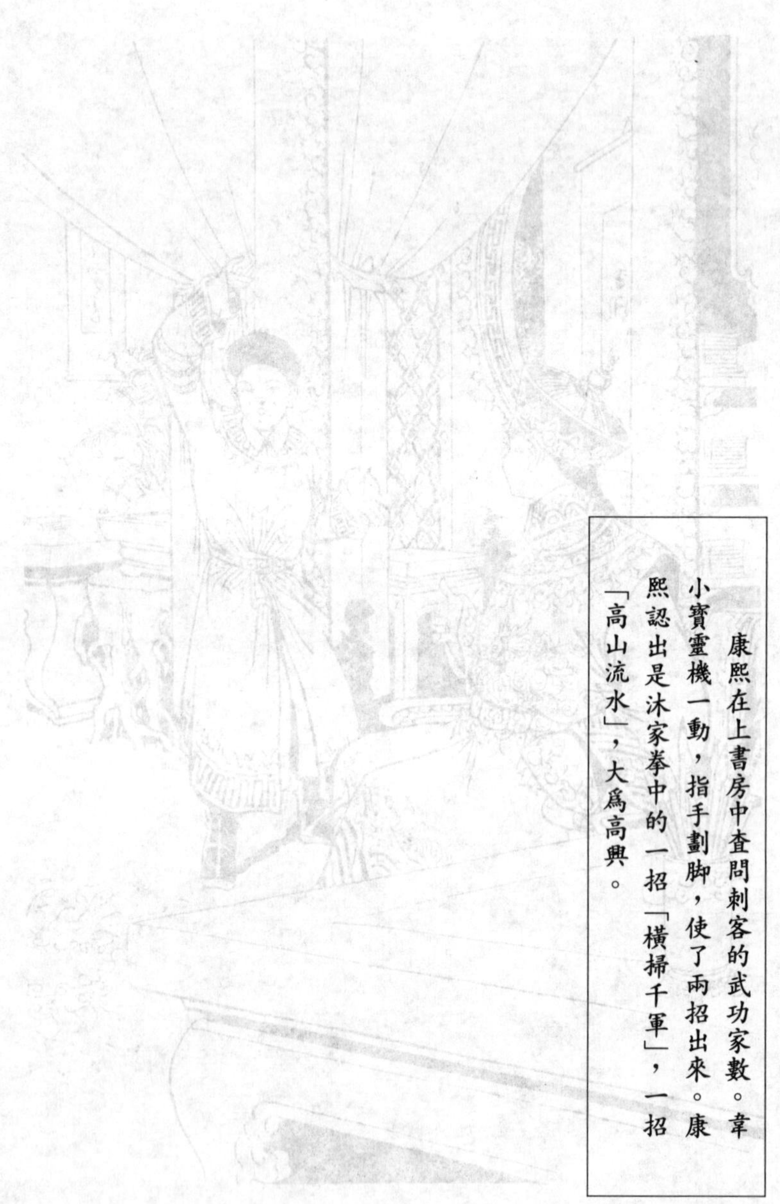

康熙在上書房中查問刺客的武功家數。韋小寶靈機一動，指手劃脚，使了兩招出來。康熙認出是沐家拳中的一招「橫掃千軍」，一招「高山流水」，大爲高興。

第十二回　語帶滑稽吾是戲　弊淸摘發爾如神

韋小寶走出大門，見門外站着四名太監，卻都不是熟人。爲首的太監道：「桂公公，皇上半夜三更裏都要傳你去，嘖嘖嘖，皇上待你，那眞是沒得說的。瑞副總管呢？皇上傳他，跟桂公公同去見駕。」韋小寶心中一凜，說道：「瑞副總管回宮了嗎？我可從來沒見過。」那太監道：「是嗎？咱們這就趕快先去罷。」說着轉身過來，在前領路。

韋小寶暗暗納罕：「他爲甚麼問我瑞副總管？皇上怎知道瑞副總管跟我在一起？」又想：「我是副首領太監，職位比你高得多，你怎地走在我前面？你年紀不小了，難道還不懂宮裏規矩。」問道：「公公貴姓？咱們往日倒少見面。」那太監道：「我們這些閒雜小監，桂公公自然不認得。」韋小寶道：「皇上派公公來傳我，那也不是閒雜小監了。」說話之間，見他轉而向西，皇帝的寢宮卻是在東北面，韋小寶道：「你走錯了罷？」那太監道：「沒錯，皇上在向太后請安，剛才鬧刺客，怕驚了慈駕。咱們去慈寧宮。」

韋小寶一聽到去見太后，吃了一驚，便停了脚步。

走在他後面的三名太監之中，有二人突然向旁一分，分站左右，四人將他挾在中間。

韋小寶一驚更甚，暗叫：「糟糕，糟糕！那裏是皇上來叫我去，分明是太后前來捉拿我的。」雖不知這四人是否會武，但以一敵四，總之打不贏，一鬧將起來，衆侍衞聞聲趕至，那裏還逃得脫？他心中怦怦亂跳，笑嘻嘻的道：「是去慈寧宮嗎？那倒好得很，太后每次見到我，不是金銀，便是糖果糕餅，定有賞賜。皇太后待奴才們最好的了，她說我小孩子家貪嘴，總是賞不少吃的。」說着便走上了通向太后寢宮的迴廊。

四名太監見他依言去慈寧宮，便回復了一前三後的位置。

韋小寶道：「上次見到太后，運氣當眞好極。太后說我拿了鰲拜，功勞不小，一賞就賞了我五千兩金子，二萬兩銀子。我力氣太小，可那裏搬得動？太后說：『搬不動，慢慢搬。小桂子啊，你這錢怎麼個用法？』我說：『回太后：奴才最喜歡結交朋友，身邊有了金子銀子，太監之中那個跟奴才說得來的，奴才就送給他們些。有錢大家花啊！』」他信口胡扯，腦中念頭急轉，籌思脫身之計。

他身後那太監道：「那有賞這麼多的？」韋小寶道：「哈，不信嗎？瞧我的。」從懷中摸出一大叠銀票，有的是五百兩一張，有的一千兩，也有的二千兩的。

燈籠的火光照映之下，看來依稀不假，四名太監只瞧得氣也透不過來，都停住了脚步。

韋小寶抽了四張銀票，笑道：「皇上和太后不斷賞錢，我怎麼花得光？這裏四張銀票，有的二千兩，有的一千兩，四位兄弟碰碰運氣，每個人抽一張去。」

四名太監都是不信，世上那有將幾千兩銀子隨手送人的？都不伸手去抽。

韋小寶道：「身邊銀子太多，沒地方花用，有時也不大快活。眼下我去見太后和皇上，又不知要賞多少銀子給我了。」說着將銀票高高揚起，在風中抖動，斜眼察看周遭地形。

一名太監笑道：「桂公公，你眞的將銀票給我們，可不是開玩笑罷？」韋小寶道：「有甚麼玩笑好開？我們尙膳監裏的兄弟們，那一個不得過我千兒八百的？來來來，碰碰手氣，那一位兄弟先來抽？」那太監笑嘻嘻的道：「我先來抽。」韋小寶道：「等一會兒，你們看清楚了。」將四張銀票湊到燈籠火光之下。四名太監看得分明，果然都是一千兩、二千兩的銀票，都不由得臉上變色。太監不能娶妻生子，又不能當兵做官，於金銀財物比之常人便加倍的喜歡。這四人雖在宮中當差已久，但一千兩、二千兩銀子的銀票，卻也從沒見過。

韋小寶揚起手來，將銀票在風中舞了幾下，笑道：「好，這位大哥先來抽！」那太監伸手去抽，手指還沒碰到銀票，韋小寶一鬆手，四張銀票被風吹得飛了出去，飄飄盪盪，飛上花叢。韋小寶叫道：「啊喲，你怎麼不抓牢？快搶，快搶，那一個搶到，銀票便是他的。」四名太監拔步便追。

韋小寶叫道：「快抓，別飛走了！」身子一矮，鑽入了早就瞧準了的假山洞中。他知御花園這一帶的假山極多，山洞連環曲折，鑽了進去之後，一時可還眞不容易找到。

四名太監趕着去搶銀票，兩個人各拾到一張，一人拾到了兩張，卻有一人落空，兩人登時爭執起來。一個說：「桂公公說的，誰拾到便是誰的，兩張都是我的。」一個說：「說好一個人一張，快分一張來。我只要那張一千兩的，也就是了。」那人道：「甚麼一千兩的？說得好輕鬆自在，一兩的也沒有。」沒拾到銀票的一把抓住他胸脯，道：「你給不給？咱們請桂公公評評這個理。」一轉身，韋小寶已然不知去向。四人大吃一驚，齊聲大叫，四下找尋。沒拾到銀票的太監兀自不肯罷休，抓住了拾到兩張之人的衣襟，定要他分一張過來。

韋小寶早已躲在十餘丈外的山洞之中，聽二人大聲爭吵，暗暗好笑，尋思：「我躲到天明，從側門溜出宮去，那是再也不回來了。」只聽一名太監道：「太后吩咐的，說甚麼也要將桂公公和瑞副總管立即傳去。他……他……可躲到那裏去了？」另一名太監道：「他在宮裏，也躲不到那裏去。只是他給銀票的事，可不能說出來。郝兄弟，你兩張銀票，就分一張給小勞，否則他一定會抖出來，大家發不成財，還得糟糕。」

忽聽得脚步聲響，西首有幾人走近，一人說道：「今晚宮中鬧刺客，只怕大夥兒明兒都要受處分。」韋小寶一聽，便知是宮中的侍衞。另一人道：「只盼桂公公在皇上面前多說幾句好話。」又一人道：「桂公公年紀雖小，爲人可眞夠交情，實在難得。」

韋小寶大喜，從山洞中鑽了出來，低聲道：「衆位兄弟，快別作聲。」當先兩個侍衞提着燈籠，輕聲叫道：「桂公公。」韋小寶見這羣侍衞共有十五六人，正是剛才到自己窗口來過的那批人。他記得這些人的名字，說道：「張大哥，趙大哥，那邊四名太監勾結刺客，大夥兒快去拿住了，功勞不小。」跟着又叫了幾人名字，說道：「赫大哥，鄂大哥，先點了這四個人的啞穴，要不然便打落他們下巴，別讓他們大聲嚷嚷，驚動了皇上。」

衆侍衞聽說是四名太監，卻也不放在心上，作個手勢，吹熄了燈籠，伏低身子，慢慢掩將過去。那四名太監兩個在山洞中找韋小寶，兩個在爭銀票，都是全神貫注。衆侍衞合圍之勢一成，一聲低哨，四面八方湧將出來，三四人服侍一個，將四名太監掀翻在地。這些侍衞武功並不甚高，誰也不會點穴，或使擒拿手法，或以掌擊，打落了四人下巴。

四名太監張大了嘴巴，一句話也說不出來，不明所以，驚惶已極。

韋小寶指着旁邊一間屋子，喝道：「拉進去拷問！」衆侍衛將四名太監橫拖倒曳，拉進廂廳，有人點起了燈籠，高高舉起。韋小寶居中一坐，衆侍衛拉四名太監跪下。

四人奉了太后之命來捉人，如何肯跪？衆侍衛拳打足踢，強行按倒。

韋小寶道：「你們四人剛才鬼鬼祟祟的，在爭甚麼東西？說甚麼一千兩是你的，二千兩是我的？又說甚麼外面來的朋友這趟運氣不好，給狗侍衛們害死了不少。『外面來的朋友』是甚麼朋友？爲甚麼叫侍衛大人『狗侍衛』？」

衆侍衛大怒，一脚脚往四人背上踢去。四名太監肚中大叫「寃枉」，卻那裏說得出口？

韋小寶又道：「我跟在你們背後，聽到一個說：『是我帶路的，那兩張銀票，是他給我的，怎可分給你？』」說着向那抓到兩張銀票的太監一指，又指着那沒搶到銀票的太監道：「你說：『大家一起幹這件大事，殺頭抄家，罪名都是一般，爲甚麼不分給我？不行，一定要分。』」指着另一名太監道：「你說：『郝兄弟，你兩張銀票，就分一張給小勞，否則他一定會抖出來，大家發不成財，還得殺頭抄家。』這句話是你說的，是不是？你們一起幹甚麼大事？爲甚麼有殺頭抄家的罪名？又分甚麼銀票不銀票的。」

衆侍衛道：「他們給刺客帶路，自然犯的是殺頭抄家的大罪。分甚麼銀票，搜搜他們身上就是了。」一搜之下，立時便搜了那四張銀票出來，衆侍衛見這四張銀票數額如此巨大，都大聲叫了起來。一名尋常太監的月份銀子，不過四兩、六兩，忽然身上各懷巨欵，那裏還有假的？

那姓趙的侍衛問那身上有兩張銀票的太監：「你姓郝？」那太監點了點頭。那姓趙的侍衛又問身上沒有銀票的太監：「你姓勞？」那太監面無人色，也點了點頭。一名侍衛道：「好啊，刺客給了你們這許多銀子，你們就給刺客帶路，叫他們『外面的朋友』，叫我們『狗侍衛』？你奶奶的！」一脚用力踢去，那姓郝的太監眼珠突出，口中荷荷連聲。

那姓趙的侍衛道：「不可莽撞，得好好盤問。」俯身伸手，在那姓勞太監的下顎骨上一托，給他接上了下巴。韋小寶喝道：「你們幹這件大事，到底是受了誰的指使？這等大膽，快快招來！」那太監道：「寃枉，寃枉！是太后吩咐我們……」

韋小寶一躍而前，左手按住他嘴巴，喝道：「胡說八道！這種話也說得的？你再多口，立時便殺了你。」右手拔出匕首，倒轉劍柄，在他天靈蓋上重擊兩下，將他擊得暈了過去，轉頭向衆侍衛道：「他說這是太后指使，這……這……這可是大禍臨頭了。」

衆侍衛一齊臉上變色，說道：「太后吩咐他們將刺客引進宮來？」他們都知皇上並非太后的親生兒子，太后向來精明果斷，難道皇上得罪了太后，因而……因而……宮闈之中勾心鬥角，甚麼可怕的事情都有，自己竟然牽涉於其中，委實性命交關。

韋小寶問另一名太監：「你們當眞是太后派來辦事的？這件事干係重大，可胡說不得。當眞是太后差遣的？」那太監說不出話，只是連連點頭。韋小寶道：「這幾張銀票，也是太后給的？」三名太監一齊搖頭。韋小寶道：「好！你們是奉命辦事，並不是自己的主意，是不是？」三名太監連連點頭。韋小寶道：「你們要死還是要活？」這句話可不易用點頭來表示，三名太監一人點頭，一人搖頭，另一人先點頭後搖頭，想想不對，又大點其頭。韋小寶問道：「你們要死？」三人搖頭。韋小寶問：「要活？」三人頭點得快極。

韋小寶一拉兩名爲首的侍衛，三人走到屋外。韋小寶低聲道：「張大哥、趙大哥，咱們的吃飯傢伙，這一趟只怕要搬一搬家了。」那姓張的名叫張康年，姓趙的叫趙齊賢，都是漢軍旗的，早已給嚇得神魂不定，齊道：「那……那怎麼辦？」韋小寶道：「我是半點主意也沒有，張大哥、趙大哥瞧著該怎麼辦？」張康年道：「倘若張揚出來，也不知會鬧到甚麼地步，如果能夠遮掩，那是最好不過。」趙齊賢道：「是啊，不如將這四名太監放了，大家裝作沒這回事就是。」張康年道：「就只怕人無害虎意，虎有傷人心。」韋小寶道：「放了他們，本來極好，不過要他們不可去稟明太后。否則的話，太后一怒之下，要殺人滅口，這四個太監固然活不成，咱們這裏一十七個兄弟，多半要分成了三十四截。」

張趙二人同時打個寒戰。張康年舉起右掌，虛劈一掌。韋小寶向趙齊賢瞧去，趙齊賢點點頭，問道：「他們身邊那四張銀票？」韋小寶道：「這六千兩銀子，衆位大哥分了就是。我是嚇得魂飛魄散，只求這件事不惹上身來，銀子是不要的了。」

張趙二人聽得有六千兩銀子好分，每人可分得三百多兩，更無遲疑，轉身入來，在四名親信耳邊說了幾句話。

那四人點了點頭，拉起四名太監，說道：「你們既是太后身邊的人，這就回去罷！」四名太監大喜，走出屋去，四名侍衛跟了出去。只聽得外面「荷荷荷荷」幾聲慘叫，跟着外面一名侍衛叫道：「有刺客，有刺客！」另一人叫道：「啊喲，不好，刺客殺死了四個太監。」四名侍衛走進屋來，向韋小寶道：「桂公公，外邊又有刺客，害死了四位公公。」

韋小寶長嘆一聲，道：「可惜，可惜！刺客逃走了，追不上了？」一名侍衛道：「就沒見到刺客的影子。」韋小寶道：「嗯，那是誰也沒法子了。四位公公給刺客刺殺之事，你們這就去稟明多總管罷！」衆侍衛強忍笑容，齊聲應道：「是！」韋小寶再也忍耐不住，哈哈大笑。衆侍衛也都大笑不止。韋小寶笑道：「衆位大哥，恭喜發財，明兒見。」

韋小寶興匆匆回到住處，將到門口，忽聽得花叢中有人冷冷的道：「小桂子，你好！」韋小寶一聽得是太后的聲音，大吃一驚，轉身便逃，奔出五六步，只覺一隻手搭上了左肩肩頭，全身酸麻，便如有幾百斤大石壓在身上，再也難以移步。他急忙彎腰，伸手去拔匕首，手指剛碰到劍柄，右手上臂已吃了一掌，忍不住「啊」的一聲叫了出來。只聽得太后沉聲道：「小桂子，你年紀輕輕，眞好本事啊。不動聲色，殺了我四名太監，還會揷贓嫁禍，連我都敢誣陷，哼，哼……」

韋小寶心中只連珠價叫苦，情急之下，料想太后對自己恨之入骨，甚麼哀求都是無用，只有豁出性命，狠狠嚇她一嚇，挨得過一時三刻，再想法子逃命，說道：「太后，你此刻殺我，已經遲了，可惜啊，可惜。」太后冷冷的道：「可惜甚麼？」韋小寶道：「你想殺我滅口，只可惜遲了一步。剛才那些侍衛們說些甚麼話，想來……想來你都聽到了。」太后陰森森的道：「你說我派這四名沒用的太監，勾引刺客入宮。哼，我又為的是甚麼？」

韋小寶道：「我怎知道你爲的是甚麼，皇上就多半知道。」反正這條性命十成中已死了九成九，索性給她無賴到底。

太后怒極，冷笑道：「我掌力一吐，立即叫你斃命，那未免太便宜了你這小賊。」

韋小寶道：「是啊，你掌上使勁，就殺了小桂子，明日宮裏人人都知道了。『小桂子怎麼死了？』『自然是太后殺的。』『太后幹麼殺他？』『因爲小桂子撞破了太后的秘密。』『甚麼秘密啊？』『這件事說來話長，來來來，你到我屋子裏來，我仔仔細細的說給你聽。你千萬不能跟旁人說啊，這件事委實非同……非同小可。』」

太后氣得搭在他肩上的手不住發抖，緩了一口氣，才道：「大不了也只那十幾名侍衛知道，我殺了你之後，立刻命瑞棟將這十幾個傢伙都抓了起來，立刻處死，還有甚麼後患？」

韋小寶哈哈大笑。太后道：「死到臨頭，還虧你笑得出。」韋小寶道：「太后，你說要瑞棟殺人？他……他……哈哈……」太后問道：「他怎麼樣？」韋小寶道：「他早已給我……」本想說「他早已給我一刀斃了」，突然間靈機一動，又「哈哈」了幾聲。太后又問：「早已給你怎麼樣？」韋小寶道：「他早已給我收得貼貼服服，再也不聽你的話啦。」

太后冷笑一聲，道：「憑你這小鬼能有多大本事，能叫瑞副總管不聽我的話。」

韋小寶道：「我是個小太監，他自然不怕。瑞副總管怕的卻是另一位。」太后顫聲道：「他……他怕的是皇上？」韋小寶道：「我們做奴才的，自然怕皇上，那也怪他不得啊，是不是？」太后道：「你跟瑞棟說了些甚麼？」韋小寶道：「甚麼都說了。」

太后喃喃的道：「甚麼都說了。」沉默半晌，道：「他……他人呢？」

韋小寶道：「他去得遠了，很遠很遠，再也不回來了。太后，你要見他，當然挺好，大大的好，就只怕不怎麼容易。」太后驚問：「他出宮去了？」韋小寶順水推舟，說道：「不錯。他說他既怕皇上，又怕了你，夾在中間難做人，只怕有甚麼性命的憂愁，又有甚麼殺身的大禍，不如高走遠飛。」太后道：「高飛遠走。」韋小寶道：「對，對！太后，你怎麼知道？你聽到他說這句話麼？他是高飛遠走了！」

太后哼了一聲，說道：「他連官也不要做了？逃到那裏去啦？」韋小寶道：「他……他是到……」心念一動，道：「他說到甚麼台山，甚麼六台、七台、八台山去啦。」太后道：「五台山！」韋小寶道：「對，對！是五台山。太后，你甚麼都知道。」

太后問道：「他還說甚麼？」韋小寶道：「也沒說甚麼。只不過……只不過說，我託他的事，他無論如何會辦到的。他賭了咒，立下了重誓，甚麼千刀萬剮、絕子絕孫的。」太后道：「你託他辦甚麼事？」韋小寶道：「也沒甚麼。瑞副總管本來說，他不做官也不打緊，就是出門沒盤纏，那又不是一年半載的事。我就送了他二萬兩銀子的銀票。」太后道：「你倒發財得緊哪，那裏來的這許多銀子？」韋小寶道：「那也是旁人送的，康親王送些，索額圖大人送些，吳三桂的兒子也送了些。」太后道：「你出手這樣豪爽，瑞棟自然要感恩圖報了，你到底要他辦甚麼事？」韋小寶道：「奴才不敢說。」太后厲聲道：「你說不說？」搭在他肩頭的手掌用力壓落。韋小寶「哎唷」一聲。太后放鬆掌力，喝道：「快說！」

韋小寶嘆了口氣，說道：「瑞副總管答應我，奴才在宮裏倘若給人害死，他就將這中間的原因，詳詳細細稟明皇上。他說他要去寫一個奏摺，放在身邊。他跟奴才約定，每隔兩個月，奴才……奴才就……」太后聲音發顫，問道：「怎麼樣？」韋小寶道：「每隔兩個月，奴才到天橋去找一個賣……賣冰糖葫蘆的漢子，問他：『有翡翠瑪瑙的冰糖葫蘆沒有？』他就說：『有啊，一百兩銀子一串。』我說：『這樣貴啊？二百兩銀子賣不賣？』他說：『不賣不賣。你還沒歸天嗎？』我說：『你去跟老頭子說罷！』他就去通知瑞副總管了。」危急之際，編不出甚麼新鮮故事，只好將陳近南要他和徐天川聯絡的對答稍加變化。

太后哼的一聲，說道：「這等江湖上武人聯絡的法門，料你這小賊也想不出來，是瑞棟這膽小傢伙教你的，是不是？」韋小寶假作驚奇，說道：「咦！你怎麼知道是瑞副總管教我的？是了，他跟我說的時候，你都聽到了。」只覺太后按在自己肩頭的手不住顫動，過了好一會，聽得她問：「你到時候如不去找那賣冰糖葫蘆的，那怎麼樣？」

韋小寶道：「瑞副總管說，他會再等十天，我如仍然不去，那自然是奴才的小命不保，他……他就想法子來稟明皇上。那時候奴才死都死了，本來也沒甚麼好處，不過奴才對皇上一片忠心，要請皇上千萬小心，有怨報怨，有仇報仇，別要受人暗算。那也是奴才和瑞副總管忠心爲主罷啦。」

太后喃喃的道：「有怨報怨，有仇報仇，那好得很哪。」韋小寶道：「這些日子來，奴才天天服侍皇上，可半點口風也沒露。只要奴才好好活着，在皇上身邊侍候，這種事情就永遠別讓皇上知道的好，又何必讓皇上操心呢？」太后吁了口氣，說道：「你倒是個大大的好人哪。」韋小寶道：「皇上待奴才很好，太后待奴才可也不壞啊。奴才對太后忠心，說不定太后心中一喜歡，又賞賜些甚麼，那不是大家都挺美麼？」

太后嘿嘿嘿的冷笑幾聲，說道：「你還盼我賞賜你甚麼，臉皮當眞厚得可以。」冷笑聲中竟有了幾分歡愉之意，語氣也已大為寬慰。

韋小寶聽得她語氣已變，情勢大為緩和，忙道：「奴才有甚麼貪圖？只要太后和皇上平平安安的，大家和和氣氣的過日子，咱們做奴才的就是天大的福氣了。太后你老人家萬福金安，奴才明兒這就到天橋去，找到那個漢子，叫他儘快去通知瑞副總管，要他守口如瓶。奴才……再要他帶三千兩銀子去，說是太后賞他的。」太后哼了一聲，說道：「這種人辦事不力，棄職潛逃，我不砍他腦袋是他運氣，還賞他銀子？」韋小寶道：「是，是！這三千兩銀子，自然是奴才出的。太后怎能再賞他銀子？」

太后慢慢鬆開了搭在他肩頭的手，緩緩的道：「小桂子，你當眞對我忠心麼？」

韋小寶跪下地來，連連磕頭，說道：「奴才對太后忠心，有千萬般好處，若不忠心，腦袋瓜子搬家。小桂子雖然胡塗，這顆腦袋，倒也看得挺要緊的。」

太后點點頭，說道：「很好，很好，很好！」說一聲「很好」，在他背上拍一掌，連說三聲，連拍三掌。韋小寶登時頭暈目眩，立時便欲嘔吐，喉間「呃呃呃」的不住作聲。

太后道：「小桂子，那天晚上，海大富那老賊說道，世間有一門叫做甚麼『化骨綿掌』的功夫，倘若練得精了，打在身上，可以叫人全身骨骼俱斷。這門功夫是很難練的。我自然也不會，不過覺得你這小孩兒很乖，很伶俐，在你背上打三掌試試，也挺有趣的。」

韋小寶胸腹間氣血翻湧，再也忍耐不住，「哇」的一聲，又是鮮血，又是清水，大口吐了出來，心道：「老婊子不信我的話，還是下了毒手。」

太后道：「你不用害怕，我不會打死你的，你如死了，誰去天橋找那賣冰糖葫蘆的呢？

只不過讓你帶點兒傷，幹起事來就不怎麼伶俐了。」韋小寶道：「多謝太后恩典。」慢慢站起，身子一幌坐倒，又嘔了幾口血水。太后哈哈一笑，轉身沒入了花叢。

韋小寶掙扎着站起，慢慢繞到屋後窗邊，伏在窗檻上喘了一會子氣，這才爬進窗去。

小郡主沐劍屏低聲問道：「桂大哥，是你嗎？」韋小寶正沒好氣，罵道：「去你媽的，不是我。」方怡接口道：「小郡主好好問你，你爲甚麼罵人？」韋小寶剛爬到窗口，說道：「我……」一口氣接不上來，砰的一聲，摔進窗來，躺在地下，再也站不起身。

方怡與沐劍屏齊聲「唉喲」，驚問：「怎……怎麼啦？你受了傷？」

韋小寶這一交摔得着實不輕，但聽得兩女的語氣中大有關切之意，心情登時大好，哈哈一笑，喘了幾口氣，又想：「老婊子這幾掌，也不知是不是『化骨綿掌』，說不定她練得不到家，老子穿着寶貝背心，骨頭又硬，她化來化去，化老子不掉……」說道：「好妹子和好老婆都受了傷，我如不也傷上一些，那叫甚麼有福共享，有難同當呢？」

沐劍屏道：「桂大哥，你傷在那裏？痛不痛？」韋小寶道：「好妹子有良心，問我痛不痛。痛本來是很痛的，可是給你問了一聲，忽然就不痛了。你說奇不奇怪？」沐劍屏笑道：「你又來騙人了。」

韋小寶手扶桌子，氣喘吁吁的站起，心想：「我這條老命現下還在，全靠瑞副總管夠交情，肯撐腰，只要老婊子一知瑞副總管已死，韋小寶的老命再也挨不過半個時辰。」從藥箱裏拿出那隻三角形青底白點的藥瓶。海老公藥箱中藥粉、藥丸甚多，他卻只認得這一瓶「化屍粉」。將瑞棟的屍體從床底下拉出來，取回塞在他懷中的金票和珍玩。

沐劍屏道：「你一直沒回來，這死人躺在我們床底下，可把我們兩個嚇死了。」韋小寶道：「把你們兩個都嚇死了，這死人豈不是多了兩個羞花閉月的女伴？」方怡道：「呸，小郡主，別跟他多說。」

韋小寶道：「我變個戲法，你們要不要看？」方怡道：「不看。」韋小寶道：「不看的就閉上了眼睛。」方怡當即閉上眼睛。沐劍屏跟着也閉上了眼，但隨即又睜開了。

韋小寶從藥箱中取出一支小銀匙，拔開藥瓶木塞，用小銀匙取了少數「化屍粉」，倒在瑞棟屍體的傷口之中，過不多時，傷口中便冒出烟霧，跟着發出一股強烈臭味，再過一會，傷口中流出許多黃水，傷口越爛越大。沐劍屏「咦」的一聲。方怡好奇心起，睜開眼睛，一見到這情景，一雙眼睛睜得大大的，再也閉不攏了。

屍體遇到黃水，便即腐爛，黃水越多，屍體爛得越快。

韋小寶見她二人都有驚駭之色，說道：「你們那一個不聽我話，我將這寶粉洒一點在你們臉上，立刻就爛成這般樣子。」沐劍屏道：「你……你別嚇人。」方怡怒目瞪了他一眼，驚恐之意，卻是難以自掩。韋小寶笑嘻嘻的走上一步，拿着藥瓶向她幌了兩下，收入懷中。

不多時瑞棟的屍便爛成了兩截。韋小寶提起椅子，用椅脚將兩截屍身都推在黃水之中，過不了大半個時辰，盡數化爲黃水。他吁了一口長氣，心想：「老婊子就是差一百萬兵到五台山去，也捉不到瑞棟了。」他到水缸中去舀水沖地，洗去屍首中流出來的黃水，沒沖得幾瓢水，身子一歪，倒在床上，困倦已極，就此睡去。

醒來時天已大亮，但覺胸口一陣煩惡，作了一陣嘔，卻嘔不出甚麼。只聽得沐劍屏關心的聲音問道：「桂大哥，好些了嗎？」韋小寶坐起身來，才知自己在方沐二人脚邊和衣睡了半夜，眼見天色不早，忙跳下床來，說道：「我趕着見皇帝去，你們躺着別動。」想從窗中爬出去，但腰背痛得厲害，只得開門出去，反鎖了門。

韋小寶到上書房候不了半個時辰，康熙退朝下來，笑道：「小桂子，聽說你昨晚殺了個刺客。」韋小寶請了個安，說道：「皇上聖體安康。」康熙笑道：「你運氣好，跟刺客交上了手，我可連刺客的影兒也沒見着。你殺的那人武功怎樣？你用甚麼招數殺的？」

韋小寶並沒跟刺客動手過招，皇帝武功不弱，可不能隨口亂說，靈機一動，想起那日在楊柳胡同白家、風際中和白寒楓動手過招的情景，便道：「黑暗之中，我只跟他瞎纏爛打，忽然間他左腿向右橫掃，右臂向左橫掠……」一面說，一面手脚同時比劃。

康熙拍手道：「對極，對極！正是這一招！」韋小寶一怔，問道：「皇上，你知道這一招？」康熙笑道：「你知道這一招叫做甚麼？」韋小寶早知叫做「橫掃千軍」，卻道：「奴才不知。」康熙笑道：「我教你個乖，這叫做『橫掃千軍』！」韋小寶甚是驚訝，道：「這名字倒好聽！」他驚的不是這一招的名稱，而是康熙竟然也知道了。

康熙道：「他使這一招打你，你又怎麼應付？」韋小寶道：「一時之間，我心慌意亂，眼看對付不了，忽然間想起你跟我比武之時，使過一計極妙的招數，將我摔得從你頭頂飛了過去，好像你說過的，是武當派的武功『仙鶴梳翎』。」康熙大喜，叫道：「你用我的武功破他這招『橫掃千軍』?」韋小寶道:「正是。我學的武功,本來不十分高明,幸好咱倆比武打架,打得多了,你使的手法我也記得了一大半。我記得你又這麼一打,這麼一拗……」康熙喜道:「對,對,這是『紫雲手』與『折梅手』。」

韋小寶心想:「我拍他馬屁,可須拍個十足十!」說道:「我便學你的樣,忙去抓他的手,抓是抓住了,就只力氣不夠,抓得部位又不大對頭,給他左手用力一抖,就掙脫了。」

康熙道:「可惜,可惜。我教你,應當抓住這裏『會宗』與『外關』兩穴之間,他就無論如何掙不脫。」說着伸手抓住韋小寶的手腕穴道。韋小寶使勁掙了幾下,果然無法掙脫,道:「你早教了我,那也就沒有後來的兇險了。」康熙放開了他手,笑問:「後來怎樣?」

韋小寶道:「他一掙脫,身子一轉,已轉在我的背後,雙掌擊我背心……」康熙叫道:「高山流水!」韋小寶道:「這一招叫做『高山流水』麼?當時我可給他嚇得落花流水了,無可奈何之中,只好又用上你的招數。」

康熙笑道:「沒出息!怎地跟人打架,不用師父教的功夫,老是用我的招數?」韋小寶道:「師父教的招數,練起來倒也頭頭是道,一跟人眞的拚命,那知道全不管用,反是你的那些招戰,突然之間打從心底裏冒了上來。皇上,那時候他手掌邊緣已打上我背心,我早已嚇得魂不附體,又怎能去細想用甚麼招數!我身子借勢向前一撲,從右邊轉了過去。」康熙道:「很好!那是『迴風步』!」韋小寶道:「是嗎?我躲過了他這一招,乘勢拔出匕首,反手一劍,大叫一聲:『小桂子,投不投降?』」

康熙哈哈大笑,問道:「怎麼叫起小桂子來?」

韋小寶道：「奴才危急之中不知怎地，竟把你的招數學了個十足。這反手一劍，本來是你反手一掌，打在我背心，大叫：『小桂子，投不投降？』我想也不想的使了出來，嘴裏卻也這麼大叫。他哼了一聲，沒來得及叫『投降』，就已死了。」

康熙笑道：「妙極，妙極！我這反手一掌，叫作『孤雲出岫』，沒想到你化作劍法，一擊成功。」康熙練了武功之後，只與韋小寶假打，總不及真的跟人性命相拚那麼過癮，此刻聽到韋小寶手刃敵人，所用招數全是從自己這裏學去的，自是興高采烈，心想若是自己出手，定比韋小寶更精彩十倍，說道：「這些刺客膽子不小，武功卻也稀鬆平常。」

韋小寶道：「皇上，刺客的武功倒也不怎麼差勁。咱們宮裏的侍衛，就有好幾個傷在他們手裏。總算小桂子命大，曾侍候皇上練了這麼久武功，偷得了你的三招兩式。否則的話，皇上，你今兒可得下道聖旨，撫卹殉職忠臣小太監小桂子紋銀一千兩。」

康熙笑道：「一千兩那裏夠？至少是一萬兩。」兩人同時哈哈大笑。

康熙道：「小桂子，你可知這些刺客是甚麼人？」韋小寶道：「我就是不知道。皇上明白他們的武功家數，多半早料到了。」康熙道：「本來還不能拿得穩，你剛才這一比劃，又多了一層證明。」雙手一拍，吩咐在上書房侍候的太監：「傳索額圖、多隆二人進來。」

那兩人本在書房外等候，一聽皇帝傳呼，便進來磕頭。

多隆是滿洲正白旗的軍官，進關之時曾立下不少戰功，武功也甚了得，但一直受鰲拜排擠，在官場中很不得意，最近鰲拜倒了下來，才給康熙提升爲御前侍衛總管，掌管乾清門、中和殿、太和殿各處宿衛。領內侍衛大臣共有六人，正黃、正白、鑲黃三旗每旗兩人，其中眞正有實權的，只有掌管宮中宿衞的御前侍衞正副總管。多隆新任要職，宮裏突然出現刺客，已一晚沒睡，心下惴惴，不知皇帝與皇太后是否會怪罪。

康熙見他雙眼都是紅絲，問道：「擒到的刺客都審明了沒有？」多隆道：「回皇上：擒到的活口叛賊共有三人，奴才分別審問，起初他們抵死不說，後來熬刑不過，這才招認，果然……果然是平西王……平西王吳三桂的手下。」康熙點點頭，「嗯」了一聲。多隆又道：「叛賊遺下的兵器，上面刻着有『平西王府』的字樣。格斃了的叛賊所穿內衣，也都有平西王的標記。昨晚入宮來侵擾的叛賊，證據確鑿，乃是吳三桂的手下。就算不是吳三桂所派，他……他也脫不了干係。」

康熙問索額圖：「你也查過了？」索額圖道：「叛賊的兵器、內衣，奴才都查核過了，多總管所錄的叛賊口供，確是如此招認。」康熙道：「那些兵器、內衣，拿來給我瞧瞧。」

多隆應道：「是。」他知道皇帝年紀雖小，卻十分精明，這件事又干係重大，早就將諸種證物包妥，命手下親信侍衞捧着在上書房外等候，當下出去拿了進來，解開包袱，放在案上，立即退了幾步。滿清以百戰而得天下，開國諸帝均通武功，原是不避兵刃，但在書房之中，臣子在皇帝面前露出兵刃，畢竟是頗爲忌諱之事。多隆小心謹愼，先行退開。

康熙走過去拿起刀劍審視，見一把單刀的柄上刻着「大明山海關總兵府」的字樣，微微一笑，道：「欲蓋彌彰，固然不對，但弄巧成拙，故意弄鬼做得過了火，卻也引人生疑。」向索額圖道：「吳三桂如果派人來宮中行刺犯上，自然是深謀遠慮，籌劃周詳，甚麼刀劍不能用，幹麼要携帶刻了字的兵器？怎會想不到這些刀劍會失落宮中？」

索額圖道：「是，是，聖上明見，奴才拜服之至。」

康熙轉頭問韋小寶：「小桂子，你所殺的那名叛賊，使了甚麼招數？」韋小寶道：「他使了一招『橫掃千軍』，又使一招『高山流水』。」康熙問多隆：「那是甚麼功夫？」

多隆雖是滿洲貴臣，於各家各派武功倒也所知甚博，這「橫掃千軍」與「高山流水」兩招，又不是生僻的招數，答道：「回皇上：那似乎是雲南前明沐王府的武功。」

康熙雙手一拍手，說道：「不錯，不錯。多隆，你的見聞倒也廣博。」

多隆登感受寵若驚，臉上露出一絲笑容，跪下磕頭，道：「謝皇上稱讚。」

康熙道：「你們仔細想想，吳三桂倘若派人入宮行刺，決不會揀着他兒子正在北京的時候。刺客甚麼日子都好來，難道定要揀着他兒子來朝見的當口？這是可疑者之一。吳三桂善於用兵，辦事周密，派這些叛賊進宮幹事，人數既少，武功也不甚高，明知難以成功，有甚麼用處？這跟吳三桂的性格不合，這是可疑者之二。再說，就算他派人刺死了我，於他又有甚麼好處，難道他想起兵造反嗎？他如要造反，幹麼派他兒子到北京來，豈不是存心將兒子送來給我們殺頭？這是可疑者之三。」

韋小寶先前聽方怡說到陷害吳三桂的計策，覺得大是妙計，此刻經康熙一加分剖，登覺處處露着破綻，不由得佩服之極，連連點頭。

索額圖道：「皇上聖明，所見非奴才們所及。」

康熙道：「你們再想想，倘若刺客不是吳三桂所派，卻攜帶了平西王府的兵器，那有甚麼用意？自然想陷害他了。吳三桂幫我大清打平天下，功勞甚大，恨他忌他的人着實不少。

到底這批叛賊是由何人指使，須得好好再加審問。」

索額圖和多隆齊聲稱是。多隆道：「皇上聖明。若不是皇上詳加指點開導，奴才們胡裏胡塗的上了當，不免寃枉了好人。」康熙道：「寃枉了好人嗎？嘿嘿！」

索額圖和多隆見皇帝不再吩咐甚麼，便叩頭辭出。

康熙道：「小桂子，那『橫掃千軍』與『高山流水』這兩招，你猜我怎麼知道的？」韋小寶心中怦怦跳了兩下，說道：「我正在奇怪，皇上怎麼知道？」康熙道：「今日一早，我已傳了許多侍衞來，問他們昨晚與刺客格鬥的情形，一查刺客所使的武功家數，有好幾招竟是前明沐家的。你想，沐家本來世鎭雲南，我大清龍興之後，將雲南封了給吳三桂，沐家豈有不着惱的？何況沐家最後一個黔國公沐天波，便是死在吳三桂手下。我叫人將沐家最厲害的招數演將出來，其中便有這『橫掃千軍』與『高山流水』兩招。」

韋小寶道：「皇上當眞料事如神。」不禁擔憂：「我屋裏藏着沐家的兩個女子，不知他知不知道？」

康熙笑問：「小桂子，你想不想發財？」韋小寶聽到「發財」兩字，登時精神一振，憂心盡去，笑嘻嘻的道：「皇上不叫我發，我不敢發。皇上叫我發財，小桂子可不敢不發。」康熙笑道：「好，我叫你發財！你將這些刀劍，從刺客身上剝下的內衣、刺客的口供，都拿去交給一個人，就有大大一筆財好發。」韋小寶一怔，登時省悟，叫道：「吳應熊！」

康熙笑道：「你很聰明，這就去罷。」

韋小寶道：「吳應熊這小子，這一次運道眞高，他全家性命，都是皇上給賞的。」康熙道：「你跟他去說甚麼？」韋小寶道：「我說：姓吳的，咱們皇上明見萬里，你爺兒倆在雲南幹甚麼事，皇上沒一件不知道。你們不造反，皇上清清楚楚，若是，嘿嘿，有甚麼三心兩意，兩面三刀，皇上一樣的明明白白。他媽的，你爺兒倆還是給我乖乖的罷。」

康熙哈哈大笑，說道：「你人挺乖巧，就是不讀書，說出話來粗裏粗氣，倒也合我的意思。他媽的，你爺兒倆給我乖乖的罷，哈哈，哈哈！」

韋小寶聽得皇上居然學會了一句「他媽的」，不禁心花怒放，哈哈大笑，捧了刀劍等物走出書房，回到自己屋中。

他剛要開鎖，突然間背上一陣劇痛，心頭煩惡，便欲嘔吐，勉強開鎖進門，坐在椅上，不住喘氣。

沐劍屏道：「你……你身子不舒服麼？」韋小寶道：「見了你的羞花閉月之貌，身子就舒服了。」沐劍屏笑道：「我師姊才是羞花閉月之貌，我臉上有隻小烏龜，醜也醜死了。」

韋小寶聽她說笑，心情立時轉佳，笑道：「你臉上怎麼會有隻小烏龜？啊，我知道啦，好妹子，你臉蛋兒又光又滑，又白又亮，便如是一面鏡子，因此會有一隻小烏龜。」沐劍屏不解，問道：「為甚麼？」韋小寶道：「你跟誰睡在一起？你的臉蛋像是一面鏡子，照出了那人的相貌，臉上自然就有隻小烏龜了。」方怡道：「呸，你自己過來瞧瞧，小郡主臉上才有隻小烏龜。」韋小寶道：「我如過來瞧瞧，好妹子臉上便出現一個又漂亮、又神氣的大老爺。」方沐二人都笑了起來。方怡笑道：「小烏龜大老爺，那是個甚麼大老爺？」

三人低笑了一陣。方怡道：「喂，咱們怎麼逃出宮去，你得給想個法子。」

韋小寶這些日子來到處受人奉承，但一回到自己屋裏，便感十分孤寂無聊，忽然有方沐兩個年輕姑娘相陪，雖然每一刻都有給人撞見的危險，可實在捨不得她們就此離去，說道：「這可得慢慢想法子。你們身上有傷，只要踏出這房門一步，立刻便給人拿了。」

方怡輕輕嘆了口氣，問道：「我們昨晚進宮來的同伴，不知有幾人死了，幾人給拿了？遭難的人叫甚麼名字，你可知道麼？」韋小寶搖頭道：「不知道。你既然關心，我可以給你去打聽打聽。」方怡低聲道：「多謝你啦。」

韋小寶自從和她相逢以來，從未聽她說話如此客氣，心下畧感詫異。

沐劍屏道：「尤其要問問，有一個姓劉的，可平安脫險了沒有。」韋小寶問道：「姓劉的？劉甚麼名字？」沐劍屏道：「那是我們劉師哥。叫做劉一舟。他……他是我師姊的心上人，那可……那可……」突然嗤的一聲笑，原來方怡在她肢窩中呵癢，不許她說下去。

韋小寶「啊」的一聲，道：「劉一舟，嗯，這……這可不妙。」方怡情不自禁，忙問：「怎麼啦？」韋小寶道：「那不是一個身材高高，臉孔白白，大約二十幾歲的漂亮年輕人？這人武功可着實了得，是不是？」他自然並不知道劉一舟是何等樣人，但想此人既是方怡的意中人，諒必是個漂亮的年輕人，既是她們師哥，說他武功很高也不會錯。

果然沐劍屏道：「對了，對了，就是他。方師姊說，昨晚她受傷之時，見到劉師哥給三名侍衛打倒了，一名侍衛按住了他，多半是給擒住了。不知現今怎樣？」

韋小寶嘆道：「唉，這位劉師傅，原來是方姑娘的心上人……」不住搖頭歎氣。

方怡滿臉憂色，問道：「桂大哥，那劉……那劉師哥怎樣了？」

韋小寶心想：「臭小娘，跟我說話時一直沒好聲氣，提到了你劉師哥，卻叫我桂大哥起來。我且嚇她一嚇。」又長嘆一聲，搖了搖頭，道：「可惜，可惜！」

方怡驚問：「怎麼啦？他……他……他是受了傷，還是……還是死了？」

韋小寶哈哈大笑，說道：「甚麼劉一舟、劉兩屁，老子從來沒見過。他是死了活了，我怎麼知道？你叫我三聲『好老公』，我就給你查查去。」

方怡先前見他搖頭嘆氣，連稱「可惜」，只道劉一舟定然凶多吉少，忽然聽他這麼說，心下大喜，啐道：「說話沒半點正經，到底那一句話是眞，那一句話是假？」

韋小寶道：「這個劉一舟倘若落在我手裏，哼哼，我先綁住了他，狠狠拷打他一頓，打得他屁股變成四片，問他用甚麼花言巧語，騙得了我老婆的芳心。然後我提起刀來，一刀砍將下去，這麼擦的一聲……」沐劍屏道：「你殺了他？」韋小寶道：「不是，我割了他卵蛋，叫他變成個太監。」沐劍屏不懂他說些甚麼。方怡卻是明白的，滿臉飛紅，罵道：「小滑頭，就愛胡說八道！」韋小寶道：「你那劉師哥多半已給擒住了。要不要他做太監，我桂公公說出話來，倒有不少人肯聽。方姑娘，你求我不求？」

方怡臉上又是一陣紅暈，囁嚅不語。沐劍屏道：「桂大哥，你肯幫人，用不到人家開言相求，那才是俠義英雄。」韋小寶搖手道：「不對，不對！我就最愛聽人家求我。越是『好老公、親老公』的叫得親熱，我給人家辦起事來越有精神。」

方怡遲疑半晌，道：「桂大哥，好大哥，我求你啦。」韋小寶板起了臉，道：「要叫老公！」沐劍屏道：「你這話不對了。我師姊將來是要嫁劉師哥的，劉師哥才是她老公，她怎麼肯叫你老公？」韋小寶道：「不行，她嫁劉一舟，老子要喝醋，大大的喝醋。」沐劍屏道：「劉師哥人是很好的。」

韋小寶道：「他越好，我越喝醋，越喝越多。啊喲，酸死了，酸死了！喝得醋太多，哈哈，哈哈！」大笑聲中，捧了那個包裹，走出屋去，反鎖了房門，帶了四名隨從太監，騎馬去西長安街吳應熊在北京的寓所。

他在馬背之上，不住右手虛擊，呼叫：「梆梆梆，梆梆梆！」衆隨從都不明其意，又怎想得到，桂公公這次是奉聖旨去發財，自然要將雲南竹槓「梆梆梆」的敲得直響。

吳應熊聽說欽使到來，忙出來磕頭迎接，將韋小寶接進大廳。

韋小寶道：「皇上吩咐我，拿點東西來給你瞧瞧。小王爺，你膽子大不大？」吳應熊道：「卑職的膽子是最小的，受不起驚嚇。」韋小寶一怔，笑道：「你受不起驚嚇？幹起事來，可大膽得很哪！」吳應熊道：「公公的意思，卑職不大明白，還請明示。」昨晚在康親王府中，他自稱「在下」，今日韋小寶乃奉旨而來，眼見他趾高氣揚，隱隱覺得勢頭不好，連聲自稱「卑職」。

韋小寶道：「昨晚你一共派了多少刺客進宮去？皇上叫我來問問。」

昨晚宮裏鬧刺客，吳應熊已聽到了些消息，突然聽得韋小寶這麼問，這一驚非同小可，立即雙膝跪倒，向着天井連連磕頭，說道：「皇上待微臣父子恩重如山，微臣父子就是做牛做馬，也報答不了皇上的恩典。微臣吳三桂、吳應熊父子甘為皇上効死，決無貳心。」

韋小寶笑道：「起來，起來，慢慢磕頭不遲。小王爺，我給你瞧些物事。」說着解開包袱，攤在桌上。

吳應熊站起身來，看到包袱中的兵器衣服，不由得雙手發抖，顫聲道：「這……這……這……」拿起那張口供，見上面寫得明明白白，刺客是奉了平西王吳三桂差遣，入宮行刺，決意殺死韃子皇帝，立吳三桂為主云云。饒是吳應熊機變多智，卻也不禁嚇得魂不附體，雙膝一軟，又即跪倒，這一次是跪在韋小寶面前，說道：「桂……公……公……公，這……這決不是眞的，微臣父子受了奸人……陷害，萬望公公奏明聖上，奏……奏明……」

韋小寶道：「這些兵器，都是反賊攜入宮中的，圖謀不軌，大逆不道。兵器上卻都刻了貴府的招牌老字號。」吳應熊道：「微臣父子仇家甚多，必是仇家的奸計。」韋小寶沉吟道：「你這話，本來也有三分道理，就不知皇上信不信。」吳應熊道：「公公大恩大德，給卑職父子分剖明白。卑職父子的身家性命，都出於公公所賜。」

韋小寶道：「小王爺，你且起來。你昨晚已先送了我一份禮，倒像早已料到有這件事似的，嘿嘿，嘿嘿。」吳應熊本待站起，聽他這句話說得重了，忙又跪倒，說道：「只要公公向皇上給卑職父子剖白幾句，皇上聖明，必定信公公的說話。」

韋小寶道：「這件事早鬧了開來啦，索額圖索大人，侍衞頭兒多隆多大人，都已見過皇上，回稟了刺客的供狀。你知道啦，這等造反的大事，誰有天大的膽子，敢按了下來？給你在皇上面前剖白幾句，也不是不可以。我還想到了一個妙計，雖不是十拿九穩，卻多半可以洗脫你父子的罪名，只不過太也費事罷了。」吳應熊大喜道：「全仗公公搭救。」

韋小寶道：「請起來好說話。」吳應熊站起身來，連連請安。

韋小寶道：「這些刺客當眞不是你派去的？」吳應熊道：「決計不是！卑職怎能做這等十惡不赦、罪該萬死之事？」韋小寶道：「好，我交了你這個朋友，就信了你這次。倘若刺客是你派去的，日後查了出來，那可坑死了我，我非陪着你給滿門抄斬不可。」

吳應熊道：「公公萬安，放一百個心，決無此事。」

韋小寶道：「那麼依你看，這些反賊是誰派去的？」吳應熊沉吟道：「微臣父子仇家甚多，一時之間，實在難以確定。」韋小寶道：「你要我在皇上面前剖白，總得找個仇家出來認頭，皇上才能信啊。」吳應熊道：「是，是！家嚴爲大淸打天下，剿滅的叛逆着實不少，這些叛逆的餘黨，都是十分痛恨家嚴的。好比李闖的餘逆啦，前明唐王、桂王的餘黨啦，雲南沐家的餘黨啦，他們心中懷恨，甚麼作亂犯上的事都做得出來。」

韋小寶點頭道：「甚麼李闖餘逆啦，雲南沐家的餘黨啦，這些人武功家數是怎樣的？你教我幾招，我去演給皇上看，說道我昨晚親眼見到，刺客使的是這種招數，貨眞價實，決計錯不了。」吳應熊大喜，忙道：「公公此計大妙。卑職於武功一道，所懂的實在有限，要去問一問手下人。公公，你請坐一會兒，卑職立刻就來。」說着請了個安，匆匆入內。

過得片刻，他帶了一人進來，正是手下隨從的首領楊溢之，昨晚韋小寶曾幫他贏過七百兩銀子的。楊溢之上前向韋小寶請安，臉上深有憂色，吳應熊自然已對他說了原由。

韋小寶道：「楊大哥，你不用擔心，昨晚你在康親王府裏練武，大出風頭，不少文武大臣都是親眼所見，決不能說你入宮行刺。我也可以給你作證。」楊溢之道：「是，是！多謝公公。就只怕奸人陷害，反說世子帶我們去康王爺府中，好叫衆位大臣作個見證，暗中卻另行差人，做那大逆不道之事。」韋小寶點頭道：「這話倒也不可不防。」楊溢之道：「世子說道，公公肯主持公道，在皇上跟前替我們剖白，眞是我們的大恩人。平西王仇家極多，各人的武功家數甚雜，只有沐王府的武功自成一家，很容易認得出來。」

韋小寶道：「嗯，可惜一時找不到沐王府的人，否則就可讓他演他幾個招式來瞧瞧。」楊溢之道：「沐家拳、沐家劍在雲南流傳已久，小人倒也記得一些，我演幾套請公公指點。刺客入宮，携有刀劍，小人演一套沐家『迴風劍』如何？」韋小寶喜道：「你會沐家武功，那再好也沒有了。劍法我是一竅不通，一時也學不會，還是跟你學幾招『沐家拳』罷。」

楊溢之道：「不敢，公公力擒鰲拜，四海揚名，拳脚功夫定是極高的。小人使得不到之處，請公公點撥。」說着站到廳中，拉開架式，慢慢的一招一式使將出來。

這路沐家拳自沐英手上傳下來，到這時已逾三百年，歷代均有高手傳人，說得上是千錘百鍊之作，在雲南知者甚衆，楊溢之雖於這套拳法並不擅長，但他武功甚高，見聞廣博，一招招演將出來，氣度凝重，招式精妙。

韋小寶看到那招「橫掃千軍」時，讚道：「這一招極好！」後來又見到使「高山流水」，又讚：「這招也了不起！」待他將一套沐家拳使完，說道：「很好，很好！楊大哥，你武功當眞了得，康親王府中那些武師，便十個打你一個，也不是你對手。一時之間，我也學不了許多，只能學得一兩招，去皇上面前演一下。皇上傳了宮中武功好手來認，你想認不認得出這武功的來歷？」說着指手劃脚，將「橫掃千軍」與「高山流水」兩招依樣使出。

楊溢之喜道：「公公使這『橫掃千軍』與『高山流水』兩招，深得精要，會家子一見，便知是沐家的拳法。公公聰敏過人，一見便會，我們吳家可有救了。」

吳應熊連連作揖，道：「吳家滿門百口，全仗公公援手救命。」

韋小寶心想：「吳三桂家裏有的是金山銀山，我也不用跟他講價錢。」當下作揖還禮，說道：「大家是好朋友。小王爺，你再說甚麼恩德、甚麼救命的話，可太也見外了。再說，我是盡力而為，也不知管不管用。」吳應熊連稱：「是，是！」韋小寶將包袱包起，挾在脅下，心想：「這包東西可不忙給他。」忽然想起一事，說道：「小王爺，皇上叫我問你一件事，你們雲南有個來京的官兒，叫做甚麼盧一峯的，可有這一號人物？」

吳應熊一怔，心想：「盧一峯只是個綠豆芝蔴般的小官，來京陛見，還沒見着皇上，皇上怎麼已知道了？」說道：「盧一峯是新委的雲南曲靖縣知縣，現下是在京中，等候叩見聖上。」韋小寶道：「皇上叫我問你，那盧一峯前幾天在酒樓上欺壓良民，縱容惡僕打人，不知這脾氣近來改好了些沒有？」

那盧一峯所以能得吳三桂委為曲靖縣知縣，是使了四萬多兩銀子賄賂得來的，吳應熊曾從中抽了三千多兩，此刻聽韋小寶這麼說，大吃一驚，忙道：「卑職定當好好教訓他。」轉頭向楊溢之道：「即刻去叫那盧一峯來，先打他五十大板再說。」向韋小寶請了個安，道：「公公，請你啓奏皇上，說道：微臣吳三桂知人不明，薦人不當，請皇上降罪。這盧一峯立即革職，永不敍用，請吏部大人另委賢能。」

韋小寶道：「也不用罰得這麼重罷？」吳應熊道：「盧一峯這廝膽大妄爲，上達天聽，當眞罪不容誅。溢之，你給我狠狠的揍他。」楊溢之應道：「是！」

韋小寶心想：「這姓盧的官兒只怕性命不保。」說道：「兄弟這就回宮見皇上去，這兩招『橫掃千軍』和『高山流水』，可須使得似模似樣才好。」說着告辭出門。

吳應熊從衣袖中取出一個大封袋來，雙手呈上，說道：「桂公公，你的大恩大德，不是輕易報答得了的。不過多總管、索大人，以及衆位御前侍衞面前，總得稍表敬意。這裏一點小小意思，相煩桂公公代卑職分派轉交。皇上問起來，大夥兒都幫幾句口，微臣父子的寃枉就得洗雪了。」

韋小寶接了過來，笑道：「要我代你做人情嗎？這椿差事不難辦啊！」他在宮中一年有餘，已將太監們的說話腔調學了個十足。貧嘴貧舌的京片子中，已沒半分揚州口音，倘若此時起始冒充小桂子，瞎了眼的海老公恐怕也不易發覺了。

吳應熊和楊溢之恭恭敬敬的送出府門。韋小寶在轎中拆開封袋一看，竟是十萬兩銀票，心想：「他奶奶的，老子先來個二一添作五。」將其中五萬兩銀票揣入懷裏，餘下五萬兩仍放在大封袋中。

韋小寶先去上書房見康熙，回稟已然辦妥，說吳應熊得悉皇上聖明，辨明了他父子的寃枉，感激得難以形容。

康熙笑道：「這也可嚇了他一大跳。」韋小寶笑道：「只嚇得他屁滾尿流。奴才好好的叮囑了他一番，說道這種事情，多半以後還會有的，叫他轉告吳三桂，務須忠心耿耿，報効皇上。」康熙不住點頭。韋小寶道：「我等嚇得他也夠了，這才跟他說，皇上明見萬里，一查刺客的武功，便料到是雲南沐家的反賊所爲。那吳應熊又驚又喜，打從屁股眼裏都笑了出來，不住口的頌讚皇上聖明。」康熙微微一笑。

韋小寶從懷中摸出封袋，說道：「他感激得不得了，拿了許多銀票出來，一共五萬兩，說送我一萬兩，另外四萬兩，要我分給宮中昨晚出力的衆位侍衞。皇上，你瞧，咱們這可發了大財哪。」那些銀票都是五百兩一張，一百張已是厚厚的一叠。

康熙笑道：「你小小孩子，一萬兩銀子一輩子也使不完了。餘下的銀子，你就分了給衆侍衞罷。」韋小寶心想：「皇上雖然聖明，卻料不到我韋小寶已有數十萬兩銀子的身家。」說道：「皇上，我跟着你，甚麼東西沒有？要這銀子有甚麼用？奴才一輩子忠心侍候你，你自會照管我。這五萬兩銀子，都賞給侍衞們好了。我只說是皇上的賞賜，何必讓吳應熊收買人心。」康熙本來不想冒名發賞，但聽到「收買人心」四字，不禁心中一動。

韋小寶見康熙沉吟不語，又道：「皇上，吳三桂派他兒子來京，帶來的金子銀子可眞不少，見人就送錢，未必安着甚麼好心。天下的地方百姓、金銀珠寶，本來一古腦兒都是你皇上的，可是吳三桂這老小子橫得很，倒像雲南是他吳家的。」

康熙點頭道：「你說得是。這些銀子，就說是我賞的好了。」

韋小寶來到上書房外的侍衞房，向御前侍衞總管多隆說道：「多總管，皇上吩咐，昨晚衆侍衞護駕有功，欽賜白銀五萬兩。」多隆大喜，忙跪下謝賞。韋小寶笑道：「皇上現下很高興，你自己進去謝賞罷。」說着將那五萬兩銀票交了給他。
多隆隨着韋小寶走進書房，向康熙跪下磕頭，說道：「皇上賞賜銀子，奴才多隆和衆侍衛謝賞。」康熙笑着點了點頭。韋小寶道：「皇上吩咐：這五萬兩銀子嘛，你瞧着分派，殺賊有功的，奮勇受傷的就多分一些。」多隆道：「是，是。奴才遵旨。」
康熙心想：「小桂子又忠心，又不貪財，很是難得，他竟將這五萬兩銀子，眞的盡數賞了侍衛，自己一個錢也不要。」
韋小寶和多隆一齊退出。多隆點出一叠一萬兩銀票，笑道：「桂公公，這算是我們衆侍衛的一番孝心，請公公賞收，去賞給小公公們。」韋小寶道：「啊哈，多總管，你這麼說，可不夠朋友了。我小桂子平生最敬重的，就是武藝高強的朋友。這五萬兩銀子，皇上倘若賞給了文官嘛，我小桂子不分他一萬，也得分上八千。是賞給你多總管的，你便分一兩銀子給我，我也不能收。我當你好朋友，你也得當我好朋友才是。」多隆笑道：「侍衛兄弟們都說，宮裏這許多有職司的公公們，桂公公年紀最小，卻最夠朋友，果然名不虛傳。」
韋小寶道：「多總管，請你給查查，昨晚擒來的反賊之中，可有一個叫作劉一舟的。倘若有這樣一個人，咱們便可着落在他身上，查明反賊的來龍去脈。」
多隆應道：「是，是！反賊報的自然都是假名，我去查仔細查一查。」
韋小寶回到下處，將到門口，見御膳房的一名小太監在路旁等候。那小太監迎將上來，低聲道：「桂公公，那個錢老闆又送了一口豬來，這次叫作甚麼『燕窩人參豬』，說是孝敬公公的，正在御膳房中候公公的示下。」

韋小寶眉頭一皺，心想：「那口『花彫茯苓豬』還沒搞妥當，又送一口『燕窩人參豬』來，你當我們這裏皇宮是豬欄嗎？」但這人既已來了，不得不想法子打發。

當下來到御廚房中，見錢老闆滿臉堆歡，說道：「桂公公，小人那口『花彫茯苓豬』當眞是大補非凡，桂公公吃了之後，你瞧神清氣爽，滿臉紅光。小人感激公公照顧，又送了一口『燕窩人參豬』來。」說着向身旁一指。

這口豬卻是活豬，全身白毛，模樣甚是漂亮，在竹籠之中不住打圈子。韋小寶不知他鬧甚麼玄虛，點了點頭。那錢老闆挨近身來，拉着韋小寶的手，道：「嘖，嘖，嘖！桂公公吃了『花彫茯苓豬』的豬肉，脈搏旺盛，果然大不相同。」韋小寶覺得手中多了一張紙條，御廚房中耳目眾多，也不便多問。錢老闆道：「這口『燕窩人參豬』吃法另有不同，請公公吩咐下屬，在這裏用上好酒糟餵上十天。十天之後，小人再來親手整治，請公公享用。」

韋小寶皺眉道：「那口『花彫茯苓豬』已搞得我虛火上升，麻煩不堪，甚麼人參豬、燕窩豬，錢老闆你自己觸祭罷，我可吃不消了。」錢老闆哈哈一笑，說道：「這是小人一點孝心，以後可再也不敢麻煩公公了。」說着請了幾個安，退了出去。

韋小寶心想這紙條上一定寫得有字，自己西瓜大的字認不上一擔，當下吩咐廚房中執事雜役好好飼養那口豬，自行回屋，尋思：「錢老闆這人當眞聰明得緊，第一次在一口死豬中藏了個活人進宮，第二次倘若再送死豬進宮，不免引人懷疑，索性送一口活豬進來，讓牠在御膳房中餵着，甚麼花樣也沒有。就算本來有人懷疑，那也疑心盡去了。對，要使乖騙人，不但事先要想得周到，事後一有機會，再得補補漏洞。」

又想：「這字條只好請小郡主瞧瞧，他媽的，有話不好明講嗎？寫他媽的甚麼字條？」

進得屋來，沐劍屏道：「桂大哥，有人來到門外，好像是送飯菜來的，定是見到門上上了鎖，沒打門就走了。」韋小寶道：「你怎知是送飯菜來的？嘿，你們聞到飯菜的香氣，可餓得很了，是不是？怎麼不吃糕餅點心？」沐劍屏吃吃而笑，說道：「老實不客氣，早吃過啦。」

方怡道：「桂……桂大哥，你可……」說到這裏，有些結結巴巴。

韋小寶道：「你劉師哥的事，我還沒查到。宮裏侍衛們說，沒抓到姓劉的人。」方怡低聲道：「多謝你啦。卻不知是不是給韃子殺了。再說，劉師哥即使給捉到了，也不會說是姓劉。大夥兒說好的，他冒充姓夏。吳三桂的女壻姓夏。劉師哥會招供說，那個姓夏的是他叔父。」韋小寶笑道：「那你豈不是成了吳三桂的親戚？」小郡主忙道：「那是假的。」韋小寶嘆道：「不過方姑娘想做吳三桂的姪孫媳婦甚麼的，可也做不成啦。你那劉師哥就算逃出了宮去，他在外面想你，你在宮裏想他，一輩子你想我、我想你的。一對情哥情妹兒見不了面，豈不難熬得很？」方怡臉上又是一紅，道：「我怎會在宮裏待一輩子？」

韋小寶道：「姑娘們一進了皇宮，怎麼還有出去的日子？像你這樣羞花閉月的妹兒，我小桂子一見就想娶了做老婆。倘若給皇帝瞧見了，非封你爲皇后娘娘不可。方姑娘，我勸你還是做了皇后娘娘罷！」

方怡急道：「我不跟你多說。你每一句話總是嘔我生氣，逗我着急。」

韋小寶一笑，將手中字條交給沐劍屏，道：「小郡主，你唸一唸這字條。」

沐劍屏接了過來，唸道：「『高陞茶館說英烈傳。』那是甚麼啊？」韋小寶已明其中道理：「天地會的人有事要見我，請我去茶館相會。」笑道：「枉爲你是沐家後人，連英烈傳也不知道。」沐劍屏道：「英烈傳我自然知道，那是太祖皇帝龍興開國的故事。」

韋小寶道：「有一回書，叫做『沐王爺三箭定雲南，桂公公雙手抱佳人』，你也聽過沒有？」沐劍屏啐道：「我們黔寧王爺爺平定雲南，英烈傳中自然有的。可那有甚麼桂公公雙手……雙手的？」

韋小寶正色道：「你說桂公公雙手抱佳人，沒這回事？」沐劍屏道：「自然沒有，是你杜撰出來的。」韋小寶道：「咱們打一個賭，如果有怎樣？沒有又怎樣？」沐劍屏道：「英烈傳的故事我可聽得熟了，自然沒有，賭甚麼都可以。方師姊，沒有他說的事，是不是？」

方怡還沒回答，韋小寶已一躍上床，連鞋鑽入被窩，睡在兩人之間，左手摟住了方怡頭頸，右手抱住了沐劍屏的腰，說道：「我說有，就是有！」

方怡和沐劍屏同時「啊」的一聲驚呼，不及閃避，已給他牢牢抱住。沐劍屏伸出右手，將他用力一推，韋小寶乘勢側過頭去，伸嘴在方怡嘴上吻了一下，讚道：「好香！」

方怡待要掙扎，身子微微一動，胸口肋骨斷絕處劇痛，左手翻了過來，拍的一聲，打了他一記耳光。韋小寶笑道：「謀殺親夫哪，謀殺親夫哪！」一骨碌從被窩裏跳出來，抱住沐劍屏也親了個嘴，讚道：「一般的香！」哈哈大笑，隨手取了衣包，奔出屋子，反鎖了門。

柱子上綁着三條漢子，光着上身，已給打得血肉模糊。一個是虬髯大漢，另外兩個年輕人，一個皮肉甚白，另一個身上刺滿了花，胸口刺着個猙獰的虎頭。

第十三回　翻覆兩家天假手　興衰一局更新

韋小寶住處是在乾清門西、南庫之南的御膳房側，往北繞過養心殿，折而向西，過西三所、養華門、壽安門，往北過壽安宮、英華殿之側，轉東過西鐵門，向北出了神武門。那神武門是紫禁城的後門，一出神武門，便是出了皇宮，當下逕往高陞茶館來。

一坐定，茶博士泡上茶來，便見高彥超慢慢走近，向他使個眼色。韋小寶點了點頭，見高彥超出了茶館，於是喝了幾口茶，在桌上拋下一錢銀子，說道：「今兒這回書，沒甚麼聽頭。」慢慢踱將出去，果見高彥超等在街角，走得幾步，便是兩頂轎子。

高彥超讓韋小寶坐了一頂，自己跟了一段路，四下打量見無人跟隨，坐上了另一頂。

轎夫健步如飛，行了一頓飯時分，停了下來。韋小寶見轎子所停處是座小小的四合院，跟着高彥超入內。一進大門，便見天地會的衆兄弟迎了上來，躬身行禮。這時李力世、關安基、祁彪清等人也都已從天津、保定等地趕到，此外樊綱、風際中、玄貞道人以及那錢老闆都在其內。

韋小寶笑問：「錢老闆，你到底尊姓大名哪？」錢老闆道：「不敢，屬下眞的是姓錢，名字叫做老本。本來的本，不是老闆的闆。意思是做生意蝕了老本。」韋小寶哈哈大笑，說道：「你精明得很，倘若眞是做生意，人家的老本可都給你賺了過來啦。」錢老本微笑道：「韋香主，您誇獎啦！」

衆人將韋小寶讓到上房中坐定。關安基心急，說道：「韋香主，你請看。」說着遞過一張大紅泥金帖子來，上面濃濃的黑墨寫着幾行字。韋小寶不接，說道：「這些字嘛，他們認得我，我可跟他們沒甚麼交情，哥兒倆這是初次相會，不認識。」

錢老本道：「韋香主，是張請帖，請咱們吃飯去的。」韋小寶道：「那好得很哪，誰這麼賞臉？」錢老本道：「帖子上寫的名字是沐劍聲。」

韋小寶一怔，道：「沐劍聲？」錢老本道：「那便是沐王府的小公爺。」韋小寶點頭道：「『花彫茯苓豬』的哥哥。」錢老本道：「正是！」韋小寶問道：「他請咱們大夥兒都去？」錢老本道：「他帖子上寫得倒很客氣，請天地會青木堂韋香主，率同天地會衆位英雄同去赴宴，就是今晚，是在朝陽門內南豆芽胡同。」韋小寶道：「這次不在楊柳胡同了？」錢老本道：「是啊，在京城裏幹事，落脚的地方得時時掉換才是。」

韋小寶道：「你想他是甚麼意思？在酒飯裏下他媽的蒙汗藥？」李力世道：「按理說，雲南沐王府在江湖上這麼大的名頭，沐劍聲又是小公爺的身分，是跟咱們總舵主平起平坐的大人物，決不能使這等下三濫的勾當。不過會無好會，宴無好宴，韋香主所慮，卻也不可不防。」韋小寶道：「咱們去不去吃這頓飯？哼哼，宣威火腿，過橋米綫，雲南汽鍋鷄，那是有得觸祭的了。」

衆人面面相覷，都不作聲。過了好一會，關安基道：「大夥兒要請韋香主示下。」

韋小寶笑道：「一頓好酒好飯，今晚大夥兒總是有得下肚的。要太太平平呢，就讓我作東道，咱們吃館子去，吃過飯後，再來推牌九賭錢，叫花姑娘也可以，都是兄弟會鈔。你們如想給我省錢呢，大夥兒就去擾那姓沐的。」這番話說得慷慨大方，其實卻十分滑頭，去不去赴宴，自己不拿主意。

關安基道：「韋香主請衆兄弟吃喝玩樂，那是最開心不過的。不過這姓沐的邀請咱們，要是不去，不免墮了天地會的威風。」韋小寶道：「你說該去？」眼光轉到李力世、樊綱、祁彪清、玄貞、風際中、錢老本、高彥超等人臉上，見各人都緩緩點了點頭。

韋小寶道：「大夥兒都說去，咱們就去吃他的，喝他的。兵來將擋，水來土掩，茶來伸手，飯來張口。毒藥來呢？咱們咕嚕一聲，也他媽的吞入了肚裏。這叫做英雄不怕死，怕死不英雄。」

李力世道：「大家小心在意，總瞧得出一些端倪。大夥兒商量好了，有的喝茶，有的不喝，有的飲酒，有的不飲，有的不吃肉，有的不吃魚。就算他們下毒，也不能讓他們一網打盡。但如大家甚麼都不吃，可又惹他們笑話了。」

衆人商量定當，閒談一會。挨到申牌時分，韋小寶除下太監服色，又打扮成個公子哥兒的模樣。他仍坐了轎子，在衆人簇擁之下，往南豆芽胡同而去。韋小寶心想：「在宮裏日日夜夜提心吊膽，只怕老婊子來殺我，那有這般做青木堂香主的逍遙快樂？只是師父吩咐過，要我在宮裏打探消息，倘若自行出來，只怕香主固然做不成，這條小命能不能保，咱們也得騎驢看唱本，走着瞧！」

南豆芽胡同約在兩里之外，轎子剛停下，便聽得鼓樂絲竹之聲。韋小寶從轎中出來，耳邊聽得一陣嗩吶吹奏，心道：「娶媳婦兒嗎？這般熱鬧。」

只見一座大宅院大門中開，十餘人衣冠齊楚，站在門外迎接。當先一人是個二十五六歲的青年，身材高瘦，英氣勃勃，說道：「在下沐劍聲，恭迎韋香主大駕。」

韋小寶這些日子來結交親貴官宦，對方這等執禮甚恭的局面見得慣了。常言道：「居移氣，養移體」，他每日裏和皇帝相伴，甚麼親王、貝勒、尚書、將軍，時時見面，也不當甚麼一會子事，因此年紀雖小，已自然而然有股威嚴氣象。沐劍聲名氣雖大，卻也大不過康親王、吳應熊這些人，當下拱了拱手，說道：「小公爺多禮，在下可不敢當。」打量他相貌，見他面容微黑，眉目之間，和小郡主沐劍屏依稀有些相似。

沐劍聲早知天地會在北京的首領韋香主是個小孩，又聽白寒楓說這小孩武藝低微，油嘴滑舌，是個小潑皮，料想他不過倚仗師父陳近南的靠山，才做到香主，此刻見他神色鎮定，一副漫不在乎的模樣，心想：「這孩子只怕也有點兒門道。」當下讓進門去。

廳中椅子上上了紅緞套子，放着錦墊，各人分賓主就座。「聖手居士」蘇岡、白寒楓和其餘十多人都垂手站在沐劍聲之後。

沐劍聲與李力世、關安基等人一一通問姓名，說了許多久仰大名等等客套話。李力世等均想：「這位沐家小公爺倒沒架子，說話依足了江湖上的規矩。」

僕役送上香茶，廳口的鼓樂手又吹奏起來，乃是歡迎貴賓的隆重禮數。鼓樂聲中，沐劍聲吩咐：「開席！」引着衆人走進內廳。手下人關上了廳門。

廳上居中一張八仙桌，披着繡花桌圍，下首左右各有一桌，桌上器皿陳設雖無康親王府的豪濶，卻也頗爲精緻。沐劍聲微微躬身，說道：「請韋香主上座。」韋小寶看這局面，這首席當是自己坐了，說道：「這個，咱們只好不客氣啦。」沐劍聲在下首主位相陪。

各人坐定後，沐劍聲道：「有請師父。」

蘇岡和白寒楓走進內室，陪了一個老人出來。沐劍聲站着相迎，說道：「師父，天地會青木堂韋香主今日大駕光臨，可給足了我們面子。」轉頭向韋小寶道：「韋香主，這位柳老師傅，是在下的受業恩師。」

韋小寶站起身來，拱手道：「久仰。」見這老人身材高大，滿臉紅光，白鬚稀稀落落，足有七十來歲年紀，精神飽滿，雙目炯炯有神。

那老人目光在韋小寶身上一轉，笑道：「天地會近來好大的名頭……」他話聲極響，這幾句話隨口說來，卻和常人放大了嗓子叫嚷一般，接着道：「……果然是英才輩出，韋香主如此少年，眞是武林中少見的奇才。」

韋小寶笑道：「是少年，倒也不錯，只不過既不是英才，更不是奇才，其實是個蠢才。那日給白師傅扭住了手，動彈不得，險些兒連『我的媽啊』也叫了出來。在下的武功當眞稀鬆平常之至。哈哈，可笑！可笑，哈哈！」

衆人一聽，都愕然失色。白寒楓的臉色更十分古怪。

那老人哈哈的笑了一陣，說道：「韋香主性子爽直，果然是英雄本色。老夫可有三分佩服了。」韋小寶笑道：「三分佩服，未免太多，有他媽的一分半分，不將在下當作沒出息的小叫化、小把戲、小猴兒，也就是了。」那老人又哈哈大笑，道：「韋香主說笑了。」

玄貞道人道：「老前輩可是威震天南、武林中人稱『鐵背蒼龍』的柳老英雄嗎？」那老人笑道：「不錯，玄貞道長倒還知道老夫的賤名。」玄貞心中一凜：「我還沒通名，他已知道我名字，沐家這次可打點得十分周到。『鐵背蒼龍』柳大洪成名已久，聽說當年沐天波對他也好生敬重。清軍打平雲南，柳大洪出全力救護沐氏遺孤，沐劍聲便是他的親傳弟子，乃是沐王府中除了沐劍聲之外的第一號人物。」躬身說道：「柳老英雄當年怒江誅三霸，騰衝殺清兵，俠名播於天下。江湖上後生小子說起老英雄來，無不敬仰。」

柳大洪道：「嘿嘿，那是許多年前的事了，還說他作甚？」臉色顯得十分喜歡。

沐劍聲道：「師父，你老人家陪韋香主坐。」柳大洪道：「好！」便在韋小寶身旁坐下。這張八仙桌向外一邊空着，上首是韋小寶、柳大洪，左首是李力世、關安基，右首下座是沐劍聲，上座虛位以待。天地會羣豪均想：「你沐王府又要請一個甚麼厲害人物出來？」只聽沐劍聲道：「扶徐師傅出來坐坐，讓衆位好朋友見了，也好放心。」

蘇岡道：「是！」入內扶了一個人出來。

李力世等人一見，都是又驚又喜，齊叫：「徐三哥！」這人弓腰曲背，正是「八臂猿猴」徐天川。他臉色臘黃，傷勢未愈，但性命顯然已經無礙。天地會羣豪，一齊圍了上去，紛紛問好，不勝之喜。

沐劍聲指着自己上首的坐位，說道：「徐師傅請這邊坐。」

徐天川走上一步，向韋小寶躬身行禮道：「韋香主，你好。」韋小寶抱拳還禮道：「徐三哥你好，近來膏藥生意不大發財罷？」徐天川嘆了口氣，道：「簡直沒生意。屬下給吳三桂手下的走狗擄了去，險些送了老命，幸蒙沐家小公爺和柳老英雄相救脫險。」

天地會羣豪都是一怔。樊綱道：「徐三哥，原來那日的事，是吳三桂手下那批漢奸做的手脚。」徐天川道：「正是。這批漢奸闖進回春堂來，捉了我去，那盧……盧一峯這狗賊臭罵了我一頓，將一張膏藥貼在我嘴上，說要餓死我這隻老猴兒。」

衆人聽得盧一峯在內，那是決計不會錯的了。樊綱、玄貞等齊向蘇岡、白寒楓道：「那日多有冒犯。衆位英雄義氣深重，我天地會感激不盡。」蘇岡道：「不敢。我們只是奉小公爺之命辦事，不敢居功。」白寒楓哼了一聲，顯然搭救徐天川之事大違他意願。關安基道：「徐三哥給人擄去後，我們到處查察，尋不到綫索，心中這份焦急，那也不用說了。貴府居然救出了徐三哥，令人好生佩服。」蘇岡道：「吳三桂手下的雲南狗官，都是沐家死對頭，我們自然釘得他們很緊。這狗官冒犯徐三哥，給我們發覺了，也沒甚麼希奇。」

韋小寶心想：「這小公爺倒精明得很，他妹子給我扣着，他先去救了徐老兒出來，好求我放他妹子。我且裝作不知，卻聽他有何話說。」向徐天川道：「徐三哥，你給白二俠打得重傷，他手上的勁道可厲害得很哪，你活得了嗎？不會就此歸天罷？」

徐天川道：「白二俠當日手下容情，屬下將養了這幾日，已好得多啦。」

白寒楓向韋小寶怒目而視。韋小寶卻笑吟吟地，似乎全然沒瞧見。

眾僕斟酒上菜，菜餚甚是豐盛。天地會羣豪一來見徐天川是他們所救，二來又有「鐵背蒼龍」柳大洪這等大名鼎鼎的老英雄在座，料想決計不致放毒，盡皆去了疑慮之心，酒到杯乾，放懷吃喝。

柳大洪喝了三杯酒，一捋鬍子，說道：「衆位老弟，貴會在京城直隸，以那一位老弟爲首？」李力世道：「在京城直隸一帶，敝會之中，職位最尊的是韋香主。」柳大洪點頭道：「很好，很好！」喝了一杯酒，問道：「但不知這位小老弟，於貴我雙方的糾葛，能有所擔當麼？」

韋小寶道：「老伯伯，你有甚麼吩咐，不妨說出來聽聽。我韋小寶人小肩膀窄，小事還能擔當這麼一分半分，大事可就把我壓垮了。」

天地會與沐王府羣豪都不由微微皺眉，均想：「這孩子說話流氓氣十足，一開口就要無賴，不是英雄好漢的氣概。」

柳大洪道：「你不能擔當，這件事可也不能罷休。那只好請小老弟傳話去給尊師，請陳總舵主趕來處理了。」韋小寶道：「老伯伯有甚麼事要跟我師父說，你寫一封信，我們給你送去便是。」柳大洪嘿嘿一笑，道：「這件事嗎，是白寒松白兄弟死在徐三爺手下，不知如何了結，要請陳總舵主拿一句話出來。」

徐天川霍地站起，昂然說道：「沐小公爺、柳老英雄，你們把我從漢奸手下救了出來，免遭惡徒折辱，在下感激不盡。白大俠是在下失手所傷，在下一命抵一命，這條老命賠了他便是，又何必讓陳總舵主和韋香主爲難？樊兄弟，借你佩刀一用。」說着伸出右手，向着樊綱，意思非常明白，他是要當場自刎，了結這場公案。

韋小寶道：「慢來，慢來！徐三哥，你且坐下，不用這麼性急。你年紀一大把，怎地火氣這麼大？我是天地會青木堂的香主不是？你不聽我吩咐，可太也不給我面子了。」天地會中「不遵號令」的罪名十分重大，徐天川忙躬身道：「徐天川知罪，敬奉韋香主號令。」

韋小寶點點頭，說道：「這才像話。白大俠死也死了，就算要徐三哥抵命，人也活不轉啦，做來做去總是賠本生意，可不是生意經。」

衆人的目光都瞪視在他臉上，不知他接下去要胡說八道甚麼。天地會羣豪尤其擔心，均想：「本會在武林中的聲名，可別給這甚麼也不懂的小香主給敗壞了。倘若他說出一番不三不四的言語來，傳到江湖之上，我們日後可沒臉見人。」

只聽韋小寶接着道：「小公爺，你這次從雲南來到北京，身邊就只帶了這幾位朋友麼？好像少了一點罷？」

沐劍聲哼了一聲，問道：「韋香主這話是甚麼用意？」韋小寶道：「那也沒甚麼用意。小公爺這樣尊貴，跟我韋小寶大不相同，來到京城，不多帶一些人保駕，一個不小心，給韃子走狗拿了去，豈不是大大的犯不着？」沐劍聲長眉一軒，道：「韃子走狗想要拿我，可也沒這麼容易。」韋小寶笑道：「小公爺武藝驚人，打遍天下……嘿嘿……這個對手很少，韃子自然捉你不去了。不過……不過沐王府中其他的朋友，未必個個都似小公爺這般了得，倘若給韃子順手牽羊，反手牽牛，這麼希里呼嚕的請去了幾位，似乎也不怎麼有趣了。」

沐劍聲一直沉着臉聽他嘻皮笑臉的說話，等他說完，說道：「韋香主此言，可是譏刺在下麼？」說到這句話時，臉上神色更加難看。

韋小寶道：「不是，不是。我這一生一世，只有給人家欺侮，決不會去欺侮人家的。人家抓住了我的手，你瞧，烏青也還沒退，痛得我死去活來，這位白二俠，嘿嘿，手勁眞不含糊，那兩招『橫掃千軍』、『高山流水』，可了不起，去搭救你們給韃子拿了去的朋友，必定管用，說甚麼也是旗開得勝，馬到成功。」

白寒楓臉色鐵青，待要說話，終於強行忍住。柳大洪向沐劍聲望了一眼，說道：「小兄弟，你的話有些高深莫測，我們不大明白。」韋小寶笑道：「老爺子太客氣了，我的話低淺莫測是有的，『高深莫測』四字，那可不敢當了。低淺之至，低淺之至。」

柳大洪道：「小兄弟說道，我們沐王府中有人給韃子拿了去，不知這話是甚麼意思？」

韋小寶道：「一點意思也沒有。小王爺，柳老爺子，我酒量也是低淺莫測，多半是我喝醉了酒，胡說八道，他媽的作不得數。」

沐劍聲哼了一聲，強抑怒氣，說道：「原來韋香主是消遣人來着。」韋小寶道：「小公爺，你想消遣嗎？你在北京城裏逛過沒有？」沐劍聲氣勢洶洶的道：「怎麼樣？」韋小寶道：「北京城可大得很哪，你們雲南的昆明，那是沒北京城大的了，是不是？」沐劍聲愈益惱怒，大聲道：「那怎麼樣？」

關安基聽韋小寶東拉西扯，越來越不成話，揷口道：「北京城花花世界，就可惜給韃子佔了去，咱們稍有血性之人，無不惱恨。」

韋小寶不去理他，繼續說道：「小公爺，你今天請我喝酒，在下沒甚麼報答，幾時你有空，我帶你到北京城各處逛逛。有個熟人帶路，就不會走錯了。否則的話，倘若亂闖亂走，一不小心，走進了韃子的皇宮，小公爺武功雖高，可也不大方便。」

柳大洪道：「小兄弟言外有意，你如當我是朋友，可不可以請你說得更明白些？」

韋小寶道：「我的話再明白沒有了。沐王府的朋友們，武功都是極高的，甚麼『橫掃千軍』、『高山流水』，使得再厲害也沒有了，就可惜在北京城裏人生路不熟，在街上逛逛，三更半夜裏又瞧不大清楚，胡裏胡塗的，說不定就逛進了紫禁城去。」

柳大洪又向沐劍聲望了一眼，問韋小寶道：「那又怎樣？」

韋小寶道：「聽說紫禁城中一道道門戶很多，一間間宮殿很多，胡亂走了進去，如果沒有皇帝、皇太后帶路，很容易迷路，一輩子走不出來，也是有的。在下沒見過世面，不知道皇帝、皇太后有沒有空，白天黑夜給人帶路。或許沐王府小公爺面子大，你們手下衆位朋友們抬了小公爺的字號出來，把小皇帝、皇太后這老婊子嚇倒了，也難說得很。」

衆人聽他管皇太后叫做「老婊子」，都覺頗爲新鮮。關安基、祁彪清等人忍不住笑了出來。韋小寶在肚裏常常罵太后爲「老婊子」，此刻竟能在大庭廣衆之間大聲罵了出口，心中的痛快當眞難以形容。

柳大洪道：「小公爺的手下行事小心謹愼，決計不會闖進皇宮去的。聽說吳三桂那大漢奸的兒子吳應熊也在北京，他派人去皇宮幹些勾當，也未可知。」

韋小寶點頭道：「柳老爺子說得不錯。在下有個賭骰子的小朋友，是在皇宮裏服侍御前侍衛的。他說昨晚宮裏捉到了幾名刺客，招認出來是沐王府小公爺的手下……」

沐劍聲失驚道：「甚麼？」右手一顫，手裏的酒杯掉了下來，噹的一聲，碎成幾片。

韋小寶道：「我本來倒也相信，心想沐家是大明的大大忠臣，派人去行刺韃子皇帝，那是……那是這個大大的英雄好漢。此刻聽柳老爺子說了，才知原來是漢奸吳三桂的手下，那可饒他們不得了。我馬上去跟那朋友說，叫他想法子好好整治一下這些刺客。他媽的，大漢奸手下，有甚麼好東西了？非叫他們多吃些苦頭不可。」

柳大洪道：「小兄弟，你那位朋友尊姓大名？在韃子宮裏擔任甚麼職司？」

韋小寶搖頭道：「他是給御前侍衞掃地、沖茶、倒便壺的小廝，說出來丟臉得很，人家叫他癩痢頭小三子，有甚麼尊姓大名了？那些刺客給綁着，我本來叫癩痢頭小三子偷偷拿些好東西給他們吃。柳老爺子既說他們是大漢奸的手下，我可要叫他拿刀子在他們大腿上多戳上幾刀，免得給那些烏龜王八蛋逃了。」

柳大洪道：「我也只是揣測之詞，作不得準。他們既然膽敢到宮中行刺，那也是了不起的好漢子。韋香主如能託貴友照看一二，也是出於江湖上的義氣。」

韋小寶道：「這癩痢頭小三子，跟我最好不過，他賭錢輸了，我總十兩八兩的給他，從來不要他還。小公爺和柳老爺子有甚麼吩咐，我叫小三子去幹，他可不敢推託。」

柳大洪吁了一口氣，說道：「如此甚好。不知宮裏擒到的刺客共有幾人，叫甚麼名字。這些刺客膽子不小，我們是很佩服的，眼下不知是否很吃了苦頭。貴友如能代爲打聽，在下很承韋香主的情。」

韋小寶一拍胸脯，說道：「這個容易。可惜刺客不是小公爺手下的兄弟，否則的話，我設法去救他一個出來，交了給小公爺，一命換一命，那麼徐大哥失手傷了白大俠之事，也就算一筆勾銷了。」

柳大洪向着沐劍聲瞧去，緩緩點頭。沐劍聲道：「我們不知這些刺客是誰，但既去行刺韃子皇帝，總是仁人義士，是咱們反淸復明的同道。韋香主，你如能設法相救，不論成與不成，沐劍聲永感大德。徐三爺和白大哥的事，自然再也休提。」

韋小寶轉頭向白寒楓瞧去，說道：「小公爺不提，就怕白二俠不肯罷休，下次見面又來抓住我的手，捏得我大哭大叫，這味道可差勁得很。」

白寒楓霍地站起，朗聲說道：「韋香主如能救得我們……我們……能救得那些失陷了的俠客義士，姓白的這隻手得罪了韋香主，自當斷此一手，向韋香主陪罪。」

韋小寶笑道：「不用，不用，你割一隻手給我，我要來幹甚麼？再說，我那癩痢頭兄弟有沒本事去皇宮救人，那也難說得很。這些人行刺皇帝，那是多大的罪名，身上不知上了幾道脚鐐手銬，又不知有多少人看守。我說去救人，也不過吹吹牛，大家說着消遣罷了。」

沐劍聲道：「要到皇宮中救人，自然千難萬難，我們也不敢指望成功。但只要韋香主肯從中盡力，不管救得出、救不出，大夥兒一般的同感大德。」頓了一頓，又道：「還有一件事，舍妹日前忽然失蹤，在下着急得很。天地會衆位朋友在京城交遊廣濶，眼綫衆多，如能代爲打聽，設法相救，在下感激不盡。」

韋小寶道：「這件事容易辦。小公爺放一百二十個心。好，咱們酒也喝夠了，我這就去找那癩痢頭小三子商量商量。他媽的玩他兩手，倒也快活。」一伸手，從懷中摸了些物事出來，往八仙桌上一摔，赫然是四粒骰子，滾了幾滾，四粒盡是紅色的四點朝天，韋小寶拍手道：「滿堂紅，滿堂紅，上上大吉！唉，可不要人人殺頭，殺個滿堂紅才好。」

衆人相顧失色，盡皆愕然。

韋小寶收起骰子，拱手道：「叨擾了，這就告辭。徐三哥跟我們回去，成不成？」沐劍聲道：「韋香主太客氣了。在下恭送韋香主、徐三爺和天地會衆位朋友的大駕。」

當下韋小寶和徐天川、李力世、關安基等人等離席出門。沐劍聲、柳大洪等直送至大門之外，眼看韋小寶上了轎，這才回進屋去。

羣豪回到那四合院中。關安基最是性急，問道：「韋香主，宮裏昨晚鬧刺客麼？瞧他們神情，多半是沐王府派去的。」韋小寶笑道：「正是。宮裏昨晚來了刺客，這事誰也不敢洩漏，外間沒一人得知，他們卻絲毫不覺奇怪，自然是他們幹的。」玄貞道：「他們膽敢去行刺韃子皇帝，算得膽大包天，倒也令人好生欽佩。韋香主，他們給擒住了的人，你說能救得出麼？只怕這件事極難。」

韋小寶在席上與沐劍聲、柳大洪對答之時，早已打好了主意，要搭救被擒的刺客，那是決無可能，但自己屋裏床上，卻好端端的躺着一個小郡主、一個方怡。小郡主不是刺客，是天地會捉進宮去的，放了也算不得數，那方怡卻是闖進宮去的刺客，想法子讓她混出宮來，卻不是難事。他聽玄貞這麼問，微笑道：「多了不行，救個把人出來，多半還辦得到。徐三哥只殺了白寒松一個，咱們弄一個人出來還他們，一命抵一命，他們也不吃虧了。何況他們連本帶利，還有利錢，連錢老闆弄來的那個小姑娘，一併也還了他們，還有甚麼說的？錢老闆，明天一早，你再抬兩口死豬到御膳房去，再到我屋裏裝了人，我在廚房裏大發脾氣，罵得你狗血淋頭，說這兩口豬不好，逼你立刻抬出宮去。」

錢老闆拍掌笑道：「韋香主此計大妙。裝小姑娘的那口死豬，倒也罷了，另一口可得挑選特大號的。」

韋小寶向徐天川慰問了幾句，說道：「徐三哥，你別煩惱。盧一峯這狗賊得罪了你，我叫吳應熊打斷他的狗腿。」徐天川應道：「是，是。多謝韋香主。」心中半點不信：「小孩子家胡言亂語，吳應熊是平西王的世子，多大的氣焰，怎會來聽你的話？」韋小寶答允替他解開誤殺白寒松的死結，雖然好生感激，卻也不信他眞能辦成這件大事。

韋小寶剛回皇宮，一進神武門，便見兩名太監迎了上來，齊聲道：「桂公公，快去，快去，皇上傳你。」韋小寶道：「有甚麼要緊事了？」一名太監道：「皇上已催了幾次，像是有急事。皇上在上書房。」

韋小寶快步趕到上書房。康熙正在房中踱來踱去，見他進來，臉有喜色，罵道：「他媽的，你死到那裏去啦？」

韋小寶道：「回皇上：奴才心想刺客膽大妄爲，如不一網打盡，恐怕不大妙，說不定還會鬧事，可叫皇上操心，須得找到暗中主持的那個正主兒才好。因此剛才換了便服，到各處大街小巷走走，想探聽一下，到底刺客的頭兒是誰，是不是在京城之中。」

康熙道：「很好，可探到了甚麼消息？」韋小寶心想：「若說一探便探到消息，未免太巧。」說道：「走了半天，沒見到甚麼惹眼之人，明天想再去查察。」

康熙道：「你亂走瞎闖，未必有用。我倒有個主意。」

韋小寶喜道：「皇上的主意必是好的。」康熙道：「適才多隆稟告，擒到的三個刺客口風很緊，不論怎麼拷打誘騙，始終咬實是吳三桂所遣，看來便再拷問，也問不出一句眞話。我想不如放了他們。」韋小寶道：「放了？這……這太便宜他們了。」

康熙道：「這些刺客是奉命差遣，雖然叛逆犯上，殺不殺無關大局，最要緊的是找到主謀，一網打盡，方無後患。」說到這裏，微笑道：「放了小狼，小狼該去找母狼罷？」

韋小寶大喜，拍掌笑道：「妙極，妙極！咱們放了刺客，卻暗中撮着，他們自會去跟反賊的頭子會面。皇上神機妙算，當眞勝過三個諸葛亮。」

康熙笑道：「甚麼勝過三個諸葛亮？你這馬屁未免拍得太過。只是如何撮着刺客，不讓他們發覺，倒不大易辦。小桂子，我給你一件差使，你假裝好人，將他們救出宮去，那些刺客當你是同道，自然帶你去了。」韋小寶沉吟道：「這個……」康熙道：「這件事自然頗爲危險，倘若給他們察覺了，非立時要了你的小命不可。只可惜我是皇帝，否則的話，我眞想自己去幹一下子，這滋味可妙得很哪。」

韋小寶道：「皇上叫我去幹，自然遵命，再危險的事也不怕。」

康熙大喜，拍拍他的肩膀，笑道：「我早知你又聰明，又勇敢，很肯替我辦事。你是小孩子，刺客不會起疑。我本想派兩名武功好的侍衛去幹，可是刺客不是笨人，未必會上當。

一次試了不靈，第二次就不能再試了。小桂子，你去辦這件事，就好像我親身去辦一樣。」

康熙學了武功之後，躍躍欲試，一直想幹幾件危險之事，但身爲皇帝，畢竟不便涉險，派韋小寶去幹，就拿他當作自己替身，就算這件事由侍衞去辦可能更好，他也寧可差韋小寶去。他想小桂子年紀和我相若，武功不及我，聰明不及我，他辦得成，我自然也辦得成，差他去辦，和自己親手去幹，也已差不了多少，雖然不能親歷其境，但也可想像得之。

康熙又道：「你要裝得越像越好，最好能當着刺客之面，殺死一兩名看守的侍衞，讓這些刺客對你毫不懷疑。我再吩咐多隆，叫他放鬆盤查，讓你帶着他們出宮。」

韋小寶應道：「是！不過侍衞的武功好，只怕我殺他們不了。」康熙道：「你隨機應變好了，但可得小心，別讓侍衞先將你殺了。」韋小寶伸了舌頭，道：「倘若給侍衞殺了，那可死得不明不白，小桂子反而成爲反賊的同黨。」

康熙雙手連搓，很是興奮，說道：「小桂子，你幹成了這件事，要我賞你些甚麼？」韋小寶道：「這件事倘若辦成功，皇上一定開心。只要皇上開心，那可比甚麼賞賜都強。皇上下次再想到甚麼既有趣、又危險的玩意兒，仍然派我去辦，那就好得很了。」康熙大喜，道：「一定，一定！唉，小桂子，可惜你是太監，否則我一定賞你個大官做做。」

韋小寶心念一動，道：「多謝皇上。」心想：「總有一天，你會發覺我是冒牌太監，那時候可不知要如何生氣了。」說道：「皇上，我求你一個恩典。」康熙微笑道：「想做大官麼？」韋小寶道：「不是！我替皇上赤膽忠心辦事，倘若闖出了禍，惹皇上生氣，你可得饒我性命，別殺我頭。」

康熙道：「你只要眞的對我忠心，你這顆腦袋瓜子，在脖子上就擺得穩穩的。」說着哈哈大笑。

韋小寶從上書房出來，尋思：「我本想放了小郡主和方姑娘給沐王府，但憑着皇上剛才那番話，變成了奉旨放刺客，那兩個小姑娘倒不忙就放出去了。刺客的眞正頭兒，剛才老子就同他們一塊兒喝酒，要不要奏知皇上，將沐劍聲小烏龜和柳大洪老傢伙抓了起來？可是師父如知道我幹這件事，定然不饒。他媽的，我到底還做不做天地會的香主哪？」

他在宮裏人人奉承，康熙又對他十分寵信，一時之間，眞想在宮裏就當他一輩子的太監了，但一想到皇太后，不由得心中一寒：「這老婊子說甚麼也要尋我晦氣，老子在宮裏可躭不長久。」

當下來到乾清宮之西的侍衞房。當班的頭兒正是趙齊賢。他昨晚既分得了銀子，今日又從侍衞總管多隆處得了賞賜，得知是韋小寶在皇上面前說了好話，一見他到來，喜歡得甚麼似的，一躍而起，迎了上來，笑道：「桂公公，甚麼好風兒吹得你大駕光臨。」

韋小寶笑道：「我來瞧瞧那幾個大膽的反賊。」湊在他耳邊低聲道：「皇上差我來幫着套套口供，要查到主使他們的正主兒到底是誰。」趙齊賢點頭道：「是。」低聲道：「三個反賊嘴緊得很，已抽斷了兩根皮鞭子，總是一口咬定，是吳三桂派他們來的。」韋小寶道：「讓我去問問。」

走進西廳，見木柱上綁着三個漢子，光着上身，已給打得血肉模糊。一個是虬髯大漢，另外兩個是二十來歲的年輕人，一個皮色甚白，另一個身上刺滿了花，胸口刺着個猙獰的虎頭。韋小寶尋思：「不知這二人之中，有沒那劉一舟在內？」轉頭向趙齊賢道：「趙大哥，恐怕你們捉錯了人，你且出去一會。」趙齊賢道：「是。」轉身出去，帶上了門。

韋小寶道：「三位尊姓大名？」那虬髯漢子怒目圓睜，罵道：「狗太監，憑你也配來問老子的名字。」韋小寶低聲道：「我受人之託，來救一個名叫劉一舟的朋友……」

他此話一出，三個人臉上都有驚異之色，互相望了一眼。那虬髯漢子問道：「你受誰的託？」韋小寶道：「你們中間有沒劉一舟這個人，有呢，我有話說，沒有呢，那就算了。」三人又是你瞧瞧我，我瞧瞧你，都有遲疑之色，生怕上當。那虬髯漢子又問：「你是誰？」韋小寶道：「託我那兩位朋友，一位姓沐，一位姓柳。『鐵背蒼龍』你們認不認識？」

那虬髯漢子大聲道：「『鐵臂蒼龍』柳大洪在雲貴四川一帶，誰人不知，那個不曉？沐劍聲是沐天波的兒子，流落江湖，此刻也不知是死是活。」一面說，一面連連搖頭。

韋小寶點頭道：「三位既然不認得沐家小公爺和柳老爺子，那麽定然不是他的朋友了，想來這些招式也不識得。」說着拉開架子，使了兩招沐家拳，自然是「橫掃千軍」與「高山流水」。

那胸口刺有虎頭的年輕人「咦」了一聲。韋小寶停手問道：「怎麽？」那人道：「沒甚麽。」虬髯漢子問道：「這些招式是誰敎的？」韋小寶笑道：「我老婆敎的。」虬髯漢子呸了一聲，道：「太監有甚麽老婆？」說着不住搖頭。他本來罵韋小寶爲「狗太監」，後來聽他言語有異，行動奇特，免去了這個「狗」字。

韋小寶道：「太監爲甚麼不能有老婆？人家願嫁，你管得着嗎？我老婆姓方，單名一個怡字……」

那皮肉白淨的年輕人突然大吼一聲，喝道：「胡說！」

韋小寶見他額頭青筋暴起，眼中要噴出火來，情急之狀已達極點，料想這人便是劉一舟了，見他一張長方臉，相貌頗爲英俊，只是暴怒之下，神情未免有些可怖，當下笑道：「甚麼胡說？我老婆是沐王府中劉白方蘇四大家將姓方的後人。跟我做媒人的姓蘇，名叫蘇岡，有個外號叫作『聖手居士』。還有個媒人姓白，他兄長白寒松最近給人打死了，那白寒楓窮極無聊，就給人做媒人騙錢，收殮他死了的兄長……」

那年輕人越聽越怒，大吼：「你……你……你……」

那虬髯漢子搖頭道：「兄弟，且別做聲。」向韋小寶道：「沐王府中的事兒，你倒知道得挺多。」

韋小寶道：「我是沐王府的女壻，丈人老頭家裏的事，怎麼不知道？那方怡方姑娘本來不肯嫁我的，說跟她師哥劉一舟已有婚姻之約。但聽說這姓劉的不長進，投到了大漢奸吳三桂的部下，進皇宮來行刺。你想……吳三桂這大漢奸……」說到這裏，壓低了嗓子道：「勾結韃子，將我大明天子的花花江山雙手奉送給了滿淸狗賊。吳三桂這傢伙，凡是我漢人，沒一個不想剝他的皮，吃他的肉。劉一舟這小子，甚麼主子不好投靠，幹麼去投了吳三桂？方姑娘自然面目無光，再也不肯嫁他了。」

那年輕人急道：「我……我……我……」

那虬髯漢子搖頭道：「人各有志，閣下在清宮裏當太監，也不是甚麼光彩事情。」

韋小寶道：「對，對！當然沒甚麼光彩。我老婆記掛着舊情人，定要我查問清楚，那劉一舟到底死了沒有，如果眞的死了，她嫁給我更加心安理得，從此沒了牽掛。不過要給她的劉師哥安個靈位，燒些紙錢。三位朋友，你們這裏沒有劉一舟這人，是不是？那我去回覆方姑娘，今晚就同我拜堂成親了。」說著轉身出外。

那年輕人道：「我就是……」那虬髯漢子大喝：「別上當！」那年輕人用力掙了幾下，怒道：「他……他……」突然間一口唾沫向韋小寶吐了過來。

韋小寶閃身避開，見這三人的手脚都用粗牛筋給牢牢綁在柱上，決計難以掙脫，心想：「這人明明是劉一舟，他本就要認了，卻給這大鬍子阻住。」一沉吟間，已有了計較，說道：「你們在這裏等着，我再去問問我老婆。」

回到外間，向趙齊賢道：「我已問到了些端倪，別再拷打了，待會兒我再來。」

其時天已昏暗，韋小寶心想方怡和沐劍屏已餓得很了，不卽回房，先去吩咐御膳房中手下太監，開一桌豐盛筵席來到屋中，說道昨晚衆侍衛擒賊有功，今日要設宴慶賀，席上商談擒拿刺客的機密大事，不必由小太監服侍。

他開鎖入房，輕輕推開內室房門。沐劍屏低呼一聲，坐了起來，輕聲道：「你怎麼到這時候才來？」韋小寶道：「等得你心焦死了，是不是？我可打聽到了好消息。」

方怡從枕上抬起頭來，問道：「甚麼好消息？」

韋小寶點亮了桌上蠟燭，見方怡雙眼紅紅的，顯是哭泣過來，嘆了口氣，說道：「這消息在你是大好，對我卻是糟透糟透，一個剛到手的好老婆憑空飛了。唉，劉一舟這傢伙居然沒死。」

方怡「啊」的一聲呼叫，聲音中掩飾不住喜悅之情。

沐劍屏喜道：「我們劉師哥平安沒事？」

韋小寶道：「死是還沒死，要活恐怕也不大容易。他給宮裏侍衞擒住了，咬定說是大漢奸吳三桂派到宮裏來行刺的。死罪固然難逃，傳了出去，江湖上英雄好漢都說他給吳三桂做走狗，殺了頭之後，這名聲也就臭得很。」

方怡上身抬起，說道：「我們來到皇宮之前，早就已想到此節，但求扳倒了吳三桂這奸賊，爲先帝與沐公爺報得深仇大恨，自己的性命和死後名聲，早已置之度外。」

韋小寶大拇指一翹，道：「好，有骨氣！吾老公佩服得很。方姑娘，咱們有一件大事，得商量商量。如果我能救得你的劉師哥活命，那你就怎樣？」

方怡眼中精光閃動，雙頰微紅，說道：「你當眞得救得我劉師哥，你不論差我去做甚麼艱難危險之事，方怡決不能皺一皺眉頭。」這幾句話說得斬釘截鐵，十分乾脆。

韋小寶道：「咱們訂一個約，好不好？小郡主作個見證。如果我將你劉師哥救了出去，交了給小公爺沐劍聲和『鐵臂蒼龍』柳大洪柳老爺子……」沐劍屏接口道：「你知道我哥哥和我師父？」韋小寶道：「沐家小公爺和『鐵背蒼龍』大名鼎鼎，誰人不知，那個不曉。」

沐劍屏道：「你是好人，如果救得劉師哥，大夥兒都感激你的恩情。」

韋小寶搖頭道：「我不是好人，我只做買賣。劉一舟這人非同小可，可是行刺皇帝的欽犯。我要救他，那是冒了自己性命的大險，是不是？官府一查到，不但我人頭落地，連我家裏爺爺、奶奶、爸爸、媽媽、三個哥哥、四個妹子，還有姨丈、姨母、姑丈、姑母、舅舅、舅母、外公、外婆、表哥、表弟、表姊、表妹，一古腦兒都得砍頭，是不是？這叫做滿門抄斬。我家裏的金子、銀子、屋子、鍋子、褲子、鞋子，一古腦兒都得給沒入官，是不是？」

他問一句「是不是」，沐劍屏點了點頭。

方怡道：「正是，這件事牽連太大，可不能請你辦。反正我……我……師哥死了，我也不能活着，大家認命罷啦。」說着淚珠撲簌簌的流了下來。

韋小寶道：「不忙傷心，不忙哭。你這樣羞花閉月的美人兒，淚珠兒一流下來，我心腸就軟了。方姑娘，爲了你，我甚麼事都幹。我定須將你的劉師哥去救出來。咱們一言爲定，救不出你劉師哥，我一輩子給你做牛做馬做奴才。救出了你劉師哥，你一輩子做我老婆。大丈夫一言旣出，甚麼馬難追，就是這一句話。」

方怡怔怔的瞧着他，臉上紅暈漸漸退了，現出一片蒼白，說道：「桂大哥，爲了救劉師哥性命，甚麼事……甚麼我都肯，倘若你眞能救得他平安周全，要我一輩子……一輩子服侍你，也無不可。只不過……只不過……」

剛說到這裏，屋外脚步聲響，有人說道：「桂公公，送酒菜來啦。」方怡立卽住口。

韋小寶道：「好！」走出房去，帶上了房門，打開屋門。四名太監挑了飯菜碗盞，走進屋來，在堂上擺了起來，十二大碗菜餚，另有一鍋雲南汽鍋鷄。四名太監安了八副杯筷，恭恭敬敬的道：「桂公公，還短了甚麼沒有？」韋小寶道：「行了，你們回去罷。」每人賞了一兩銀子，四名太監歡天喜地的去了。

韋小寶將房門上了閂，把菜餚端到房中，將桌子推到床前，斟了三杯酒，盛了三碗飯，問道：「方姑娘，你剛才說『只不過，只不過』，到底只不過甚麼？」

這時方怡已由沐劍屏扶着坐起身來，臉上一紅，低下頭去，隔了半晌，低聲道：「我本來想說，你是宮中的執事，怎能娶妻？但不管怎樣，只要你能救得我劉師哥性命，我一輩子陪着你就是了。」

她容色晶瑩如玉，映照於紅紅燭光之下，嬌艷不可方物。韋小寶年紀雖小，卻也瞧得有點兒魂不守舍，笑道：「原來你說我是太監，娶不得老婆。娶得娶不得老婆，是我的事，你不用擔心。我只問你，肯不肯做我老婆？」

方怡秀眉微蹙，臉上薄含怒色，隔了半晌，心意已決，道：「別說做你妻子，就算你將我賣到窰子裏做娼妓，我也所甘願。」

這句話倘若別的男子聽到，定然大不高興，但韋小寶本就是妓院中出身，也不覺得有甚麼了不起，笑吟吟的道：「好，就是這麼辦。好老婆，好妹子，咱三個來喝一杯。」

方怡本來沒將眼前這小太監當作一回事，待見他手刃御前侍衞副總管瑞棟，用奇藥化去他屍體，而宮中衆侍衞和旁的太監又都對他十分恭敬，才信他確是大非尋常。劉一舟是她傾心相戀的意中人，雖無正式婚姻之約，二人早已心心相印，一個非君不嫁，一個非卿不娶。昨晚二人一同入宮幹此大事，方怡眼見劉一舟失手爲侍衞所擒，苦於自己受傷，相救不得，料想情郎必然殉難，豈知這小太監竟說他非但未死，還能設法相救，心想：「但教劉郎得能脫險，我縱然一生受苦，也感謝上蒼待我不薄。這小太監又怎能娶我爲妻？他只不過喜歡油嘴滑舌，討些口頭上的便宜，我且就着他些便了。」想明白了這節，便即微微一笑，端起酒杯，說道：「這杯酒就跟你喝了，可是你如救不得我劉師哥，難免做我劍下之鬼。」

韋小寶見她笑靨如花，心中大樂，也端起酒杯，說道：「咱們說話可得敲釘轉脚，不得抵賴。倘若我救了你劉師哥，你卻反悔，又要去嫁他，那便如何？你們兩個夾手夾脚，我可不是對手，他一刀橫砍，你一劍直劈，我桂公公登時分爲四塊，這種事不可不防。」

方怡收起笑容，肅然道：「皇天在上，后土在下，桂公公若能相救劉一舟平安脫險，小女子方怡便嫁桂公公爲妻，一生對丈夫忠貞不貳。就算桂公公不能當眞娶我，我也死心塌地的服侍他一輩子。若有二心，教我萬刼不得超生。」說着將一杯酒潑在地下，又道：「小郡主便是見證。」

韋小寶大喜，問沐劍屏道：「好妹子，你可有甚麼心上人，要我去救沒有？」沐劍屏道：「沒有！我怎麼會有甚麼心上人了？」韋小寶道：「可惜，可惜！」沐劍屏道：「可惜甚麼？」韋小寶道：「如果你也有個心上人，我也去救了他出來，你不是也就嫁了我做好老婆麼？」沐劍屏道：「呸！有了一個老婆還不夠，得隴望蜀！」

韋小寶笑道：「癩蝦蟆想吃天鵝肉！喂，好妹子，跟你劉師哥一塊兒被擒的，還有兩個人，一個是絡顋鬍子……」沐劍屏道：「那是吳師叔。」韋小寶道：「還有一個身上刺滿了花，胸口有個老虎頭的。」沐劍屏道：「那是青毛虎敖彪，是吳師叔的徒弟。」韋小寶問道：

「那吳師叔叫甚麼名字？」沐劍屏道：「吳師叔名叫吳立身，外號叫做『搖頭獅子』。」韋小寶笑道：「這外號取得好，人家不論說甚麼，他總是搖頭。」韋小寶道：

沐劍屏道：「桂大哥，你既去救劉師哥，不妨順便將吳師叔和敖師哥也救了出來。」韋小寶道：「那吳師叔和敖彪，有沒有羞花閉月的女相好？」沐劍屏道：「不知道，你問來幹甚麼？」韋小寶道：「我得先去問問他們的女相好，肯不肯讓我佔些便宜，否則我拚命去救人，豈不是白辛苦一場？」

驀地裏眼前黑影一幌，一樣物事劈面飛來，韋小寶急忙低頭，已然不及，拍的一聲，正中額角。那物事撞得粉碎，卻是一隻酒杯。韋小寶和沐劍屏同聲驚呼：「啊喲！」韋小寶躍開三步，連椅子也帶倒了，額上鮮血涔涔而下，眼中酒水模糊，瞧出來白茫茫一片。

只聽方怡喝道：「你立即去把劉一舟殺了，姑娘也不想活啦，免得整日受你這等沒來由的欺侮！」原來這隻酒杯正是方怡所擲，幸好她重傷之餘，手上勁力已失。韋小寶額頭給酒杯擊中，只劃損了些皮肉。

沐劍屏道：「桂大哥，你過來，我給你瞧瞧傷口，別讓碎瓷片留在肉裏。」

韋小寶道：「我不過來，我老婆要謀殺親夫。」

沐劍屏道：「誰叫你瞎說，又要去佔別的女人便宜？連我聽了也生氣。」

韋小寶哈哈大笑，說道：「啊，我明白啦，原來你們兩個是喝醋，聽說我要去佔別的女人便宜，我的大老婆、小老婆便大大喝醋了。」

沐劍屏拿起酒杯，道：「你叫我甚麼？瞧我不也用酒杯投你！」

韋小寶伸袖子抹眼睛，見沐劍屏佯嗔詐怒，眉梢眼角間卻微微含笑，又見方怡神色間頗有歉意，自己額頭雖然疼痛，心中卻是甚樂，說道：「大老婆投了我一隻酒杯，小老婆如果不投，太不公平。」走上一步，說道：「小老婆也投罷！」

沐劍屏道：「好！」手一揚，酒杯中的半杯酒向他臉上潑到。韋小寶竟不閃避，半杯酒都潑在他臉上。他伸出舌頭，將臉上的鮮血和酒水舐入口中，嘖嘖稱賞，說道：「好吃，好吃！大老婆打出的血，再加小老婆潑過來的酒，啊喲，鮮死我了，鮮死我了！」

沐劍屏先笑了出來，方怡噗哧一聲，忍不住也笑了，罵道：「無賴！」從懷中取出一塊手帕，交給沐劍屏，道：「你給他抹抹。」沐劍屏笑道：「你打傷了人家，幹麼要我抹？」方怡掩口道：「你不是他的小老婆麼？」沐劍屏啐道：「呸！你剛才親口許了他的，我可沒許過。」方怡笑道：「誰說沒許過？他說：『小老婆也投罷！』你就把酒潑他，那不是自己答應做他小老婆了？」

韋小寶笑道：「對，對！我大老婆也疼，小老婆也疼。你兩個放心，我再也不去勾搭別的女人了。」

方怡叫韋小寶過來，檢視他額頭傷口中並無碎瓷，給他抹乾了血。

三人不會喝酒，肚中卻都餓了，吃了不少菜餚。說說笑笑，一室皆春。

飯罷，韋小寶打了個呵欠，道：「今晚我跟大老婆睡呢，還是跟小老婆睡？」

方怡臉一沉，正色道：「你說笑可得有個譜，你再鑽上床來，我……我一劍殺了你。」

韋小寶伸了伸舌頭，道：「終有一天，我這條老命要送在你手裏。」將飯菜搬到外堂，取過一張蓆子鋪在地下，和衣而睡。這時實在疲倦已極，片刻間便即睡熟。

次日一早醒來，覺得身上暖烘烘的，睜眼一看，身上已蓋了一條棉被，又覺腦袋下有個枕頭，坐起身來，見床上紗帳低垂。隔着帳子，隱隱約約見到方怡和沐劍屏共枕而睡。

他悄悄站起，揭開帳子，但見方怡嬌艷，沐劍屏秀雅，兩個小美人的俏臉相互輝映，如明珠，如美玉，說不出的明麗動人。韋小寶忍不住便想每個人都去親一個嘴，卻怕驚醒了她們，心道：「他媽的，這兩個小娘倘若當眞做了我大老婆、小老婆，老子可快活得緊。麗春院中那裏有這等俊俏的小娘。」

他輕手輕脚去開門。門樞嘰的一響，方怡便即醒了，微笑道：「桂……桂……你早。」韋小寶道：「桂甚麼？好老公也不叫一聲。」方怡道：「你又還沒將人救出來。」韋小寶道：「你放心，我這就去救人。」

沐劍屏也醒了過來，問道：「大清早你兩個在說甚麼？」

韋小寶道：「我們一直沒睡，兩個兒說了一夜情話。」打個呵欠，拍嘴說道：「好睏，好睏！我這可要睡了。」又伸了個懶腰。

方怡臉上一紅，道：「跟你有甚麼話好說？怎說得上一夜？」

韋小寶一笑，道：「好老婆，咱們說正經的。你寫一封信，我拿去給你的劉師哥，他才肯信我，跟我混出宮去。否則他咬定是吳三桂的女壻……」沐劍屏道：「他冒充吳三桂女壻的姪兒。」韋小寶道：「方姑娘做了我大老婆，劉一舟只好去做吳三桂的女壻了。」方怡道：「你別胡扯！不過要寫封信，倒也不錯。可是……可是寫甚麼好呢？」

韋小寶道：「寫甚麼都好，就說我是你的老公，天下第一的大好人，最有義氣，受了你的囑託，前來相救，貨眞價實，十足眞金。」找齊了海大富的筆硯紙張，磨起了墨，將一張白紙放在小桌上，推到床前。

方怡坐起身來，接過了筆，忽然眼淚撲簌簌的滾了下來，哽咽道：「我寫甚麼好？」

韋小寶見她楚楚可憐的模樣，心腸忽然軟了，說道：「你寫甚麼都好，反正我不識字。你別說嫁了我做老婆，否則你劉師哥一生氣，就不要我救了。」方怡道：「你不識字？你騙我。」韋小寶道：「我如識字，我是烏龜王八蛋，不是你老公，是你兒子，是你灰孫子。」

方怡提筆沉吟，只感難以落筆，抽抽噎噎的又哭了起來。

韋小寶滿腔豪氣，難以抑制，大聲道：「好啦，好啦！我救了劉一舟出來之後，你嫁給他便是，我不跟他爭了。反正你跟了我之後，還是要去和他軋姘頭，與其將來戴綠帽，做烏龜，還是讓你快快活活的，去嫁給他媽的這劉一舟。你愛寫甚麼便寫甚麼，他媽的，老子甚麼都不放在心上了。」

方怡一對含着淚水的大眼向他瞧了一眼，低下頭來，眼光中既有歡喜之意，亦有感激之情，在紙上寫了幾行字，將紙摺成一個方勝，說道：「請……請你交給他。」

韋小寶心中暗罵：「他媽的，你啊你的，大哥也不叫一聲，過河拆橋，放完了猣口不要和尙。」但他旣已逞了英雄好漢，裝出一股豪氣干雲的模樣，便不能再逼着方怡做老婆，接過方勝，往懷中一揣，頭也不回的出門去了，心想：「要做英雄，就得自己吃虧。好好一個老婆，又雙手送了給人。」

乾清宮側侍衞房值班的頭兒這時已換了張康年。他早一晚已得了多隆的囑咐，要相助桂公公將刺客救出宮去，卻不可露出絲毫形迹，讓刺客起疑，見韋小寶到來，忙迎將上去，使個眼色，和他一同走到假山之側，低聲問道：「桂公公，你要怎生救人？」

韋小寶見他神態親熱，心想：「皇上命我殺個把侍衞救人，好讓劉一舟他們不起疑心。這張老哥對我甚好，倒有些不忍殺他。好在有臭小娘一封書信，這姓劉的殺胚是千信萬信的了。」沉吟道：「我再去審審這三個龜兒子，隨機應變便了。」

張康年笑着請了個安，道：「多謝桂公公。」韋小寶道：「又謝甚麼了？」張康年道：「小人跟着桂公公辦事，以後公公一定不斷提拔。小人升官發財，那是走也走不掉的了。」韋小寶微笑道：「你赤膽忠心給皇上當差，將來只怕一件事。」張康年一驚，問道：「怕甚麼？」韋小寶道：「就只怕你家裏的庫房太小，裝不下這許多銀子。」張康年哈哈大笑，跟着收起笑聲，低聲道：「公公，我們十幾個侍衞暗中都商量好了，大家盡力給公公辦事，說甚麼要保公公做到宮裏的太監總首領。」

韋小寶微笑道：「那可妙得很了，等我大得幾歲再說罷。」跟着想起錢老本送活豬補漏洞的事來，問道：「瑞副總管那裏去了？多總管跟你們大家忙得不可開交，怎地一直不見瑞副總管？」張康年道：「多半是太后差他出宮辦事去了。」韋小寶點點頭，道：「你見到瑞副總管時，請他到我屋裏來一趟。皇上吩咐了，有幾句話要問他。」張康年答應了。

韋小寶走進侍衞房，來到綁縛劉一舟等三人的廳中。一晚不見，三人的精神又委頓了許多，雖然未再受拷打，但兩日兩晚未進飲食，便鐵打的漢子也頂不住了。廳中看守的七八名侍衛齊向韋小寶請安，神態十分恭敬。

韋小寶大聲道：「皇上有旨，這三個反賊大逆不道，立即斬首示衆。快去拿些酒肉飯菜來，讓他們吃得飽飽地，免得死了做餓鬼。」衆侍衛齊聲答應。

那虯髯漢子吳立身大聲道：「我們爲平西王盡忠而死，流芳百世，勝於你們這些給韃子做奴才的畜生萬倍。」

一名侍衛提起鞭子，刷的一鞭打去，罵道：「吳三桂這反賊，叫他轉眼就滿門抄斬。」劉一舟神情激動，雙眼向天，口唇輕輕顫動，不知在說些甚麼。

衆侍衛拿了三大碗飯、三大碗酒進來。韋小寶道：「這三個反賊聽得要殺頭，嚇得全身發抖，只怕酒也喝不下，飯也吃不落啦。三位兄弟辛苦些，餵他們每人喝兩口酒，可不能多喝。這一大碗飯嘛，就餵他們吃了。要是喝得醉了，殺起頭來不知道頸子痛，可太便宜了他們。去到陰世，閻羅王見到三個酒鬼，大大生氣，每個酒鬼先打三百軍棍，那可又害苦了他們。」衆侍衛都笑了起來，餵三人喝酒吃飯。

吳立身大口喝酒，大口吃飯，神色自若。敖彪吃一口飯罵一句：「狗奴才！」劉一舟臉色慘白，食不下咽，吃不到小半碗，就搖頭不吃了。

韋小寶道：「好啦，大夥兒出去。皇上叫我問他們幾句話，問了之後再殺頭。」

張康年躬身道：「是！」領着衆侍衛出去，帶上了門。

韋小寶聽得衆人脚步聲走遠，咳嗽一聲，側頭向吳立身等三人打量，臉上露出詭秘的笑容。吳立身罵道：「狗太監，有甚麼好笑？」韋小寶笑道：「我自笑我的，關你甚麼事？」

劉一舟突然說道：「公公，我……我就是劉一舟！」

韋小寶一怔，還未答話。吳立身和敖彪已同時喝了起來：「你胡說甚麼？」劉一舟道：「公公，求求你救我一救，救……救我們一救。」吳立身喝道：「貪生怕死，算甚麼英雄好漢，何必開口求人？」劉一舟道：「他……他說小公爺和我師父，託……託他來救……救我們的。」吳立身搖頭道：「他這等騙人的言語，也信得的？」

韋小寶笑道：「『搖頭獅子』吳老爺子，你就瞧在我臉上，少搖幾次頭罷。」吳立身一驚，道：「你……你……」韋小寶笑道：「這一位青毛虎敖彪敖大哥，是你的得意弟子，是不是？名師必出高徒，佩服，佩服。」吳立身和敖彪臉上變色，驚疑不定。

韋小寶從懷中取出方怡所摺的那個方勝，打了開來，放在劉一舟面前，笑道：「你瞧這是誰寫的字？」

劉一舟一看，大喜過望，顫聲道：「這眞是方師妹的筆迹。吳師叔，方師妹說這……這位公公是來救我們的，叫我一切都聽他的話。」

吳立身道：「給我瞧瞧。」韋小寶將那張紙拿到吳立身眼前，心想：「這上面不知寫了些甚麼情話。我這大老婆不要臉，一心想偷漢子，甚麼肉麻的話都寫得出。」只聽吳立身讀道：「『劉師哥：桂公公是自己人，義薄雲天，干冒奇險，前來相救，務須聽桂公公指示，求脫虎口。妹怡手啓。』嗯，這上面畫了我們沐王府的記認花押，倒是不假。」

韋小寶聽方怡在信中稱讚自己「義薄雲天」，不明白「義薄雲天」是甚麼意思，心想義氣總是越厚越好，「薄」得飛上了天，還有甚麼膾下的？但以前曾好幾次聽人說過，知道確是一句大大的好話，又聽她信中並沒對劉一舟說甚麼肉麻情話，更是歡喜，說道：「那還有假的？」

劉一舟問道：「公公，我那方師妹在那裏？」韋小寶心道：「在我床上。」口中說道：「她此刻躲在一個安穩的所在，我救了你們出去之後，再設法救她，和你相會。」

劉一舟眼淚奪眶而出，哽咽道：「公公的大恩大德，眞不知何以爲報。」他適才聽韋小寶說，吃過酒飯後便提出去殺頭，他本來膽大，可是突然間面臨生命關頭，恐懼之情再也難以克制，忍不住聲稱自己便是劉一舟，只盼在千鈞一髮之際留得性命，待見到方怡的書信，得知活命有望，這一番歡喜當眞難以形容。

吳立身卻臨危不懼，仍要查究淸楚，問道：「請問閣下尊姓大名。何以肯加援手？」

韋小寶道：「索性對你們說明白了。我的朋友都叫我癩痢頭小三子，你們別奇怪，我從前是癩痢，現今不癩了。我有個好朋友，是天地會青木堂的香主，名叫韋小寶。他說天地會中有個老頭兒，叫做八臂猿猴徐天川，爲了爭執擁唐、擁桂甚麼的，打死了你們沐王府的白寒松。沐家小公爺和白寒楓不肯干休，但人死了活不轉來，沒有法子，那韋小寶就來託我救你們三位出去，賠還給沐王府，以便顧全雙方義氣。」

跟天地會的糾葛，吳立身知道得很明白，當下更無懷疑，不住的又搖頭，又點頭，說道：「這就是了。在下適才言語冒犯，多有得罪。」

韋小寶笑道：「好說，好說！只不過如何逃出宮去，可得想個妙法。」

劉一舟道：「桂公公想的法子，必是妙的，我們都聽從你的吩咐便了。」韋小寶心道：「我可還沒想出甚麼主意呢。」問吳立身道：「吳老爺子可有甚麼計策？」吳立身道：「皇宮裏狗侍衛極多，白天是闖不出去的。等到晚間，你來設法割斷我們手脚上的牛筋，讓我們乘黑衝殺出去便是。」

韋小寶道：「此計極妙，就怕不是十拿九穩。」在廳上走來走去，籌思計策。敖彪道：「衝得出去最好，衝不出去，至不濟也不過是個死。」劉一舟道：「敖師哥，別打斷桂公公的思路。」敖彪怒目向他瞪視。

韋小寶心想：「最好是有甚麼迷藥，將侍衛們迷倒，便可不傷人命。」走到外室，向張康年道：「張大哥，我要用些迷藥，你能不能立刻給我弄些來。」張康年笑道：「行，行。趙二哥那裏現成有的是蒙汗藥，我馬上去拿。」韋小寶笑問：「趙二哥身邊有蒙汗藥？作甚麼用的？」張康年低聲道：「不瞞公公說，前日瑞副總管差我們去拿一個人，吩咐了要悄悄的幹，不能張揚。這人武功了得，我們只怕明刀明槍的動手多傷人命，而且不能活捉。趙二哥就去弄了一批蒙汗藥來，做了手脚。」韋小寶心道：「你們打不過人家，就攪鬼計。」問道：「結果大功告成？」張康年笑道：「手到擒來。」

韋小寶聽說是瑞棟要他們去辦的事，就得多問幾句：「捉的是甚麼人？犯了甚麼事？」張康年道：「是宗人府的鑲紅旗統領和察博，聽說是得罪了太后。瑞副總管把他捉來後，逼他繳了一部經書出來，後來在他嘴上、鼻上貼了桑皮紙，就這麼活生生的悶死了他。」

韋小寶聽得暗暗心驚：「原來老婊子爲的又是那部『四十二章經』。瑞棟取到經書後，幹麼不立即去交給老婊子，卻藏在自己身上？還不是想自行吞沒嗎？」隨即想到瑞棟決不敢吞沒經書：「嗯，是了，老婊子一見到瑞棟，來不及問經書的事，立即便派他來殺我。瑞棟是想先殺老子，再繳經書，卻變成了戲文『長坂坡』中那個夏侯甚麼的小花臉，先送性命，再送寶劍。老子這可不成了七進七出的常山趙子龍嗎？」隨口問道：「那是甚麼經書？這樣要緊。」張康年道：「那可不知道了。我這就取蒙汗藥去。」

韋小寶道：「煩你再帶個訊，叫膳房送兩桌上等酒席來，是我相請衆位哥兒的。」

張康年喜道：「公公又賞酒喝。只要跟着公公，吃的喝的，一輩子不用愁短得了。」

過不多時，張康年取了蒙汗藥來，好大的一包，怕不有半斤多重，低聲笑道：「這一大包藥，足夠迷到幾百人。點子倘若只有一人，用手指甲挑這麼一點兒，和在茶裏酒裏，那就夠了。」跟着吩咐衆侍衛搬桌擺櫈，說道桂公公賞酒。衆侍衛大喜，忙着張羅。

韋小寶道：「把酒席擺在犯人廳裏，咱們樂咱們的，讓他媽的這三個刺客瞧得眼紅，饞涎滴滴流。」

酒席設好，御膳房的管事太監已率同小太監和蘇拉（按：清宮中低級雜役，滿洲語稱爲「蘇拉」），挑了食盒前來，將菜餚酒壺放在桌上。

韋小寶笑道：「你們三個反賊，幹這大逆不道之事，死到臨頭，還在嘴硬，現下瞧着老爺們喝酒吃菜，倘若饞得熬不過，扮一聲狗叫，老爺就賞你一塊肉吃。」衆侍衛哈哈大笑。

吳立身罵道：「狗侍衛、臭太監，我們平西王爺指日就從雲南起兵，一路打到北京來，將你們這些侍衞、太監一古腦兒捉了，都丟到河裏餵王八。」

韋小寶右手伸入懷裏，手掌裏抓了半把蒙汗藥，左手拿起酒壺，走到吳立身面前，提高酒壺，笑道：「反賊，你想不想喝酒？」吳立身不明他的用意，大聲道：「喝也罷，不喝也罷！平西王大兵一到，你這小太監也是性命難逃。」

韋小寶冷笑道：「那也未必！」高高提起酒壺，仰起了頭，將酒從空中倒將下來，張嘴接住了，一口吞將下去，讚道：「好酒。」左手平放胸前，用食指撥開壺蓋，將右掌中的蒙汗藥都撒入壺中，跟着撥上了壺蓋，左手提高酒壺，在半空中不住搖幌，笑道：「好反賊，死到臨頭，還在胡說八道。」他放蒙汗藥之時，身子遮住酒壺，除吳立身一人之外，誰也沒見，這一搖幌，將蒙汗藥與酒盡數混和。

吳立身瞧在眼裏，登時領悟，暗暗歡喜，大聲道：「大丈夫死就死了，出言求饒，不是好漢。你這壺酒，痛痛快快的就讓老子喝了。」

韋小寶笑道：「你想喝酒，偏不給你喝，哈哈，哈哈！」轉身回到席上，給衆侍衞都滿滿斟了一杯酒。

張康年等都一齊站起，說道：「不敢當，怎敢要公公斟酒？」

韋小寶道：「大家自己兄弟，何必客氣？」舉起杯來，說道：「請，請！」

衆侍衞正要飲酒，門外忽然有人大聲道：「太后傳小桂子。小桂子在這兒麼？」

韋小寶吃了一驚，說道：「在這兒！」放下酒杯，心道：「老婊子又來找我幹甚麼？」迎將出去，見是四名太監，爲首的一人挺胸凸肚，來勢頗爲不善，當即跪下，道：「奴才小桂子接旨。」那太監道：「皇太后有要緊事，命你即刻去慈寧宮。」

韋小寶道：「是，是。」站起身來，心想：「迷藥酒都已斟下了，我一離開，衆侍衛自然立即喝酒，西洋鏡馬上拆穿，那也罷了。慈寧宮可萬萬去不得。你慈寧宮是麗春院嗎？你老婊子差人上門來請財主大少？」這時身旁侍衛衆多，心中倒也並不惶恐，笑問：「公公貴姓，以前咱們怎地沒見過？」

那太監哼了一聲，說道：「我叫董金魁，這就快去罷，太后等着呢，已到處找了你半天啦！」

韋小寶一把拉住他手腕，道：「董公公，快來瞧瞧一件有趣事兒。」拉着他向內走去。董金魁聽說是有趣事兒，便跟着走進內廳，眼見開着兩桌酒席，便大聲道：「好啊，你們可享福得很哪。小桂子，太后派你經管御膳房，你卻假公濟私，拿了太后和皇上的銀子胡花。」

韋小寶笑道：「衆位侍衛兄弟擒賊有功，皇上命我犒賞三軍。來來來，董公公，還有這三位公公，大家坐下來喝一杯。」董金魁搖頭道：「我不喝！太后傳你，還不快去？」韋小寶笑道：「衆位侍衛大人都是好朋友，你一杯酒也不跟人家喝，那可太也瞧不起人了。」董金魁道：「我不喝酒。」

韋小寶向張康年使個眼色，道：「張大哥，這位董公公架子不小，不肯跟咱們喝酒。」張康年拿起一杯酒來，送到董金魁手中，笑道：「董公公，大家湊個趣兒。」董金魁無奈，只得乾了一杯。韋小寶帶笑道：「這才夠朋友，那三位公公也喝一杯。」那三名太監從侍衞手中移過酒杯，也都喝了。韋小寶道：「好！大夥兒都奉陪一杯。」在四隻空酒杯中又斟滿了酒。衆侍衞一齊舉杯喝了。

韋小寶舉杯時以左手袖子遮住了酒杯，酒杯一側，將一杯藥酒都倒入了袖子。他生恐一杯酒力不夠，又要替衆人斟酒。一名侍衞接過酒壺，道：「我來斟！」

董金魁皺眉道：「桂公公，咱們一聽太后宣召，誰都立刻拔脚飛奔而去。你這麼自顧自的喝酒，那可是大不敬哪！」

韋小寶笑道：「這中間有個緣故，來來來，大家喝了這一杯，我就說個明白。」張康年舉起杯來，道：「董公公請。」董金魁道：「我可沒功夫喝酒。」說着身子微微一幌。

韋小寶知他肚中蒙汗藥即將發作，突然彎腰，叫道：「啊喲，肚子痛。」衆侍衞都感一陣頭暈，有人便道：「怎麼，這酒不對！」韋小寶大聲怒道：「董公公，你奉太后之命，賜毒酒給我們喝，是不是？爲甚麼你在酒裏下毒？」

董金魁大驚，顫聲道：「那……那有此事？」

韋小寶道：「你好狠的手段，竟敢在酒裏下毒？衆位兄弟，大夥兒給他拚了。」

衆侍衞頭暈腦脹，茫然失措。只聽得砰砰兩聲響，兩名太監挨不住藥力，先行摔倒。跟着董金魁、張康年、衆侍衞和餘下一名太監先後摔倒，跌得桌翻椅倒，亂成一團。韋小寶搶上前去，在董金魁身上踢了一脚。董金魁唔的一聲，手足微微一動，雙眼已難睜開。

韋小寶大喜，先奔過去掩上了廳門，拔出匕首，在董金魁和三名太監胸口一人一劍。劉一舟「啊」的一聲，大爲驚訝。韋小寶再用匕首將吳立身、劉一舟、敖彪手足上綁縛的牛筋盡數割斷。他這匕首削鐵如泥，割牛筋如割粉絲麵條。

吳立身等三人武功均頗不弱，吳立身尤其了得，三人雖受拷打，但都是皮肉之傷，並未損到筋骨。劉一舟道：「桂公公，咱……咱們怎生逃出去？」韋小寶道：「吳老爺子，敖師兄，你們兩位找兩個身材差不多的侍衛，跟他們換了衣衫。劉師兄，你沒鬍子，可以假扮太監，跟這姓董的換了衣衫。」劉一舟道：「我也扮侍衛罷？」韋小寶道：「不行！你假扮太監。」劉一舟不敢違拗，點了點頭。三人迅即改換了裝束。

韋小寶道：「你們跟我來。不論有誰跟你們說話，只管扮啞巴，不可答話。」從懷中取出化屍藥粉，拉開董金魁的屍體，放在廳角，用匕首在他上身、下身到處戳上幾個洞，每個洞中都彈上些藥粉，讓屍體消毀得加倍迅速，這才開了廳門，領着三人出去。

一出侍衛房，反手帶上了房門，逕向御膳房而去。

御膳房在乾清宮之東，與侍衛房相距甚近，片刻間便到了。只見錢老闆早已恭恭敬敬的站着等候，手下幾名漢子抬來了兩口洗剝乾淨的大光豬。

韋小寶臉色一沉，喝道：「老錢，你這太也不成話了！我吩咐你抬幾口好豬來，卻用這般又瘦又乾、生過十七八胎的老母豬來敷衍老子，你……你……他媽的，你這碗飯還想吃不吃哪？」他罵一句，錢老闆惶惶恐恐的躬身應一聲：「是！」

御膳房衆太監見錢老闆所抬來的，實在是兩口肥壯大豬，但挑剔送來的貨物不妥，原是御膳房管事太監撈油水的不二法門，任你送來的牛羊雞鴨絕頂上等，在管事太監口中，也變成了連施捨叫化子也沒人要的臭貨賤貨。只有送貨人銀子一包包的遞上來，臭賤之物才搖身一變，變成了可入皇帝、皇后之口的精品。衆太監聽韋小寶這等說，心下雪亮，跟着連聲吆喝：「攆出去！這兩口發臭了爛豬，只好丟在菜地裏當肥料。」

韋小寶愈加惱怒，手一揮，向吳立身等三人道：「兩位侍衛大哥，還有這位公公，你們三個押了這傢伙出去，攆到宮門外，再也不許他們進來。」

錢老闆不知韋小寶是何用意，愁眉苦臉道：「公公原諒了這遭，小……小人回頭去換更大更肥的肉豬來，另有薄禮……薄禮孝敬衆位公公，這一次……這一次請公公多多包涵。」韋小寶道：「我要肉豬，自會差人來叫你。快去，快去！」錢老闆欠腰道：「是，是！」御膳房衆太監相視而笑，均想：「你有禮物孝敬，桂公公自然不會轟走你了。」

吳立身、劉一舟、敖彪三人跟在錢老闆身後，又推又拉，將他攆出廚房。

韋小寶跟在後面，來到走廊之中，四顧無人，低聲說道：「錢老兄，這三位是沐王府的英雄，第一位便是大名鼎鼎的『搖頭獅子』吳老爺子。」錢老本「啊」的一聲，喜道：「久仰，久仰。在下不回頭招呼，三位莫怪。」吳立身聽得他是韋小寶的同伴，心中大喜，忙道：「身在險地，理當如此。」韋小寶道：「錢老哥，你跟貴會韋香主說，癩痢頭小三子幫他辦成了。你領這三位好朋友去見沐小公爺和柳老爺子。這三位朋友一走，宮裏立時便會追拿刺客，你可再也不能進宮來了。」錢老闆道：「是，是。敝會上下，都感謝公公的大德。」吳立身問道：「這位錢朋友是天地會的？」錢老闆道：「正是！」

五人快步來到神武門。守衛宮門的侍衛見到韋小寶，都恭恭敬敬問好：「桂公公好！」

臂，自是誰也不敢多問一句。

韋小寶道：「大夥兒都好。」這些侍衞雖見吳立身等三人面生，但見韋小寶挽着吳立身的右臂，自是誰也不敢多問一句。

五人出得神武門，又走了數十步。韋小寶道：「在下要回宮去了，後會有期，大家不必多禮。」吳立身道：「救命之恩，不敢望報。此後天地會如有驅策，吳某敖某師徒，赴湯蹈火，在所不辭。」韋小寶道：「不敢當。」只見劉一舟大步走到前面，回頭相望，自是怪吳立身何不快走，此處離宮門不遠，尚未脫險。

韋小寶微微一笑，回神武門來，向守門的侍衞道：「那公公是皇太后的親信，說道奉了太后慈旨，命我親自送這幾人出宮。他媽的，可不知是甚麼路道！」守門的侍衞道：「好大的架子！怎能勞動桂公公的大駕？莫非是親王貝勒不成？」另一名侍衞道：「就算是親王貝勒，也不能要桂公公親自相送啊。」韋小寶搖頭道：「太后的差使，可教人莫名其妙。我心裏可着實犯疑，只是那太監拿了太后的親筆慈旨來，咱們做奴才的可不敢不辦，是不是？」幾名侍衞道：「是，是！那又有甚麼法子？」

韋小寶回到侍衞房中，見衆人昏迷在地，兀自未醒，當下舀了一盆冷水，潑在張康年頭上。張康年悠悠醒轉，微笑道：「桂公公，我怎地就這麼容易的醉了？」老大不好意思的坐起，見到廳上情景，大吃一驚，顫聲道：「怎……怎……那些刺客……已經走了？」

韋小寶道：「太后派了那姓董的太監來，使蒙汗藥迷倒了咱們，將三名刺客救去了。」那蒙汗藥分明是張康年親自拿來交給韋小寶的，聽他這麼說，心下全然不信，但藥力初退，腦子兀自胡裏胡塗的，不知如何置答。

韋小寶道：「張大哥，多總管命你暗中放了刺客，是不是？」張康年點頭道：「多總管說，這是皇上的密旨，放了刺客，好追查主使的反賊頭兒是誰。」韋小寶笑道：「是了。可是宮裏走脫了刺客，負責看守的人有沒有罪？」

張康年一驚，道：「那……那自然有罪，不過……不過這是多總管吩咐過的，我們做下屬的，不過奉命行事罷了。」韋小寶道：「多總管有手令給你沒有？」張康年更加驚了，道：「沒……沒有。他親口說了，用……用不着甚麼手令。多總管說道，這是奉了皇上的旨意辦事。」韋小寶問道：「多總管拿了皇上親筆的聖旨給你看了？」張康年顫聲道：「沒……沒有。難道……難道多總管的話是假的？」全身發抖，牙齒上下相擊，格格作聲。

韋小寶道：「假是不假。我就怕多總管不認帳，事到臨頭，往你身上一推，可有些不大妙。張大哥，皇上爲甚麼要放刺客出去？」張康年道：「多總管說，要從這三名刺客身上，引出背後主使的人來。」韋小寶道：「事情倒確是這樣。只不過宮中放走刺客，若不追究，連刺客也不會相信。這背後主使之人，就未必查得出。說不定皇上會殺幾個人，張揚一下，好讓刺客不起疑心。」

這幾句話韋小寶倒沒寃枉了皇帝，康熙確曾命他殺幾名侍衞，以堅被釋的刺客之信。

張康年驚惶之下，雙膝跪倒，叫道：「公公救命！」說着連連磕頭。

韋小寶道：「張大哥何必多禮。」伸手扶起，笑道：「眼前有現成的朋友頂缸，咱們往這四名太監頭上一推，說他們下蒙汗藥迷倒了衆人，放走刺客，可不跟你沒干係了？皇上聽說這四名太監是太后派來的，自然不會追究。皇上也不是眞的要殺你，只要有人頂缸，將放走刺客之事遮掩了過去，皇上多半還有賞賜給你呢。」

張康年大喜，叫道：「妙計，妙計！多謝公公救命之恩。」

韋小寶心道：「這件事我雖沒救你性命，但適才你昏迷不醒之時，沒一劍將你殺了，卻也是手下留情。皇上金口吩咐，叫我殺幾名侍衞的。」說道：「咱們快救醒衆兄弟，咬定是這四名太監來放了刺客。」

張康年應道：「是，是！」但想不知是否眞能脫卻干係，兀自心慌意亂，手足發軟，當下舀了冷水，將衆侍衞一一救醒。

衆人聽說是太監董金魁將自已迷倒，殺了三名太監，救了三名刺客，無不破口大罵。大家心中起疑：「太后爲甚麼要放走刺客？莫非這些刺客是太后招來的？」但既牽涉到太后，人人都只在心中想想，誰也不敢宣之於口。這時董金魁的屍身衣服均已化盡，都道他已帶領刺客逃出宮了。

韋小寶回到自己住處，走進內房。沐劍屛忙問：「桂大哥，有甚麼消息？」韋小寶道：「桂大哥沒消息，好哥哥倒有一些。」

沐劍屛微笑道：「這消息我不着急，自有着急的人，來叫你好哥哥。」方怡臉上一陣暈紅，低聲道：「好兄弟！你年紀比我小，我叫你好兄弟，那可行了罷？」韋小寶嘆了口氣，說道：「好老婆變成了好姊姊，眼睛一霎，老母雞變鴨。行了，救出去啦！」

方怡猛地坐起，顫聲道：「你……你說我劉師哥已救出去了？」韋小寶道：「大丈夫一言既出，甚麼馬難追。我答應你去救，自然救了。」方怡道：「怎……怎麼救的？」韋小寶笑道：「山人自有妙計。下次你見到你師哥，他自會說給你聽。」

方怡吁了口長氣，抬頭望着屋頂，道：「謝天謝地，當眞是菩薩保祐。」

韋小寶見到方怡這般歡喜到心坎裏去的神情，心下着惱，輕輕哼了一聲，也不說話。

沐劍屏道：「師姊，你謝天謝地謝菩薩，怎不謝謝你那個好兄弟？」

方怡道：「好兄弟的大恩大德，不是說一聲『謝謝』就能報答得了的。」

韋小寶聽她這麼說，又高興起來，說道：「那也不用怎麼報答。」

方怡道：「好兄弟，劉師哥說了些甚麼話？」韋小寶道：「也沒說甚麼，他只求我救他出去。」方怡「嗯」了一聲，又問：「他問到我們沒有？」韋小寶側頭想了想，說道：「沒有。我跟他說，你是在一個安穩所在，不用擔心，不久我就會送你去和他相會。」

方怡點頭道：「是！」突然之間，兩行眼淚從面頰上流了下來。

沐劍屏問道：「師姊，你怎麼哭了？」

方怡喉頭哽咽，說道：「我……我心中歡喜。」

韋小寶心道：「他媽的，你爲了劉一舟這小白臉，歡喜得這個樣子。這浪勁兒老子可不愛多瞧。小玄子叫我查究主使刺客的頭兒，我得出去鬼混一番，然後回報。」

當下出得宮去，信步來到天橋一帶閒逛。

那書生飛身躍起，猛覺足踝上陡緊，已被人抓住。他右足疾踢陳近南面門，陳近南提起身畔茶几一擋，拍的一聲，一張紅木茶几登時粉碎。

第十四回　放逐肯消亡國恨　歲時猶動楚人哀

北京天橋左近，都是賣雜貨、變把戲、江湖閒雜人等聚居的所在。韋小寶還沒走近，只見二十名差役蜂湧而來，兩名捕快帶頭，手拖鐵鍊，鎖拿着五個衣衫襤褸的小販。差役手中舉着七八個麥桿紮成的草把，草把上插滿了冰糖葫蘆。這五個小販顯然都是賣冰糖葫蘆的。

韋小寶心中一動，閃在一旁，眼見衆差役鎖着五名小販而去，只聽得人叢中有個老者嘆道：「這年頭兒，連賣冰糖葫蘆也犯了天條啦。」

韋小寶正待詢問，忽聽得咳嗽一聲，有個人挨進身來，弓腰曲背，滿頭白髮，正是「八臂猿猴」徐天川。他向韋小寶使個眼色，轉身便走。韋小寶跟在他後面。

來到僻靜之處，徐天川道：「韋香主，天大的喜事。」韋小寶微微一笑，心想：「我將吳立身他們救出去的事，你已經知道了。」說道：「那也沒甚麼。」徐天川瞪眼道：「沒甚麼？總舵主到了！」

韋小寶一驚，道：「我……我師父到了？」徐天川道：「正是，是昨晚到的，要我設法通知韋香主，即刻去和他老人家相會。」韋小寶道：「是，是！」跟師父分別了大半年，功夫一點也沒練，師父一見到，立刻便會查究練功的進境，只有繳一份白卷，那便如何是好？支吾道：「皇帝差我出來辦事，立刻就須回報。我辦完了事，再去見師父罷。」徐天川道：「總舵主吩咐，他在北京不能多耽，請韋香主無論如何馬上去見他老人家。」

韋小寶見無可推托，只得硬了頭皮，跟着徐天川來到天地會聚會的下處，心想：「早知這樣，這幾天我賴在宮裏不出來啦。師父總不能到宮裏來揪我出去。」還沒進胡同，便見天地會弟兄們散在街邊巷口，給總舵主把風。進屋之後，一道道門也都有人把守。

來到後廳，只見陳近南居中而坐，正和李力世、關安基、樊綱、玄貞道人、祁彪清等人說話。韋小寶搶上前去，拜伏在地，叫道：「師父，你老人家來啦，可想殺弟子了。」

陳近南笑道：「好，好，好孩子，大家都很誇獎你呢。」韋小寶站起身來，見師父臉色甚和，放下了一半心，說道：「師父身子安好？」陳近南微笑道：「我很好。你功夫練得怎樣了？有甚麼不明白的地方沒有？」

韋小寶早在尋思，師父考查武功時拿甚麼話來推搪，師父十分精明，可不容易騙過，只有隨機應變，說道：「不明白的地方多着呢。好容易盼到師父來了，正要請師父指點。」

陳近南微笑道：「很好，這一次我要爲你多耽幾日，好好點撥你一下。」

正說到這裏，守門的一名弟兄匆匆進來，躬身道：「啓稟總舵主：有人拜山，說是雲南沐王府的沐劍聲和柳大洪。」陳近南大喜，站起身來，說道：「咱們快去迎接。」韋小寶道：「弟子沒換過裝束，不便跟他們相見。」陳近南道：「是，你在後邊等我罷。」

天地會一行人出去迎客，韋小寶轉到廳後，搬了張椅子坐着。

過不多時，便聽到柳大洪爽朗的笑聲，說道：「在下生平有個志願，要見一見天下聞名的陳總舵主，今日得如所願，當眞喜歡得緊。」陳近南道：「承蒙柳老英雄抬愛，在下愧不敢當。」衆人說着話，走進廳來，分賓主坐下。

沐劍聲道：「貴會韋香主不在這裏嗎？在下要親口向他道謝。韋香主大恩大德，敝處上下，無不感激。」陳近南還不知原因，奇道：「韋小寶小小孩子，小公爺如此謙光，太抬舉小孩子們了。」只聽一人大聲道：「在下師徒和這劉師姪的性命，都是韋香主救的。韋香主義薄雲天，在下曾向貴會錢師傅說過，貴會如有驅策，姓吳的師徒隨時奉命。」說話的正是「搖頭獅子」吳立身。陳近南不明就裏，問道：「錢兄弟，那是怎麼一回事？」

錢老本陪着吳立身等三人同去沐劍聲的住處，當下便被留住了酒肉欵待。然後沐劍聲、柳大洪親自率同衆人，請錢老本帶路，到天地會的下處來道謝，沒料到總舵主駕到，這時聽陳近南問起，便簡畧說了經過，說道韋香主有個好朋友在清宮做太監，受了韋香主之託，不顧危險，將失陷在宮裏的吳立身等三人救了出來。

陳近南一聽，便知甚麼韋香主的好朋友云云，就是韋小寶自己，心下甚喜，笑道：「小公爺、柳老爺子、吳大哥，三位可太客氣了。敝會和沐王府同氣連枝，自己人有難，出手相援，那是理所當然，說得上甚麼感恩報德？那韋小寶是在下的小徒，年幼不懂事，只是於這『義氣』二字，倒還瞧得極重……」說到這裏，心下沉吟：「小寶混在清宮之中，本來十分隱秘，只盼他能刺探到宮中重要機密，以利反清復明大業。既然做了這等大事出來，江湖上遲早都會知道，倘若再向沐王府隱瞞，便顯得不夠朋友了。」

吳立身道：「我們很想見一見韋香主，親口向他道謝。」

陳近南笑道：「大家是好朋友，這事雖然干係不小，卻也不能相瞞。混在宮裏當小太監的，就是我那小徒韋小寶自己。小寶，你出來見過衆位前輩。」

韋小寶在廳壁後應道：「是！」轉身出來，向衆人抱拳行禮。

沐劍聲、柳大洪、吳立身等一齊站起，大爲驚訝。沐劍聲等沒想到韋香主就是小太監；吳立身、敖彪、劉一舟三人沒想到救他們性命的小太監，竟然便是天地會的韋香主。

韋小寶笑嘻嘻的向吳立身道：「吳老爺子，剛才在皇宮之中，晚輩跟你說的是假名字，你老可別見怪。」吳立身道：「身處險地，自當如此。我先前便曾跟敖彪說，這位小英雄辦事乾淨利落，有擔當、有氣概，實是一位了不起的人物。韃子宮中，怎會有如此人才？我們都感奇怪。原來是天地會的香主，那……嘿嘿，怪不得，怪不得！」說着翹起了大拇指，不住搖頭，滿臉讚嘆欽佩之色。

「搖頭獅子」吳立身是柳大洪的師弟，在江湖上也頗有名聲。陳近南聽他這等稱讚自己徒弟，心中大喜，笑道：「吳兄可別太誇奬了，寵壞了小孩子。」

柳大洪仰起頭來，哈哈大笑，說道：「陳總舵主，你一人可佔盡了武林中的便宜。武功這等了得，聲名如此響亮，手創的天地會這般興旺，連收的徒兒，也是這麼給你增光。」陳近南拱手道：「柳老爺子這話，可連我也寵壞了。」柳大洪道：「陳總舵主，姓柳的生平佩服之人，沒有幾個。你的丰采爲人，教我打從心底裏佩服出來。日後趕跑了韃子，咱們朱五太子登了龍庭，這宰相嘛，非請你來當不可。」

陳近南微微一笑道：「在下無德無能，怎敢居這高位？」

祁彪清插口道：「柳老爺子，將來趕跑了韃子，朱三太子登極爲帝，中興大明，這天下兵馬大元帥的職位，大夥兒一定請你老人家來當的。」柳大洪圓睜雙眼，道：「你……你說甚麼？甚麼朱三太子？」祁彪清道：「隆武天子殉國，留下的朱三太子，行宮眼下設在台灣。他日還我河山，朱三太子自然正位爲君。」

柳大洪霍地站起，厲聲道：「天地會這次救了我師弟和徒弟，我們很承你們的情。可是大明天子的正統，卻半點也錯忽不得。祁老弟，眞命天子明明是朱五太子。永曆天子乃是大明正統，天下皆知，你可不得胡說。」

陳近南道：「柳老爺子請勿動怒，咱們眼前大事，乃是聯絡江湖豪傑，共反滿淸，至於將來到底是朱三太子還是朱五太子做皇帝，說來還早得很，不用先傷了自己人和氣。大明帝系的正統誰屬，自然是大事，可也不是咱們做臣子的一時三刻所能爭得明白。來來來，擺上酒來，大夥兒先喝個痛快。只要大家齊心協力，將韃子殺光了，甚麼事不能慢慢商量？」

沐劍聲搖頭道：「陳總舵主這話可不對了！名不正則言不順，言不順則事不成。我們保朱五太子，決不是貪圖甚麼榮華富貴。陳總舵主只要明白天命所歸，向朱五太子盡忠，我們沐王府下，盡歸陳總舵主驅策，不敢有違。」

陳近南微笑搖頭，說道：「天無二日，民無二主。朱三太子好端端在台灣。台灣數十萬軍民，天地會十數萬弟兄，早已向朱三太子効忠。」

柳大洪雙眼一瞪，大聲道：「陳總舵主說甚麼數十萬軍民，十數萬弟兄，難道想倚多為勝嗎？可是天下千千萬萬百姓，都知道永曆天子在緬甸殉國，是大明最後的一位皇帝。咱們不立永曆天子的子孫，又怎對得起這位受盡了千辛萬苦、終於死於非命的大明天子？」他本來聲若洪鐘，這一大聲說話，更是震耳欲聾，但說到後來，心頭酸楚，話聲竟然嘶啞。

陳近南這次來到北京，原是得悉徐天川為了唐王、桂王正統誰屬之事，與沐王府白氏兄弟起了爭執，以致失手打死白寒松。他一心以反清復明大業為重，倘若韃子尚未打跑，自己夥裏先爭鬥個不亦樂乎，反清大事必定障礙重重。是以他得訊之後，星夜從河南趕到京城，只盼能以極度忍讓，取得沐王府的原宥。到北京後一問，局面遠比所預料的為佳，天地會在京人衆由韋小寶率領，已和沐王府的首腦會過面，雙方並未破臉，頗有轉圜餘地，待知韋小寶又救了吳立身等三人，則徐天川誤殺白寒松之事定可揭過無疑。不料祁彪清和柳大洪提到唐桂之爭，情勢又漸趨劍拔弩張。眼見柳大洪說到永曆帝殉國之事，老淚滂滂而下，不由得心中一酸，說道：「永曆陛下殉國，天人共憤。古人言道：『楚雖三戶，亡秦必楚。』何況我漢人多過了韃子百倍？韃子勢力雖大，我大漢子孫只須萬衆一心，何愁不能驅除胡虜，還我河山。沐小公爺、柳老爺子，咱們大仇未報，豈可自己先起爭執？今日之計，咱們須當同心合力，殺死吳三桂那廝，為永曆陛下報仇，為沐老公爺報仇。」

沐劍聲、柳大洪、吳立身等一齊站起，齊聲道：「對極，對極！」有的人淚流滿面，有的人全身發抖，都是激動無比。

陳近南道：「到底正統在隆武，還是在永曆，此刻也不忙細辯。沐小公爺、柳老爺子，天下英雄，只要是誰殺了吳三桂，大家就都奉他號令！」

沐劍聲之父沐天波爲吳三桂所殺，他日日夜夜所想，就是如何殺了吳三桂，聽陳近南這麼說，首先叫了出來：「正是，那一個殺了吳三桂，天下英雄都奉他號令。」

陳近南道：「沐小公爺，敝會就跟貴府立這麼一個誓約，是貴府的英雄殺了吳三桂，天地會上下都奉沐王府的號令……」沐劍聲接着道：「是天地會的英雄殺了吳三桂，雲南沐家自沐劍聲以次，個個都奉天地會陳總舵主號令！」兩人伸出手來，拍的一聲，擊了一掌。

江湖之上，倘若三擊掌立誓，那就決計不可再有反悔。

二人又待互擊第二掌，忽聽得屋頂上有人一聲長笑，說道：「要是我殺了吳三桂呢？」東西屋角上都有人喝問：「甚麼人？」天地會守在屋上的人搶近查問。接着拍的一聲輕響，二人從屋面躍入天井，廳上長窗無風自開，一個青影迅捷無倫的閃將進來。

東邊關安基、徐天川，西邊柳大洪、吳立身同時出掌張臂相攔。那人輕輕一縱，從四人頭頂躍過，已站在陳近南和沐劍聲身前。

關徐柳吳四人合力，居然沒能將此人攔住。此人一足剛落地，四人的手指都已抓在他身上，關安基抓住他右肩，徐天川抓住他右脅，柳大洪揑住了他左臂，吳立身則是雙手齊施，抓住了他後腰。四人所使的全是上乘擒拿手法。

那人並不反抗，笑道：「天地會和沐王府是這樣對付好朋友麼？」

衆人見這人一身青布長袍，約莫二十三四歲，身形高瘦，瞧模樣是個文弱書生。

陳近南抱拳道：「足下尊姓大名？是好朋友麼？」

那書生笑道：「不是好朋友，也不來了。」突然間身子急縮，似乎成爲一個肉團。關安基等四人手中陡然鬆了，都抓了個空。嗤嗤裂帛聲中，一團青影向上拔起。

陳近南一聲長笑，右手疾抓。那書生脫卻四人掌握，猛感左足踝上陡緊，猶如鐵箍一般箍住。他右足疾出，逕踢陳近南面門。這一脚勁力奇大，陳近南順手提起身畔茶几一擋，拍的一聲，一張紅木茶几登時粉碎。陳近南右手甩出，將他往地下擲去。那書生臀部着地，身子卻如在水面滑行，在青磚上直溜了出去，溜出數丈，腰一挺，靠牆站起。

關安基、徐天川、柳大洪、吳立身四人手中，各自抓住了一塊布片，卻是將那書生身上青布長袍各自拉了一大片下來。這幾下兔起鶻落，動作迅捷無比。六人出手乾淨利落，旁觀衆人看得清楚，忍不住大聲喝采。這中間喝采聲最響的，還是那「鐵背蒼龍」柳大洪。吳立身連連搖頭，臉上卻是又慚愧、又佩服的神情。

陳近南微笑道：「閣下既是好朋友，何不請坐喝茶？」那書生拱手道：「這杯茶原是要叨擾的。」踱着方步走近，向衆人團團一揖，在最末的一張椅子上坐下。各人若不是親眼見他顯示身手，眞難相信這樣一個文質彬彬的書生，竟會身負如此上乘武功。

陳近南笑道：「閣下何必太謙？請上坐！」

那書生搖手道：「不敢，不敢！在下得與衆位英雄並坐，已是生平最大幸事，又怎敢上坐？陳總舵主，你剛才問我姓名，未及卽答，好生失敬。在下姓李，草字西華。」

陳近南、柳大洪等聽他自報姓名，均想：「武林之中，沒聽到有李西華這一號人物，那多半是假名了。但少年英雄之中，也沒聽到有那一位身具如此武功。」陳近南道：「在下孤陋寡聞，江湖上出了閣下這樣一位英雄，竟未得知，好生慚愧。」

李西華哈哈一笑，道：「人道天地會陳總舵主待人誠懇，果然名不虛傳。你聽了賤名，倘若說道『久仰，久仰』，在下心中，不免有三分瞧你不起了。在下初出茅廬，江湖上沒半點名頭，連我自己也不久仰自己，何況別人？哈哈，哈哈！」

陳近南微笑道：「今日一會，李兄大名播於江湖，此後任誰見到李兄，都要說一聲『久仰，久仰』了！」這句話實是極高的稱譽，人人都聽得出來。天地會、沐王府的四大高手居然攔他不住、抓他不牢，陳近南和他對了兩招，也不過略佔上風，如此身手，不數日間自然遐邇知聞。

李西華搖手道：「不然，在下適才所使的，都不過是小巧功夫，不免有些旁門左道。這位老爺子使招『雲中現爪』，抓得我手臂險些斷折。這位愛搖頭的大鬍子朋友雙手抓住我後腰，想必是一招『搏兎手』，抓得我哭又不是，笑又不是。這位白鬍子老公公這招『白猿取桃』，眞把我脅下這塊肉當作蟠桃兒一般，牢牢拿住，再不肯放。這位長鬍子朋友使的這一手……嗯，嗯，招數巧妙，是不是『城隍扳小鬼』啊？」關安基左手大拇指一翹，承認他說得不錯。其實這一招本名「小鬼扳城隍」，他倒轉過說，乃是自謙之詞。

關安基等四人同時出手，抓住他身子，到他躍起掙脫，不過片刻之間，他竟能將四人所使招數說得絲毫無誤，這份見識，似乎又在武功之上。

柳大洪道：「李兄，你這身手了得，眼光更是了得。」

李西華搖手道：「老爺子誇獎了。四位剛才使在兄弟身上的，不論那一招，都能取人性命。但四位點到即止，沒傷到在下半分，四位前輩手底留情，在下甚是感激。」

柳大洪等心下大悅，這「雲中現爪」、「搏兔手」、「白猿取桃」、「小鬼扳城隍」四招，每一招確然都能化成極厲害的殺手，只須加上一把勁便是。李西華指出這節，大增他四人臉上光彩。

陳近南道：「李兄光降，不知有何見教？」李西華道：「這裏先得告一個罪。在下對陳總舵主向來仰慕，這次無意之中，得悉陳總舵主來到北京，說甚麼要來瞻仰丰采。只是沒人引見，只好冒昧做個不速之客，在屋頂之上，偷聽到了幾位的說話。在下恨吳三桂這奸賊入骨，恨不得將他碎屍萬段，忍不住多口，衆位恕罪。」說着站起身來，躬身行禮。

衆人一齊站起還禮。天地會和沐王府幾位首腦自行通了姓名。韋小寶雖是天地會首腦，此刻在北京名位僅次於陳近南，但見李西華的眼光始終不轉到自己臉上，便不說話。

沐劍聲道：「閣下既是吳賊的仇人，咱們敵愾同仇，乃是同道，不妨結盟攜手，共謀誅此大奸。」李西華道：「正是，正是。適才小公爺和陳總舵主正在三擊掌立誓，卻給在下冒冒失失的打斷了。兩位三擊掌之後，在下也來拍上三掌可好？」柳大洪道：「閣下是說，倘若閣下殺了吳三桂，天地會和沐王府羣豪，都得聽奉閣下號令？」李西華道：「那可萬萬不敢。在下是後生小子，得能追隨衆位英雄，已是心滿意足，那敢說號令羣雄？」

柳大洪點了點頭道：「那麼閣下心目之中，認爲隆武、永曆，那一位先帝才是大明的正統？」當年柳大洪跟隨永曆皇帝和沐天波轉戰西南，自滇入緬，經歷無盡艱險，結果永曆皇帝還是給吳三桂害死，他立下血誓，要扶助永曆後人重登皇位。陳近南顧全大體，不願爲此事而生爭執，但這位熱血滿腔的老英雄卻念念不忘於斯。

李西華說道：「在下有一句不入耳的言語，衆位莫怪。」柳大洪臉上微微變色，搶着問道：「閣下是魯王舊部？」當年明朝崇禎皇帝死後，在各地自立抗淸的，先有福王，其後有唐王、魯王和桂王。柳大洪一言出口，馬上知道這話說錯了，瞧這李西華的年紀，說不定還是生於淸兵入關之後，決不能是魯王的舊部，又問：「閣下先人是魯王舊部？」

李西華不答他的詢問，說道：「將來驅除了韃子，崇禎、福王、唐王、魯王、桂王的子孫，誰都可做皇帝。其實只要是漢人，那一個不可做皇帝？沐小公爺、柳老爺子何嘗不可？台灣的鄭王爺，陳總舵主自己，也不見得不可以啊。大明太祖皇帝趕走蒙古皇帝，並沒去再請宋朝趙家的子孫來做皇帝，自己身登大寶，人人心悅誠服。」

他這番話人人聞所未聞，無不臉上變色。

柳大洪右手在茶几上一拍，厲聲道：「你這幾句話當眞大逆不道。咱們都是大明遺民，孤臣孽子，只求興復明朝，豈可存這等狼子野心？」

李西華並不生氣，微微一笑，道：「柳老爺子，晚輩一有事不明，卻要請教。那便是適才提及過的。大宋末年，蒙古韃子佔了我漢人的花花江山，我大明洪武帝龍興鳳陽，趕走韃子，爲甚麼不立趙氏子孫爲帝？」柳大洪哼了一聲，道：「趙氏子孫氣數已盡，這江山是太祖皇帝血戰得來，自然不會拱手轉給趙氏？何況趙氏子孫於趕走韃子一事無尺寸之功，就算太祖皇帝肯送，天下百姓和諸將士卒也必不服。」

李西華道：「這就是了。將來朱氏子孫有沒有功勞，此刻誰也不知。倘若功勞大，人人推戴，這皇位旁人決計搶不去；如果也無尺寸之功，就算登上了龍廷，只怕也坐不穩。柳老爺子，反清大業千頭萬諸，有的當急，有的可緩。殺吳三桂爲急，立新皇帝可緩。」

柳大洪張口結舌，答不出話來，喃喃道：「甚麼可急可緩？我看一切都急，恨不得一古腦兒全都辦妥了才好。」

李西華道：「殺吳三桂當急者，因吳賊年歲已高，若不早殺，給他壽終正寢，豈不成爲天下仁人義士的終身大恨？至於奉立新君，那是趕走韃子之後的事，咱們只愁打不垮韃子，至於要奉立一位有道明君，總是找得到的。」

陳近南聽他侃侃說來，入情入理，甚是佩服，說道：「李兄之言有理，但不知如何誅殺吳三桂那奸賊，要聽李兄宏論。」李西華道：「不敢當，晚輩正要向各位領教。」沐劍聲道：「陳總舵主有何高見？」陳近南道：「依在下之見，吳賊作孽太大，單是殺他一人，可萬萬抵不了罪，總須搞得他身敗名裂，滿門老幼，殺得寸草不存，連一切跟隨他爲非作歹的兵民部屬，也都一網打盡，方消了我大漢千千萬萬百姓心頭之恨。」

柳大洪拍桌大叫：「對極，對極！陳總舵主的話，可說到了我心坎兒裏去。老弟，我聽了你這話，心癢難搔，你有甚麼妙計，能殺得吳賊合府滿門，鷄犬不留？」一把抓住陳近南手臂，不住搖動，道：「快說，快說！」

陳近南微笑道：「這是大夥兒的盼望，在下那有甚麼奇謀妙策，能如此對付吳三桂。」柳大洪「哦」的一聲，放脫了陳近南的手腕，失望之情，見於顏色。

陳近南伸出手掌，向沐劍聲道：「小公爺，咱們還有兩記沒擊。」沐劍聲道：「正是！」伸手和他輕輕擊了兩掌。

陳近南轉頭向李西華道：「李兄，咱們也來擊三掌如何？」說着伸出了手掌。

李西華站起身來，恭恭敬敬的道：「陳總舵主要是誅殺了吳賊，李某自當恭奉天地會號令，不敢有違。李某倘若僥倖，得能手刃這神奸巨惡，只求陳總舵主肯賞臉，與李某義結金蘭，讓在下奉你爲兄，除此之外，不敢復有他求。」

陳近南笑道：「李賢弟，你可太也瞧得起我了。好，大丈夫一言既出，駟馬難追。」

韋小寶在一旁瞧着羣雄慷慨的神情，忍不住百脈賁張，恨不得自己年紀立刻大了，武功立刻高了，也如這位李西華一般，在衆位英雄之前，大出風頭。聽得師父說到「大丈夫一言既出，駟馬難追」，不禁喃喃自語：「駟馬難追，駟馬難追。」心想：「他媽的，駟馬是匹甚麼馬？跑得這樣快？」

陳近南吩咐屬下擺起筵席，和羣雄飲宴。席間李西華談笑風生，見聞甚博，但始終不露自己的門派家數，出身來歷。

李力世和蘇岡向他引見羣豪。李西華見韋小寶年紀幼小，居然是天地會青木堂的香主，不禁大是詫異，待知他是陳近南的徒弟，心道：「原來如此。」他喝了幾杯酒，先行告辭。

陳近南送到門邊，在他身邊低聲道：「李賢弟，適才愚兄不知你是友是敵，多有得罪，抓住你足踝之時使了暗勁。這勁力兩個時辰之後便發作。你不可絲毫運勁化解，在泥地掘個洞穴，全身埋在其中，只露出口鼻呼吸，每日埋四個時辰，共須掩埋七天，便無後患。」

李西華一驚，大聲道：「我已中了你的『凝血神抓』？」

陳近南道：「賢弟勿須驚恐，依此法化解，絕無大患。愚兄魯莽得罪，賢弟勿怪。」

李西華臉上驚惶之色隨卽隱去，笑道：「那是小弟自作自受。」嘆了口氣，道：「今日始知天外有天，人上有人。」躬身行禮，飄然而去。

柳大洪道：「陳總舵主，你在他身上施了『凝血神抓』？聽說中此神抓之人，三天後全身血液慢慢凝結，變成了漿糊一般，無藥可治，到底是否如此？」陳近南道：「這功夫太過陰毒，小弟素來不敢輕施，只是見他武功厲害，又竊聽了我們的機密，不明他是何居心，才暗算了他。這可不是光明磊落的行徑，說來慚愧。」沐劍聲道：「此人若是韃子鷹犬，或是吳三桂的部屬，陳總舵主如不將他制住，咱們的機密洩露出去，爲禍不小。陳總舵主一舉手間便已制敵，令對方受損而不自知，這等神功，令人好生佩服。」

陳近南又爲白寒松之死向白寒楓深致歉意。白寒楓道：「陳總舵主，此事休得再提。先兄人死不能復生，韋香主救了吳師叔他們三人，在下好生感激。」

沐劍聲心中掛念着妹子下落，但聽天地會羣雄不提，也不便多問，以免顯得有懷疑對方之意。又飲了幾巡酒，沐劍聲等起身告辭。韋小寶道：「小公爺，你們最好搬一搬家，早晚韃子便會派兵來跟你們搗亂。雖然你們不怕，但韃子兵越來越多，一時之間，恐怕也殺不了這許多。」柳大洪哈哈大笑，說道：「小兄弟說得好，多謝你關照，我們馬上搬家便是。」

沐劍聲道：「陳總舵主，韋香主，衆位朋友，青山不改，綠水長流，後會有期。」

沐王府衆人辭出後，陳近南道：「小寶，跟我來，我瞧瞧你這幾個月來，功夫進境怎樣了。」韋小寶心中怦怦亂跳，臉上登時變色，應道：「是，是。」跟着師父走進東邊一間廂房，說道：「師父，皇帝派我查問宮中刺客的下落，弟子可得趕着回報。」

陳近南道：「甚麼刺客下落？」他昨晚剛到，於宮中有刺客之事，只約畧聽說。

韋小寶便將沐王府羣豪入宮行刺、意圖嫁禍於吳三桂等情說了。

陳近南吁了口氣，道：「有這等事？」他雖多歷風浪，但得悉此事也是頗爲震動，說道：「沐家這些朋友膽氣粗豪，竟然大舉入宮。我還道他們三數人去行刺皇帝，因而被擒，原來還是爲了對付吳三桂這奸賊。你救了吳立身他們三人，再回宮去，不怕危險嗎？」

韋小寶要逞英雄，自然不說釋放刺客是奉了皇帝命令，回宮去絕無危險，吹牛道：「弟子已拉了幾個替死鬼，將事情推在他們頭上，看來一時三刻，未必會疑心到弟子身上。師父叫我在宮裏刺探消息，倘若爲了救沐王府的三人，從此不能回宮，豈不誤了師父大事？」

陳近南甚喜，說道：「對，咱們已跟沐劍聲三擊掌立誓，按理說，沐王府賸下來的人已經不多，決不能是天地會的對手。我跟他們立這個約，一來免得爭執唐、桂正統，傷了兩家和氣，韃子未滅，我們漢人的豪傑先行自相殘殺起來，大事如何可成？二來如能將沐王府收歸本會，也大大增強我天地會的力量。原來他們竟敢入宮大鬧，足見爲了搞倒吳賊，無所不用其極。咱們也須盡力以赴，否則給他們搶了先，天地會須奉沐王府的號令，大夥兒豈不臉上無光？」

韋小寶道：「是啊，沐小公爺有甚麼本事，只不過仗着有個好爸爸，如果我投胎在他娘肚皮裏，一樣的是個沐小公爺。像師父這樣大英雄大豪傑，倘若不得不聽命於他，可把我氣也氣死了。」

陳近南一生之中，不知聽過了多少恭維諂諛的言語，但這幾句話出於一個十幾歲的孩子之口，覺得甚是眞誠可喜，不由得微微一笑。他可不知韋小寶本性原已十分機伶，而妓院與皇宮兩處，更是天下最虛僞、最奸詐的所在，韋小寶浸身於這兩地之中，其機巧狡獪早已遠勝於尋常大人。陳近南在天地會中，日常相處的均是肝膽相照的豪傑漢子，那想得到這個小弟子言不由衷，十句話中恐怕有五六句就靠不住。他拍拍韋小寶肩頭，微笑道：「小孩子懂得甚麼？你怎知沐家小公爺沒甚麼本事？」

韋小寶道：「他派人去皇宮行刺，徒然送了許多手下人的性命，對吳三桂卻絲毫無損，那便是沒本事，可說是大大的笨蛋。」陳近南道：「你怎知對吳三桂絲毫無損？」韋小寶道：「這沐家小公爺用的計策是極笨的。他叫進宮行刺之人，所穿內衣上縫了『平西王府』的字，所用兵刃上又刻了『平西王府』、或『大明山海關總兵府』的字。韃子又不是笨蛋，自然會想到，如果眞是吳三桂的手下，爲甚麼會用刻上了字的兵器？」

陳近南點頭道：「這話倒也不錯。」

韋小寶又道：「吳三桂的兒子吳應熊正在北京，帶了大批珠寶財物向皇帝進貢。吳三桂眞要行刺皇帝，不會在這時候。再說，他行刺皇帝幹甚麼？只不過是想起兵造反，自己做皇帝。他一起兵，韃子立刻抓住他兒子殺了，他爲甚麼好端端的派兒子來北京送死？」

陳近南又點頭道：「不錯。」

其實韋小寶雖然機警，畢竟年紀尚幼，於軍國大事、人物世故所知極爲有限，這幾條理由，他是半條也想不出的，恰好康熙曾經跟他說過，便在師父面前裝作是自己見到的事理。

陳近南一聽之下，覺得這徒兒見事明白，天地會中武功好手不少，頭腦如此清楚之人卻沒幾個。當初他讓這孩子任青木堂香主，只爲了免得青木堂中兩派紛爭，先應了衆人誓言，慢慢再選立賢能，韋小寶既是自己弟子，屆時命他退位讓賢便是。這時聽了他這番話，暗想：「這孩子有膽有識，此刻已頗爲了不起，再磨練得幾年，便當眞做青木堂香主，也未必便輸了給其餘九位香主。」問道：「韃子已知道了沒有？」

韋小寶道：「此刻還不大明白，不過皇帝好像已起疑心。他今早召集了侍衞，叫他們演習刺客所使的武功家數。有個侍衞演了這幾招，大家在紛紛議論。弟子在旁瞧着。記得了兩招。」當下將「高山流水」、「橫掃千軍」這兩招使了出來。

陳近南嘆道：「沐王府果然沒有人才。這明明是沐家拳，淸宮侍衞中好手不少，那有認不出來的？」韋小寶道：「弟子曾見風際中風大哥與玄貞道長演過，料想韃子侍衞們會認得出。只怕韃子要搜查拿人。因此剛才勸沐家小公爺早些出城躲避。」

陳近南道：「很是，很是！你現下便回宮去打聽，明日再來，我再傳你武功。」

韋小寶聽得師父暫不查考自己武功，心中大喜，急忙行禮告辭，心想：「今晚臨急抱佛脚，請小郡主將師父那本武功秘訣上的話讀來聽聽，好歹記得一些，明兒師父問起，多少有點兒東西交代。師父只能怪我練得不對，可不能怪我貪懶不用功。誰要他沒時候教我呢？他要怪，只能怪自己。」

韋小寶回到宮裏上書房，康熙正在批閱奏章，一見到他，便放下了筆，問道：「探到了甚麼消息沒有？」韋小寶道：「皇上料事如神，半點兒不錯，造反的主兒，果然是雲南沐家的。」康熙喜道：「當眞如此？那好極了。瞧多隆的臉色，他現下還不肯信呢？你探到了甚麼？」韋小寶道：「這三名被擒的刺客，本來一口咬定是吳三桂的部屬，多總管將他們打得死去活來，他們說甚麼也不肯改口。」康熙道：「多隆武功不錯，卻是個莽夫。」

韋小寶道：「奴才奉了皇上聖旨，用蒙汗藥將看守的侍衞迷倒，剛好皇太后派了四名太監來，說要立時動手將刺客處死。奴才大膽，就依照皇上安排下的計策，當着刺客之面，將四名太監殺了，將刺客領出宮去。這三個反賊果然半點也沒起疑。」

康熙微笑道：「剛才多隆來報，說道太后手下的一名太監頭兒放走了刺客，我正奇怪，原來是你做的手脚。」

韋小寶道：「皇上可不能跟太后說，否則奴才小命不保。太后已罵過我一頓，說奴才只對皇上盡忠，不對太后盡忠。其實太后和皇上又分甚麼了？再說，天無二日，民無二主，終究只有皇上的聖旨才算得數。太后沒問過皇上，就下旨將刺客殺了，於道理也不大合。」

康熙不去理他的挑撥離間，說道：「我自不會跟太后說。那三名刺客後來怎樣？」

韋小寶道：「我領他們出得宮去，他們三人自行告訴了我眞姓名。原來那老的叫作『搖頭獅子』吳立身，兩名小的，一個叫敖彪，一個叫劉一舟。他們向我千恩萬謝，終於給奴才騙倒，帶我去見他們主人。果然不出皇上所料，暗中主持的是個年輕人，這些反賊叫他作小公爺，眞姓名叫做沐劍聲，是沐天波的兒子。他手下有個武功極高的老頭兒，叫甚麼『鐵背蒼龍』柳大洪，還有『聖手居士』蘇岡哪，白氏雙俠中的白二俠白寒楓等等一干人。分別住在楊柳胡同和西坑子胡同兩處。」

康熙道：「你都見到了？」韋小寶道：「都見到了。他們說，天下老百姓都道，皇上年紀雖然不大，卻是聖明無比，是幾千年來少有的好皇帝，他們便有天大的膽子，也不敢加害皇上。前晚所以進宮來胡鬧，完全是想陷害吳三桂，以報復他害死沐天波的大仇。」

這幾句馬屁拍得不免過了份，康熙親政未久，天下百姓不會便已歌功頌德，但「千穿萬穿，馬屁不穿」，康熙聽說百姓頌揚自己是幾千年來少有的好皇帝，不由得大悅，微笑道：「我也沒行過甚麼惠民的仁政，『聖明無比』云云，是你杜撰出來的罷？」

韋小寶道：「不，不！是他們親口說的。大家都說鰲拜這大奸臣殘害良民，老百姓們恨他恨到了骨頭裏。皇上一上來就把他殺了，那是大大的好事。他們恭維你是甚麼鳥生，又是甚麼魚湯。奴才也不大懂，想來總是好話，聽着可開心得緊。」

康熙一怔，隨卽明白，哈哈大笑，道：「原來是堯舜禹湯，他媽的，甚麼鳥生魚湯！」他想堯舜禹湯的恭維，韋小寶決計不會揑造不出，自不會假。那知道說書先生說「英烈傳」之時，曾說羣臣不斷頌揚朱元璋是堯舜禹湯，韋小寶聽得熟了，雖不明其意，卻知「鳥生魚湯」乃是專拍皇帝馬屁的好話，朱元璋每次聽了，都是「龍顏大悅」。

韋小寶這時將這句話用在小皇帝身上，果然見康熙也是「龍顏大悅」，笑得極是歡暢，知道這馬屁拍對了，問道：「皇上，『鳥生魚湯』到底是甚麼東西？」康熙笑道：「還在鳥生魚湯？你這傢伙可眞沒半點學問。堯舜禹湯是古代的四位有道明君，大聖大智，有仁德於天下的好皇帝。」韋小寶道：「怪不得，怪不得！這些反賊倒也不是全然不明白事理。」

康熙道：「雖是如此，也不能讓他們就此逃走，快傳多隆來。」

韋小寶應了，出去將御前侍衛總管多隆傳進上書房來。康熙吩咐多隆：「反賊果然是雲南沐家的人，你帶領侍衛，立刻便去擒拿。小桂子，反賊一夥有些甚麼脚色，你跟多總管說說。」韋小寶當下將沐劍聲、柳大洪等人的姓名說了。

多隆吃了一驚，說道：「原來是『鐵背蒼龍』在暗中主持，這批賊子來頭可是不小。那『搖頭獅子』吳立身，奴才也聽過他的名字，沒想到在宮裏關了他一日一夜，卻查不到他的底細。奴才倘若聰明一點兒，見到他老是搖頭，早該就想到了。如不是聖上明斷，我們侍衛房裏的人，都認定是吳三桂派的人。」康熙微微一笑，說道：「就怕他們這時早已走了，這一次未必拿得到。」頓了一頓，又道：「既然知道了正主兒，就算這次拿不到，也沒甚麼大礙。就怕咱們蒙在鼓裏，上了人家的當還不知道。」多隆道：「是，是。奴才們胡塗，幸好主子英明，否則可不得了。」磕頭告退，立刻點人去拿。

康熙道：「小桂子，我去慈寧宮請安，你跟我來。」韋小寶應道：「是！」想到要見太后，不由得膽戰心驚。康熙道：「你愁眉苦臉幹甚麼？我帶你去見太后，正爲的是要保住你頭上這顆腦袋。」韋小寶應道：「是，是！」

到了慈寧宮，康熙向太后請了安，稟明刺客來歷，說道是自己派小桂子故意放走刺客，終於查明了眞相。

太后微微一笑，說道：「小桂子，你可能幹得很哪！」

韋小寶跪下又再磕頭，道：「那是皇上料事如神，一切早都算定了，奴才不過奉皇上差遣辦事而已。奴才所幹的事，從頭至尾全是皇上吩咐的，奴才自己可沒拿半點主意。」

太后向他望了一眼，哼了一聲，說道：「你頑皮胡鬧，可不是皇上吩咐辦的罷！小孩子家出得宮去，一定到處去玩耍了，可到天橋看把戲沒有？買了冰糖葫蘆吃沒有？」

韋小寶想到在天橋見到官差捉拿賣冰糖葫蘆的小販，料來定是太后所遣，她怕那人將消息傳去五台山告知瑞棟，便不分青紅皂白，將天橋一帶所有賣冰糖葫蘆的小販都抓了，自然不分青紅皂白，盡數砍了，念及她手段的毒辣，忍不住打了個寒噤，說道：「是，是！」

太后微笑道：「我問你哪，你買了冰糖葫蘆來吃沒有？」

韋小寶道：「回太后的話：奴才在街上聽人說道，這幾日天橋不大平靜，九門提督府派人將販賣冰糖葫蘆的小販都捉了去，說道裏面有不少歹人。因此本來賣冰糖葫蘆的，現下都改了行，有的賣涼糕兒，有的賣花生，還有改行賣酸棗、賣甜餅的，這些人奴才見得多了，有些臉孔很熟，他們都說不賣冰糖葫蘆啦。還有一個眞是好笑，說要到甚麼五台山、六台山去，販些和尙們吃的素饅頭來賣。」

太后豎眉大怒，自然明白韋小寶這番話的用意，那是說這個傳訊之人沒給抓着，以後也別想抓他得到，隨卽微微冷笑，說道：「很好，你很好，很能幹。皇帝，我想要他在我身邊辦事，你瞧怎麼樣？」

康熙這些日來差遣韋小寶辦事，甚是得力，倚同左右手一般，這次親來慈寧宮，便是要向太后解釋，韋小寶殺了太后所遣的四名太監，是奉自己之命，請太后不要怪責於他，突然聽得太后要人，不由得一怔。他事母甚孝，太后雖不是他親生母親，但他自幼由太后撫養長大，實和親母無異，自是不敢違拗，微笑道：「小桂子，太后抬舉你，還不趕快謝恩？」

韋小寶聽得太后向皇帝要人，已然嚇得魂飛天外，一時心下胡塗，只想拔脚飛奔，就此逃出皇宮，再也不回來了，聽得康熙這麼說，忙應道：「是，是！」連連磕頭，說道：「多謝太后恩典，皇上恩典。」

太后冷笑道：「怎麼啦？你只願服侍皇上，不願服侍我，是不是？」韋小寶道：「服侍太后和皇上都是一樣，奴才一樣的忠心耿耿，盡力辦事。」太后道：「那就好了。御膳房的差使，你也不用當了，專門在慈寧宮便是。」韋小寶道：「是，多謝太后恩典。」

康熙見太后要了韋小寶，怏怏不樂，說了幾句閒話，便辭了出來。韋小寶跟着出去。太后道：「小桂子，你留着，讓旁人跟皇上回去。我有件事交給你辦。」

韋小寶道：「是！」眼怔怔瞧著康熙的背影出了慈寧宮，心想：「你這一去，我可就糟了，不知以後還見不見得着你。」忍不住便想大哭。

太后慢慢喝茶，目不轉睛的打量韋小寶，只看得他心中發毛，過了良久，問道：「那到五台山去販賣素饅頭的，甚麼時候再回北京？」韋小寶道：「奴才不知道。」太后道：「你甚麼時候再去會他？」韋小寶隨口胡謅：「奴才跟他約好，一個月後相會，不過不是在天橋了。」太后道：「在甚麼地方？」韋小寶道：「他說到那時候，他自會設法通知奴才。」

太后點了點頭，道：「那你就在慈寧宮裏，等他的訊息好了。」雙掌輕輕一拍，內室走了一名宮女出來。

這宮女已有三十五六歲年紀，體態極肥，脚步卻甚輕盈，臉如滿月，眼小嘴大，笑嘻嘻的向太后彎腰請安。

太后道：「這個小太監名叫小桂子，又大膽又胡鬧，我倒很喜歡他。」那宮女微笑道：「是，這個小兄弟果然挺靈巧的。小兄弟，我名叫柳燕，你叫我姊姊好啦。」

韋小寶心道：「他媽的，你是肥豬！」笑道：「是，柳燕姊姊，你這名字叫得眞好，身材好似楊柳，走路輕快，就像一隻小燕兒。」在太后跟前，旁的宮女太監那敢說半句這等輕佻言語，但韋小寶明知無倖，這種話說了是這樣，不說也是這樣，那麼不說也是白饒。

柳燕嘻嘻一笑，說道：「小兄弟，你這張嘴可也眞甜。」

太后道：「他嘴兒甜，脚下也快。柳燕，你說有甚麼法子，叫他不會東奔西跑，在宮裏亂走亂闖？」柳燕道：「太后把他交給奴才，讓我好好看管着就是。」太后搖頭道：「這小猴兒滑溜得緊，你看他不住的。我派瑞棟去傳他，他卻花言巧語，將瑞棟這膽小鬼嚇跑了。我又派了四名太監去傳他，他串通侍衛，將這四人殺了。我再派四人去，不知他做了甚麼手脚，竟將董金魁他們四人又都害死了。」

柳燕嘖嘖連聲，笑道：「啊喲，小兄弟，你這可也太頑皮啦，那不是難對付得緊嗎？太后，看來只有將他一雙腿兒砍了，讓他乖乖的躺著，那不是安靜太平得多嗎？」

太后嘆了口氣，道：「我看也只有這法兒了。」

韋小寶縱身而起，往門外便奔。

他左脚剛跨出門口，驀覺頭皮一緊，辮子已給人拉住，跟著腦袋向後一仰，身不由主的便一個觔斗，倒翻了過去，心口一痛，一隻脚已踏在胸膛之上。只見那隻脚肥肥大大，穿着一隻紅色繡金花的緞鞋，自是給柳燕踏住了。韋小寶情急之下，衝口罵道：「臭婆娘，快鬆開你的臭脚！」柳燕脚上微一使勁，韋小寶胸口十幾根肋骨格格亂響，連氣也喘不過來。只聽柳燕笑道：「小兄弟，你一雙脚倒香得很，我挺想砍下來聞聞。」

韋小寶心想太后恨自己入骨，大可將自己一雙脚砍了，再派人抬着，去見替瑞棟傳訊之人，還可暗中派遣高手，跟着那人上五台山去，將瑞棟殺了。但世上早已沒有瑞棟這一號人，西洋鏡終究要拆穿，眼前大事，是要保住這一雙腿，此刻恐嚇已然無用，只有出之於利誘，便冷冷的道：「太后，你砍了我的腿不打緊，就算砍了我腦袋，小桂子也不過矮了一截，沒有甚麼，可惜那四十二章經，嘿嘿，嘿嘿……」

太后一聽到「四十二章經」五字，立時站起，問道：「你說甚麼？」

韋小寶道：「我說那幾部四十二章經，未免有點兒可惜。」

太后向柳燕道：「放他起來。」柳燕左足一提，離開韋小寶的胸膛，脚板抄入他身底，在他背心一挑，將他身子挑得彈將起來，左手伸出，已抓住他後領，提在半空，再往地下重重一頓。韋小寶給她放倒提起，毫無抗拒之能，便如嬰兒一般，本已到了口邊的一句「臭婆娘」，嚇得又吞入了肚裏。

太后問道：「四十二章經的話，你是聽誰說的？」韋小寶道：「反正我兩條腿就要給你砍了，我甚麼也不說，大夥兒一拍兩散，我沒腿沒腦袋，你也沒四十二章經。」

柳燕道：「我勸你還是乖乖的回答太后的好。」韋小寶道：「回答了是死，不回答也是死，爲甚麼要回答？最多上些刑罰，我才不怕呢。」柳燕拿起他左手，笑道：「小兄弟，你的手指又尖又長，長得挺好看啊。」韋小寶道：「最多你把我的手指都斬斷了，又有甚麼希罕……」一句話未畢，手指上劇痛連心，「啊」的一聲大叫了出來，卻原來柳燕兩根手指拿住他左手食指重重一挾，險些將他指骨也捏碎了。這肥女人笑臉迎人，和藹可親，下手卻如此狠辣，而指上的力道更十分驚人，一挾之下，有如鐵鉗。

韋小寶這一下苦頭可吃得大了，眼淚長流，叫道：「太后，你快快將我殺了，那幾部四十二章經，那叫做老貓聞鹹魚，嗅鮝啊嗅鮝（休想）！」太后道：「你將四十二章經的事老實說出來，我就饒你性命。」韋小寶道：「我不用你饒命，經書的事，我也決計不說。」

太后眉頭微蹙，對這倔強小孩，一時倒感無法可施，隔了半晌，緩緩道：「柳燕，如他不說，你便將他的兩隻眼珠挖了出來。」

柳燕笑道：「很好，我先挖他一隻眼珠。小兄弟，你的眼珠子生得可眞靈，又黑又圓，骨碌碌的轉動，挖了出來，可不大漂亮啊。」說着右手大拇指放上他右眼皮，微微使勁。

韋小寶只覺得眼珠奇痛，只好屈服，叫道：「投降，投降！你別挖我眼珠子，我說就是了。」柳燕放開了手，微笑道：「那才是乖孩子，你好好的說，太后疼你。」

韋小寶伸手揉了揉眼珠，將那隻痛眼眨了幾眨，閉起另一隻眼睛，側過了頭向柳燕瞧了一會，搖頭道：「不對，不對！」柳燕道：「甚麼不對？別裝模作樣了，太后問你的話，快老實回答。」韋小寶道：「我這隻眼珠子給你掀壞了，瞧出來的東西變了樣，我見到你是人的身子，脖子上卻生了個大肥豬的腦袋。」

柳燕也不生氣，笑嘻嘻的道：「那倒挺好玩，我把你左邊那顆眼珠子也掀壞了罷。」

韋小寶退後一步，道：「免了罷，謝謝你啦。」閉起左眼向太后瞧去，搖了搖頭。

太后大怒，心想：「這小鬼用獨眼去瞧柳燕，說見到她脖子安着個豬腦袋，現下又這般瞧我，他口中不說，心裏不知在如何罵我，定是說見到我脖子上安着個甚麼畜生腦袋。」冷冷的道：「柳燕，你把他這顆眼珠子挖了出來，免得他東瞧西瞧。」

韋小寶忙道：「沒了眼珠，怎麼去拿四十二章經給你？」太后問道：「你有四十二章經？那裏來的？」韋小寶道：「瑞棟交給我的，他叫我好好收着，放在一個最隱秘的所在。他說：『小桂子兄弟啊，皇宮裏面，想害你的人很多，倘若將來你有甚麼三長二短，短了兩隻眼珠子或兩條腿子，這部經書就從此讓它不見天日好啦。害你的人，眼珠子雖然不瞎，看不到這部寶貝經書，也跟瞎了眼珠子的人沒甚麼分別，這叫做自作自受。』太后，那部經書，是紅綢子封皮，鑲白邊兒的，也不知道是不是。」

太后不信瑞棟說過這種話，但她差遣瑞棟去處死宗人府的鑲紅旗旗主和察博，取了他府中所藏的四十二章經，卻確是事實。當日瑞棟回報之時，她正急於要殺韋小寶滅口，來不及詢問經書，此刻聽他這麼說，心下又怒又喜：怒的是瑞棟竟將經書交了給這小鬼，喜的是終於探得了下落，說道：「既是如此，柳燕，你就陪了這小鬼去取那經書來給我。倘若經書不假，咱們就饒了他性命，將他還給皇帝算啦。咱們永世不許他再進慈寧宮來，免得我見了這小鬼就生氣。」

柳燕拉住韋小寶右手，笑道：「小兄弟，咱們去罷！」韋小寶將手一摔，道：「我是男人，你是女人，拉拉扯扯的成甚麼樣子。」柳燕只輕輕握住他手掌，那知她手指上竟似有極強的黏力，牢牢黏住了他手掌，這一摔沒能摔脫她手。柳燕笑道：「你是太監，算甚麼男人了？就算眞是男子漢，你這小鬼頭給我做兒子也還嫌小。」

韋小寶道：「是嗎？你想做我娘，我覺得你跟我娘當眞一模一樣。」

柳燕那知他是繞了彎子，在罵自己是婊子，哈了一聲，笑道：「姑娘是黃花閨女，你別胡說。」一扯他手，走出門外。

來到長廊，韋小寶心念亂轉，只盼能想個甚麼妙法來擺脫她的掌握，那柄鋒利之極的匕首揷在右脚靴桶裏，如伸左手去拔，手一動便給她發覺了，這女人武功了得，就算自己雙手都有利器，也未必能跟她走上三招兩式，心下嘀咕：「他媽的，那裏忽然鑽了這樣一口大肥豬出來？錢老闆甚麼不好送，偏偏送肥豬，我早就覺得不吉利。老婊子跟老烏龜動手之時，這頭母豬一定還不在慈寧宮，否則她只要出來幫上一幫，老烏龜立時就死了。這頭母豬定是這兩天才到宮裏的，否則的話，前幾天老婊子就派她來殺我了，不用老婊子親自動手。」想到這裏，突然心生一計，帶着她向東而行，逕往乾淸宮側的上書房走去，眼前之計，只有去求康熙救命，這肥豬進宮不久，未必識得宮中的宮殿道路。

他只向東跨得一步，第二步還沒跨出，後領一緊，已被柳燕一把捉住。她嘻嘻一笑，問道：「好兄弟，你上那裏去？」韋小寶道：「我到屋裏去取經啊。」柳燕道：「那你怎麼去上書房？想要皇上救你嗎？」韋小寶忍不住破口而罵：「臭豬，你倒認得宮裏的道路。」

柳燕道：「別的地方不認得，乾淸宮、慈寧宮、和你小兄弟的住處，倒還不會認錯。」手勁向右一扭，將他身子扭得朝西，笑道：「乖乖的走路，別掉槍花。」她話聲柔和，這一扭勁力卻是極重。韋小寶頸骨格格聲響，痛得大叫，還道頭頸已被她扭斷。

前面兩名太監聽見聲音，轉過頭來。柳燕低聲道：「太后吩咐過的，你如想逃，又或是出聲呼叫，要我立刻殺了你。」韋小寶心想縱然大聲求救，驚動了皇帝，康熙也不會違背母后之命。皇帝對自己雖好，決不致爲了一個小太監而惹母親生氣。最好能碰到幾名侍衛，挑撥他們殺了柳燕。突然腰裏一痛，給她用手肘大力一撞，聽她說道：「想使甚麼鬼計嗎？」

韋小寶無奈，只得向自己住處走去。心下盤算：「到得我房中，雖有兩個幫手，但方怡和小郡主身上有傷，我們三個對一個，還是打不過大肥豬。給她發見了兩人蹤迹，枉自多送了兩人性命。」

到了門外，他取出鑰匙開鎖，故意將鑰匙和鎖相碰，弄得叮叮噹噹的直響，大聲說道：「臭婆娘，大肥豬，你這般折磨我，終有一日，我叫你不得好死。」

柳燕笑道：「你且顧住自己會不會好死，卻來多管別人閒事。」韋小寶砰的一聲，將門推開，說道：「這經書給不給太后，你都會殺了我的。你當我是傻瓜，想僥倖活命嗎？」柳燕道：「太后旣說過饒你，多半會饒了你性命，最多挖了你一對眼珠，斬了你一雙腿。」韋小寶罵道：「你以爲太后待你很好嗎？你殺了我之後，太后也必殺了你滅口。」

這句話似乎說中柳燕的心事，她一呆，隨卽用力在他背上一推。韋小寶立足不定，衝進屋去。他在門外說了這許多話，料想方怡和小郡主早已聽到，知道來了極兇惡的敵人，自是縮在被窩之中，連大氣也不敢透。

柳燕笑道：「我沒空等你，快些拿出來。」又在他背上重重一推，韋小寶一個踉蹌，幾步衝入了內房。柳燕跟了進去。韋小寶一瞥眼，見床前整整齊齊的並排放着兩對女鞋。其時天色已晚，房中並無燈燭，柳燕進房後未立卽發見。

韋小寶暗叫：「不好！」乘勢又向前一衝，將兩雙鞋子推進了床下，跟着身子也鑽了進去，心想再來一次，以殺瑞棟之法宰了這頭肥豬；一鑽進床底，右足便想縮轉，右手去摸靴桶中的匕首，不料右足踝一緊，已被柳燕抓住，聽她喝問：「幹甚麼？」

韋小寶道：「我拿經書，這部書放在床底下。」柳燕道：「好！」諒他在床底也逃不到那裏去，便放脫了他足踝。韋小寶身子一縮，蜷成一團，拔了匕首在手。柳燕喝道：「拿出來！」韋小寶道：「咦！好像有老鼠，啊喲，啊喲，可不得了，怎地把經書咬得稀爛啦？」

柳燕道：「你在我面前弄鬼，半點用處也沒有！給我出來！」伸手去抓，卻抓了個空，原來韋小寶已縮在靠牆之處。柳燕向前爬了兩尺，上身已在床下，又伸指抓出。

韋小寶轉過身來，無聲無息的挺匕首刺出。刀尖剛和她手背相觸，柳燕便卽知覺，反應迅捷之極，右手翻過一探，抓住了韋小寶的手腕，指力一緊，韋小寶手上已全無勁力，只得鬆手放脫匕首。柳燕笑道：「你想殺我？先挖了你一顆眼珠子。」右手扠住他咽喉，左手便去挖他眼睛。韋小寶大叫：「有條毒蛇！」柳燕一驚，叫道：「甚麼？」突然間「啊」的一聲大叫，扠住韋小寶喉嚨的手漸漸鬆了，身子扭了幾下，伏倒在地。

韋小寶又驚又喜，忙從床底下爬出來，只聽沐劍屏道：「你……你沒受傷嗎？」韋小寶掀開帳子，見方怡坐在床上，雙手扶住劍柄，不住喘氣，那口長劍從褥子上揷向床底，直沒至柄。原來她聽得韋小寶情勢緊急，從床上挺劍揷落，長劍穿過褥子和棕綳，直刺入柳燕的背心。韋小寶在柳燕屁股上踢了一脚，見她一動不動，欣喜之極，說道：「好……好姊姊，是你救了我性命。」

憑着柳燕的武功，方怡雖在黑暗中向她偷襲，也必難以得手，但她見韋小寶開鎖入房，絲毫沒想到房中伏得有人，這一劍又是隔着床褥刺下，事先沒半點朕兆，待得驚覺，長劍已然穿心而過。縱是武功再強十倍之人，也無法避過。只不過眞正的高手自重身分，決不會像她這般鑽入床底去捉人而已。

韋小寶怕她沒死透，拔出劍來，隔着床褥又刺了兩劍。沐劍屏道：「這惡女人是誰？她好兇，說要挖你的眼珠子。」韋小寶道：「是老婊子太后的手下。」問方怡道：「你傷口痛嗎？」方怡皺着眉頭，道：「還好！」其實剛才這一劍使勁極大，牽動了傷口，痛得她幾欲暈去，額頭上汗水一滴滴的滲出。

韋小寶道：「過不多久，老婊子又會再派人來，咱們可得立即想法子逃走。嗯，你們兩個女扮男裝，裝成太監模樣，咱們混出宮去。好姊姊，你能行走嗎？」方怡道：「勉強可以罷。」韋小寶取出自己兩套衣衫，道：「你們換上穿了。」

將柳燕的屍身從床底下拖出來，拾起匕首收好，在屍身上彈了些化屍粉，趕忙將銀票、金銀珠寶、兩部四十二章經，以及武功秘訣包了個包袱，那一大包蒙汗藥和化屍粉自然也非帶不可。

沐劍屏換好衣衫，先下床來。韋小寶讚道：「好個俊俏的小太監，我來給你打辮子。」過了一會，方怡也下床來。她身材比韋小寶畧高，穿了他衣衫綳得緊緊的，很不合身，一照鏡子，忍不住笑了出來。

沐劍屏笑道：「讓他給我打辮子，我給師姊打辮子。」韋小寶拿起沐劍屏長長的頭髮，胡亂打了個大辮。沐劍屏照了照鏡子，說道：「啊喲，這樣難看，我來打過。」韋小寶道：「現下不忙便打過。此刻天已黑了，出不得宮。老婊子不見肥豬回報，又會派人來拿我。咱們先找個地方躲一躲，明兒一早混出宮去。」

方怡問道：「老……太后不會派人在各處宮門嚴查麼？」

韋小寶道：「也只好走一步算一步了。」想起從前跟康熙比武摔角那間屋子十分清靜，從沒第三人到來，當下扶着二人，出得屋來。

沐劍屏斷了腿，拿根門閂撐了當拐杖。方怡走一步，便胸口一痛。韋小寶右手攬住她腰間，半扶半抱，向前行去。好在天色已黑，他又儘揀僻靜的路走，撞到幾個不相干的太監，也沒人留意。到得屋內，三人都鬆了口氣。韋小寶轉身將門閂上，扶着方怡在椅子上坐了，低聲道：「咱們在這裏別說話，外面便是走廊，可不像我住的屋子那麼僻靜。」

夜色漸濃，初時三人尚可互相見到五官，到後來只見到朦朧的身影。沐劍屏嫌韋小寶結的辮子不好看，自己解開了又再結過。方怡拉過自己辮子在手中搓弄，忽然輕輕「啊」的一聲。韋小寶低聲問道：「怎麼？」方怡道：「沒甚麼，我掉了根銀釵子。」沐劍屏道：「啊，是了，我解開你頭髮時，將你那根銀釵放在桌上，打好了辮子，卻忘記給你插回頭上。眞糟糕，那是劉師哥給你的，是不是？」方怡道：「一根釵子，又打甚麼緊了？」

韋小寶聽她雖說並不打緊，語氣之中實是十分惋惜，心想：「好人做到底，我去悄悄給她給她取回來。」當下也不說話，過了一會，說道：「肚裏餓得很了，挨到明天，只怕沒力氣走路。我去找些吃的。」沐劍屏道：「快回來啊。」

韋小寶道：「是了。」走到門邊，傾聽外面無人，開門出去。

他快步回到自己住處，生怕太后已派人守候，繞到屋後聽了良久，確知屋子內外無人，這才推開窗子爬了進去。其時月光斜照，見桌上果然放着一根銀釵。這銀釵手工甚粗，最多值得一二錢銀子，心想：「劉一舟這窮小子，送這等寒蠢的禮物給方姑娘。」在銀釵上吐了口唾沫，放入衣袋，從錫罐、竹籃、抽屜、床上擱板等處胡亂打些糕餅點心，塞在紙盒裏，揣入懷中。

正要從窗口爬出去，忽見床前赫然有一對紅色金綫繡鞋，鞋中竟然各有一隻脚。

韋小寶嚇了一大跳，淡淡月光下，見一對斷脚上穿了一雙鮮豔的紅鞋，甚是可怖。隨卽明白：柳燕的屍身被化屍粉化去時，床前地面不平，屍身化成的黃水流向床底，留下兩隻脚沒化去。他轉過身來，待要將兩隻斷脚踢入黃水之中，但黃水已乾，化屍粉卻已包入包袱，留在方怡與沐劍屏身邊，心念一轉，童心忽起：「他媽的，老子這次出宮，再也見不到老婊子了，老子把這兩隻脚丟入她屋中，嚇她個半死。」取過一件長衫，裹住一雙連鞋的斷脚，牢牢包住，爬出窗外，悄悄向慈寧宮行去。

離慈寧宮將近，便不敢再走正路，閃身花木之後，走一步，聽一聽，心想：「倘若一個不小心，給老婊子捉到了，那可是自投羅網。」又覺有趣，又是害怕，一步步的走近太后寢宮。手心中汗水漸多，尋思：「我把這對豬蹄子放在門口的階石上，她明天定會瞧見。如果投入天井，畢竟太過危險。」

輕輕的又走前了兩步，忽聽得一個男人的聲音說道：「阿燕怎麼搞的，怎地到這時候還沒回來？」韋小寶大奇：「屋中怎麼有男人？這人說話的聲音又不是太監，莫非老婊子有了姘頭？哈哈，老子要捉姦。」他心中雖說要「捉姦」，可是再給他十倍的膽子，卻也不敢，但好奇心大起，決不肯就此放下斷脚而走。

向着聲音來處躡手躡足的走了幾步，每一步都輕輕提起，極慢極慢的放下，以防踏到枯枝，發出聲響。只聽那男人哼了一聲，說道：「只怕事情有變。你既知這小鬼十分滑溜，怎地讓阿燕獨自帶他去？」韋小寶心道：「原來你是在說你老子。」

只聽太后道：「阿燕的武功高他十倍，人又機警，步步提防，那會出事？多半那部經書放在遠處，阿燕押了小鬼去拿去了。」那男人道：「能夠拿到經書，自然很好，否則的話，哼哼！」這人語氣嚴峻，對太后如此說話，實是無禮已極。韋小寶越來越奇怪：「天下有誰能對她這般說話？難道老皇帝從五台山回來了？」想到順治皇帝回宮，大為興奮，心想定將有齣好戲上演。奇怪的是，附近竟沒一名宮女太監，敢情都給太后遣開了。

聽得太后說道：「你知道我已盡力而爲。我這樣的身分，總不能親自押着個小太監，在宮裏走來走去。我踏出慈寧宮一步，宮女太監就跟了一大串，還能辦甚麼事？」那男人道：「你不能等到天黑再押他去嗎？要不然就通知我，讓我押他去拿經書。」太后道：「我可不敢勞你的駕。你在這裏，甚麼形迹也不能露。」那男人冷笑道：「遇到了這等大事，還管甚麼？我知道，你不肯通知我，是怕我搶了你的功勞。」太后道：「有甚麼好搶的？有功勞是這樣，沒功勞也是這樣。只求太平無事的多挨上一年罷了。」語氣中充滿怨懟。

韋小寶若不是清清楚楚認得太后的聲音，定會當作是個老宮女在給人責怪埋怨。那兩人的說話都壓低了嗓子，但相距既近，靜夜中別無其他聲息，決無聽錯之理，聽他二人說甚麼「搶了功勞」，那麼這男子又不是順治皇帝了。

他好奇心再也無法抑制，慢慢爬到窗邊，從窗縫向內張去。這般站在到窗外偷看，他在麗春院自幼便練得熟了，心道：「從前我偷看瘟生嫖我媽媽，今晚偷看老婊子接客。」只見太后側身坐在椅上，一個宮女雙手負在身後，在房中踱步，此外更無旁人，心想：「那男人卻到那裏去了？」只見那宮女轉過身來，說道：「不等了，我去瞧瞧。」

她一開口，韋小寶嚇了一跳，原來這宮女一口男嗓，剛才就是她在說話。韋小寶在窗縫中只瞧得到她胸口，瞧不見她臉。

太后道：「我和你同去。」那宮女冷笑道：「你就是不放心。」太后道：「那又有甚麼不放心了？我疑心阿燕有甚麼古怪，咱二人聯手，容易制他。」那宮女道：「嗯，那也不可不防，別在陰溝裏翻船。這就去罷。」

太后點點頭，走到床邊，掀開被褥，又揭起一塊木板來，燭光下青光一閃，手中已多了一柄短劍，將短劍揷入劍鞘，放在懷中。韋小寶心想：「原來老婊子床上還有這麼個機關。她是防人行刺，短劍不揷在劍鞘之中，那是伸手一抓，拿劍就可殺人，用不着從鞘中拔出。萬分緊急的當兒，可差不起這麼霎一霎眼的時刻。」

只見太后和那宮女走出寢殿，虛掩殿門，出了慈寧宮，房中燭火也不吹熄，韋小寶心想：「我將這對豬蹄放在她床上那個機關之中，待會她放還短劍，忽然摸到這對豬蹄，管教嚇得她死去活來。」

只覺這主意妙不可言，當即閃身進屋，掀開被褥，見床板上有個小銅環，伸指一拉，一塊濶約一尺、長約二尺的木板應手而起，下面是個長方形的暗格，赫然放着三部經書，正是他曾見過的「四十二章經」。兩部是他在鰲拜府中所抄得，原來放經書的玉匣已不在了。另有一部封皮是白綢子的，那晚聽海老公與太后說話，說順治皇帝送給董鄂妃一部經書，太后殺了董鄂妃後據爲己有，料想就是這部了。

韋小寶大喜，心想：「這些經書不知有甚麼屁用，人人都這等看重。老子這就來個順手牽羊，把老婊子氣個半死。」當即取出三部經書，塞入懷裏。將柳燕那雙脚從長袍中抖入暗格，蓋上木板，放好被褥，將長袍踢入床底，正要轉身出外，忽聽得外房門呀的一聲響，有人推門而進。

這一下當眞嚇得魂飛天外，那料到太后和那宮女回來得這樣快，想也想不及，一低頭便鑽入床底，心中只是叫苦，只盼太后忘記了甚麼東西，回來拿了，又去找尋自己，又盼她所忘記的東西並非放在被褥下的暗格之中。

只聽得脚步聲輕快，一個人竄了進來，卻是個女子，脚上穿的是雙淡綠鞋子，褲子也是淡綠，瞧褲子形狀是個宮女，心想：「原來是服侍太后的宮女，她身有武功，不會是蕊初。她如不馬上出去，可得將她殺了。最好她走到床前來。」輕輕拔出匕首，只待那宮女走到床前，一刀自下而上，刺她小腹，包管她莫名其妙的就此送命。

只聽得她開抽屜，開櫃門，搬翻東西，在找尋甚麼物事，卻始終不走到床前，跟着聽得嗤嗤幾聲響，用甚麼利器劃破了兩口箱子。韋小寶吃了一驚：「這人不是尋常宮女，是到太后房中偷盜來的，莫非是來盜四十二章經？她手中既有刀劍，看來武功也不會差過老子，我如出去，別說殺她，只怕先給她殺了。」聽得那女子在箱中一陣亂翻，又劃破了西首三口箱子找尋。韋小寶肚裏不住咒罵：「你再不走，老婊子可要回來了。你送了性命不要緊，累得我韋小寶陪你歸天，你的面子未免太大了。」

那女子找不到東西，似乎十分焦急，在箱中翻得更快。

韋小寶就想投降：「不如將經書拋了出去給她，好讓她快快走路。」

便在此時，門外脚步聲響，只聽得太后低聲道：「我說定是柳燕這賤人拿到經書，自行走了。」那女子聽到人聲，已不及逃走，跨進衣櫃，關上了櫃門。那男子口音的宮女說道：「你當眞差了柳燕拿經書？我怎知你說的不是假話？」太后怒道：「你說甚麼？我沒派柳燕去拿經書？那麼要她幹甚麼去？」那宮女道：「我怎知你在搗甚麼鬼？說不定你要除了柳燕這眼中之釘，將她害死了。」

太后怒哼一聲，說道：「虧你做師兄的，竟說出這等沒腦子的話來。柳燕是我師妹，我有這樣大的膽子？」那宮女冷冷的道：「你素來膽大，心狠手辣，甚麼事做不出來？」

兩人話聲甚低，但靜夜中還是聽得淸淸楚楚。韋小寶聽太后叫那宮女爲「師兄」，而柳燕卻又是她「師妹」，越聽越奇。她二人說話之間，已走進內室，一見到房中箱子劃破，雜物散了一地，同時啊的一聲，驚叫出來。

太后叫道：「有人來盜經書。」奔到床邊，翻起被褥，拉開木板，見經書已然不在，叫了聲：「啊喲！」跟着便見到柳燕的那一對斷脚，驚道：「那是甚麼？」那宮女伸手拿起，說道：「是女人的脚。」太后驚道：「這是柳燕，她……她給人害死了。」那宮女冷笑道：「我的話沒錯罷？」太后又驚又怒，道：「甚麼話沒錯？」那宮女道：「這藏書的秘密所在，天下只你自己一人知道。柳師妹倘若不是你害死的，她的斷脚怎會放在這裏？」

太后怒道：「這會兒還在這裏說瞎話？盜經之人該當離去不遠，咱們快追。」

那宮女道：「不錯，說不定這人還在慈寧宮中。你……你可不是自己弄鬼罷？」

太后不答，轉過身來，望着衣櫃，一步步走過去，似乎對這櫃子已然起疑。

韋小寶一顆心幾乎要從胸腔中跳了出來，燭光幌動，映得劍光一閃一閃，在地下掠過，料知太后左手拉開櫃門，右手便挺劍刺進櫃去，櫃中那宮女勢必無可躲閃。

眼見太后又跨了一步，離衣櫃已不過兩尺，突然間咯喇喇一聲響，那衣櫃直倒下來，壓向太后。太后出其不意，急向後躍，櫃中飛出好幾件花花綠綠的衣衫，纏在她頭上。太后忙伸手去抓，又有一團衣衫擲向她身前，只聽得她一聲慘叫，衣衫中一把血淋淋的短刀提了起來。原來那團衣衫之中竟裹得有人。櫃中宮女倒櫃擲衣，令太后手足無措，一擊成功。

那男嗓宮女起初似乎瞧得呆了，待得聽到太后慘呼，這才發掌向那團衣服中擊落。韋小寶見那團衣服迅即滾開，那綠衣宮女從亂衣服中躍將出來，手提染血短刀，向那男嗓宮女撲去。那男嗓宮女發掌擊出，綠衣宮女斜身閃開，立即又向敵人撲上。

韋小寶身在床底，只見到兩人的四隻脚。男嗓宮女穿的是灰色褲子，黑緞鞋子。穿綠鞋的雙脚疾進疾退，穿黑鞋的雙脚只偶爾跨前一步，退後一步。兩人相鬥甚劇，卻不聞兵刃相交之聲，顯然那男嗓宮女手中沒有兵刃。韋小寶斜眼向太后瞧去，只見她躺在地下，毫不動彈，顯已死了。

但聽得掌聲呼呼，鬥了一會，突然眼前一暗，三座燭台中已有一隻蠟燭給掌風撲熄。

韋小寶心道：「另外兩隻蠟燭快快也都熄了，我就可乘黑逃走。」

呼的一聲掌風過去，又是一隻蠟燭熄了。兩個宮女只是悶打，誰也不發出半點聲息，似乎都怕驚動了外人。慈寧宮中本來太監宮女甚衆，鬧了這麼好一會，早該有人過來察看，但這些人顯然一向奉了太后嚴令，不得呼召，誰也不敢過來窺探。

只聽得察察聲響，桌椅的碎片四散飛濺，韋小寶暗暗心驚：「這說話好似男人般的宮女武功恁地了得，掌風到處，將桌椅都擊得粉碎。」驀地裏一聲輕呼，白光閃爍，跟着噗的一聲，似是綠衣宮女兵刃脫手，飛上去釘在屋頂。跟着兩人倒在地下，扭成一團。

這一來韋小寶瞧得甚是清楚，但見兩人施展擒拿手法，在數尺方圓之內進攻防禦，招招兇險之極。他別的武功所知甚爲有限，於擒拿法卻練過不少時日，曾跟康熙日日拆解，見兩個宮女出招極快，出手狠辣凌厲，挖眼、搗胸、批頸、鎖喉、打穴、截脈、勾腕、撞肘，沒一招不是攻敵要害。韋小寶暗暗咋舌：「倘若換作了我，早就大叫投降了！」

韋小寶一顆心隨着兩人的手掌跳動，只想：「那枝蠟燭爲甚麼還不熄？」他明知二人鬥得正緊，他就算堂而皇之的從床底爬了出來，堂而皇之的走出門去，兩名宮女也只有驚愕的份兒，誰也緩不出手來阻攔，但就是鼓不起勇氣。

驀地裏燭火一暗，一個女子聲音輕哼一聲，燭光又亮，只見那灰衣宮女已壓住了綠衣宮女，右手手肘橫架在她咽喉上。綠衣宮女左手給敵人掠在外門，難以攻敵，右手勾打拿戳，連連出招，都給對方左手化解了，咽喉給人壓住，喘息艱難，右手的招數漸緩，雙足向上亂踢，轉眼便會給敵人扼死。

韋小寶心想：「這灰衣宮女扼死對手之後。定會探頭到床底下來找經書，韋小寶可得變成韋死寶！」此時不容細思，立即從床底竄出，手起劍落，一匕首揷入灰衣宮女的背心，乘勢向上一挑，切了一道長長的口子，隨卽躍開。

灰衣宮女縱聲大叫，跳了起來，一撲而前，雙手抓住韋小寶頭頸，用力收緊。韋小寶給她扼得伸出了舌頭，眼前陣陣發黑。綠衣宮女飛身躍起，右掌猛落，斬在灰衣宮女的左頸，跟着左手抓住她頭髮向後力扯，突然手上一鬆，將她滿頭頭髮都拉了下來，露出一個光頭，原來裝的是假髮。就在這時，灰衣宮女雙手鬆開，放脫了韋小寶，頭頸扭了幾扭，倒地縮作一團，背上鮮血猶如泉湧，眼見不活了。

綠衣宮女喘息道：「多謝小公公，救了我性命。」韋小寶點了點頭，驚悸未定，伸手撫摸自己頭頸，左手指着那灰衣宮女的光頭，道：「她……她……」綠衣宮女道：「這人男扮女裝，混在宮裏。」

忽聽得門口有人叫道：「來人啊，有刺客！」聲音半男半女，是個太監。

綠衣宮女右手攬住韋小寶，破窗而出，左手揮出，噗的一響，跟着「啊」的一聲慘叫，那太監身中暗器，撲地倒了。

綠衣宮女左手攬着韋小寶的腰，將他橫着提起，向北疾奔，過西三所，進了養華門。韋小寶這時比之初進宮時已高大了不少，也重了不少，這綠衣宮女跟他一般高矮，身子纖細，但提了他快步而奔，如提嬰兒，毫不費力。韋小寶讚道：「好本事！」

那宮女提着他從小徑繞過雨花閣、保華殿，來到福建宮側的火場之畔，才將他放下。

這火場已近西鐵門，是焚燒宮中垃圾廢物的所在，晚間極爲僻靜。

綠衣宮女問道：「小公公，你叫甚麼名字？」韋小寶道：「我是小桂子！」她「啊」的一聲，說道：「原來是手擒鰲拜、皇上最得寵的小桂子公公。」

韋小寶微笑道：「不敢！」他在太后寢殿中和這宮女匆匆朝相，當時無暇細看，依稀覺得她已有四十來歲，說道：「姊姊，你又怎麼稱呼？」

那宮女微一遲疑，道：「你我禍福與共，那也不用瞞你。我姓陶，宮中便叫我陶宮娥。你在太后底床下幹甚麼？」

韋小寶隨口胡謅：「我是奉皇帝聖旨，來捉太后的姦！」

陶宮娥微微一驚，問道：「皇上知道這宮女是男人？」韋小寶道：「皇上知道一點兒因頭，不過也不太確實。」陶宮娥道：「我……我殺死了太后，這件事轉眼便鬧得天翻地覆，閉了宮門大搜。我可得立卽出宮。桂公公，咱們後會有期。」

韋小寶心想：「老婊子到了陰世去做婊子，我在宮裏倒太平無事了，可是閉宮大搜，方沐兩個姑娘卻非糟糕不可，那便如何是好？」靈機一動，說道：「陶姊姊，我倒有個法子，我立卽去稟告皇上，說道親眼看見太后是給那個假宮女殺死的，假宮女則是太后殺的，他兩人鬥了個同歸於盡。反正太后已經死無對證，你也不用逃出宮去了。」

陶宮娥沉吟片刻，道：「這計策倒也使得，但那個太監，卻又是誰殺的？」韋小寶道：「我說也是那個假宮女殺的。」陶宮娥道：「桂公公，這件事可十分危險，皇上雖然喜歡你，多半也要殺了你滅口。」韋小寶打個寒噤，問道：「皇上也要殺我，那爲甚麼？」

陶宮娥道：「他母親跟人有苟且之事，倘若洩漏了一點風聲出去，你叫皇上置身何地？就算你守口如瓶，皇上每次見到你，總不免心中有愧，遲早非殺了你不可。」韋小寶驚道：「他……他這樣毒辣？」覺得陶宮娥這話畢竟不錯，這些事可千萬不能跟皇帝說。

便在此時，南方傳來幾聲鑼響，跟着四面八方都響起了鑼聲，那是宮中失火或是有警的緊急訊號，全宮侍衞、太監立卽出動。

陶宮娥道：「咱們逃不出去了。你假裝去幫着搜捕刺客，我自己回屋去睡覺。」伸出左臂，抱住他腰，又帶着他疾奔，向西奔到英華殿之側，將他放下，輕聲道：「小心！」一轉身便隱在牆角之後。

韋小寶記掛着方怡和沐劍屏，急忙奔向她二人藏身之所。耳聽得鑼聲越響越急，跟着人聲喧嘩，他沒命價奔進那間屋子，叫道：「是我！」

方沐二女早已嚇得臉無血色。沐劍屏道：「幹麼打鑼？是來捉拿我們嗎？」韋小寶道：「不是。老婊子死了！括括叫，別別跳。還是回到我屋裏比較穩當。」沐劍屏道：「回到你屋裏，我們……我們殺了人……」韋小寶道：「不用怕，他們不知道的，快走！」俯身扶起方怡，左手提了包袱，向外衝出。

三人跌跌撞撞的奔了一會，只見斜刺裏幾名侍衛奔來。為首侍衛高舉火把，喝問：「甚麼人？」韋小寶叫道：「是我，你們趕快去保護皇上。是走了水嗎？」那人認得韋小寶，忙將火把交給旁人，雙手垂下，恭恭敬敬的道：「桂公公，聽說慈寧宮出了事。」韋小寶道：「好，你們先去，我隨後便來。」那侍衛躬身道：「是！」帶領衆人而去。

沐劍屏道：「他們似乎很怕你呢，剛才我還道要糟。」說着連拍胸口。

韋小寶想說句笑話，吹幾句牛，但掛念着太后被殺之事鬧了出來，不知將有何等後果，心慌意亂之下，甚麼笑話也說不出口。路上又遇到了一批侍衛，這才回到自己住處，好在方怡和沐劍屏早已換成太監裝束，衆侍衛羣相慌亂，誰也沒加留意。

韋小寶道：「你們便躭在這裏，千萬別換裝束。」將包袱放入衣箱，出屋後，將門上了鎖，快步奔向乾清宮康熙的寢殿。

韋小寶在小茶館中與方沐二女話別，忽聽得徐天川喝道：「好朋友，到這時候還不露相嗎？」伸手向右首那車夫的肩頭拍了下去。

第十五回　關心風雨經聯榻　輕命江山博壯遊

康熙聽到鑼聲，披衣起身，一名侍衛來報慈寧宮中出了事，甚麼事卻說不清楚。他正自着急，見韋小寶進來，忙問：「太后安好？出了甚麼事？」

韋小寶道：「太后叫奴才今晚先回自己屋去睡，明天再搬進慈寧宮去，沒……沒想到宮裏出了事。不知甚麼，奴才這就去瞧瞧。」康熙道：「我去給太后請安，你跟着來。」韋小寶道：「是。」康熙對母后甚有孝心，不及穿戴，披了件長袍便搶出門去，快步而行，一面問道：「太后要你服侍，你怎麼又到了我這裏？」韋小寶道：「奴才聽得鑼聲，擔心又來了刺客，一心只掛念着皇上，忙不迭奔來，眞……眞是該死。」

康熙一出寢宮，左右太監、侍衛便跟了一大批，十幾盞燈籠在身周照着。他見韋小寶衣衫頭髮極是紊亂，那知道他是在太后床底鑽進鑽出，還道他忠心護主，一心一意的只掛念着皇帝，來不及穿好衣服，就趕來保護，頗感喜慰。

行出數丈，兩名侍衛奔過來稟告：「刺客擅闖慈寧宮，害死了一名太監，一名宮女。」

康熙忙問：「可驚動了太后聖駕？」那侍衞道：「多總管已率人將慈寧宮團團圍住，嚴密保護太后。」康熙略感放心。

韋小寶心道：「他便是帶領十萬兵馬來保護慈寧宮，這會兒也已遲了。」

從乾清宮到慈寧宮相距不遠，繞過養心殿和太極殿便到。只見燈籠火把照耀如同白晝，數百名侍衞一排排的站着，別說刺客，只怕連一隻老鼠也鑽不過去。衆侍衞見到皇帝，一齊跪下。康熙擺了擺手，快步進宮。

韋小寶掀起門帷。康熙走進門去，只見寢殿中箱籠雜物亂成一團，血流滿地，橫臥着兩具屍首，只嚇得心中突突亂跳，叫道：「太后，太后！」

床上一人低聲道：「是皇帝麼？不用擔心，我沒事。」正是太后的聲音。

韋小寶這一驚非同小可，心想：「原來老婊子沒死。我做事當眞胡塗，先前幹麼不在她身上補上一劍？她沒死，我可得死了。」回過頭來，便想發足奔逃，卻見門外密密麻麻的站滿了侍衞，逃不了三步便會給人抓住，只嚇得雙足發軟，頭腦暈眩，便欲摔倒。

康熙來到床前，說道：「太后，您老人家受驚了。孩兒保護不周，眞是罪孽深重，那些飯桶侍衞，一個個得好好懲辦才是。」太后喘了口氣道：「沒……沒甚麼。是一個太監和宮女爭鬧……互相毆鬥而死，不干侍衞們的事。」康熙道：「太后身子安好？沒驚動到您老人家？」太后道：「沒有！只是我瞧着這些奴才生氣。皇帝，你去罷，叫大家散去。」

康熙道：「快傳太醫來給太后把脈。」韋小寶縮在他身後，不敢答應，只怕給太后瞧見了，又怕一開口就給認了出來。太后道：「不，不用傳太醫，我睡一覺就好。這兩人……這兩個奴才的屍首……不用移動。我心裏煩得很，怕吵，皇帝，你……你叫大家快走。」她說話聲音微弱，上氣不接下氣，顯是受傷着實不輕。

康熙很是擔心，卻又不敢違命，本想徹查這太監和宮女如何毆鬥，惹得太后如此生氣，兩人雖已身死，卻犯了這樣大罪，還得追究他們家屬，可是聽太后的話，顯然不願張揚，連屍首也不許移動，只得向太后請了安，退出慈寧宮。

韋小寶死裏逃生，雙脚兀自發軟，手扶牆壁而行。

康熙低頭沉思，覺得慈寧宮中今晚之事大是突兀，中間必有隱秘，但太后的意思明明擺着叫自己不可理會。他沉思低頭，走了好長一段，這才抬起頭來，見韋小寶跟在身後，問道：「太后要你服侍，怎地你又跟着來了？」

韋小寶心想反正天一亮便要出宮逃走，大可信口開河，說道：「先前太后說道心裏煩得很，一見到太監便生氣。奴才見到太后聖體不大安適，還是別去惹太后煩惱的爲妙。」

康熙點了點頭，回到乾淸宮寢殿，待服侍他的衆監都退了出去，說道：「小桂子，你留着！」韋小寶應了。

康熙從東到西、又從西到東的踱來踱去，踱了一會，問道：「你看那太監和那宮女，爲甚麼鬥毆而死？」韋小寶道：「這個我可猜不出。宮裏很多宮女太監脾氣都很壞，動不動就吵嘴，有時還暗中打架，只是不敢讓太后和皇上知道罷了。」康熙點點頭道：「你去吩咐大家，這事不用再提，免得再惹太后生氣。」韋小寶道：「是！」康熙道：「你去罷！」

韋小寶請了安，轉身出去，心想：「我這一去，永遠見你不着了。」回頭又瞧了一眼。

康熙也正瞧着他，臉上露出笑容，道：「你過來。」韋小寶轉過身來。康熙揭開床頭的一隻金盒，拿出兩塊點心，笑道：「累了半天，肚裏可餓了罷！」將點心遞給他。

韋小寶雙手接過，想起太后爲人兇險毒辣，寢宮裏暗藏男人，終有一天會加害皇上。他一切蒙在鼓裏，甚麼都不知道。皇帝對待自己，眞就如是朋友兄弟一般，若不把這事跟他說知，他給太后害死，自己可太也沒有義氣。想到此處，眼前似乎出現了康熙全身筋骨俱斷、橫屍就地的慘狀，心中一酸，忍不住淚水奪眶而出。

康熙微笑道：「怎麼啦？」伸手拍拍他肩頭，道：「你願意跟我，是不是？那也容易，過幾天等太后大好了，我再跟太后說去。」

韋小寶心情激動，尋思：「陶宮娥說，我如吐露眞情，皇帝不免要殺我滅口。英雄好漢甚麼都能做，就是不能不講義氣，大丈夫死就死好了。」將兩塊點心往桌上一放，握住了康熙的手，顫聲道：「小玄子，我再叫你一次小玄子，行嗎？」

康熙笑道：「當然可以。我早就說過了，沒人之處，咱們就跟從前一樣。你又想跟我比武，是不是？來來來，放馬過來。」說着雙手一翻，反握住了他雙手。

韋小寶道：「不忙比武。有一件機密大事，要跟我好朋友小玄子說，可是決不能跟我主子萬歲爺說。皇上聽了之後，就要砍我腦袋。小玄子當我是朋友，或者不要緊。」

康熙不知事關重大，少年心情，只覺十分有趣，忙拉了他並肩坐在床沿上，說道：「快說！快說！」韋小寶道：「現下你是小玄子，不是皇帝？」康熙微笑道：「對，我現下是你的好朋友小玄子，不是皇帝。一天到晚做皇帝，沒個知心朋友，也沒甚麼味道。」韋小寶道：

「好，我說給你聽。你要砍我腦袋，也沒法子。」康熙微笑道：「我幹麼要殺你？好朋友怎能殺好朋友？」

韋小寶長長吸了口氣，說道：「我不是眞的小桂子，我不是太監，眞的小桂子已給我殺了。」康熙大吃一驚，問道：「甚麼？」

韋小寶便將自己出身來歷簡畧說了，接着說到如何被擄入宮、如何毒瞎海大富雙眼、如何冒充小桂子、海大富如何教武等情，一一照實陳說。

康熙聽到這裏，笑道：「他媽的，你先解開褲子給我瞧瞧。」

韋小寶知道皇帝精明，這等大事豈可不親眼驗明，當卽褪下了褲子。

康熙見他果然並非淨了身的太監，哈哈大笑，說道：「原來你不是太監。殺了個小太監小桂子，也沒甚麼大不了。只不過你不能再在宮裏住了。要不然，我就派你做御前侍衞的總管。多隆這廝武功雖然不錯，辦事可胡塗得很。」

韋小寶繫上褲子，說道：「這可多謝你啦，不過只怕不成。我聽到了跟太后有關的幾件大秘密。」

康熙道：「跟太后有關？那是甚麼？」問到這兩句話時，心中已隱隱覺得有些不對。

韋小寶咬了咬牙，便述說那晚在慈寧宮所聽到太后和海大富的對答。

康熙聽到父皇順治竟然並未崩駕，卻是在五台山清涼寺出家，這一驚固然非同小可，這一喜尤其是如顚如狂。他全身發抖，握住了韋小寶雙手，顫聲道：「這……這當眞不假？我父皇……父皇還在人世？」韋小寶道：「我聽到太后和海大富二人確是這麼說的。」

康熙站起身來，大聲叫道：「那……那好極了！好極了！小桂子，天一亮，咱們立即便往五台山去朝見父皇，請他老人家回宮。」

康熙君臨天下，事事隨心所欲，生平唯一大憾便是父母早亡。有時午夜夢迴，想到父母之時，忍不住流淚哭泣。此刻聽得韋小寶這麼說，雖仍不免將信將疑，卻已然喜心翻倒。

韋小寶道：「就只怕太后不願意。她一直瞞着你，這中間是有重大緣故的。」康熙道：「不錯，那是甚麼緣故？」他一聽到父親未死，喜悅之情充塞胸臆，但稍一凝思，無數疑竇立即湧現。韋小寶道：「宮中大事，我甚麼都不明白，只能將太后和海大富的對答，據實說給你聽。」康熙道：「是，是！快說，快說！」

聽韋小寶說到端敬皇后和孝康皇后如何為人所害，康熙跳起身來，叫道：「你……你說孝康皇后，是……是給人害死的？」韋小寶見他神色大變，雙眼睜得大大的，臉上肌肉不住牽動，不禁害怕，顫聲道：「我……我不知道。只聽到海大富跟太后是這麼說的。」康熙道：「他們怎地說？你……你再說一遍。」

韋小寶記性甚好，重述那晚太后與海大富的對答，連二人的聲調語氣也都學得極像。

康熙呆了半晌，道：「我親娘……我親娘竟是給人害死的？」韋小寶道：「孝康皇后就是……是……是你的母親？」康熙點了點頭，道：「你說下去，一句也不可遺漏。」心中一酸，淚水涔涔而下。

韋小寶接着述說兇手用「化骨綿掌」先害死端敬皇后的兒子榮親王，再害死端敬皇后和貞妃，順治出家後，太后又害死孝康皇后，殮葬端敬皇后和貞妃的仵作如何奉海大富之命赴五台山稟告順治，順治如何派遣海大富回宮徹查，直說到太后和海大富對掌。他不敢說海大富是自己所殺，卻說他眼睛瞎了之後，敵不過太后，以致對掌身亡。

康熙定了定神，詳細盤問當晚情景，追查他所聽到的說話，反覆細問，料定韋小寶決無可能揑造此事，抬起頭想了一會，問道：「你為甚麼直到今天，才跟我說？」

韋小寶道：「這件事關涉太大，我那敢亂說？可是明天我要逃出宮去，再也不回來了，想到你孤身在宮中極是危險，可不能再瞞。」康熙道：「你為甚麼要出宮？怕太后害你？」韋小寶道：「我跟你說，今晚死在慈寧宮裏的那個宮女，是個男人，是太后的師兄。」

太后宮中的宮女竟然是個男人，此事自然匪夷所思，但康熙這晚既聽到自己已死的父皇竟然未死，而母親又是為一向端莊慈愛的太后所暗殺，再聽到一個宮女是男人假扮，已絲毫不以為奇，何況眼前這個小太監也就是假扮的，問道：「你又怎麼知道？」

韋小寶道：「那晚我聽到了太后跟海大富的說話後，太后一直要殺我滅口。」當下將太后如何派遣瑞棟、柳燕，以及衆太監先後來加害自己等情一一說了，又說到在慈寧宮中聽到一個男子和太后對答，兩人爭鬧起來，那男子假扮的宮女為太后所殺，太后卻也受了傷。他這番說話當然不盡不實，既不提到陶宮娥，也不說自己殺了瑞棟和柳燕，偷了幾部四十二章經等情。

康熙沉吟道：「這人是太后的師兄？聽他口氣，似乎太后尙受另一人的挾制，那會是甚麼人？難道……難道這人知道太后寢殿中有個假宮女，因此……」韋小寶聽他言語涉及太后的「姦情」，不敢接口，只搖了搖頭，過了一會，才道：「我也想不出。」

康熙道：「傳多隆來。」

韋小寶答應了，心想：「皇帝要跟太后翻臉，叫多隆捉拿老婊子來殺頭？我到底是快快逃走好呢？還是留着再幫他？」

多隆正自憂心如焚，宮裏接連出事，自己脖子上的腦袋就算不搬家，腦袋之上的帽子、帽子之上的頂子，總是大大的不穩，聽得皇帝傳呼，忙趕進乾清宮來。康熙吩咐道：「慈寧宮沒甚麼事，你立卽撤去慈寧宮外所有侍衞。太后說聽到侍衞站在屋外，心裏就煩得很。」多隆見皇上臉色雖然頗爲古怪，卻沒半句責備的言語，心中大喜，忙磕了頭出去傳令。

康熙又將心中諸般疑團，細細詢問韋小寶，過了良久，料知衆侍衞已撤，說道：「小桂子，我和你夜探慈寧宮。」

韋小寶道：「你親自去探？」康熙道：「正是！」一來事關重大，不能單是聽了一個假冒小太監的一面之辭，便對撫育自己長大的母后心存懷疑；二來「犯險夜探」，那是學武之人非做不可之事，有此機會，如何可以輕易放過？自己是皇帝，不能出宮一試身手，在宮裏做一下「夜行人」，卻也是聊勝於無。只不過下旨先令慈寧宮守衞盡數撤走，自己再去「夜探」，未免不合「武林好手」的身分而已。

韋小寶道：「太后已將她師兄殺了，這會兒正在安睡養傷，只怕探不到甚麼。」

康熙道：「沒有探過，怎知探不到甚麼？」當卽換上便裝，脚下穿了薄底快靴，便是當日跟韋小寶比武的那一身裝束，從床頭取過一柄腰刀，懸在腰間，從乾清宮側門走了出去。衆侍衞、太監正在乾清宮外層層守衞，一見之下，慌忙跪下行禮。康熙喝令：「大家站住，誰也不許亂動。」這是皇帝聖旨，誰敢有違？二百餘名侍衞和太監就此直挺挺的站在原地，一動也不動。

康熙帶着韋小寶，來到慈寧宮花園，見靜悄悄的已無一人。

他掩到太后寢殿窗下，俯耳傾聽，只聽得太后不住咳嗽，霎時之間，心中思湧如潮，又是悲苦，又是煩躁，聽得太后的咳嗽聲音，既想衝進去摟着她痛哭一場，又想扠住她脖子厲聲質問，到底父皇和自己親生母后是怎樣了？他一時盼望小桂子所說的全是假話，又盼望他所說的絲毫不假。他不住發抖，寒毛直豎，涼意直透骨髓。

太后房中燭火未熄，忽明忽暗映着窗紙。過了一會，聽得一個宮女的聲音道：「太后，縫好了。」太后「嗯」了一聲，說道：「把這宮女……宮女的死屍，裝……裝在被袋裏。」那宮女道：「是。那太監的死屍呢？」太后怒道：「我只叫你裝那宮女，你……你又管甚麼太監？」那宮女忙道：「是！」接着便聽到有物件在地下拖動之聲。

康熙忍耐不住，探頭去窗縫中張望，可是太后寢殿窗房的所有縫隙均用油灰塞滿，連一條細縫也沒有。他往日曾聽韋小寶說過江湖上夜行人的行事訣竅和禁忌，那都是轉述茅十八從揚州來到北京之時一路上所說的。此時窗戶無縫，正中下懷，當下伸手沾了唾液，輕輕濕了窗紙，指上微微用力，窗上便破了個小孔，卻無半點聲息。

他就眼張去，見太后床上錦帳低垂，一名年輕宮女正在將地下一具屍首往一隻大布袋中塞去，屍首穿的是宮女裝束，可是頭頂光秃秃地一根頭髮也無。那宮女將屍首塞入袋中，拾起地下的一團假髮，微一遲疑，也塞進了布袋，低聲道：「太后，裝……裝好啦！」

太后道：「外邊侍衛都撤完了？我好像聽到還有人聲。」那宮女走到門邊，向外一張，說道：「沒人了。」太后道：「你把口袋拖到荷花塘邊，在袋裏放四塊大石頭，用……用繩子……咳……咳……將袋口紮住了，然後……然後……咳咳……把袋子推落塘裏。」那宮女道：「是。」聲音發抖，顯得很是害怕。太后道：「袋子推下池塘之後，多扒些泥土拋在上面，別讓人瞧見。」那宮女又應道：「是。」拖着袋子，出房走向花園。

康熙心想：「小桂子說這宮女是個男人，多半不錯。這中間若不是有天大隱情，太后何必要沉屍入塘，滅去痕迹？」見韋小寶便站在身邊，不自禁的伸出手去，握住了他手。兩人均覺對方手掌又濕又冷。

過了一會，聽得撲通一聲，那裝屍首的布袋掉入了荷塘，跟着是扒土和投擲泥土入塘的聲音，又過一會，那宮女回進寢殿。韋小寶早就認得她聲音，便是那小宮女蕊初。

太后問道：「都辦好了？」蕊初道：「是，都辦好了。」太后道：「這裏本來有兩具屍首，怎麼另一具不見了？明天有人問起，你怎麼說？」蕊初道：「奴才……奴才甚麼也不知道。」太后道：「你在這裏服侍我，怎會甚麼也不知道？」蕊初道：「是，是！」太后怒道：「甚麼『是，是』？」

蕊初顫聲道：「奴才見到那死了的宮女站起身來，原來她只是受傷，並沒有死。她慢慢的……慢慢的走出去。那時候……那時候太后正在安睡，奴才不敢驚動太后，眼見那個宮女走出了慈寧宮，不知道……不知道到那裏去啦。」太后嘆了口氣，說道：「原來這樣，阿彌陀佛，她沒死，自己走了，那倒好得很。」蕊初道：「正是，謝天謝地，原來她沒死。」

康熙和韋小寶又待了一會，聽太后沒再說話，似已入睡，於是悄悄一步步的離開，回到乾清宮。只見一衆侍衛太監仍是直挺挺的站着不動。康熙笑道：「大家隨便走動罷！」他雖笑着說話，笑聲和話聲卻甚爲乾澀。

回入寢宮，他凝視韋小寶，良久不語，突然怔怔的掉下淚來，說道：「原來太后……太后……」韋小寶也不知說甚麼話好。

康熙想了一會，雙手一拍，兩名侍衛走到寢殿門口。康熙低聲道：「有一件機密事情，差你二人去辦，可不能洩漏出去。慈寧宮花園的荷塘中，有一隻大口袋，你二人去抬了來。太后正在安睡，你二人倘若發出半點響聲，吵醒了太后，那就自己割了腦袋罷。」兩人躬身答應而去。康熙坐在床上，默不作聲，反覆思量。

隔了好半晌，終於兩名侍衛抬了一隻濕淋淋的大布袋，來到寢殿門外。

康熙道：「可驚醒了太后沒有？」兩名侍衛齊道：「奴才們不敢。」康熙點了點頭，道：「拿進來！」兩名侍衛答應了，將布袋拿進屋來。康熙道：「出去罷！」

韋小寶等兩名侍衛退出寢殿，帶上了門，上了閂，便解開布袋上的繩索，將屍首拖了出來。見屍首臉上鬍子雖剃得極光，鬚根隱約可見，喉頭有結，胸口平坦，自是個男子無疑。這人身上肌肉虬結，手指節骨凸起，純是一副久練武功的模樣。看來此人假扮宮女、潛伏宮中只是最近之事，否則以他這副形相，連做男人也是太醜，如何能假扮宮女而不給發覺？

康熙拔出腰刀，割破此人的褲子，看了一眼之後，惱怒之極，連揮數刀，將他腰胯之間斬得稀爛。

韋小寶道：「太后……」康熙怒道：「甚麼太后？這賤人逼走我父皇，害死我親娘，穢亂宮廷，多行不義。我……我要將她碎屍萬段，滿門抄斬。」韋小寶吁了口長氣，登時放心：「皇上不再認她是太后，這老婊子不論做甚麼壞事，給我知道了，他也不會殺我滅口。」

康熙提刀又在屍首上剁了一陣，一時氣憤難禁，便欲傳呼侍衞，將太后看押起來審問，轉念一想：「父皇未死，卻在五台山出家，這是何等大事？一有洩漏，天下官民羣相聳動，我可萬萬鹵莽不得。」說道：「小桂子，明兒一早，我便跟你去五台山查明眞相。」

韋小寶應道：「是！」心中大喜，得和皇帝同行，到五台山去走一遭，比之悶在北京城裏自是好玩得多了。

但康熙可遠比韋小寶見識明白，思慮周詳，隨卽想到皇帝出巡，十分隆重，至少也得籌備布置好幾個月，沿途百官預備接駕保護，大費周章，決不能說走便走；又想自己年幼，親政未久，朝中王宮大臣未附，倘若太后乘着自己出京之機奪政篡權，廢了自己，另立新君，卻是可慮；又如父皇其實已死，或者雖然尚在人世，卻不在五台山上，自己大張旗鼓的上山朝見，要是未能見到，不但爲天下所笑，抑且是貽譏後世。

他想了一會，搖頭道：「不行，我不能隨便出京。小桂子，你給我走一遭罷。」韋小寶頗感失望，道：「我一個人去？」康熙道：「你一個人去。待得探查明白，父皇確是在五台山上，我在京裏又布置好了對付那賤人的法子，咱二人再一同上山，以策萬全。」

韋小寶心想皇帝既決定對付太后，自己去五台山探訪，自是義不容辭，說道：「好，我就去五台山。」

康熙道：「我大淸的規矩，太監不能出京，除非是隨我同去。好在你本來不是太監。小桂子，你以後不做太監了，還是做侍衞罷。不過宮裏朝裏的人都已認得你，忽然不做太監，大家會十分奇怪。嗯，我可對人宣稱，爲了擒拿鰲拜，你奉我之命，假扮太監，現下元兇已除，自然不能老是假扮下去。小桂子，將來你讀點書，我封你做個大官兒。」

韋小寶道：「好啊！只不過我一見書本子就頭痛。我少讀點書，你封我的官兒，也就小些兒好了。」

康熙坐在桌前，提起筆來，給父皇寫信，稟明自己不孝，直至此刻方知父皇尚在人世，心中歡喜逾恆，卽日便上山來，恭迎聖駕回宮，重理萬民，而兒子亦得重接親顏，寫得幾行字，忽想：「這封信要是落入了旁人手中，那可大大不妥。小桂子倘若給人擒獲或者殺死，這信就給人搜去了。」

他拿起了那頁寫了半張的信紙，在燭火上燒了，又提筆寫道：

「敕令御前侍衞副總管欽賜穿黃馬褂韋小寶前赴五台山一帶公幹，各省文武官員受命調遣，欽此。」

寫畢，蓋了御寶，交給韋小寶，笑道：「我封了你一個官兒，你瞧瞧是甚麼。」

韋小寶睁大了眼，只識得自己的名字，和「五、一、文」三個字，一共六個字，而「韋」字和「寶」字也是跟「小」字上下相湊才識得的，要是分開，就認不準了，搖頭道：「不識得是甚麼官。是皇上親封的，總不會是小官罷？」

康熙笑着將那道敕令讀了一遍。韋小寶伸了伸舌頭，道：「是御前侍衞副總管，厲害，厲害，還賞穿黃馬褂呢。」康熙微笑道：「多隆雖是總管，可沒黃馬褂穿。你這事如能辦得妥當，回宮後再升你的官。只不過你年紀太小，官兒太大了不像樣，咱們慢慢的來。」

韋小寶道：「官大官小，我也不在乎，只要常常能跟你見面，那就很好了。」

康熙又喜又悲，說道：「你此去一切小心，行事務須萬分機密。這道敕令，如不是萬不得已，不可取出來讓人見到。這就去罷！」

韋小寶向康熙告別，見東方已現出魚肚白，回到屋裏，輕輕開門進去。

方怡並沒睡着，喜道：「你回來了。」韋小寶道：「萬事大吉，咱們這就出宮去罷。」沐劍屏迷迷糊糊的醒轉，道：「師姊很是擔心，怕你遇到危險。」韋小寶笑問：「你呢？」沐劍屏道：「我自然也擔心。你沒事罷？」韋小寶道：「沒事，沒事。」

只聽得鐘聲響動，宮門開啓，文武百官便將陸續進宮候朝。韋小寶點燃桌上蠟燭，察看二人裝束並無破綻，笑道：「你二人生得太美，在臉上擦些泥沙灰塵罷。」沐劍屏有些不願意，但見方怡伸手在地下塵土往臉上搽去，也就依樣而爲。韋小寶將從太后床底盜來的三部經書也包入包袱，摸出那枝銀釵，遞給方怡，說道：「是這根釵兒罷？」

方怡臉上一紅，慢慢伸手接過，說道：「你干冒大險，原來……原來是去爲我取這根釵兒。」心中一酸，眼眶兒紅了，將頭轉了過去。

韋小寶笑道：「也沒甚麼危險。」心想：「這叫做好心有好報，不去取這根釵兒，撈不到一件黃馬褂穿。」

他帶領二人，從禁宮城後門神武門出宮。其時天色尚未大亮，守門的侍衞見是桂公公帶同兩名小太監出宮，除了巴結討好，誰來多問一句？

方怡出得宮來，走出十餘丈後，回頭向宮門望了一眼，百感交集，眞似隔世爲人。

韋小寶在街邊僱了三頂小轎，吩咐抬往西長安街，下轎另僱小轎，到天地會落脚處兩條胡同外下轎，說道：「你們沐王府的朋友，昨天都出城去了。我得跟朋友商議商議，且看送你們去那裏。」他做了欽賜黃馬褂的御前侍衞副總管，自覺已成了大人，加之有欽命在身，去查一件天大的大事，突然收起了油腔滑調，再者師父相距不遠，可也不敢放肆。

方怡問道：「你……你今後要去那裏？」韋小寶道：「我不敢再在北京城多躭，走得越遠越好，要等到太后死了，事平之後，才敢回來。」方怡道：「我們在河北石家莊有個好朋友，你……你如不嫌棄，便同……同去暫避一時可好？」沐劍屏道：「好啊，你是我們的救命恩人，大家是自己人。三個人一起趕路，也熱鬧些。」兩人凝望着他，均有企盼之意，沐劍屏顯得天眞熱切，方怡則微含羞澀。

韋小寶如不是身負要務，和這兩個俏佳人結伴同行，長途遨遊，原是快活逍遙之極，此刻卻不得不設法推托，說道：「我還答應了朋友去辦一件要緊事，這時候不能就去石家莊。你們身上有傷，兩個姑娘兒家趕路不便，我得拜託一兩個靠得住的朋友，護送你們前去。咱們且歇一歇，吃飽了慢慢商量。」

當下來到天地會的住處。守在胡同外的弟兄見到是他，忙引了進去。馬彥超迎了出來，見他帶着兩名小太監，甚是詫異。韋小寶在他耳邊低聲道：「是沐家小公爺的妹子，還有一個是她師姊，我從宮裏救出來的。」

馬彥超請二女在廳上就坐，奉上茶來，將韋小寶拉在一邊，說道：「總舵主昨晚出京去了。」韋小寶大喜，他一來實在怕師父查問武功進境，二來又不知是否該將康熙所命告知，聽說已然離京，心頭登時如放下一塊大石，臉上卻裝作失望之極，頓足道：「這……這……這……唉，師父怎地這麼快就走了？」

馬彥超道：「總舵主吩咐屬下轉告韋香主，說他老人家突然接到台灣來的急報，非趕回去處理不可。總舵主要韋香主一切小心，相機行事，宮中如不便再住，可離京暫避，又說要韋香主勤練武功，韋香主身上的傷毒不知已全清了沒有，如果身子不妥，務須急報總舵主知道。」韋小寶道：「是。師父惦記我的傷勢武功，好教人心中感激。」他兩句話倒是不假，聽得師父在匆忙之際還是記掛着自己身子，確是感念，又問：「台灣出了甚麼事？」

馬彥超道：「聽說是鄭氏母子不合，殺了大臣，好像生了內變。總舵主威望極重，有甚麼變亂，他老人家一到必能平息，韋香主不必憂慮。李大哥、關夫子、樊大哥、風大哥、玄貞道長他們都跟着總舵主去了。徐三哥和屬下留在京裏，聽由韋香主差遣。」

韋小寶點點頭，說道：「你叫人去請徐三哥來。」心想「八臂猿猴」徐天川武功既高，人又機警，而且是個老翁，護送二女去石家莊最好不過。又想：「台灣也是母子不和，殺人生事，倒跟北京的太后、皇帝一樣。」

他回到廳上，和方沐二人同吃麵點。沐劍屏吃得小半碗麵，便忍不住問道：「你當眞不能和我們同去石家莊嗎？」韋小寶向方怡瞧去，見她停箸不食，凝眸相睇，目光中殊有殷切之意，不由得胸口一熱，便想要二女跟着自己去五台山，但隨即心想：「我去辦的是何等大事？帶着這兩個受傷的姑娘上道，碍手碍脚，受人注目，那是萬萬不可。」嘆了口氣，道：「我事了之後，便到石家莊來探望。你們的朋友住在那裏？叫甚麼名字？」

方怡慢慢低下頭去，用筷子挾了一根麵條，卻不放入口裏，低聲道：「那位朋友在石家莊西市開一家騾馬行，他叫『快馬』宋三。」

韋小寶道：「『快馬』宋三，是了，我一定來探望你們。」臉上出現頑皮神色，輕聲道：「我又怎能不來？怎捨得這一對羞花閉月的大老婆、小老婆？」

沐劍屏笑道：「乖不了半天，又來貧嘴貧舌了。」方怡正色道：「你如眞當我們是好朋友，我們……我們天天盼望你來。要是心存輕薄，不尊重人，那……那也不用來了。」韋小寶碰了個釘子，微覺無趣，道：「好啦，你不愛說笑，以後我不說就是。」方怡有些歉然，柔聲道：「就是說笑，也有個分寸，也得瞧時候，瞧地方。你……你生氣了嗎？」

韋小寶又高興起來，忙道：「沒有，沒有。只要你不生氣就好。」

方怡笑了笑，輕輕的道：「對你啊，誰也不會眞的生氣。」

方怡這麼嫣然一笑，縱然臉上塵土未除，卻也是俏麗難掩，韋小寶登時覺得身上一陣溫暖。他一口一口喝着麵湯，一時想不出話來說。

忽聽得天井中脚步聲響，一個老兒走了進來，卻是徐天川到了。他走到韋小寶身前，躬身行禮，滿臉堆歡，恭恭敬敬的說道：「您老好。」他爲人謹細，見有外人在座，便不稱呼「韋香主」。

韋小寶抱拳還禮，笑道：「徐三哥，我給你引見兩位朋友。這兩位都是『鐵背蒼龍』柳老爺子的高足，這一位方姑娘，這一位沐姑娘，是沐王府的小郡主。」向方沐二女道：「這位徐大哥，跟柳老爺子、你家小公爺都相識。」他生怕方沐二女懷恨記仇，加上一句：「本來有一點兒小小過節，現下這樑子都已揭開了。」待三人見過禮後，說道：「徐三哥，我想拜託你一件事。」

徐天川聽得這兩個女扮男裝的小太監竟是沐王府的重要人物，心想沐劍聲等都已知道韋小寶來歷，這兩位姑娘自然也早得悉，便道：「韋香主有所差遣，屬下自當奉命。」

方怡和沐劍屏卻其實不知道韋小寶的身分，聽徐天川叫他「韋香主」，都大爲奇怪。

韋小寶微微一笑，說道：「兩位姑娘跟吳立身吳老爺子、劉一舟劉大哥他們一般，都是失陷在皇宮之中，此刻方才出來。沐家小公爺、劉一舟師兄他們都已離京了罷？」

徐天川道：「沐王府衆位英雄昨天都已平安離京。沐小公爺還託我打探小郡主的下落，我請他放心，包在天地會身上，必定找到小郡主。」說着臉露微笑。

沐劍屏道：「劉師哥跟我哥哥在一起？」她這話是代方怡問的。徐天川道：「在下送他們分批出城，劉師兄是跟柳老爺子在一起，向南去的。」方怡臉上一紅，低下頭來。

韋小寶心想：「你聽得心上人平安脫險，定然是心花怒放。」殊不知這一次卻猜錯了。

方怡心中想的是：「我答應過他，他如救了劉師哥性命，我便得嫁他爲妻，終身不渝。可是他是個太監，怎生嫁得？他小小年紀，花樣百出，卻又是甚麼『韋香主』了？」

韋小寶道：「這兩位姑娘力抗淸宮侍衞，身上受了傷，現下要到石家莊一位朋友家去養傷。我想請徐三哥護送前去。」

徐天川歡然道：「理當效勞。韋香主派了一件好差使給我。屬下對不起沐王府的朋友，反蒙沐小公爺相救，心中旣感且愧。得能陪伴兩位姑娘平安到達，也可稍稍補報於萬一。」

沐劍屛向徐天川瞧了一眼，見他身形瘦小，弓腰曲背，是個隨時隨刻便能一命嗚呼的糟老頭子，說甚麼護送自己和師姊，只怕一路之上還要照料他呢，何況韋小寶不去，早已好生失望，不悅之意忍不住便在臉上流露了出來。

方怡卻道：「煩勞徐老爺子大駕，可實在不敢當，只須勞駕給僱一輛大車，我們自己上路好了。我們的傷也沒甚麼大不了，實在不用費神。」

徐天川笑道：「方姑娘不用客氣。韋香主旣有命令，我說甚麼要奉陪到底。兩位姑娘武藝高強，原不用老頭兒在旁惹厭，『護送』兩字，老頭兒實在沒這個本領。但跑腿打雜，侍候兩位姑娘住店、打尖、僱車、買物，那倒是拿手好戲，免得兩位姑娘一路之上多費口舌，對付騾夫、車夫、店小二這些人物。」

方怡見難再推辭，說道：「徐老爺子這番盛意，不知如何報答才好。」

徐天川哈哈大笑，道：「報甚麼答？不瞞兩位姑娘說，我對咱們這位韋香主，心中佩服得了不得，別瞧他年紀輕輕，實在是神通廣大。他旣救了我老命，昨天又給老頭子出了胸中一口惡氣，我心中正在嘀咕，怎生想法子好好給他辦幾件事才好，那想他今天就交給了我這一件差使。兩位姑娘就算不許我陪着，老頭兒也只好不識相，一路之上做個先行官，逢山開路，遇水搭橋，侍候兩位平安到達石家莊。別說從北京到石家莊只幾天路程，韋香主倘若吩咐老頭兒跟隨兩位上雲南去，那也是說去便去，送到爲止。」

沐劍屏見到他模樣雖然猥瑣，說話倒很風趣，問道：「他昨天給你出了甚麼氣？昨天，他……他不是在皇宮裏麼？」

徐天川笑道：「吳三桂那奸賊手下有個狗官，叫做盧一峯。他將老頭兒拿了去，拷打辱罵，還拿張膏藥封住我的嘴巴，幸得令兄派人救了我出來。韋香主答應我說，他定當叫人打斷這狗官的雙腿。我想吳三桂的狗兒子這次來京，手下帶的能人極多。盧一峯這廝上次吃過我苦頭，學了乖，再也不敢獨自出來，咱們要報仇，可不這麼容易。那知道昨天我在西城種德堂藥材鋪，見到一個做跌打醫生的朋友，說起平西王狗窩裏派人抬了一個狗官，到處找跌打醫生。事情可也真奇怪，跌打醫生找了一個又一個，一共找了二三十人，卻又不讓醫治，只是跟他們說，這狗官名叫盧一峯，胡塗混蛋，平西王的狗兒子親自拿棍子打斷了他的一雙狗腿，要他痛上七日七夜，不許醫治。」

方怡和沐劍屏都十分奇怪，問韋小寶：「那是甚麼道理？」韋小寶道：「這狗官得罪了徐三哥，自然要叫他多吃點兒苦頭。」沐劍屏道：「平西王狗窩裏的人，卻幹麼又將他抬來抬去，好讓衆人得知？」韋小寶道：「吳應熊這小子是要人傳給我聽，我叫他打斷這狗官的腿，他已辦妥了。」沐劍屏更是奇怪，問道：「他又爲甚麼要聽你的話？」韋小寶微笑道：

「我胡說八道，騙了他一番，他就信啦。」

徐天川道：「我本想趕去將他斃了，但想這狗官給人抬着遊街示衆，斷了兩條腿又不許醫治，如去殺了他，反倒便宜了這廝。昨天下午我親眼見到了他，一條狗命十成中倒已去了九成，褲管捲了起來，露出兩條斷腿，又腫又紫，痛得只叫媽。兩位姑娘，你說老頭兒心中可有多痛快？」

這時馬彥超已僱了三輛大車，在門外等候。他也是天地會中的得力人物，但會中規矩，大家幹的是殺頭犯禁之事，如非必要，越少露相越好，是以也沒給方、沐二人引見。

韋小寶尋思：「我包袱之中一共已有五部四十二章經，這些書有甚麼用，我是一點也不知道，但這許多人拚了性命偷盜搶奪，其中一定大有緣故，帶在身上趕路，可別失落了。」沉吟半晌，有了計較，向馬彥超悄悄的道：「馬大哥，我在宮裏有個要好兄弟，給韃子侍衛們殺了，我帶了他骨灰出來，要好好給他安葬。請你卽刻差人去買口棺木。」

馬彥超答應了，心想韋香主的好友爲韃子所殺，那必是反清義士，親自去選了一口上好柳州木棺材。他知道這位韋香主手面甚濶，將他所給的三百兩銀子使得只賸下三十幾兩，除了棺木之外，其他壽衣、骨灰罎、石灰、綿紙、油布、靈牌、靈幡、紙錢等物一應俱全，盡是最佳之物，又替方沐二女買了改換男裝的衣衫鞋帽，途中所用的乾糧點心，還叫了一名仵作、一名漆匠。待得諸物抬到，韋小寶和二女都已睡了兩個時辰。

韋小寶先行換了常人裝束，心道：「我奉旨去五台山公幹，這可有得忙了，怎麼還有時候練武功？師父這部武功秘訣，可別給人偷了去。」當下將五部經書連同師父所給的武功秘訣，用油布一層一層的包裹完密，到灶下去捧了一大把柴灰，放在骨灰罎中，心想：「最好棺材之中放一具眞的屍首，那麼就算有人開棺查檢，也不會起疑。只不過一時三刻，也找不到個壞人來殺了。」於是醮些清水，抹在眼中臉上，神情悲哀，雙手捧了油布包和骨灰罎，走到後廳，將包裹和骨灰罎放入棺材，跪了下來，放聲大哭。

徐天川、馬彥超，以及方沐二女都已候在廳上，見他跪倒痛哭，那有疑心，只道確是他好友的骨灰，也都跪倒行禮。韋小寶見過死者家人向弔祭者還禮的情形，搶到棺木之側，跪下向四人磕頭還禮。眼看仵作放好綿紙、石灰等物，釘上了棺蓋。漆匠便開始油漆。

馬彥超問道：「這位義士尊姓大名，好在棺木上漆書他的名號。」韋小寶道：「他……他……他……」抽抽噎噎的不住假哭，心下尋思，說道：「他叫海桂棟。」那是將海大富、小桂子、瑞棟三人的名字各湊一字，心道：「我殺了你們三人，現下向你們磕頭行禮，焚化紙錢給你們在陰世使用，你們三個寃鬼，總不該纏上我了罷？」

沐劍屏見他哭得悲切，勸慰道：「滿淸韃子殺死我們的好朋友，總有一日要將他們殺得乾乾淨淨，給好朋友報仇雪恨。」韋小寶哭道：「韃子自然要殺，這幾位好朋友的仇，卻是萬萬報不得的。」沐劍屏睜大了一雙秀目，怔怔的瞧着他，心想：「爲甚麼報不得？」

四人休息了一會，和馬彥超作別上道。韋小寶道：「我送你們一陣。」方沐二人臉上均現喜色。

二女坐了一輛大車，韋小寶和徐天川各坐一輛。三輛大車先出東門，向東行了數里，這才折而向南。又行得七八里，來到一處鎭甸，徐天川吩咐停車，說道：「送君千里，終須一別，天色已經不早，咱們在這裏喝杯茶，這就分手罷！」

走進路旁一間茶館，店伴泡上茶來，三名車夫坐了另一桌。

徐天川心想韋香主他們三人必有體己話要說，背負着雙手，出去觀看風景。

沐劍屏道：「桂……桂大哥，你其實姓韋，是不是？怎麼又是甚麼香主？」韋小寶笑道：「我姓韋，名叫小寶，是天地會青木堂香主。到這時候，可不能再瞞你們了。」沐劍屏歎道：「唉！」韋小寶問：「爲甚麼歎氣？」沐劍屏道：「你是天地會青木堂香主，怎地……怎地到皇宮中去做了太監，那不是……那不是……」

方怡知道她要說「可惜之極」，一來此言說來不雅，二來不願惹起韋小寶的愁思，插嘴道：「英雄豪傑爲了國家大事，不惜屈辱自身，那是教人十分佩服的。」她料想韋小寶必是奉了天地會之命，自殘身體，入宮臥底，確然令人敬佩。

韋小寶微微一笑，心想：「要不要跟她們說我不是太監？」忽聽得徐天川喝道：「好朋友，到這時候還不露相嗎？」伸手向右首一名車夫的肩頭拍了下去。

徐天川的右掌剛要碰上那車夫肩頭，那人身子一側，徐天川右掌已然拍空，他左拳卻已向車夫右腰擊到。那車夫反手勾推，將這拳帶到了外門。徐天川右肘跟着又向他後頸壓落。那車夫右手反揚，向徐天川頂門虛擊，徐天川手肘如和他頭頸相觸，便有如將自己頭頂送到他手掌之下，立即雙足使勁，向後躍開。他連使三招，掌拍、拳擊、肘壓，是都十分凌厲的手法，可是那車夫竟都輕描淡寫的一一化開。

徐天川又驚又怒，料想這人定是大內好手，奉命前來拿人，當下左手連揮，示意韋小寶等三人快逃，自己與敵人糾纏，讓他們三人有脫身之機。可是他們三人那肯不顧義氣？方怡身上有傷，難以動手，韋小寶和沐劍屛都拔出兵刃，便要上前夾擊。

那車夫轉過身來，笑道：「八臂猿猴好眼力！」聲音頗爲尖銳。四人見他面目黃腫，衣衫汚穢，形貌醜陋，一時間也瞧不出多少年紀。徐天川聽他叫出自己外號，心下更驚，抱拳道：「尊駕是誰？幹麼假扮車夫，戲弄在下？」

那車夫笑道：「戲弄是萬萬不敢的。在下與韋香主是好朋友，得知他出京，特地前來相送。」韋小寶搔了搔頭，道：「我……我可不認得你啊。」那車夫笑道：「我二人昨晚還聯手共抗強敵，你怎地便忘了？」韋香主恍然大悟，說道：「啊，你……你是陶……陶……」

陶宮娥臉上塗滿了牛油水粉，旁人已難知她喜怒，但見她眼光中露出喜悅之色，說道：「我怕韃子派人阻截，因此喬裝護送一程，不料徐老爺子好眼力，可瞞不過他的法眼。」將匕首揷入靴筒，奔過去拉住她手，才知道車夫是陶宮娥所喬裝改扮。

徐天川見了韋香主的神情，知道此人是友非敵，又是歡喜，又感慚愧，拱手道：「尊駕武功高強，佩服，佩服！韋香主人緣眞好，到處結交高人。」陶宮娥笑道：「不敢！請問徐大哥，我的改裝之中，甚麼地方露了破綻？」徐天川道：「破綻是沒有。只不過一路之上，我見尊駕揮鞭趕騾，不似尋常車夫。尊駕手腕不動，鞭子筆直伸了出去，手肘不抬，鞭子已縮回來。這一份高明武功，北京趕大車的朋友之中，只怕還沒幾位。」四人都大笑起來。

徐天川笑道：「在下倘若識相，見了尊駕這等功夫，原不該再伸手冒犯，只不過老頭子就是不知好歹，那也沒法子。」陶宮娥道：「徐大哥言重了，得罪了莫怪。」徐天川抱拳道：「不敢，請問尊姓大名。」

韋小寶道：「這位朋友姓陶，跟兄弟是……生死之交。」陶宮娥正色道：「不錯，正是生死之交。韋香主救過我的性命。」韋小寶忙道：「前輩說那裏話來？咱們只不過合力殺了個大壞蛋而已。」陶宮娥微微一笑，道：「韋兄弟，徐大哥，方沐二位，咱們就此別過。」一拱手，便躍上大車趕車的座位。

韋小寶道：「陶……陶大哥，你去那裏？」陶宮娥笑道：「我從那裏來，回那裏去。」韋小寶點頭道：「好，後會有期。」眼見她趕着大車，逕自去了。

沐劍屏問道：「徐老爺子，這人武功眞的很高嗎？」徐天川道：「武功了得！她是個女子，更加了不起。」沐劍屏奇道：「她是女子？」徐天川道：「她躍上大車時扭動腰身，姿式固然好看，但不免扭扭揑揑，那自然是女子。」沐劍屏道：「她說話聲音很尖，也不大像男人。韋大哥，她……她本來的相貌好看麼？」韋小寶道：「四十年前或許好看的。但你就算再過四十年，仍比現今的她好看得多。」沐劍屏笑道：「怎麼拿我跟她比了？原來她是個老婆婆。」

韋小寶想到便要跟她們分手，不禁黯然，又想孤身上路，不由得又有些害怕。從揚州來到北京，是跟茅十八這江湖行家在一起；在皇宮之中雖迭經凶險，但人地均熟，每到緊急關頭，往往憑着一時急智而化險爲夷，此去山西五台山，這條路固然從未走過，前途更是一人不識。他從未單身行過長路，畢竟還是個孩子，難免膽怯。一時想先回北京，叫馬彥超陪同前去五台山，卻想這件事有關小玄子的身世，如讓旁人知道了，可太也對不起好朋友。

徐天川只道他仍回北京，說道：「韋香主，天色不早，你這就請回罷，再遲了只怕城門關了。」韋小寶道：「是。」方怡和沐劍屏都道：「盼你辦完事後，便到石家莊來相見。我們等着你。」韋小寶點點頭，心中甜甜地，酸酸地，說不出話來。

徐天川請二女上車，自己坐在車夫身旁，趕車向南。韋小寶眼見方沐二女從車中探頭出來，揮手相別。大車行出三十餘丈，轉了個彎，便給一排紅柳樹擋住，再也不見了。

韋小寶上了騰下的一輛大車，命車夫折而向西，不回北京城去。那車夫有些遲疑，韋小寶取出十兩銀子，說道：「十兩銀子僱你三天，總夠了罷？」車夫大喜，忙道：「十兩銀子僱一個月也夠了。小的好好服侍公子爺，公子爺要行便行，要停便停。」

當晚停在北京西南廿餘里一處小鎮，在一家小客店歇宿。韋小寶抹身洗脚，沒等到吃晚飯，便已倒在炕上睡着了。

次晨醒轉，只覺頭痛欲裂，雙眼沉重，半天睜不開來，四肢更酸軟無比，難以動彈，便如在夢魘中一般。他想張口呼叫，卻叫不出聲，一張眼，卻見地下躺着三人，他大吃一驚，呆了半晌，定了定神，慢慢掙扎着坐起，只見炕前坐着一人，正笑吟吟的瞧着他。

韋小寶「啊」的一聲。那人笑道：「這會兒才醒嗎？」正是陶宮娥。

韋小寶這才寬心，說道：「陶姊姊，陶姑姑，那……那是怎麼回事？」陶宮娥微笑道：「你瞧瞧這三個是誰。」韋小寶爬下炕來，腿間只一軟，便已跪倒，當即後仰坐地，伸手支撐，這才站起，見地下三人早已死了，卻都不識，說道：「陶姑姑，是你救了我性命？」

陶宮娥笑道：「你到底叫我姊姊呢，還是姑姑？可別沒上沒下的亂叫。」韋小寶笑道：「你是姑姑，陶姑姑！」陶宮娥微笑道：「你一個人行路，以後飲食可得小心些，若是跟那八隻手的老猴兒在一起，決不能上了這當。」韋小寶道：「我昨晚給人下了蒙汗藥？」陶宮娥道：「差不多罷。」

韋小寶想了想，說道：「多半茶裏有古怪，喝上去有點酸味，又有些甜甜的。」心想：「我自己身上帶着一大包蒙汗藥，卻去吃人家的蒙汗藥。他媽的，我這次不嚐嚐蒙漢藥的滋味，又怎知是酸酸甜甜的？」問道：「這是黑店？」陶宮娥道：「這客店本來是白的，你住進來之後，就變黑了。」韋小寶仍然頭痛欲裂，伸手按住額頭道：「這個我可不懂了。」

陶宮娥道：「你住店後不久，就有人進來，綁住了店主夫婦跟店小二，將這間白店改了黑店。一名賊人剝下店小二的衣服穿了，在茶壺裏撒了一把藥粉，送進來給你。我見你正在換衣服，想等你換好衣服之後，再出聲示警，不料你又除了衣衫抹身。等我過了一會再來看你，你早已倒了茶喝過了。幸虧這只是蒙汗藥，不是毒藥。」

韋小寶登時滿臉通紅，昨晚自己抹身之時，曾想像如果方怡當眞做了自己老婆，緊緊抱着她，那是怎麼一股滋味，當時情思蕩漾，情狀不堪。陶宮娥年紀雖已不小，畢竟是女子，隔窗見到如此醜態，自然不能多看。

陶宮娥道：「昨日我跟你分手，回到宮裏，但見內外平靜無事，並沒爲太后發喪。我自是十分奇怪，匆匆改裝之後，到慈寧宮外察看，見一切如常，原來太后並沒死。這一下可不對了。我本想太后一死，咱二人仍可在宮中混下去，昨晚這一刀既然沒刺死她，那就非得立即出宮不可，還得趕來通知你，免得你撞進宮來，自己送死。」

韋小寶假作驚異，大聲道：「啊，原來老婊子沒死，那可糟糕。」心下微感慚愧：「昨日匆忙之間，忘了提起，我以爲你早知道了。」

陶宮娥道：「我剛轉身，見有三名侍衞從慈寧宮裏出來，形迹鬼鬼祟祟，心想多半是太后差他們去捉拿我的，但見他們並不是朝我的住處走去，當時也沒功夫理會，回到住處收拾，又改了裝，從御膳房側門溜出宮來。」

韋小寶微笑道：「原來姑姑裝成了御膳房的蘇拉。」御膳房用的蘇拉雜役最多，劈柴、抬煤、殺鷄、洗菜、燒火、洗鍋等等雜務，均由蘇拉充當，這些人在御膳房畔出入，極少有人留意。

陶宮娥道：「我一出宮，便見到那三名侍衞，已然改了裝束，背負包袱，各牽馬匹，顯然是有遠行。」韋小寶「啊」了一聲，伸左足向一具死屍踢了一脚，道：「便是這三位開黑店的朋友了？」陶宮娥微笑道：「那可得多謝這三位朋友，若不是他們引路，我怎又找得到你？誰料得到你會繞道向西？他們出城西門，一路上打聽，可見到個十四五歲的少年單身上道，果然是奉太后之命拿你。傍晚時分，他們查到了這裏，我也就跟到了這裏。」

韋小寶心下感激，道：「若不是姑姑相救，此刻我連閻羅王的問話也答不上來啦。他問：『韋小寶，你怎麼死的？』我只好說：『回大王，胡裏胡塗，莫名其妙！』」

陶宮娥在深宮住了數十年，平時極少和人說話，聽韋小寶說話有趣，笑道：「這孩子！

閻羅王定說：『拉下去打！』」韋小寶笑道：「可不是麼？閻羅老爺鬍子一翹，喝道：『活着胡裏胡塗，莫名其妙，也就罷了，怎麼死了也胡裏胡塗？我這裏倘若都是胡塗鬼，我豈不變成胡塗閻羅王？』」兩人都哈哈大笑起來。韋小寶問道：「姑姑，後來怎樣？」

陶宮娥道：「我聽他們在灶下低聲商議，一人說：『太后聖諭，這小鬼能活捉最好，否則就一刀殺了，可是他身上攜帶的東西，盡數得帶回去呈繳，一件也不許短少。』另一人道：『這小鬼膽敢偷盜太后日日念誦的佛經，當眞活得不耐煩了，難怪太后生氣。太后吩咐，最要緊的就是那幾部佛經。』小兄弟，你當眞拿了太后的佛經麼？是你們總舵主叫你拿的，是不是？」說着目不轉瞬的凝視着他。

韋小寶突然明白：「是了，她在太后房中找尋的，正是這幾部四十二章經。」臉上裝作迷惘一片，說道：「甚麼佛經？我們總舵主不拜菩薩。我從來沒見他唸過甚麼經。」

陶宮娥武功雖高，但自幼便在禁宮，於人情世故所知極少。兩人雖然同在皇宮，韋小寶日日和皇帝、太后、王宮大官、侍衞太監見面，時時刻刻在陰謀奸詐之間打滾，練得機伶無比，周身是刀；陶宮娥卻只和兩名老宮女相伴，一年之間也難得說上幾十句話，此外甚麼人也不見。兩人機智狡獪之間的相差，比之武功間的差距尤遠。她見韋小寶天眞爛漫，心想：「我剛救了他性命，他心中對我感激之極，小孩子又會說甚麼假話？何況我已親自查過他的包袱？」點了點頭，道：「我見他們打開你的包袱細查，見到許多珠寶，又有幾十萬兩銀子的銀票，好生眼紅，商量着如何分贓。我聽着生氣，便進來一起都料理了。」

韋小寶罵道：「他媽的，原來太后這老婊子知道我有錢，派了侍衞來謀財害命。又下蒙汗藥，又開黑店，這老婊子淨幹下三濫的勾當，眞不是東西。」

陶宮娥道：「那倒不是的。太后要的只是佛經，不是珠寶銀子。那幾部佛經事關重大，我想會不會你交了給徐天川和那兩位姑娘，帶到石家莊去收藏？心想敵人已除，就讓你多休息一會。當下騎了馬向南趕去，在一家客店外找到了他們的大車，本想悄悄的查上一查，可是這位『八臂猿猴』機警之至，我一踏上屋頂，他就知道了，說不得，只好再動一次手。」

韋小寶道：「他不是你對手。」

陶宮娥道：「我本不想得罪你們天地會，可是沒法子。我將他點倒後，說了許多道歉的話，請他別生氣。小兄弟，下次你見到他，再轉言幾句，說我實在是出於無奈。我在他三人的行李之中查了一遍，連那輛大車也拆開來查過了，甚麼也沒查到，便解開了他們穴道。趕着騎馬回來。」韋小寶道：「原來我胡裏胡塗、莫名其妙之時，你卻去辦了這許多事。陶姑姑，你怎麼知道我是天地會的？」陶宮娥微笑道：「我給你們趕了這半天車，怎會聽不到你們說話？你小小年紀便做了青木堂香主，這在天地會中是挺大的職份，是不是？」

韋小寶甚是得意，笑道：「也不算小了。」

陶宮娥沉吟半晌，問道：「你跟隨皇帝多時，可曾聽到他說起過甚麼佛經的事？」

韋小寶道：「說起過的。太后和皇上好像挺看重這些勞甚子的佛經。其實他媽的有甚麼用？太后做人這樣壞，就算一天唸一萬遍阿彌陀佛，菩薩也不會保祐……」陶宮娥不等他說完，忙問：「他們說些甚麼？」韋小寶道：「皇上派我跟索額圖大人到鰲拜府裏查抄，叮囑我一定要抄到兩部四甚麼經，好像有個『二』字，又有個『十』字的。」

陶宮娥臉上露出十分興奮之情，道：「對，對！是四十二章經，你抄到了沒有？」

韋小寶道：「我瞎字不識，知道他甚麼四十二章經，五十三章經？後來索大人找到了，我拿去交給太后。她歡喜得很，賞了我許多糖果糕餅，他媽的，老婊子眞小氣，不給金子銀子，當我小孩子哄，只給我糖果糕餅。早知她這樣壞，那兩部經書我早丟在御膳房灶裏，當柴燒了……」

陶宮娥忙道：「燒不得，燒不得！」韋小寶笑道：「我也知燒不得，皇上一問索大人，西洋鏡就拆穿了。」陶宮娥沉吟道：「這樣說來，太后手裏至少有兩部四十二章經？」韋小寶道：「恐怕有四部。」陶宮娥道：「有四部？你……你怎麼知道？」韋小寶道：「前天晚上我躱在她床底下，聽她跟那個男扮女裝的宮女說起，她本來就有一部，從鰲拜家裏抄去了兩部，她又差御前侍衞副總管瑞棟，在一個甚麼旗主府中又去取了一部來。」

陶宮娥道：「正是，是從鑲藍旗旗主府裏取來的。那麼她手裏共有四部了，說不定有五部、六部。」站了起來走了幾步，說道：「這些經書十分要緊，小兄弟，我眞盼你能助我，將太后那幾部四十二章經都盜了出來。」韋小寶沉吟道：「老婊子如果傷重，終於活不成，這幾部經書，恐怕會帶到棺材裏去。」陶宮娥道：「不會的，決計不會。我卻擔心神龍教教主棋高一着，捷足先得，這就糟了。」

「神龍教教主」這五字，韋小寶卻是第一次聽見，問道：「那是甚麼人？」

陶宮娥不答他的問話，在房中踱步兜了幾個圈子，見窗紙漸明，天色快亮，轉過身來，道：「這裏說話不便，唯恐隔牆有耳，咱們走罷！」將三具屍首提到客店門外，放入大車。

這三人都是給她用重手震死，並未流血，倒十分乾淨，說道：「店主人和你的車夫都給他們綁着，讓他們自行掙扎罷。」和韋小寶並坐在車夫位上，趕車向西。

行得七八里，天已大明，陶宮娥將三具屍首丟在一個亂墳堆裏，拿幾塊大石蓋住了，回到車上，說道：「咱們在車上一面趕路，一面說話，不怕給誰聽了。」

韋小寶笑道：「也不知道車子底下有沒有人。」陶宮娥一驚，說道：「對，你比我想得周到。」一揮鞭子，馬鞭繞個彎兒，刷的一聲，擊到車底。她連擊三記，確知無人，笑道：「這些江湖上防人的行徑，我可一竅不通了。」韋小寶道：「那我更是半竅不通了。你總比我行些，否則昨兒晚便救不了我。」

這時大車行在一條大路之上，四野寂寂。陶宮娥緩緩的道：「你救過我性命，我也救過你性命，咱們算得是生死患難之交。小兄弟，按年紀說，我做得了你娘，承你不棄，叫我一聲姑姑，你肯不肯眞的拜我爲姑母，算是我的姪兒？」

韋小寶心想：「做姪兒又不蝕本，反正姑姑早已叫了。」忙道：「那好極了。不過有一件事說來十分倒霉，你一知道之後，恐怕不要我這個姪兒了。」陶宮娥問道：「甚麼事？」

韋小寶道：「我沒爹爹，我娘是在窰子裏做婊子的。」

陶宮娥一怔，隨卽滿臉堆歡，喜道：「好姪兒，英雄不怕出身低。咱們太祖皇帝做過和尚，做過無賴流氓，也沒甚麼相干。你連這等事也不瞞我，足見你對姑姑一片眞心，我自然也是甚麼都不瞞你。」

韋小寶心想：「我娘做婊子，茅十八茅大哥是知道的，終究瞞不了人。要騙出人家心裏的話，總得把自己最見不得人的事先抖了出來。」當卽躍下地來，跪倒磕頭，說道：「姪兒韋小寶，拜見我的親姑姑。」

陶宮娥數十年寂居深宮，從無親人，連稍帶情誼的言語也沒聽過半句，忽聽韋小寶叫得如此親熱，不由得心頭一酸，忙下車扶起，笑道：「好姪兒，從此之後，我在這世上多了個親人……」說到這裏，忍不住流下淚來，一面笑，一面拭淚，道：「你瞧，這是大喜事，你姑姑卻流起眼淚來。」

兩人回到車上，陶宮娥右手握韁，左手拉住韋小寶的右手，讓騾子慢慢一步步走着，說道：「好姪兒，我姓陶，那是眞姓，我閨名叫做紅英，打從十二歲上入宮，第二年就服侍公主。」韋小寶道：「公主？」陶紅英道：「是，公主，我大明崇禎皇帝陛下的長公主。」

韋小寶道：「啊，原來姑姑還是大明崇禎皇帝時候進宮的。」

陶紅英道：「正是，崇禎皇帝出宮之時，揮劍斬斷了公主的臂膀。我聽到公主遭難的訊息，奔出去想救她，心慌意亂，重重摔了一交，額頭撞在階石上，暈了過去。等到醒轉，陛下和公主都已不見了，宮中亂成一團，誰也沒來理我。不久闖賊進了宮，後來滿清韃子趕跑了闖賊，又佔了皇宮。唉，那是許多年前的事了。」

韋小寶問道：「公主不是崇禎皇爺親生的女兒麼？爲甚麼要砍死她。」陶紅英又歎了口氣，道：「公主是崇禎皇爺的親生女兒，她是最得皇上寵愛的。這時京城已破，賊兵已經進城，皇上決心殉難，他生怕公主爲賊所辱，所以要先殺了公主。」

韋小寶道：「原來這樣。要殺死自己親生女兒，可還眞不容易。聽說崇禎皇爺後來是在煤山吊死的，是不是？」

陶紅英道：「我也是後來聽人說的。滿清韃子由吳三桂引進關來，打走了闖賊，霸佔了我大明江山。宮裏的太監宮女，十之八九都放了出去，說是怕靠不住。那時我年紀還小，那一摔受傷又重，躺在黑房裏，也沒人來管。直到三年多之後，才遇到我師父。」

韋小寶道：「姑姑，你武功這樣高，你師父他老人家的武功自然更加了不起啦。」陶紅英道：「我師父說，天下能人甚多，咱們的武功，也算不了甚麼。我師父是奉了我太師父之命，進宮來當宮女的。」揮鞭在空中虛擊了一鞭，劈啪作響，續道：「我師父進宮來的用意，便是爲了那八部四十二章經。」

韋小寶問道：「一共八部？」陶紅英道：「一共八部。滿州八旗，黃白紅藍，正四旗，鑲四旗，每一旗的旗主各有一部，共有八部。」

韋小寶道：「這就是了。我見到鰲拜家裏抄出來的那兩部經書，書套子的顏色不同，一部是黃套子鑲了紅邊兒，另一部是白套子的。」

陶紅英道：「原來八部經書的套子，跟八旗的顏色相同，我可從來沒見過。」

韋小寶尋思：「我手裏已有了五部，那麼還缺三部。這八部經書到底有甚麼古怪，姑姑一定知道，得想法子套問出來。」他假作痴呆，說道：「原來你太師父他老人家也誠心拜菩薩。宮裏的佛經，那自然特別貴重，有人說是用金子水來寫的。」

陶紅英道：「那倒不是。好姪兒，我今天給你說了，你可說甚麼也不能洩漏出去。你發一個誓來。」

發誓賭咒，於韋小寶原是稀鬆平常之極，上午說過，下午就忘了，下午說過，沒等睡覺就忘了，何況八部經書他已得其五，怎肯將其中秘密輕易告人？忙道：「皇天后土，韋小寶如將四十二章經中的秘密洩漏了出去，日後糟糕之極，死得跟老婊子那個男扮女裝的王八蛋師兄一模一樣。」心想：「要我男扮女裝，跟老婊子去睡覺。這種事萬萬不會做。那就決不能跟這王八蛋師兄死得一模一樣。」發了誓日後要應，他倒是信的，因此賭咒發誓之時，總得留下後步。

陶紅英一笑，說道：「這個誓倒挺新鮮古怪。我跟你說，滿清韃子進關之時，並沒想到竟能得到大明江山。滿洲人很少，兵也不多，他們只盼能長遠佔住關外之地，便已心滿意足了，因此進關之後，八旗兵一見金銀珠寶，放手便搶。這些財寶，他們都運到了關外，收藏起來。當時執掌大權的是順治皇帝的叔父攝政王，但是滿洲八旗，每一旗都各有勢力。當時八旗旗主會議，將收藏財物的秘密所在，繪成地圖，由八旗旗主各執一幅……」

韋小寶站起身來，大聲道：「啊，我明白了！」喜不自勝。大車一動，他又坐倒，說道：「這八幅地圖，便藏在那八部四十二章經中。」

陶紅英道：「好像也並非就是這樣。到底眞相如何，只有當時這八旗旗主才明白，別說我們漢人中沒人知曉，連滿洲的王公大臣，恐怕也極少知道。我師父說，滿洲人藏寶的那座山，是他們龍脈的所在。韃子所以能佔我大明江山，登基爲皇，全仗這座山的龍脈。」

韋小寶問道：「甚麼龍脈？」

陶紅英道：「那是一處風水極好的地方，滿洲韃子的祖先葬在那山裏，子孫大發，來到中國做了皇帝。我師父說，咱們如能找到那座寶山，將龍脈截斷，再挖了墳，那麼滿洲韃子非但做不成皇帝，還得盡數死在關內。這座寶山如此要緊，因此我太師父和師父花盡心血，要找到山脈的所在。這個大秘密，便藏在那八部四十二章經之中。」

韋小寶道：「他們滿洲人的事，姑姑，你太師父又怎會知道？」

陶紅英道：「這件事說來話長。我太師父原是錦州的漢人女子，給韃子擄了去。那韃子是鑲藍旗的旗主。我太師父說，韃子進關之後，見到我們中國地方這樣大，人這樣多，又是歡喜，又是害怕，八旗的旗主接連會議多日，在會中口角爭吵，拿不定主意。」

韋小寶問道：「爭吵甚麼？」陶紅英道：「有的旗主想佔了整個中國。有的旗主卻說，漢人這樣多，倘若造起反來，一百個漢人打一個旗人，旗人那裏還有性命？不如大大的搶掠一番，退回關外，穩妥得多。最後還是攝政王拿了主意，他說，一面搶掠，將金銀珠寶運到關外收藏，一面在中國做皇帝，如果漢人起來造反，形勢危急，旗人便退出山海關。」

韋小寶道：「原來當時滿清韃子，對我們漢人實在也很害怕。」

陶紅英道：「怎麼不怕？他們現在也怕，只不過我們不齊心而已。好姪兒，韃子小皇帝很喜歡你，如果你能探到那八部經書的所在，咱們把經書盜了出來，去破了韃子的龍脈，那些金銀財寶，便可作為義軍的軍費。咱們只要一起兵，清兵便會嚇得逃出關去。」

韋小寶對於破龍脈、起義兵，並不怎麼熱心，但想到那座山中藏有無數金銀財寶，不由得怦然心動，問道：「姑姑，這寶山的秘密，當眞是在那八部經書之中？」

陶紅英道：「我太師父對我師父說，那鑲藍旗旗主有一天喝醉了，向他小福晉說，他將來死後，要將一部經書傳給小福晉的兒子，不傳給大福晉的兒子。小福晉很不高興，說一部佛經有甚麼希罕。那旗主說，這是咱們八旗的命根子，比甚麼都要緊，約略說起這部佛經的來歷。太師父在窗外聽到了，才明白其中道理。後來太師父練成了武功，我師父也已跟她老人家學藝多年，太師父便出手盜經，卻因此給人打得重傷，臨死之前，派我師父混進宮來做宮女，想法子盜經。鑲藍旗旗主府裏有武功高手，只道到宮裏盜經容易得手。豈知師父進宮不久，發覺宮禁森嚴，宮女決不能胡亂行走，要盜經書是千難萬難。她跟我挺說得來，又聽我說起大明公主的事，心懷舊主，便收了我做弟子。」

韋小寶道：「怪不得老婊子千方百計的，要弄經書到手。她是滿州人，不會去破龍脈，想來是要得寶山中的金銀財寶。不過她既是太后，要甚麼有甚麼，又何必要甚麼財寶？」又想：「那麼海老烏龜又幹麼念念不忘的，總是要我到上書房偷經書？嗯，他不會當真想要經書的，或者是想誘我上當，招出是誰主使我毒瞎他眼睛，或者是想由此查到害死端敬皇后的兇手來。他心裏多半認定，主使者跟兇手就是同一個人。要騙得海老烏龜吐露心事，現下我可沒這本事，閻羅王只怕也辦不了。」

陶紅英那猜得到韋小寶的心思轉到了海大富身上？說道：「說不定那寶山之中，另有甚麼古怪，連太師父也不知道的。師父在宮裏不久就生病死了。她老人家臨死之時，千叮萬囑，要我設法盜經，又說，盜經之事萬分艱難，以我一人之力未必可成，要我在宮裏收一個可靠的弟子，將經書的秘密流傳下來。這一代不成，下一代再幹，可別讓這秘密給湮沒了。」

韋小寶道：「是，是。這個大秘密倘若失傳，那許許多多金銀財寶，未免太……太可惜了。」

陶紅英道：「金銀財物倒也不打緊，但如讓滿洲韃子世世代代佔住我們漢人江山，那才是最大的恨事。」

韋小寶道：「姑姑說得不錯。」心中卻道：「這成千成萬的金銀財寶，倘若不拿出來大花一下，那才是最大的恨事。」他年紀幼小，滿洲兵屠殺漢人百姓的慘事，只從大人口中聽到，並未親歷。在宮中這些時候，滿洲人只太后一人可恨，海大富雖曾陰謀加害，畢竟是自己害他的多，他害自己的少。其餘自皇帝以下，個個待他甚好，也不覺得滿洲人如何兇惡殘暴。他也知道，自己若不是得到皇帝寵愛，那些滿洲親貴大臣決不會對他如此親熱、如此奉承，但究竟是見到人和藹的多，兇暴的少，是以種族之仇、家國之恨，心中卻是頗淡。

陶紅英道：「在宮中這些年來，我也沒收到弟子。我見到的宮女本已不多，所遇到的，不是蠢笨胡塗，便是妖媚小氣，天天只盼望如何能得皇帝臨幸，從宮女升爲嬪妃。我們這個大秘密，又怎能跟這等人說？近幾年來我常常擔心，這般耽誤下去，經書的所在固是絲毫得不到綫索，連好弟子也收不到一個。將來我死之後，將這大秘密帶入了棺材，滿洲韃子坐穩江山，對不起太師父和師父那不用說了，更成爲漢人的大罪人。好姪兒，我無意之中和你相遇，跟你說了這件大事，心裏實在好生歡喜。」

韋小寶道：「我也是好歡喜，不過經書甚麼的，倒不放在心上。」陶紅英道：「那你爲甚麼歡喜？」韋小寶道：「我沒親人，媽媽是這樣，師父又難得見面，現下多了個親姑姑、好姑姑，自然歡喜得緊了。」

他嘴頭甜，哄得陶紅英十分高興。她微笑道：「我得了個好姪兒，也是歡喜得緊。」隔了一會，問道：「你師父是誰？」

韋小寶道：「我師父便是天地會的總舵主，姓陳，名諱上近下南。」

陶紅英連陳近南這樣鼎鼎大名的人物也是首次聽見，點了點頭，道：「你師父既是天地會總舵主，武功必定十分了得。」韋小寶道：「只不過我跟隨師父時候太短，學不到甚麼功夫。好姑姑，你傳我一些好不好？」陶紅英躊躇道：「你如從來沒學過武功，我自然將我所知所學，盡數傳你。只是你師父的武功，跟我這一派多半全然不同，學了只怕反而有害。依你看來，你師父跟我比較，誰的武功強些？」

韋小寶說要她傳授武功，原不過信口討她歡心，倘若陶紅英當眞答應傳授，他反而要另外尋些因由來推託了，一學武功，五台山一時便去不成，何況他性好遊蕩玩耍，絕無耐心學武，聽她這樣問，乘機便道：「姑姑，在你面前，我可不能說謊。」陶紅英道：「小孩子自然是誠實的好。」韋小寶道：「我曾見師父跟一個武功很好的人動手，只是三招，便將他制住了，那人輸得服服貼貼。姑姑，恐怕你還不及我師父。」

陶紅英微笑道：「是啊，我也相信遠遠不及。我跟那個假扮宮女的男人比拚，若不是你在他背上加了一劍，我早就完了。你師父那會這樣不中用？」

韋小寶道：「不過那個假宮女可眞厲害，我此刻想起來還是害怕。」

陶紅英臉上肌肉突然跳動幾下，目光中露出了恐懼的神色，雙眼前望，呆呆出神。韋小寶道：「姑姑，你不舒服麼？」陶紅英不答，似乎沒聽見。韋小寶又問了一次。陶紅英身子一顫，道：「沒……沒有！」突然拍得一聲，手中鞭子掉在地下。韋小寶躍下車來，拾起鞭子，飛身又躍上大車，身法甚是乾淨利落。

他正自得意，只盼陶紅英稱讚幾句，卻見她搖了搖頭，道：「孩子，你定了下來之後，該得痛下苦功才成。眼下的功夫，在宮裏當太監是太好，行走江湖卻是太差，還不及不會絲毫武功之人。」韋小寶滿臉通紅，應道：「是！」心道：「我武功雖然不成，怎麼還不及不會武功之人？」

陶紅英道：「你如不會絲毫武功，人家也不會輕易的就來殺你。你既有武功，對方防你反擊，一出手就不容情，豈不是反而糟糕？」韋小寶道：「倘若遇上開黑店、打悶棍的小賊呢？」陶紅英一呆，一時答不上來，過了一會，說道：「那也說得是，江湖之上，小賊大概比武功好手更多。」

她有些心神不定，指着右前面一株大樹，道：「我們去歇一歇再走，讓騾子吃些草。」趕車來到樹下，兩人跳下車來，並肩坐在樹根上。

陶紅英又出了一會神，忽然問道：「有沒有說話？他有沒有說話？」韋小寶不知她問的是誰，仰起了頭瞧着她，難以回答。兩人互相瞪視，一個待對方回答，一個不知對方其意何指。

過了片刻，陶紅英又問：「你有沒有聽到他說話？有沒有見到他嘴唇在動？」韋小寶見了她這副神氣，隱隱有些害怕：「姑姑是中了邪，還是見了鬼？」問道：「姑姑，你見到誰了？」陶紅英道：「誰？那個……那個男扮女裝的假宮女？」

韋小寶更加怕了，顫聲問道：「你見到了那個假宮女，在……在那裏？」

陶紅英恍如從夢中醒覺，說道：「那晚在太后房中，當我跟那假宮女打鬥之時，你有沒有聽到他開口說話？」

韋小寶吁了一口氣，說道：「嗯，你問的是那晚的事。他說了話嗎？我沒聽見。」陶紅英又沉思片刻，搖頭道：「我跟他武功相差太遠，他也用不到唸咒。」韋小寶全然摸不着頭腦，勸道：「姑姑，不用想他了，這人早給咱們殺了，活不轉啦。」

陶紅英道：「這人給咱們殺了，活不轉啦。」這句話原是自行寬慰之言，但她說話的神情卻顯得內心十分驚懼。韋小寶心想：「你武功雖好，卻是怕鬼。只殺了一個人，便這樣心神不定，何況這假宮女是我殺的，不是你殺的。你去殺老婊子，卻又殺了個半吊子，殺得她死一半，活一半，終究還是活了轉來，當眞差勁。」陶紅英道：「他已死了，自然不要緊了，是不是？」韋小寶道：「是啊，就算變了鬼，也不用怕他。」

陶紅英道：「甚麼鬼不鬼的？我擔心他是神龍教教主座下的弟子，那……那就……嗯，太后叫做作師兄，不會的，決計不會。瞧他武功，也全然不像，是不是？你眞的沒見到他出手時嘴唇在動，是嗎？」自言自語，聲音發顫，似乎企盼韋小寶能證實她猜測無誤。

韋小寶又怎分辨得出這假宮女的武功家數，卻大聲道：「不用擔心，你說得對，那假宮女的武功不像。他出手時緊閉着嘴，一句話也沒說。姑姑，神龍教教主是甚麼傢伙？」

陶紅英忙道：「神龍教洪教主神通廣大，武功深不可測，你怎麼稱他甚麼傢伙？孩子，就算是在背後，言語中也不可得罪了他。洪大教主徒子徒孫甚衆，消息靈通之極，你只要說得一句半句不敬的話，傳入了他的耳裏，你……這一輩子就算是完了。」一面說話，一面東張西望，似乎唯恐身邊便有神龍教教主的部屬。

韋小寶道：「神龍教教主這麼厲害？難道他比皇帝的權力還大？」陶紅英道：「他權力自然沒皇帝大。不過你得罪了皇帝，逃去躲藏了起來，皇帝不一定捉得到你；得罪了神龍教教主，卻是海角天涯，再無容身之地。」韋小寶道：「這樣說來，神龍教比我們天地會還要人多勢衆？」陶紅英搖頭道：「不同的，不同的。你們天地會反淸復明，行事光明正大，江湖上好漢人人敬重，神龍教卻大不相同。」韋小寶道：「你是說，江湖上好漢，人人對神龍教甚是害怕？」陶紅英想了一會，道：「江湖上的事情，我懂得很少很少，只曾聽師父說起過一些。我太師父如此武功，卻死在神龍教弟子的手下。」

韋小寶破口罵道：「他媽的，這麼說來，神龍教是咱們的大仇人，那何必怕他？」

陶紅英搖搖頭，緩緩的道：「我師父說，神龍教所傳的武功千變萬化，固然厲害之極，更加難當的，是他們教裏有許多咒語，臨敵之時唸將起來，能令對手心驚膽戰，他們自己卻越戰越勇。太師父在鑲藍旗旗主府中盜經，和幾個神龍教弟子激戰，明明已佔上風，其中一人口中唸唸有辭，太師父擊出去的拳風掌力便越來越弱，終於小腹中掌，身受重傷。我師父當時在旁，親眼得見。她說她奮勇要上前相助，但聽了咒語之後，全身酸軟，只想跪下來投降，竟然全無鬥志。太師父受傷，那人不再唸咒，我師父立卽勇氣大增，衝過去搶了太師父逃走。她事後想起，又是羞慚，又是害怕，因此一再叮囑我，天下最最兇險的事，莫過於和神龍教教下之人動手。」

韋小寶心想：「你師父是女流之輩，膽子小，眼見對方了得，便嚇得只想投降。」說道：「姑姑，那人唸些甚麼咒，你聽見過麼？」

陶紅英道：「我……我沒聽見過。我擔心那假宮女是神龍教的弟子，因此一直問你，有沒有聽到他動手時說話，有沒有見到他嘴唇在動。」韋小寶道：「啊，原來如此！」回想當時在床底的所見所聞說道：「完全沒有，你可有聽見？」

陶紅英道：「這假宮女武功比我高出很多，我全力應戰，對周遭一切，全無所聞。只是我跟他鬥了一會，心中忽然害怕起來，只想逃走，事後想起，很是奇怪。」

韋小寶問道：「姑姑，你學武以來，跟幾個人動過手，殺過多少人？」陶紅英搖頭道：「從來沒跟人動過手，一個人也沒殺過。」韋小寶道：「這就是了，以後你多殺得幾個，再跟人動手就不會害怕了。」

陶紅英道：「或許你說得是。不過我不想跟人動手，更加不肯殺人，只要能太太平平的找到那八部四十二章經，破了滿清韃子的龍脈，那就心滿意足了。唉，不過，鑲藍旗旗主的那部四十二章經，十之八九已落入了神龍教手中，再要從神龍教手中奪回，可難得很了。」她臉上已加化裝，見不到她臉色如何，但從眼神之中，仍可見到她內心的恐懼。

韋小寶道：「姑姑，你入了我們的天地會可好？」心想：「你怕得這麼厲害！我天地會人多勢衆，可不怕神龍教。」陶紅英一怔，問道：「你爲甚麼要我入天地會？」韋小寶道：「天地會的宗旨是反清復明，跟你太師父、師父是一般心思。」

陶紅英道：「那本來也很好，這件事將來再說罷。我現下要回皇宮，你去那裏？」

韋小寶奇道：「你又回到皇宮去，不怕老婊子了嗎？」陶紅英歎了口氣，道：「我從小在宮裏長大，想來想去，只有在宮裏過日子，才不害怕。外面世界上的事，我甚麼也不懂。我本來怕心中這個大秘密隨着我帶進棺材，現下既已跟你說了，就算給太后殺了，也沒甚麼。再說，皇宮地方很大，我找個地方躲了起來，太后找不到我的。」

韋小寶道：「好，你回宮去，日後我一定來看你。眼下師父有事差我去辦。」

陶紅英於天地會的事不便多問，說道：「將來你回宮之後，怎地和我相見？」韋小寶道：「我回到皇宮，在火場上堆一堆亂石，在石堆上揷一根木條，木條上畫隻雀兒，你便知道我回來了。當天晚上，我們便在火場上會面。」陶紅英點頭道：「很好，就是這麼辦。好孩子，江湖上風波險惡，你可得一切小心。」韋小寶點頭道：「是，姑姑，你自己也得小心，太后這老婊子心地很毒，你千萬別上她當。」

兩人驅車來到鎮上，韋小寶另僱一車，兩人分向東西而別。韋小寶見陶紅英趕車向東，不住回頭相望，心想：「她雖不是我眞姑姑，待我倒眞好。」

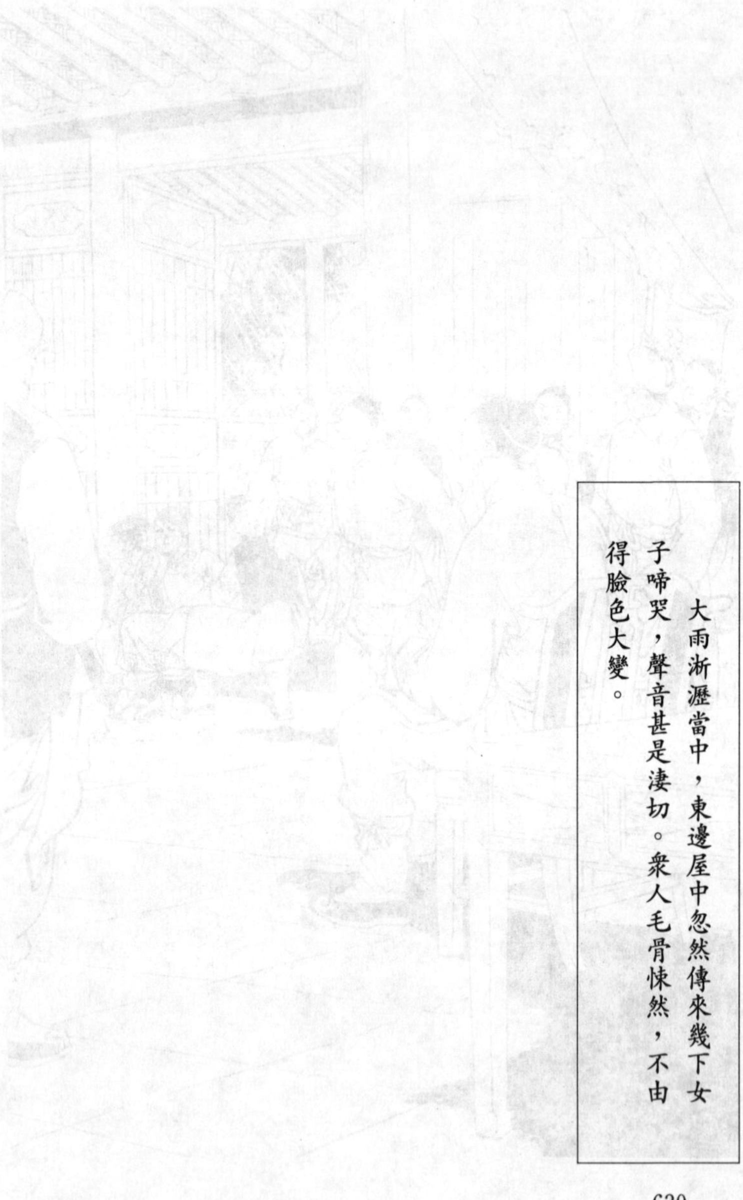

大雨淅瀝當中，東邊屋中忽然傳來幾下女子啼哭，聲音甚是淒切。衆人毛骨悚然，不由得臉色大變。

第十六回　粉麝餘香啣語燕　珮環新鬼泣啼烏

韋小寶在馬車中合眼睡了一覺。傍晚時分，忽聽得馬蹄聲響，一乘馬自後疾馳而來，奔到近處，聽得一個男人大聲喝道：「趕車的，車裏坐的可是個小孩？」

韋小寶認得是劉一舟的聲音，不待車夫回答，便從車中探頭出來，笑道：「劉大哥，你是找我嗎？」只見劉一舟滿頭大汗，臉上都是塵土。他一見韋小寶，叫道：「好，我終於趕到你啦！」縱馬繞到車前，喝道：「滾下來！」

韋小寶見他神色不善，吃了一驚，問道：「劉大哥，我甚麼事得罪了你，惹你生氣？」

劉一舟手中馬鞭揮出，向大車前的騾子頭上用力抽去。騾子吃痛大叫，人立起來，大車後仰，車夫險些摔將下來。那車夫喝道：「青天白日的，見了鬼麼？幹麼發橫？」劉一舟喝道：「老子就是要發橫！」馬鞭再揮，捲住了那車夫的鞭子，一拉之下，將他摔在地上，跟着揮鞭抽擊，抽一鞭，罵一聲：「老子就是要發橫！老子就是要發橫！」

那車夫掙扎着爬不起來，不住口爺爺奶奶的亂叫亂罵。劉一舟的鞭子越打越重，一鞭下去，鮮血就濺了開來。

韋小寶驚得呆了，心想：「這車夫跟他無冤無仇，他這般狠打，自是衝着我來了。老子不是他對手，待他打完了車夫，多半也會這樣打我，那可大事不妙。」從靴桶中拔出匕首，在騾子屁股上輕輕戳了一下。

騾子吃痛受驚，發足狂奔，拉着大車沿大路急奔。劉一舟掊了車夫，拍馬趕來，叫道：「好小子，有種的就別走！」韋小寶從車中探頭出來，叫道：「好小子，有種的就別追！」

劉一舟出力鞭馬，急馳趕來。騾子奔得雖然甚快，畢竟拖了一輛大車，奔得一陣，劉一舟越追越近。韋小寶想將匕首向劉一舟擲去，但想多半擲不中，反而失了防身利器。他胡亂吆喝，急催騾子快奔，突然間耳邊勁風過去，右臉上熱辣辣的一痛，已給打了一鞭。他急忙縮頭入車，從車帳縫裏見到劉一舟的馬頭已挨到車旁，只消再奔得幾步，劉一舟便能躍上車來，情急智生，探手入懷，摸出一錠銀子，用力擲出，正中那馬左眼。

那馬左眼鮮血迸流，眼珠碎裂，登時瞎了，斜刺裏向山坡上奔去。劉一舟急忙勒韁，那馬痛得厲害，幾個虎跳，將劉一舟顛下馬背。他一個打滾，隨卽站起，那馬已穿入林中，嘶叫連聲，奔得遠了。韋小寶哈哈大笑，叫道：「劉大哥，你不會騎馬，我勸你去捉隻烏龜來騎騎罷！」劉一舟大怒，提氣急奔，向大車追來。

韋小寶嚇了一跳，急催騾子快奔，回頭瞧劉一舟時，見他雖與大車相距已有二三十丈，但邁開大步，不停的追來，要拋脫他倒也不易，當下匕首探出，在騾子臀上又是輕輕一戳。豈知這次卻不靈了，騾子跳了幾下，忽然轉過頭來，向劉一舟奔去。韋小寶大叫：「不對，不對！你這畜生吃裏扒外，要老子的好看！」用力拉轠，但騾子發了性，卻那裏拉得住？韋小寶見情勢不妙，忙從車中躍出，奔入道旁林中。

劉一舟一個箭步竄上，左手前探，已抓住他後領。韋小寶右手匕首向後刺出。劉一舟右手順着他手臂向下一勒，一招「行雲流水」，已抓住了他手腕，隨即拗轉他手臂，匕首劍頭對住他咽喉，喝道：「小賊，你還敢倔強？」左手拍拍兩下，打了他兩個耳光。

韋小寶手腕奇痛，喉頭涼颼颼的，知道自己這柄匕首削鐵如泥，割喉嚨如切豆腐，忙嘻皮笑臉的道：「劉大哥，有話好說，大家是自己人，為甚麼動粗？」

劉一舟一口唾沫吐在他臉上，說道：「呸，誰認你是自己人？你……你……你這小賊，竟敢在皇宮裏花言巧語，騙我方師妹，又……又跟她睡在一床，這……這……我……我……非殺了你不可……」額頭青筋凸起，眼中如要噴出火來，左手握拳，對準了韋小寶面門。

韋小寶這才明白，他如此發火，原來是為了方怡，只不知他怎生得知？眼前局面千鈞一髮，他火氣稍大，手上多使半分勁，自己咽喉上便多個窟窿，笑道：「方姑娘是你心上人，我如何敢對她無禮？方姑娘心中，就只有你一個。她從早到晚，只是想你。」

劉一舟火氣立降，問道：「你怎麼知道？」將匕首縮後數寸。韋小寶道：「只因她求我救你，我才送你出宮，她一得知你脫險，可不知道有多喜歡。」

劉一舟忽又發怒，咬牙說道：「你這小狗蛋，老子可不領你的情！你救我也好，不救我也好，為甚麼騙得我方師妹答應嫁……嫁你做老婆？」匕首前挺數寸。

韋小寶道：「咦！那有這種事？你聽誰說的？方姑娘這般羞花閉月的美人兒，只有嫁你這等又英俊、又了得的英雄，這才相配哪！」

劉一舟火氣又降了三分，將匕首又縮後了數寸，說道：「你還想賴？方師妹答應嫁你做老婆，是不是？」韋小寶哈哈大笑。劉一舟道：「有甚麼好笑？」韋小寶笑道：「劉大哥，我問你，做太監的人能不能娶老婆？」

劉一舟憑着一股怒氣，急趕而來，一直沒去想韋小寶是個太監，而太監決不能娶妻，這一下經韋小寶一言提醒，登時心花怒放，忍不住也笑了出來，卻不放開他手腕，問道：「那你為甚麼騙我方師妹，要她嫁你做老婆？」

韋小寶道：「這句話你從那兒聽來的？」劉一舟道：「我親耳聽到方師妹跟小郡主說的，難道有假？」韋小寶道：「是她們二人自己說呢，還是跟你說？」劉一舟微一遲疑，道：「是她們二人說的。」

原來徐天川同方怡、沐劍屏二人前赴石家莊，行出不遠，便和吳立身、敖彪、劉一舟三人相遇。吳立身等三人在清宮中身受酷刑，雖未傷到筋骨，但全身給打得皮破肉綻，坐了大車，也要到石家莊去養傷，道上相逢，自有一番歡喜。

但方怡對待劉一舟的神情卻和往日大不相同，除了見面時叫一聲「劉師哥」，此後便十分冷淡，對他再也不瞅不睬。劉一舟幾次三番要拉她到一旁，說幾句知心話兒，方怡總是陪着沐劍屏不肯離開。劉一舟又急又惱，逼得緊了。方怡道：「劉師哥，從今以後，咱二人只是師兄妹的情份，除此之外，甚麼也不用提，也不用想。」劉一舟一驚，問道：「那……那為甚麼？」方怡冷冷的道：「不爲甚麼。」劉一舟拉住她手，急道：「師妹，你……」方怡用力一甩，掙脫了他手，喝道：「請尊重些！」

劉一舟討了個老大沒趣，這一晚在客店之中，翻來覆去的難以安枕，心情激盪，悄悄爬起，來到方怡和沐劍屏所住店房的窗下，果然聽得二人在低聲說話：

沐劍屏道：「你這樣對待劉師哥，豈不令他好生傷心？」方怡道：「那有甚麼法子？他早些傷心，早些忘了我，就早些不傷心了。」沐劍屏道：「你眞的決意要嫁……嫁給韋小寶這小孩子？他這麼小，你能做他老婆？」方怡道：「你自己想嫁給這小猴兒，因此勸我對師哥好，是不是？」沐劍屏急道：「不，不是的！那麼你快去嫁給韋大哥好了。」

方怡歎了口氣，道：「我發過誓，賭過咒的，難道你忘記了？那天我說道：『皇天在上，后土在下，桂公公如能救劉一舟平安脫險，小女子方怡便嫁了公公爲妻，一生對丈夫貞忠不貳，若有二心，教我萬劫不得超生。』我又說過：『小郡主便是見證。』我不會忘記，你也不會忘記。」

沐劍屏道：「這話當然說過的，不過我看那……看他只是鬧着玩，並不當眞。」方怡道：「他當眞也好，當假也好。可是咱們做女子的，既然已親口將終身許了給他，那便決無反悔，自須從一而終。何況……何況……」沐劍屏道：「何況甚麼？」方怡道：「我仔仔細細想過了，就算說過的話可以抵賴，可是他……他曾跟我們二人同床而臥，同被而眠……」沐劍屏咭的一聲笑，說道：「韋大哥當眞頑皮得緊，他還說『英烈傳』上有這樣一回書的，叫甚麼『沐王爺三箭定雲南，桂公公雙手抱佳人』，師姊，他可眞的抱了你哪，還香了你的臉呢！」

方怡歎了口氣，不再說話。

劉一舟在窗外只聽得五內如焚，天旋地轉，立足不定。只聽得方怡又道：「其實，他年紀雖小，說話油腔滑調，待咱們二人倒也當真不壞。這次分手之後，不知甚麼時候能再相會。」沐劍屏又是咭的一聲笑，低聲道：「師姊，你在想念他啦！」方怡道：「想他便想他，又怎麼了？」沐劍屏道：「是啊，我也想着他。我幾次邀他，要他跟咱們同去石家莊，他總是說身有要事。師姊，你說這是眞的，還是假的？」方怡道：「在飯館中打尖之時，我曾聽得他跟車夫閒談，問起到山西的路程。看來他是要去山西。」沐劍屏道：「他年紀這樣小，一個人去山西，路上要是遇到歹人，可怎麼辦？」方怡歎了口氣，道：「我本想跟徐老爺子說，不用護送我們，還是護送他的好，可是徐老爺子一定不會肯的。」沐劍屏道：「師姊。我……我……我想……」方怡道：「甚麼？」沐劍屏歎了口氣，道：「沒甚麼。」方怡道：「可惜咱們二人身上都是有傷，否則的話，便陪他一起去山西。現下跟吳師叔、劉師哥他們遇上了，咱們便不能去找他了。」

劉一舟聽到這裏，頭腦中一陣暈眩，砰的一聲，額頭撞上了窗格。

方怡和沐劍屏齊聲驚問：「甚麼？」

劉一舟妬火中燒，便如發了狂一般，只想：「我去殺了這小子，我去殺了這小子！」搶到前院，牽了一匹馬，打開客店大門，上馬疾奔。他想韋小寶既去山西，便向西行。奔到天明，問明了去山西的路程，沿大道追將下來，每見到有單行的大車，便問：「車裏坐的可是個小孩？」

韋小寶聽劉一舟說，此中情由是聽得小郡主跟方怡說話而知，料想必是偷聽得來，所知有限，笑道：「劉大哥，你可上了你師妹的大當啦。」劉一舟道：「上了甚麼當？」韋小寶道：「方姑娘跟我說，她要好好的氣你一氣，因爲她盡心竭力的救你，可是你半點也不將她放在心上。」劉一舟急道：「那……那有此事？我怎不將她放在心上？」

韋小寶道：「你送過她一根銀釵，是嗎？銀釵頭上有一朵梅花的。」劉一舟道：「是，是啊！你怎知道？」韋小寶道：「她在宮中混戰之時，將銀釵掉了，急得甚麼似的，說道這是她心上人給的東西，說甚麼也不能掉了，就是拚了性命不要，也要去找回來。」劉一舟一呆，沉吟道：「她……她待我這麼好？」韋小寶道：「當然啦，那難道還有假的？」劉一舟問：「後來怎樣？」

韋小寶道：「你這樣扭住了，我痛得要命，怎能說話？」

劉一舟道：「好罷！」他聽得方怡對待自己如此情深，怒火已消了大半，又想反正這孩子逃不掉自己掌心，鬆開了手，又問：「後來怎樣？」

韋小寶給他握得一條胳臂又痛又麻，慢慢將匕首插入靴桶，見手腕上紅紅的腫起了一圈手指印，說道：「沐王府的人就愛抓人手腕，你這樣，白寒楓也這樣。沐家拳中這一招『龜抓手』，倒也了得。」他將「龜抓手」這個「龜」字說得甚是含糊，劉一舟沒聽明白，也不加理會，又問：「方師妹失了我給她的那根銀釵，後來怎樣？」

韋小寶道：「我給你的烏龜爪子抓得氣也喘不過來，須得歇一歇再能說話。總而言之，你娶不娶得到方姑娘做老婆，這可有老大干係。」

這次劉一舟聽明白了「烏龜爪子」四字。但他惱怒的，只是韋小寶騙得方怡答應嫁他，至於口頭上給他佔些便宜，卻也並不在乎，又聽得他說：「你娶不娶得到方姑娘做老婆，這可有老大干係」，自是十分關心，問道：「你快說，別拖拖拉拉的了。」韋小寶道：「總得坐了下來，慢慢歇一會，才有力氣說話。」劉一舟無法，只得跟着他來到樹林邊的一株大樹下，見他在樹根上坐了，當即並肩坐在他身畔。

韋小寶歎了口氣，道：「可惜，可惜。」劉一舟立即擔心，忙問：「可惜甚麼？」韋小寶道：「可惜你師妹不在這裏，否則她如能和你並肩而坐這裏，跟你談情說愛，打情罵俏，她心中才眞的喜歡了。」劉一舟大樂，忍不住笑了出來，問道：「你怎麼知道？」

韋小寶道：「我聽她親口說過的。那天她掉了銀釵，冒着性命危險，衝過了清宮侍衛把守的三道關口，雖然身受重傷，還是殺了三名清宮侍衛，將這根銀釵找了回來。我說：『方姑娘啊，你忒也笨了，一根銀釵，值得幾錢？我送一千兩銀子給你，這種釵子，咱們一口氣去打造它三四千隻。你每天頭上插十隻，天天不同，一年三百六十日，天天插的還都是新釵子。』方姑娘說：『你這小孩子家懂得甚麼。這是我那親親劉師哥送給我的，你送給我一千隻一萬隻，就算是黃金釵兒、珍珠釵兒，又那及得上我親親劉師哥給我的一隻銀釵、銅釵、鐵釵？』劉大哥，你說這方姑娘可不是挺胡塗麼？」

劉一舟聽了這番話，只笑得口也合不攏來，問道：「怎麼……她怎麼半夜裏跟小郡主說話，說的又是另一套？」

韋小寶道：「你半夜三更的，在她們房外偷聽說話，是不是？」劉一舟臉上微微一紅，道：「也不是偷聽，我夜裏起身小便，剛好聽見。」韋小寶道：「劉大哥，這可是你的不是了。你甚麼地方不好小便，怎地到方姑娘窗下去小便，那可不臭氣沖天，薰壞了兩位羞花閉月的姑娘？」劉一舟道：「是，是！後來我方師妹怎麼說？」

韋小寶道：「我肚子餓得很，沒力氣說話，你快去買些東西給我吃。我吃得飽飽地，你方師妹那些教人聽了肉麻之極的話，我才說得出口。」他只盼把劉一舟騙到市鎮之上，就可在人叢中溜走脫身。

劉一舟道：「甚麼教人聽了肉麻之極？方師妹正經得很，從來不說肉麻的話。」韋小寶道：「好罷，她正經得很，從來不說肉麻的話。她說：『我那親親劉師哥！』又說：『我那個又體貼、又漂亮的劉師哥』，他媽的，你聽了不肉麻，我可越聽越是難為情。哼，也不害臊，說這種話。」劉一舟心花怒放，卻道：「不會罷？方師妹怎會說這種話？」韋小寶道：「好，好！算是我錯了。劉大哥，我要去找東西吃，失陪了。」說着站起身來。

劉一舟正聽得心癢難搔，如何肯讓他走，忙在他肩頭輕輕一按，道：「韋兄弟，你別忙走！我這裏帶得有幾件作乾糧的薄餅，你先吃了，說完話後，到前面鎮上，我再好好請你喝酒吃麵，還得跟你陪不是。」說着打開背上包裹，取了幾張薄餅出來。

韋小寶接了一張薄餅，撕了一片，在口中嚼了幾下，說道：「這餅鹹不鹹，酸不酸的，算甚麼玩意兒？你倒吃給我看看。」將那缺了一角的薄餅還給他。

劉一舟道：「這餅硬了，味道自然不大好，咱們對付着充充飢再說。」說着將餅撕下一片來吃了。

韋小寶道：「這幾張不知怎樣？」將幾張薄餅翻來翻去的挑選，翻了幾翻，說道：「他媽的尿急，小便了再來吃。」走到一棵大樹邊，轉過了身子，拉開褲子撒尿。

劉一舟目不轉睛的瞧着他，怕他突然拔足逃走。

韋小寶小便後，回過來坐在劉一舟身畔，又將幾張薄餅翻來翻去，終於挑了一張，撕開來吃。劉一舟追趕了大半天，肚子早已餓了，拿了一張薄餅也吃，一面吃，一面說道：「難道方師妹跟小郡主這麼說，是故意嘔我來着？」

韋小寶道：「我又不是你方師妹肚子裏的蛔蟲，怎麼知道她的心思？你是她的親親好師哥，怎麼你不知道，反而問我？」劉一舟道：「好啦！剛才是我魯莽，得罪了你，你可別賣關子啦！」韋小寶道：「既這麼說，我跟你說眞心話罷。你方師妹十分美貌，我倘若不是太監，原想娶她做老婆的。不過就算我不娶她，只怕也輪不到你。」劉一舟急問：「爲甚麼？爲甚麼？」韋小寶道：「不用性急，再吃一張薄餅，我慢慢跟你說。」

劉一舟道：「他媽的，你說話總是呑呑吐吐，吊人胃口……」說到這裏，忽然身子幌了一幌。韋小寶道：「怎麼？不舒服麼？這餅子只怕不大乾淨。」劉一舟道：「甚麼？」站起身來，搖搖擺擺的轉了個圈子，突然摔倒在地。

韋小寶哈哈大笑，在他屁股上踢了一脚，說道：「咦！你的薄餅裏，怎麼會有蒙汗藥？這可眞奇怪之極了。」劉一舟唔了一聲，已是人事不知。

韋小寶又踢了兩脚，見他全然不動，於是解下他腰帶褲帶，將他雙足牢牢綁住，又把他雙手反綁了。見大樹旁有塊石頭，用力翻開，露出一洞，下面是一堆亂石，將亂石一塊塊搬出，挖了個四尺來深的土洞，笑道：「老子今日活埋了你。」將他拖到洞中，豎直站着，將石塊泥土扒入洞中，用勁踏實，泥土直埋到他上臂，只露出了頭和肩膀。

韋小寶甚是得意，走到溪水旁，解下長袍浸濕了，回到劉一舟身前，扭絞長袍，將溪水淋在他頭上。

劉一舟給冷水一激，慢慢醒轉，一時不明所以，欲待掙扎，卻是絲毫動彈不得。只見韋小寶抱膝坐在一旁，笑吟吟的瞧着自己，過了一陣，才明白着了他道兒，又掙了幾下，直是紋風不動，說道：「好兄弟，別開玩笑啦！」

韋小寶罵道：「直娘賊，老子有多少大事在身，跟你這臭賊開玩笑！」重重一脚踢去，踢得他右顋登時鮮血淋漓，又罵道：「方姑娘是我老婆，憑你也配想她？你這臭賊扭得老子好痛，又打我耳光，又用鞭子抽我，老子先割下你耳朵，再割你鼻子，一刀刀的炮製你。」說罷拔出匕首，俯下身子，用刃鋒在他臉上撇了兩撇。

劉一舟嚇得魂飛天外，叫道：「好兄……韋……韋兄弟，韋香主，請你瞧着沐王府的情份，高……高抬貴手。」韋小寶道：「我從皇宮裏將你救了出來，你卻恩將仇報，居然想殺我，哼哼，憑你這點兒道行，也想來太歲頭上動土？你叫我瞧着沐王府的情份，剛才你拿住我時，怎地又不瞧着天地會的情份了？」劉一舟道：「確實是我不是，是在下錯了！請……請……請你原諒。」

韋小寶道：「我要在你頭上割你媽的三百六十刀，方消我心頭之恨！」提起他辮子，一刀割去。那匕首鋒利無比，嗤的一聲，便將辮子切斷，再在他頭頂來回推動，片刻之間，頭髮紛落，已剃成個禿頭。韋小寶罵道：「死賊禿，老子一見和尚便生氣，非殺不可！」

劉一舟陪笑道：「韋香主，在下不是和尚。」韋小寶罵道：「你他媽的不是和尚，幹麼剃光了頭皮，前來蒙騙老爺？」劉一舟心道：「明明是你剃光了我頭髮，怎麼怪我？」但性命在他掌握之中，不敢跟他爭論，只得陪笑道：「千錯萬錯，都是小人不是，韋香主大人大量，別放在心上。」

韋小寶道：「好，那麼我問你，方怡方姑娘是誰的老婆？」

劉一舟道：「這個……這個……」

韋小寶大聲道：「甚麼這個那個？快說！」提起匕首，在他臉上揮來揮去。劉一舟心想好漢不吃眼前虧，這小鬼是個太監，讓他佔些口頭上便宜便了，否則他眞的一劍揮來，自己少了個鼻子或是耳朵，那可糟糕之極，忙道：「她……她自然是韋香主……是韋香主你的夫人。」韋小寶哈哈一笑，說道：「她，她是誰？你說得明白些。老子可聽不得和尚們含含糊糊的說話。」劉一舟道：「方怡方師妹，是你韋香主的夫人。」

韋小寶道：「咱們可得把話說明白了。你是不是我的朋友？」

劉一舟聽他口氣鬆動，心中大喜，忙道：「小人本來不敢高攀。韋香主倘若肯將在下當作朋友，在下……在下自然是求之不得。」韋小寶道：「我把你當作朋友。江湖上朋友講義氣，是不是？」劉一舟忙道：「是，是。好朋友該當講義氣。」韋小寶道：「朋友妻，不可戲。以後你如再向我老婆賊頭賊腦，不三不四，那算甚麼？你發下一個誓來！」

劉一舟暗暗叫苦，心想又上了他的當。韋小寶道：「你不說也不打緊，我早知你鬼鬼祟祟，不懷好意，一心想去調戲勾搭我的老婆。」劉一舟見他又舞動匕首，眼前白光閃閃，忙道：「沒有，沒有。對韋香主的夫人，在下決計不敢心存歹意。」韋小寶道：「以後你如向方姑娘多瞧上一眼，多說一句話，那便怎樣？」劉一舟道：「那……那便天誅地滅。」韋小寶道：「那你便是烏龜王八蛋！」劉一舟苦着臉道：「對，對！」韋小寶道：「甚麼對？對你甚麼個屁？」將匕首尖直指上他右眼皮。劉一舟道：「以後我如再向方師妹多瞧上一眼，多說一句話，我……我便是烏龜王八蛋！」

韋小寶哈哈一笑，道：「既是這樣，便饒了你。先在你頭上淋一泡尿，這才放你。」說着將匕首插入靴桶，雙手去解褲帶。

突然之間，樹林中一個女子聲音喝道：「你……你怎可欺人太甚！」

韋小寶聽得是方怡的聲音，又驚又喜，轉過頭去，只見林中走出三個人來，當先一人正是方怡，其後是沐劍屏和徐天川。隔了一會，又走出二人，卻是吳立身和敖彪。

他五人躲在林中已久，早將韋劉二人的對答聽得清清楚楚，眼見韋小寶要在劉一舟頭頂撒尿，結下永不可解的深怨，方怡忍不住出聲喝止。

韋小寶笑道：「原來你們早在這裏了，瞧在吳老爺子面上，這泡尿免了罷。」

徐天川急忙過去，雙手扒開劉一舟身畔的石塊泥土，將他抱起，解開綁在他手脚上的腰帶。劉一舟羞愧難當，低下頭，不敢和衆人目光相接。

吳立身鐵青了臉，說道：「劉賢姪，咱們的性命是韋香主救的，怎地你恩將仇報，以大欺小，對他又打又罵，又扭他手臂？你師父知道了，會怎麼說？」一面說，一面搖頭，語氣甚是不悅，又道：「咱們在江湖上混，最講究的便是『義氣』兩字，怎麼可以爭風吃醋，對好朋友動武？忘恩負義，那是連豬狗也不如！」說着呸的一聲，在地下吐了口唾沫。他越說越氣，又道：「昨晚你半夜裏這麼火爆霹靂的衝了出來，大夥兒就知道不對，一路上尋來，你將韋香主打得臉頰紅腫，又扭住他手臂，用劍尖指着他咽喉，倘若一個失手，竟然傷了他性命，那怎麼辦？」

劉一舟氣憤憤的道：「一命抵一命，我還賠他一條性命便是。」

吳立身怒道：「嘿，你倒說得輕鬆自在，你是甚麼英雄好漢了？憑你一條命，抵得過人家天地會十大香主之一的韋香主？再說，你這條命是那來的？還不是韋香主救的？你不感恩圖報，人家已經要瞧你不起，居然膽敢向韋香主動手？」

劉一舟給韋小寶逼得發誓賭咒，當時命懸人手，不得不然，此刻身得自由，想到這些言語都已給方怡聽了去，實是羞憤難當，吳立身雖是師叔，但聽他嘮嘮叨叨的教訓個不休，不由得老羞成怒，把心一橫，惡狠狠的道：「吳師叔，事情是做下來了，人家姓韋的可沒傷到一根寒毛。你老人家瞧着要怎麼辦，就怎麼辦罷！」

吳立身跳了起來，指着他臉，叫道：「劉一舟，你對師叔也這般沒上沒下。你要跟我動手，是不是？」劉一舟道：「我沒說，也不是你的對手。」吳立身更加惱怒，厲聲道：「倘若你武功勝得過我，那就要動手了，是不是？你在清宮中貪生怕死，一聽到要殺頭，忙不迭的大聲求饒，趕着自報姓名。我顧着柳師哥的臉面，這件事才絕口不提。哼！哼！你不是我弟子，算你運氣。」那顯然是說，你如是我弟子，早就一刀殺了。

劉一舟聽他揭破自己在清宮中膽怯求饒的醜態，低下了頭，臉色蒼白，默不作聲。

韋小寶見自己佔足了上風，笑道：「好啦，好啦，吳老爺子，劉大哥跟我大家鬧着玩，當不得眞，我向你討個情，過去的事，別跟柳老爺子說。」

吳立身道：「韋香主這麼吩咐，自當照辦。」轉頭向劉一舟道：「你瞧，人家韋香主畢竟是做大事的，度量何等寬大？」

韋小寶向方怡和沐劍屏笑道：「你們怎麼也到這裏來啦？」方怡道：「你過來，我有句話跟你說。」韋小寶笑嘻嘻的走近。劉一舟見方怡當着衆人之前對韋小寶如此親熱，手按刀柄，忍不住要拔刀上前拚命。忽聽得拍的一聲響，韋小寶已吃了記熱辣辣的耳光。

韋小寶吃了一驚，跳開數步，手按面頰，怒道：「你……你幹麼打人？」

方怡柳眉豎起，脹紅了臉，怒道：「你拿我當甚麼人？你跟劉師哥說甚麼了？背着人家，拿我這麼糟蹋輕賤？」韋小寶道：「我可沒說甚麼不……不好的話。」方怡道：「還說沒有呢，我一句句都聽見了。你……你……你們兩個都不是好人。」又氣又急，流下淚來。

徐天川心想這些小兒女們胡鬧，算不得甚麼大事，可別又傷了天地會和沐王府的和氣，當下哈哈大笑，說道：「韋香主和劉師兄都吃了點小虧，就算是扯了個直。徐老頭可餓得狠了，咱們快找飯店，吃喝個痛快。」

突然間一陣東北風吹過，半空中飄下一陣黃豆般的雨點來。徐天川抬頭看天，道：「十月天時，平白無端的下這陣頭雨，可眞作怪。」一眼見一團團烏雲從東北角湧將過來，又道：「這雨只怕不小，咱們得找個地方躲雨。」

七人沿着大道，向西行去。方怡、沐劍屏傷勢未愈，行走不快。那雨越下越大，偏生一路上連一間農舍、一座涼亭也無，過不多時，七人都已全身濕透。韋小寶笑道：「大夥兒慢慢走罷，走得快是落湯鷄，走得慢是落湯鴨，反正都差不多。」

七人又行了一會，聽得水聲，來到一條河邊，見溯河而上半里處有座小屋。七人大喜，加快了脚步，行到近處，見那小屋是座東歪西倒的破廟，但總是個避雨之處，雖然破敗，卻也聊勝於無。廟門早已爛了，到得廟中，觸鼻盡是霉氣。

方怡行了這一會，胸口傷處早已十分疼痛，不由得眉頭緊蹙，咬住了牙關。徐天川拆了些破桌破椅，生起火來，讓各人烤乾衣衫。但見天上黑雲越聚越濃，雨下得越發大了。徐天川從包裹中取出乾糧麵餅，分給衆人。

劉一舟將辮根塞在帽子之中，勉強托着一條辮子。韋小寶笑吟吟的對他左瞧右瞧。

沐劍屏笑問韋小寶：「剛才你在劉師哥的薄餅之中，做了甚麼手脚？」韋小寶瞪眼道：「沒有啊，我會做甚麼手脚？」沐劍屏道：「哼，還不認呢？怎地劉師哥又會中蒙汗藥暈倒？」韋小寶道：「他中了蒙汗藥麼？甚麼時候？我怎麼不知道？我瞧不會罷，他這不是好端端的坐着烤火？」沐劍屏呸了一聲，佯嗔道：「就會假痴假呆，不跟你說了。」

方怡在一旁坐着，也是滿心疑惑。先前劉一舟抓住韋小寶等情狀，她們只遠遠望見，看不貞切，後來劉韋二人並排坐在樹下說話，她們已躡手躡脚的走近，躲在樹林裏，眼見一張張薄餅都是劉一舟從包裹中取出，他又一直目不轉睛地盯着韋小寶，防他逃走，怎麼一轉眼間，就會昏迷暈倒？

韋小寶笑道：「說不定劉師兄有羊吊病，突然發作，人事不知。」

劉一舟大怒，霍地站起，指着他喝道：「你……你這小……」

方怡瞪了韋小寶一眼，道：「你過來。」韋小寶道：「你又要打人，我才不過來呢。」方怡道：「你不可再說損劉師哥的話，小孩子家，也不修些口德。」韋小寶伸了伸舌頭，便不說話了。劉一舟見方怡兩次幫着自己，心下甚是受用，尋思：「這小鬼又陰又壞，方師妹畢竟還是對我好。」

天色漸漸黑了下來。七人圍着一團火坐地，破廟中到處漏水，極少乾地。突然間韋小寶頭頂漏水，水點一滴滴落向他肩頭。他向左讓了讓，但左邊也有漏水。方怡道：「你過來，這邊不漏水。」頓了一頓，又道：「不用怕，我不打你。」韋小寶一笑，坐到她身側。

方怡湊嘴到沐劍屏耳邊，低聲說了幾句話，沐劍屏咭的一笑，點點頭，湊嘴到韋小寶耳邊，低聲道：「方師姊說，她跟你是自己人，這才打你管你，叫你別得罪了劉師哥，問你懂不懂她的意思？」韋小寶在她耳邊低聲道：「甚麼自己人？我可不懂。」沐劍屏將話傳了過去。方怡白了他一眼，向沐劍屏道：「我發過的誓，賭過的咒，永遠作數，叫他放心。」沐劍屏又將話傳過。

韋小寶在沐劍屏耳邊道：「方姑娘跟我是自己人，那麼你呢？」沐劍屏紅暈上臉，呸的一聲，伸手打他。韋小寶笑着側身避過，向方怡連連點頭。方怡似笑非笑，似嗔非嗔，火光照映之下，說不盡的嬌美。韋小寶聞到二女身上淡淡香氣，心下大樂。

劉一舟所坐處和他三人相距頗遠，伸長了脖子，隱隱約約的似乎聽到甚麼「劉師哥」，甚麼「自己人」，此外再也聽不到了。瞧他三人嘻嘻哈哈，神態親密，顯是將自己當做了外人，忍不住又是妒恨交作。

方怡又在沐劍屏耳邊低聲道：「你問他，到底使了甚麼法兒，才將劉師哥迷倒。」韋小寶見方怡一臉好奇之色，終於悄悄對沐劍屏說了：「我小便之時，背轉了身子，左手中抓了一把蒙汗藥，回頭去翻檢薄餅，餅上自然塗了藥粉。我吃的那張餅，只用右手拿，左手全然不碰。這可懂了嗎？」沐劍屏道：「原來如此。」傳話之後，方怡又問：「你那裏來的蒙汗藥？」韋小寶道：「宮裏侍衛給的，救你劉師哥，用的就是這些藥粉。」這時大雨傾盆，在屋面上打得嘩啦啦急響，韋小寶的嘴唇直碰到沐劍屏耳朵，所說的話才能聽到。

劉一舟心下焦躁，霍地站起身來，背脊重重在柱子上一靠，突然喀喇喇幾聲響，頭頂掉下幾片瓦來。這座破廟早已朽爛，給大雨一浸，北風一吹，已然支撐不住，跟着一根根椽子和瓦片磚泥紛紛跌落。徐天川叫道：「不好，這廟要倒，大家快出去。」

七人奔出廟去，沒走得幾步，便聽得轟隆隆一聲巨響，廟頂塌了一大片，跟着又有半堵牆倒了下來。

便在此時，只聽得馬蹄聲響，十餘乘馬自東南方疾馳而來，片刻間奔到近處，黑暗中影影綽綽，馬上都騎得有人。

一個蒼老的聲音說道：「啊喲，這裏本來有座小廟，可以躲雨，偏偏又倒了。」另一人大聲問道：「喂，老鄉，你們在這裏幹甚麼？」徐天川道：「我們在廟裏躲雨，這廟塌了下來，險些兒都給壓死了。」馬上一人罵道：「他媽的，落這樣大雨，老天爺可不是瘋了。」另一人道：「趙老三，除了這小廟，附近一間屋都沒有？有沒山洞甚麼的？」

那蒼老的聲音道：「有……有是有的，不過也同沒有差不多。」一名漢子罵道：「你奶奶的，到底有是沒有？」那老頭道：「這裏向西北，山坳中有一座鬼屋，是有惡鬼的，誰也不敢去，那不是跟沒有差不多？」

馬上衆人大聲笑罵起來：「老子才不怕鬼屋哩。有惡鬼最好，揪了出來當點心。」又有人喝道：「快領路！又不是洗澡，在這大雨裏泡着，你道滋味好得很麼？」趙老三道：「各位爺們，老兒沒嫌命長，可不敢去了。我勸各位也別去罷。這裏向北，再行三十里，便有市鎭。」馬上衆人都道：「這般大雨，那裏再挨得三十來里？快別囉唆，咱們這許多人，還怕甚麼鬼？」趙老三道：「好罷，大夥兒向西北，拐個彎兒，沿山路進坳，就只一條路，不會錯的……」衆人不等他說完，已縱馬向西北方馳去。趙老三騎的是頭驢子，微一遲疑，拉過驢頭，回頭向東南方來路而去。

徐天川道：「吳二哥，韋香主，咱們怎麼辦？」吳立身道：「我看……」但隨卽想起，該當由韋小寶出主意才是，跟着道：「請韋香主吩咐，該當如何？」韋小寶怕鬼，只是說不出口，道：「吳大叔說罷，我可沒甚麼主意。」吳立身道：「惡鬼甚麼，都是鄉下人胡說八道。就算眞的有鬼，咱們也跟他拚上一拚。」韋小寶道：「有些鬼是瞧不見的，等到瞧見，已經來不及啦。」言下之意，顯然是怕鬼。

劉一舟大聲道：「怕甚麼妖魔鬼怪？在雨中再淋得半個時辰，人人都非生病不可。」

韋小寶見沐劍屏不住發顫，確是難以支持，又不願在方怡面前示弱，輸給了劉一舟，便道：「好，大夥兒這就去罷！倘若見到惡鬼，可須小心！」

七人依着那趙老三所說，向西北走進了山坳，黑暗中卻尋不到道路，但見樹林中白茫茫地，有一條小瀑布衝下來。韋小寶道：「尋不到路，叫做『鬼打牆』，這是惡鬼在迷人。」徐天川道：「這片水就是路了，山水沿着小路流下來。」吳立身道：「正是！」踏着瀑布走上坡去。餘人跟隨而上，爬上山坡。

聽得左首樹林中有馬嘶之聲，知道那十幾個乘馬漢子便在那邊。徐天川心想：「這批人不知是甚麼來頭。」但想自己和吳立身聯手，尋常武師便有幾十人也不放在心上，當下踏水尋路，高一脚低一脚的向林中走去。

一到林中，更加黑了，只聽得前面嘭嘭嘭敲門，果然有屋。韋小寶又驚又喜，忽覺有人伸手過來，拉住了他手。那手掌軟綿綿地，跟着耳邊有人柔聲道：「別怕！」正是方怡。

但聽敲門之聲不絕，始終沒人開門。七人走到近處，只見黑沉沉的一大片屋子。一衆乘馬人大聲叫嚷：「開門，開門！避雨來的！」叫了好一會，屋內半點動靜也無。一人道：「沒人住的！」另一人道：「趙老三說是鬼屋，誰敢來住？跳進牆去罷！」白光閃動，兩人拔出兵刃，跳進牆去，開了大門。衆人一湧而進。

徐天川心想：「這些人果是武林中的，看來武功也不甚高。」七人跟着進去。

大門裏面是個好大的天井，再進去是座大廳。有人從身邊取出油包，解開來取出火刀火石，打着了火，見廳中桌上有蠟燭，便去點燃了。衆人眼前突現光亮，都是一陣喜慰，見廳上陳設着紫檀木的桌椅茶几，竟是大戶人家的氣派。

徐天川心下嘀咕：「桌椅上全無灰塵，地下打掃得這等清潔，屋裏怎會沒人？」

只聽一名漢子說道：「這廳上乾乾淨淨的，屋裏有人住的。」另一人大聲嚷道：「喂，喂，屋裏有人嗎？屋裏有人麼？」大廳又高又大，他大聲叫嚷，隱隱竟有回聲。

回聲一止，四下除了大雨之聲，竟無其他聲息。衆人面面相覷，都覺頗爲古怪。

一名白髮老者問徐天川道：「你們幾位都是江湖上朋友麼？」徐天川道：「在下姓許，這幾個有的是家人，有的是親戚，要去山西探親，不想遇上了這場大雨。達官爺貴姓？」那老者點了點頭，見他們七人中有老頭，有小孩，又有女子，也不起疑心，卻不答他問話，說道：「這屋子可有點兒古怪。」

又有一名漢子叫道：「屋裏有人沒有？都死光了嗎？」停了片刻，仍是無人回答。

那老者坐在椅上，指着六個人道：「你們六個到後面瞧瞧去！」六名漢子拔兵刃在手，向後進走去。六人微微弓腰，走得甚慢，神情頗爲戒懼。耳聽得踢門聲、喝問聲不斷傳來，並無異狀，聲音越去越遠，顯然屋子極大，一時走不到盡頭。那老者指着另外四人道：「找些木柴來點幾個火把，跟着去瞧瞧。」那四人奉命而去。

韋小寶等七人坐在大廳長窗的門檻上，誰也不開口說話。徐天川見那羣人中有十人走向後進，廳上尚有八人，穿的都是布袍，瞧模樣似是甚麼幫會的幫衆，又似是鏢局的鏢客，卻沒押鏢，一時摸不清他們路子。

韋小寶忍不住道：「姊姊，你說這屋裏有沒有鬼？」方怡還沒回答，劉一舟搶着說道：「當然有鬼！甚麼地方沒死過人？死過人就有鬼。」韋小寶打了個寒噤，身子一縮。

劉一舟道：「天下惡鬼都欺善怕惡，專迷小孩子。大人陽氣盛，吊死鬼啦，大頭鬼啦，就不敢招惹大人。」

方怡從衣襟底下伸手過去，握住了韋小寶左手，說道：「人怕鬼，鬼更怕人呢。一有火光，鬼就逃走了。」

只聽得脚步聲響，先到後面察看的六名漢子回到廳上，臉上神氣透着十分古怪，七嘴八舌的說道：「一個人也沒有，可是到處打掃得乾乾淨淨的。」「床上鋪着被褥，床底下有鞋子，都是娘兒們的。」「衣櫃裏放的都是女人衣衫，男人衣服卻一件也沒有！」

劉一舟大聲叫道：「女鬼！一屋子都是女鬼！」

衆人一齊轉頭瞧着他，一時之間，誰都沒作聲。

突然聽得後面四人怪聲大叫，那老者一躍而起，正要搶到後面去接應，那四人已奔入大廳，手中火把都已熄滅，叫道：「死人，死人眞多！」臉上盡是驚惶之色。

那老者沉着臉道：「大驚小怪的，我還道是遇上了敵人呢。死人有甚麼可怕？」一名漢子道：「不是可怕，是……是希奇古怪。」那老者道：「甚麼希奇古怪？」另一名漢子道：「東邊一間屋子裏，都……都是死人靈堂，也不知共有多少。」那老者沉吟道：「有沒死人和棺材？」兩名漢子對望了一眼，齊道：「沒……沒瞧清楚，好像沒有。」

那老者道：「多點幾根火把，大夥兒瞧瞧去。說不定是座祠堂，那也平常得緊。」他雖說得輕描淡寫，但語氣中也顯得大爲猶豫，似乎明知祠堂並非如此。

他手下衆漢子便在大廳拆桌拆椅，點成火把，向後院湧去。

徐天川道：「我去瞧瞧，各位在這裏待着。」跟在衆人之後走了進去。

敖彪問道：「師父，這些人是甚麼路道？」吳立身搖頭道：「瞧不出，聽口音似乎是魯東、關東一帶的人，不像是六扇門的鷹爪。莫非是私梟？可又沒見帶貨。」

劉一舟道：「那一夥人也沒甚麼大不了，倒是這屋中的大批女鬼，可厲害着呢！」說着向韋小寶伸了伸舌頭。韋小寶打了個寒噤，緊緊握住了方怡的手，自己掌心中盡是冷汗。沐劍屏顫聲道：「劉……劉師哥，你別老是嚇人，好不好？」劉一舟道：「小郡主，你不用擔心，你是金枝玉葉，甚麼惡鬼見了你都遠遠避開，不敢侵犯。惡鬼最憎的就是不男不女的太監。」方怡柳眉一軒，臉有怒色，待要說話，卻又忍住了。

過了好一會，才聽得脚步聲響，衆人回到大廳。韋小寶吁了口長氣，心下畧寬。徐天川低聲道：「七八間屋子裏，共有三十來座靈堂，每座靈堂上都供了五六個、七八個牌位，看來每一座靈堂上供的是一家死人。」劉一舟道：「嘿嘿，這屋子裏豈不是有幾百個惡鬼？」徐天川搖了搖頭，他見多識廣，可從未聽見過這等怪事，過了一會，緩緩的道：「最奇怪的是，靈堂前都點了蠟燭。」韋小寶、方怡、沐劍屏三人同時驚叫出來。

一名漢子道：「我們先前進去時，蠟燭明明沒點着。」那老者問道：「你們沒記錯？」

四名漢子你瞧瞧我，我瞧瞧你，都搖了搖頭。那老者道：「不是有鬼，咱們遇上了高人。頃刻之間，將三十幾座靈堂中的蠟燭都點燃了，這身手可也眞敏捷得很。許老爺子，你說是不是呢？」最後這句話是向着徐天川而說。徐天川假作痴呆，說道：「咱們恐怕衝撞了屋主，不……不妨到靈堂前磕……磕幾個頭。」

雨聲之中，東邊屋中忽然傳來幾下女子啼哭，聲音甚是淒切，雖然大雨淅瀝，這幾下哭聲卻聽得清清楚楚。

韋小寶只嚇得張口結舌，臉色大變。

衆人面面相覷，都是毛骨悚然。過了片刻，西邊屋中又傳出女子悲泣之聲。劉一舟、敖彪、以及兩名漢子齊聲叫道：「鬼哭！」

那老者哼的一聲，突然大聲說道：「咱們路經貴處，到此避雨，擅闖寶宅，特此謝過。賢主人可肯賜見麼？」這番話中氣充沛，遠遠送了出去。過了良久，後面沒絲毫動靜。

那老者搖了搖頭，大聲道：「這裏主人既然不願接見俗客，咱們可不能擅自騷擾。便在廳上避一避雨，一等天明雨停，大夥兒儘快動身。」說着連打手勢，命衆人不可說話，側耳傾聽，過了良久，不再聽到啼哭之聲。

一名漢子低聲道：「章三爺，管他是人是鬼，一等天明，一把火，把這鬼屋燒成他媽的一片白地。」那老者搖手道：「咱們要緊事情還沒辦，不可另生枝節。坐下來歇歇罷！」衆人衣衫盡濕，便在廳上生起火來。有人取出個酒葫蘆，拔開塞子，遞給那老者喝酒。

那老者喝了幾口酒，斜眼向徐天川瞧了半晌，說道：「許老爺子，你們幾個是一家人，怎地口音不同？你是京城裏的，這幾位卻是雲南人？」

徐天川笑道：「老爺子好耳音，果然是老江湖。我大妹子嫁在雲南。這位是我妹夫。」說着向吳立身一指，又道：「我妹夫、外甥他們都是雲南人。我二妹子可又嫁在山西。天南地北的，十幾年也難得見一次面。我們這次是上山西探我二妹子去。」他說吳立身是他的妹夫，那是客氣話，當時北方習俗，叫人大舅子、小舅子便是罵人。

那老者點了點頭，喝了口酒，瞇着眼睛道：「幾位從北京來？」徐天川道：「正是。」那老者道：「在道上可見到一個十四五歲的小太監？」

此言一出，徐天川等心中都是一凜，幸好那老者只注視着他，而徐天川臉上神色不露，敖彪、沐劍屏臉上變色，旁人卻未曾留意。徐天川道：「你說太監？北京城裏，老的小的，太監可多得很啊，一出門總撞到幾個。」那老者道：「我問你在道上可曾看到，不是說北京城裏。」徐天川笑道：「老爺子。你這話可不在行啦。大清的規矩，太監一出京城，就犯死罪。太監們可不像明朝那樣威風十足了。現下有那個太監敢出京城一步？」

那老者「哦」了一聲，道：「說不定他改了裝呢？」

徐天川連連搖頭，說道：「沒這個膽子，沒這個膽子！」頓了一頓，問道：「老爺子，你找的是怎麼個小太監？等我從山西探了親，回到京城，也可幫你打聽打聽。」

那老者道：「哼哼，多謝你啦，就不知有沒那麼長的命。」說着閉目不語。

徐天川心想：「他打聽一個十四五歲的小太監，那不是衝着韋香主嗎？這批人既不是天地會，又不是沐王府的，十之八九，沒安着善意，可得查問個明白。他不惹過來，我們倒要惹他一惹。」說道：「老爺子，北京城裏的小太監，只有一位大大的出名。他大名兒傳遍了天下，想來你也聽到過，那便是殺了奸臣鰲拜、立了大功的那一位。」那老者睜開眼來，道：「嗯，你說的是小桂子桂公公？」徐天川道：「不是他還有誰呢？這人有膽有勇，武藝高強，實在了不起！」那老者道：「這人相貌怎樣？你見過他沒有？」

徐天川道：「哈，這桂公公天天在北京城裏蹓躂，北京人沒見過他的，只怕沒幾個。這桂公公又黑又胖，是個胖小子，少說也有十八九啦，說甚麼也不信他只十五歲。」

方怡握着韋小寶的手掌緊了一緊，沐劍屏的手肘在他背心輕輕一撞，都是暗暗好笑。韋小寶本來一直在怕鬼，聽那老者問起了自己，心下盤算，將怕鬼的念頭便都忘了。

那老者道：「是麼？我聽人說的，卻是不同。聽說這桂公公只是個十三四歲的小孩童，就是狡猾機伶，只怕跟你那個外甥倒有三分相像，哈哈，哈哈！」說着向韋小寶瞧去。

劉一舟忽道：「聽說那小桂子卑鄙無恥，最會使蒙汗藥。他殺死鰲拜，便是先用藥迷倒的，否則這小賊又膽小，又怕鬼，怎殺得了鰲拜？」向韋小寶笑吟吟的道：「表弟，你說是不是呢？」

吳立身大怒，反手一掌，向他臉上打去。劉一舟低頭避開，左足一彈，已站了起來。吳立身這反手一掌，乃是一招「碧鷄展翅」，劉一舟閃避彈身，使的是招「金馬嘶風」，都是「沐家拳」招式。一個打得急，一個避得快，不知不覺間都使出了本門拳法。

那姓章老者霍地站起，笑道：「好啊，衆位喬裝改扮得好！」他一這站，手下十幾人跟着都跳起身來。那老者喝道：「都拿下了！一個都不能放走。」

吳立身從懷中抽出短刀，大頭向左一搖，砍翻了一名漢子，向右一搖，又一名漢子咽喉中刀倒地。

那老者雙手在腰間摸出一對判官筆，雙筆互擦，發出滋滋之聲，雙筆左點吳立身咽喉，右取徐天川胸口，以一攻二，身手快捷。徐天川向右一衝，左手向一名大漢眼中抓去。那大漢後仰急避，手中單刀已被奪去，腰間一痛，自己的刀已斬入了自己肚子。那邊敖彪也已跟人動上了手。劉一舟微一遲疑，解下軟鞭，上前廝殺。對方雖然人多，但只那老者和吳立身鬥了個旗鼓相當，餘下眾人都武功平平。

韋小寶看出便宜，心想：「只要不碰那老甲魚，其餘那些我也可對付對付。」握匕首在手，便欲衝上。方怡一把拉住，說道：「咱們贏定了，不用你幫手。」韋小寶心道：「我知道贏定了，這才上前哪。倘若輸定，還不快逃？」

忽聽得滋滋連聲，那老者已跳在一旁，兩枝判官筆相互磨擦，他手下眾人齊往他身後擠去，迅速之極的排成一個方陣。這些人只幾個箭步，便各自站定了方位，十餘人既不推擁，亦無碰撞，足見平日習練有素，在這件事上着實花過了不少功夫。

徐天川和吳立身都吃了一驚，退開幾步。敖彪奮勇上前，突然間方陣中四刀齊出，二斬其肩，二砍其足，配合得甚是巧妙，中間二桿槍則架開了他砍去的一刀。敖彪「啊」的一聲叫，肩頭中刀。

吳立身急叫：「彪兒後退！」敖彪向後躍開。戰局在一瞬之間，勝負之勢突然逆轉。

徐天川站在韋小寶和二女之前相護，察看對方這陣法如何運用。只見那老者右手舉起判官筆，高聲叫道：「洪教主萬年不老，永享仙福！壽與天齊，壽與天齊！」那十餘名漢子一齊舉起兵刃，大呼：「洪教主壽與天齊，壽與天齊！」聲震屋瓦，狀若顛狂。

徐天川心下駭然，不知他們在搗甚麼鬼。韋小寶聽了「洪教主」三字，驀地裏記起陶紅英懼怕已極的神色與言語，脫口而出：「神龍教！他們是神龍教的！」

那老者臉上變色，說道：「你也知道神龍教的名頭！」高舉右手，又呼：「洪教主神通廣大。我教戰無不勝，攻無不克，無堅不摧，無敵不破。敵人望風披靡，逃之夭夭。」

徐天川等聽得他們每唸一句，心中就是一凜，但覺這些人的行爲希奇古怪，從所未有，臨敵之際，居然大聲唸起書來。

韋小寶叫道：「這些人會唸咒，別上了他們當！大夥兒上前殺啊。」

卻聽那老者和衆人越唸越快，已不再是那老者唸一句，衆人跟一句，而是十餘人齊聲唸誦：「洪教主神通護祐，衆弟子勇氣百倍，以一當百，以百當萬。洪教主神目如電，燭照四方。我弟子殺敵護教，洪教主親加提拔，升任聖職。我教弟子護教而死，同升天堂！」突然間縱聲大呼，疾衝而出。

吳立身、徐天川等挺兵刃相迎，可是這些人在這頃刻之間，竟然武功大進，鋼刀砍來，短槍刺到，都比先前勁力加了數倍，如痴如狂，兵刃亂砍亂殺。不數合間，敖彪和劉一舟已被砍倒，跟着韋小寶、方怡、沐劍屛也都給一一打倒。方怡傷腿，沐劍屛傷臂。韋小寶背心上給戳了一槍，幸好有寶衣護身，這一槍沒戳入體內，但來勢太沉，立足不定，俯身跌倒。

過不多時，吳立身和徐天川也先後受傷。那老者接連出指，點了各人身上要穴。

衆漢子齊呼：「洪教主神通廣大，壽與天齊，壽與天齊！」呼喊完畢，突然一齊坐倒，各人額頭汗水有如泉湧，呼呼喘氣，顯得疲累不堪。這一戰不到一盞茶時分便分勝敗，這些人卻如激鬥了好幾個時辰一般。

韋小寶心中連珠價叫苦，尋思：「這些人原來都會妖法，無怪陶姑姑一提到神龍教，便嚇得甚麼似的，果然是神通廣大。」

那老者坐在椅上閉目養神，過了好一會才站起身來，抹去了額頭汗水，在大廳上走來走去，又過了好一會，他手下衆人紛紛站起。

那老者向着徐天川等道：「你們一起跟着我唸！聽好了，我唸一句，你們跟一句。洪教主神通廣大，壽與天齊！」

徐天川罵道：「邪魔歪道，裝神弄鬼，要老子跟着搗鬼，做妳娘的清秋大夢！」那老者提起判官筆，在他額頭一擊，蓼的一聲，鮮血長流。徐天川罵道：「狗賊，妖人！」

那老者問吳立身道：「你唸不唸？」吳立身未答先搖頭。那老者提起判官筆，也在他額頭一擊，再問敖彪時，敖彪罵道：「你奶奶的壽與狗齊！」那老者大怒，判官筆擊下時用力甚重，敖彪立時暈去。吳立身喝道：「彪兒好漢子！你們這些只會搞妖法的傢伙，他媽的，有種就把我們都殺了。」

那老者舉起判官筆，向劉一舟道：「你唸不唸？」劉一舟道：「我……我……我……」那老者道：「你說：洪教主神通廣大，壽與天齊！」劉一舟道：「洪教主……洪教主……」

那老者將判官筆的尖端在他額頭輕輕一戳，喝道：「快唸！」劉一舟道：「是，是，洪教主……洪教主壽與天齊！」

那老者哈哈大笑，說道：「畢竟識事務的便宜，你這小子少受了皮肉之苦。」走到韋小寶面前，喝道：「小鬼頭，你跟着我唸。」韋小寶道：「用不着你唸。」那老者怒道：「甚麼？」舉起了判官筆。

韋小寶大聲唸道：「韋教主神通廣大，壽與天齊，永享仙福。韋教主戰無不勝，勝無不戰，韋教主攻無不克，克無不攻。韋教主提拔你們大家，大家同升天堂……」他把韋教主這個「韋」字說得含含糊糊，只是鼻孔中這麼一哼，那老者卻那知他弄鬼，只道他說的是「洪教主」，聽他這麼一連串的唸了出來，哈哈大笑，讚道：「這小孩兒倒挺乖巧。」

他走到方怡身前，摸了摸她下巴，道：「唔，小妞兒相貌不錯，乖乖跟我唸罷。」方怡將頭一扭，道：「不唸！」那老者舉起判官筆欲待擊下，燭光下見到她嬌美的面龐，心有不忍，將筆尖對準了她面頰，大聲道：「你唸不唸？你再說一句『不唸』，我便在你臉蛋上連劃三筆。」方怡倔強不唸，但「不唸」二字，卻也不敢出口。老者道：「到底唸不唸？」

韋小寶道：「我代她唸罷，包管比她自己唸的還要好聽。」

那老者道：「誰要你代？」提起判官筆，在方怡肩頭一擊。方怡痛得啊的一聲，叫了出來。

忽有一人笑道：「章三爺，這妞兒倘若不唸，咱們便剝她衣衫。」餘人齊叫：「妙極，妙極！這主意不錯。」

劉一舟忽道：「你們幹麼欺侮這姑娘？你們要找的那小太監，我就知道在那裏。」那老者忙問：「你知道？在那裏？快說，快說！」劉一舟道：「你答應不再難爲這姑娘，我便跟你說，否則你就殺了我，也是不說。」方怡尖聲道：「師哥，不用你管我。」那老者笑道：「好，我答應你不難爲這姑娘。」劉一舟道：「你說話可要算數。」那老者道：「我姓章的說過了話，自然算數。那小太監，就是擒殺鰲拜、皇帝十分寵幸的小桂子，你當眞知道他在那裏？」

劉一舟道：「遠在天邊，近在眼前！」

那老者跳起身來，指着韋小寶，道：「就……就……是他？」臉上一副驚喜交集之色。

方怡道：「憑他這樣個孩子，怎殺得了鰲拜，你莫聽他胡說八道。」

劉一舟道：「是啊，若不是使蒙汗藥，怎殺得了滿洲第一勇士鰲拜？」

那老者將信將疑，問韋小寶道：「鰲拜是不是你殺的？」韋小寶道：「是我殺的，便怎樣？不是我殺的，又怎樣？」那老者罵道：「你奶奶的，我瞧你這小鬼頭就是有點兒邪門。身上搜一搜再說。」

當下便有兩名漢子過來，解開韋小寶背上的包袱，將其中物事一件件放在桌上。

那老者見到珠翠金玉諸種寶物，說道：「這當然是皇宮裏的物事，咦……這是甚麼？」拿起一叠厚厚的銀票，見每張不是五百兩，便是一千兩，總共不下數十萬兩，不由得呆了，道：「果然不錯，果然不錯，你……你便是小桂子。帶他到那邊廂房去細細查問。」

方怡急道：「你們……你們別難爲他。」沐劍屏哇的一聲，哭了出來。

一名漢子抓住韋小寶後領，兩人捧起了桌上諸種物事，另一人持燭台前導，走進後院東邊廂房。那老者揮手道：「你們都出去！」四名漢子出房，帶上了房門。

那老者喜形於色，不住搓手，在房中走來走去，笑道：「踏破鐵鞋無覓處，得來全不費功夫。小桂子公公，今日跟你在這裏相會，當眞是三生有幸。」

韋小寶笑道：「在下跟你老爺子在這裏相會，那是六生有幸，九生有幸。」他想東西都給他搜了出來，抵賴再也無用，只好隨機應變，且看混不混得過去。

那老者一怔，說道：「甚麼六生有幸，九生有幸？桂公公，你大駕這是去五台山清涼寺罷？」

韋小寶不由得一驚：「老王八甚麼都知道了，那可不容易對付。」笑吟吟的道：「尊駕武功既高，唸咒的本事又勝過了茅山道士。你們神龍教名揚天下，果然有些道理。在下聞名已久，今日親眼目覩，佩服之至。」隨口把話頭岔開，不去理會他的問話。

那老者問道：「神龍教的名頭，你從那裏聽來的？」

韋小寶信口開河：「我是從平西王吳三桂的兒子吳應熊那裏聽來的。他奉了父親之命，到北京朝貢，他手下有個好漢，名叫楊溢之，又有許多遼東金頂門的高手。他們商量着要去剿滅神龍教，說道神龍教有位洪教主，神通廣大，手下能人極多。他敎下有人在鑲藍旗旗主那裏辦事，得了一部『四十二章經』，那可厲害得很了。」他精通說謊的訣竅，知道不用句句都是假，九句眞話中夾一句假話，騙人就容易得多。

那老者越聽越奇，吳應熊、楊溢之這兩人的名頭，他是聽見過的。他教中一位重要人物在鑲藍旗旗主手下任職，那是教中的機密大事，他自己也是直到一個多月之前，才在無意之間得知，隱隱約約又曾聽到過「四十二章經」這麼一部經書，但其中底細，卻全然不曉，忙問：「平西王府跟我們神龍教無怨無仇，幹麼要來惹事生非？說到『剿滅』兩字，當眞是不知死活了。」

韋小寶道：「吳應熊他們說，平西王府跟神龍教自然無怨無仇，說到洪教主的本事，大家還是很佩服的。不過神龍教既然得了『四十二章經』，這是至寶奇書，卻非奪不可。貴教不是還有個胖胖的女子，叫做柳燕柳大姐的，到了皇宮中嗎？」

那老者奇道：「咦，你怎麼又知道了？」

韋小寶口中胡說八道，只要跟神龍教拉得上半點關係的，就都說了出來，心中卻是飛快轉着念頭，說道：「這位柳大姐，跟我交情可挺不錯。有一次她得罪了太后，太后要殺她，幸虧我出力相救，將她藏在床底下。太后在宮裏到處找不到她。這位胖大姐感激我的救命之恩，勸我加入神龍教，說道洪教主喜歡我這種小孩子，將來一定有大大的好處給我。」

那老者「嗯」了一聲，益發信了，又問：「太后爲甚麼要殺柳燕？她們……她們不是很好的麼？」

韋小寶道：「是啊，她們倆本來是師姊師妹。太后爲甚麼要殺柳大姐呢？柳大姐說，這是一個天大的秘密，她跟我說了，我答應過她決不洩漏的，所以這件事不能跟你說了。總而言之，太后的慈寧宮中，最近來了一個男扮女裝的假宮女，這人頭頂是禿的……」

那老者脫口而出：「鄧炳春？鄧大哥入宮之事，你也知道了？」

韋小寶原不知那假宮女叫做鄧炳春，但臉上神色，卻滿是一副無所不知的模樣，微微一笑，說道：「章三爺，這件事可機密得很，你千萬不能在人前洩漏了，否則大禍臨頭，你跟我說倒不要緊，如有第三人在此，就算是你最親信的手下人，你也萬萬說不得。要是機關敗露，洪教主一生氣，只怕連你也要擔個大大的不是。」

他在皇宮中住得久了，知道洩漏機密乃是朝廷和宮中的大忌，重則抄家殺頭，輕則永無進身的機會，因此人人都是神神秘秘，鬼鬼祟祟，顯得高深莫測，表面上卻又裝得本人甚麼都知道，不過不便跟你說而已。他將這番伎倆用在那姓章老者身上，果然立竿見影，當場見效。江湖上幫會教派之中，上級統御部屬，所用方法與朝廷亦無二致，所分別者只不過在精粗隱顯。

這幾句話只聽得那老者暗暗驚懼，心想：「我怎地如此粗心，竟將這種事也對這小孩說了？這小孩可留他不得，大事一了，非殺了滅口不可。」不由得神色尷尬，勉強笑了笑，問道：「你跟我們鄧師兄說了些甚麼？」

韋小寶道：「我跟鄧師兄的說話，還有他要我去稟告洪教主的話，日後見到教主之時，我自然詳細稟明。」

那老者道：「是，是！」給他這麼裝腔作勢的一嚇，可眞不知眼前這小孩是甚麼來頭，當下和顏悅色的道：「小兄弟，你去五台山，自然是去跟瑞棟瑞副總管相會了？」

韋小寶心想：「他知道我去五台山，又知道瑞棟的事，這個訊息，定是從老婊子那裏傳出的。老婊子叫那禿頭假宮女作師兄，這禿頭是神龍教的重要人物，原來老婊子跟神龍教勾勾搭搭。老子落在他們手中，當眞是九死一生，十八死半生。」臉上假作驚異，道：「咦，章三爺，你消息倒眞靈通，連瑞副總管的事也知道。」

那老者微笑道：「比瑞副總管來頭大上萬倍之人，我也知道。」韋小寶心下暗暗叫苦：「糟糕，糟糕！老婊子甚麼事都說了出來，除了順治皇帝，還有那一個比瑞棟的來頭大上萬倍？」那老者道：「小兄弟，你甚麼也不用瞞我。你上五台山去，是奉命差遣呢，還是自己去的？」

韋小寶道：「我在宮裏當太監，若不是奉命差遣，怎敢擅自離京？難道嫌命長麼？」那老者道：「如此說來，是皇上差你去的了？」韋小寶神色大爲驚奇，道：「皇上？你說是皇上？哈哈，這一下你消息可不靈了。皇上怎麼知道五台山的事？」那老者道：「不是皇上，又是誰派你去的？」韋小寶道：「你倒猜猜看。」那老者道：「莫非是太后？」

韋小寶笑道：「章三爺果然了得，一猜便着。宮中知道五台山這件事的，只有兩個人，一個鬼。」那老者道：「兩個人，一個鬼？」韋小寶道：「正是。兩個人，一個是太后，一個是在下。那個鬼，便是海大富海老公了。他是給太后用『化骨綿掌』殺死的。」

那老者臉上肌肉跳了幾跳，道：「化骨綿掌，化骨綿掌。原來是太后差你去的，太后差你去幹甚麼？」韋小寶微微一笑，道：「太后跟你是自己人，你不妨問她老人家去。」

這句話倘若一進房便說，那老者多半一個耳光就打了過去，但聽了韋小寶一番說話後，心下驚疑不定，自言自語：「嗯，太后差你上五台山去。」

韋小寶道：「太后說道，這件事情，已經派人稟告了洪教主，洪教主十分贊成。太后吩咐我好好的辦，事成之後，太后固有重賞，洪教主也會給我極大的好處。」他不住將「洪教主」三字搬出來，心想眼前這老頭對洪教主害怕之極，只消說洪教主得對自己十分看重，他便不敢加害。

他這麼虛張聲勢，那老者雖然將信將疑，卻也是寧可信其是，不敢信其非。問道：「外面那六個人，都是你的部屬隨從了？」韋小寶道：「他們都是宮裏的，兩個姑娘是太后身邊的宮女，四個男的是御前侍衛，太后差他們出來跟我辦事。他們可不知道神龍教的名頭。這等機密大事，太后也不會跟他們說……」他說到這裏，只見那老者臉露冷笑，心知不妙，問道：「怎麼啦？你不信麼？」那老者冷笑道：「雲南沐家的人忠於前明，怎會到宮裏去做御前侍衛？你扯謊可也得有個譜兒。」

韋小寶哈哈大笑。那老者愕然道：「你笑甚麼？」他那知韋小寶說謊給人抓住，難以自圓其說之時，往往大笑一場，令對方覺得定是自己的說話大錯特錯，十分幼稚可笑，心下先自虛了，那麼繼續圓謊之時，對方便不敢過份追逼。韋小寶又笑了幾聲，說道：「沐王府的人最恨的，可不是太后和皇上。只怕你是不知道的了。」那老者道：「我怎麼不知？沐王府最恨的自然是吳三桂。」

韋小寶假作驚異，說道：「了不起，章三爺，有你的，我跟你說，沐王府的人所以跟太后當差，爲的是要搞得吳三桂滿門抄斬，平西王府鷄犬不留。別說皇宮裏有沐王府的人，連平西王府中，何嘗沒有？只不過這是十分機密之事，我跟你是自己人，說了不打緊，你可不能洩漏出去。」

那老者點了點頭，道：「原來如此。」但他心中畢竟還只信了三成，尋思：「我去問問外面幾人，且看他們的口供合不合。問那小姑娘最好，小孩子易說眞話。」當下轉過身來，推門出外。

韋小寶大驚，叫道：「喂，喂，你到那裏去？這是鬼屋哪，你……你怎麼留着我一個人在這裏？」那老者道：「我馬上回來。」反手關上了門，快步走向大廳。

韋小寶滿手都是冷汗。燭火一閃一幌，白牆上的影子不住顫動，似乎每一個影子都是個鬼怪，四下裏更無半點聲息。突然之間，外面傳來一人大聲呼叫：「你們都到那裏去了？」正是那老者的聲音。韋小寶聽他呼聲中充滿了驚惶，自己本已害怕之極，這一下嚇得幾欲暈去，叫道：「他……他們都……都不見了麼？」

只聽那老者又大聲叫道：「你們在那裏？你們去了那裏？」兩聲呼過，便寂然無聲。過了一會，聽得一人自前向後急速奔去，聽得一扇扇門被踢開之聲，又聽得那人奔將過來，衝進房中。韋小寶尖聲呼叫，只見那老者臉無人色，雙目睜得大大地，喘息道：「他……他們都……都不見了。」

韋小寶道：「給……給惡鬼捉去了。咱們……咱們快逃！」

那老者道：「那有此事？」左手扶桌，那桌子格格顫動，可見他心中也是頗爲驚惶。他轉身走到門口，張口又呼：「你們在那裏？你們在那裏？」呼罷側耳傾聽，靜夜之中又聽到了幾下女子哭泣之聲。他一時沒了主意，在門口站立片刻，退了幾步，將門關了，隨手提起門閂，閂上了門，但見韋小寶一對圓圓的小眼中流露着恐懼的神情。

韋小寶目不轉睛的瞧着他，見他咬緊牙齒，臉上一陣青、一陣白。

大雨本已停了片刻，突然之間，又是一陣陣急雨洒到屋頂，刷刷作響。那老者「啊」的一聲，跳了起來，過了片刻，才道：「是……下……下雨。」

忽然大廳中傳來一個女子細微的聲音：「章老三，你出來！」這女子聲音雖不蒼老，但亦非嬌嫩，決不是方怡或沐劍屏，聲音中還帶着三分淒厲。

韋小寶低聲道：「女鬼！」那老者大聲道：「誰在叫我？」外面無人回答，除了淅瀝雨聲之外，更無其他聲息。那老者和韋小寶面面相覷，兩人都是周身寒毛直豎。

過了好一會，那女人聲音又叫起來：「章老三，你出來！」

那老者鼓起勇氣，左足踢出，砰的一聲，踢得房門向外飛開，一根門閂兀自橫在門框之上。他右掌劈出，喀的一聲，門閂從中斷截，身子跟着竄出。韋小寶急道：「別出去！」那老者已奔向大廳。

那老者一奔出，就此無聲無息，既不聞叱罵打鬥之聲，連脚步聲也聽不到了。一陣冷風從門外捲進，帶着不少急雨，都打在韋小寶身上。他打個冷戰，想張口呼叫，卻又不敢。突然間砰的一聲，房門給風吹得合了轉來，隨即又向外彈出。

這座鬼屋之中，就只賸下了韋小寶一人，當然還有不少惡鬼，隨時隨刻都能進房來扠死他。幸好等了許久，惡鬼始終沒進來。韋小寶自己安慰：「對了！惡鬼只害大人，決不害小孩。或許他們吃了許多人，已經吃飽了。一等天亮，那就好了！」

突然間又是一陣冷風吹進，燭火一暗而滅。韋小寶大叫一聲，覺得房中已多了一鬼。

他知道那鬼便站在自己面前，雖然暗中瞧不見，可是清清楚楚的覺得那鬼便在那裏。

韋小寶結結巴巴的道：「喂，喂，你不用害我，我……我也是鬼，咱們是自己人！不，不……咱們大家都是鬼，都是自己鬼，你……你害我也沒用。」

那鬼冷冷的道：「你不必害怕，我不會害你。」是個女鬼的聲音。

韋小寶聽了這十個字，精神爲之一振，道：「你說過不害我，就不能害我。大丈夫言出如山，再害我就不對了。」那鬼冷冷的道：「我不是鬼，也不是大丈夫。我問你，朝中做大官的那個鰲拜，眞是你殺的麼？」

韋小寶道：「你當眞不是鬼？你是鰲拜的仇人，還是朋友？」

他問了這句話後，對方一言不發。韋小寶一時拿不定主意，對方如是鰲拜的仇人或「仇鬼」，直認其事自然甚妙，但如是鰲拜的親人或「親鬼」，自己認了豈不糟糕之極？突然之間，賭徒性子發作，心想：「是大是小，總得押上一寶。押得對，她當我是大老爺。押得不對，連性命也輸光便是！」大聲說道：「他媽的，鰲拜是老子殺的，你要怎樣？老子一刀從他背心戳了進去，他就一命見閻王去了。你要報仇，儘管動手，老子皺一皺眉頭，不算英雄好漢。」

那女子冷冷的問道：「你爲甚麼要殺鰲拜？」

韋小寶心想：「你如是鰲拜的朋友，我就把事情推在皇帝身上，一般無用，你也決計不會饒我。我這一寶既然押了，老子輸要輸得乾淨，贏也贏個十足。」大聲道：「鰲拜害死了天下無數好百姓，老子年紀雖小，卻也是氣在心裏。偏巧他得罪皇帝，我就乘機把他殺了。大丈夫一身做事一身當。我跟你說，就算鰲拜這狗賊不得罪皇帝，我也要找機會暗中下手，給天下受苦受難的百姓報仇雪恨。」這句話是從天地會青木堂那些人嘴裏學來的。其實他殺鰲拜，只是奉了康熙之命，跟「爲天下百姓報仇雪恨」云云，可沾不上半點邊兒。

他說了這番話後，面前那女人默然不語，韋小寶心中怦怦亂跳，可不知這一寶押對了還是錯了。過了好一會，只覺微微風響，這女人還不知是否女鬼已飄然出房。

韋小寶身子搖了幾下，但穴道被點，動彈不得，心道：「他媽的，骰子是搖了，卻不揭盅，可不是大大的吊人胃口？」

先前他一時衝動，心想大賭一場，輸贏都不在乎，但此刻靜了下來，越想越覺剛才跟自己說話的是鬼而不是人。她是女鬼，鰲拜是男鬼，兩個鬼多半有點兒不三不四，他們倆才是「自己鬼」，跟我韋小寶是「對頭鬼」，這可大大的不對頭了。

兩扇門被風吹得砰嘭作響，身上衣衫未乾，冷風一陣陣颳來，忍不住發抖。

韋小寶發放布施物品，凝神注視每一名和尚，可是五十多份施物發完，連跟小皇帝相貌有一二分相似的和尚，也沒一個。

第十七回　法門猛叩無方便　疑網重開有譬如

忽然間遠處出現了一團亮光，緩緩移近，韋小寶大驚，心道：「鬼火，鬼火！」那團亮火越移越近，卻是一盞燈籠，提着燈籠的是個白衣女鬼。韋小寶忙閉住雙目。只聽得脚步之聲細碎，走到自己面前停住。

他嚇得氣不敢透，全身直抖，卻聽得一個少女的聲音笑道：「你爲甚麼閉着眼睛？」聲音嬌柔動聽。韋小寶道：「你別嚇我。我……我可不敢瞧你。」

那女鬼笑道：「你怕我七孔流血，舌頭伸出，是不是？你倒瞧一眼呢。」韋小寶顫聲道：「我才不上你當，你披頭散髮，七孔流血，有甚麼……甚麼好看？」那女鬼格格一笑，向他面上吹了口氣。

這口氣吹上臉來，卻微有暖氣，帶着一點淡淡幽香。韋小寶左眼微睜一綫，依稀見到一張雪白的臉龐，眉彎嘴小，笑靨如花，當即雙目都睜大些，但見眼前是張十分清秀的少女臉孔，大約十四五歲年紀，頭挽雙鬟，笑嘻嘻的望着自己。韋小寶心中大定，問道：「你眞的不是鬼？」那少女微笑道：「我自然是鬼，是吊死鬼。」

韋小寶心中打了個突，驚疑不定。那少女笑道：「你殺惡人時這麼大膽，怎地見到了吊死鬼，卻又這麼膽小？」韋小寶吁了口氣，道：「我不怕人，只怕鬼。」

那少女又是格格一笑，問道：「你給人點中了甚麼穴道？」韋小寶道：「我知道就好啦？」那少女在他肩膀後推拿了幾下，又在他背上輕輕拍打三掌，韋小寶雙手登時能動。他提起手臂，揮了兩下，笑道：「你會解穴，那可妙得很。」

那少女道：「我學會不久，今天才第一次在你身上試的。」又在他腋下、腰間推拿了幾下，韋小寶跳起身來，笑道：「不行，不行，我怕癢。」就是這樣，他雙腿被封的穴道也已解了。他伸出雙手，笑道：「你呵我癢，我得呵還你。」說着走前一步。

那少女伸出舌頭，扮個鬼臉。但這鬼臉只見其可愛，殊無半點可怖之意。韋小寶伸手去捏她舌頭。那少女轉頭避開，格格嬌笑，道：「你不怕吊死鬼了麼？」韋小寶道：「你有影子，又有熱氣，是人，不是鬼。」那少女雙目一睜，正色道：「我是僵屍，不是鬼！」

韋小寶一怔，燈火下見她臉色又紅又白，笑道：「僵屍的脚不會彎的，也不會說話。」那少女又笑起來，道：「那我一定是狐狸精了。」韋小寶笑道：「我不怕狐狸精。」心中有些犯疑：「莫非她眞是狐狸精。」轉到她身後瞧了瞧。那少女笑道：「我是千年狐狸精，道行很深，沒尾巴的。」韋小寶道：「像你這樣美貌的狐狸精，給你迷死了也不在乎。」那少女臉上微微一紅，伸手指刮臉羞他，說道：「也不怕羞，剛才還怕鬼怕得甚麼似的，這會兒卻來說便宜話了。」

韋小寶第一怕僵屍，第二怕鬼，至於狐狸精倒不怎麼怕，眼見這少女和藹可親，比之方怡、沐劍屏，倘多了幾分令人親近之意，何況她說的是一口江南口音，比之方沐二女的雲南話又好聽得多，笑道：「姑娘，你叫甚麼名字？」那少女道：「我叫雙兒，一雙的雙。」韋小寶笑道：「那很好啊，就不知是一雙香鞋，還是一雙臭襪。」

雙兒笑道：「臭襪也好，香鞋也好，由你說罷。桂相公，你身上濕淋淋的，一定很不舒服，請到那邊去換乾衣服。就只一件事爲難，你可別見怪。」韋小寶道：「甚麼事爲難？」雙兒道：「我們這裏沒男人衣服。」韋小寶心中打一個突，登時臉上變色，心想：「這屋中都是女鬼。」

雙兒提起燈籠，道：「請這邊來。」韋小寶遲疑不定。雙兒已走到門口，回頭等他，微笑道：「穿女人衣服，你怕不吉利，是不是？這樣罷，你睡在床上，我趕着燙乾你衣服。」

韋小寶見她神色間溫柔體貼，難以拒絕，只得跟着她走出房門，問道：「我那些同伴們呢，都到那裏去了？」

雙兒落後兩步，和他並肩而行，低聲道：「三少奶吩咐了，甚麼都不能對你多說，待會你用過點心後，三少奶自己會跟你說的。」

韋小寶早已餓得厲害，聽得有點心可吃，登時精神大振。

雙兒帶着韋小寶走過一條黑沉沉的走廊，來到一間房中，點亮了桌上蠟燭。那房中只一桌一床，陳設簡單，卻十分乾淨，床上鋪着被褥。雙兒將棉被揭開一角，放下了帳子，道：「桂相公，你在床上除下衣衫，抛出來給我。」韋小寶依言跳入床中，除下了衣褲，鑽入被窩，將衣褲抛到帳外。雙兒接住了，走向門口，說道：「我去拿點心來。你愛吃甜粽，還是鹹粽？」韋小寶笑道：「肚裏餓得咕咕叫，就是泥沙粽子，也吃他三隻。」雙兒一笑出去。

韋小寶見她一走，房裏靜悄悄地，瞧着燭火明滅，又害怕起來：「啊喲，不好，女鬼請人吃麵吃餛飩，其實吃的都是蚯蚓毛蟲，我可不能上當。」

過了一會，韋小寶聞到一陣肉香和糖香。雙兒雙手端了木盤，用手臂掠開帳子。韋小寶見碟子中放着四隻剝開了的粽子，心中大喜，實在餓得狠了，心想就算是蚯蚓毛蟲，老子也吃了再說，提起筷子便吃，入口甘美，無與倫比。他兩口吃了半隻，說道：「雙兒，這倒像是湖州粽子一般，味道眞好。」浙江湖州所產粽子，米軟餡美，天下無雙。揚州有湖州粽子店，麗春院中到了嫖客，常差韋小寶去買。粽子整隻用粽箬裹住，韋小寶要偷吃原亦甚難，但他總在粽角之中擠些米粒出來，嚐上一嚐。自到北方後，這湖州粽子便吃不到了。

雙兒微感驚異，道：「你眞識貨，吃得出這是湖州粽子。」韋小寶口中咀嚼，一面含含糊糊的道：「這眞是湖州粽子？這地方怎麼買得到湖州粽子？」雙兒笑道：「不是買的，是狐狸精……嘻嘻……狐狸精使法術變來的。」韋小寶讚道：「狐狸神通廣大。」忽然想到韋老三他們一夥人，加上一句：「壽與天齊！」

雙兒笑道：「你慢慢吃。我去給你燙衣服。」走了一步，問道：「你怕不怕？」韋小寶心中恐懼早消去了大半，但畢竟還是有些怕，道：「你快點回來。」雙兒應道：「是！」

過不多時，韋小寶聽得嗤嗤聲響，卻是雙兒拿了一隻放着紅炭的熨斗來，將他的衣褲攤在桌上，一面熨衫，一面相陪。

四隻粽子二鹹二甜，韋小寶吃了三隻，再也吃不下了，說道：「這粽子眞好吃，是你裏的麼？」雙兒道：「是三少奶調味配料的，我幫着裹。」

韋小寶聽她說話是江南口音，心念一動，問道：「你們是湖州人嗎？」雙兒遲疑不答，道：「衣服就快熨好了。桂相公見到三少奶時，自己問她，好不好？」這話軟語商量，說得甚是恭敬。

韋小寶道：「好，有甚麼不好？」揭起帳子，瞧着她熨衣。雙兒抬起頭來，向他微微一笑，道：「你沒穿衣服，小心着涼。」韋小寶忽然頑皮起來，身子一聳，叫道：「我跳出來啦，不穿衣服，也不會着涼。」雙兒吃了一驚，卻見他一溜之下，全身鑽入被底，連腦袋也不外露，不由得吃吃笑了出來。

過了一頓飯時分，雙兒將熨乾了的衣褲遞入帳中，韋小寶穿起了下床。雙兒幫着他扣衣鈕，又取出一隻小木梳，替他梳了頭髮，編結辮子。韋小寶聞到她身上淡淡的幽香，心下大樂，說道：「原來狐狸精是這樣的好人。」雙兒抿嘴笑道：「甚麼狐狸精不狐狸精的，難聽死了，我不是狐狸精。」韋小寶道：「啊，我知道了，要說『大仙』，不能說狐狸精。」雙兒笑道：「我也不是大仙，我是小ㄚ頭。」韋小寶道：「我是小太監，你是個小ㄚ頭，咱倆都是服侍人的，倒是一對兒。」雙兒道：「你是服侍皇帝的，我怎麼跟你比？一個在天，一個在地。」說話之間，結好了辮子。

雙兒道：「我不會結爺們的辮子，不知結得對不對？」韋小寶將辮子拿到胸前一看，道：「好極了。我最不愛結辮子，你天天能幫我結辮子就好了。」雙兒道：「我可沒這福氣。你是大英雄。我今天給你結一次辮子，已經是前世修到的了。」韋小寶道：「啊喲，別客氣啦，你這樣一位俏佳人給我結辮子，我才是前世敲穿了十七八個大木魚呢。」

雙兒臉上一紅，低聲道：「我說的是眞心話，你卻拿人家取笑。」韋小寶道：「沒有，沒有，我說的也是眞心話。」雙兒微微一笑，說道：「三少奶說，桂相公要是願意，請你勞駕到後堂坐坐。」韋小寶道：「好，你三少爺不在家麼？」雙兒「嗯」了一聲，輕輕的道：「故世啦！」

韋小寶想到了許多間屋中的靈堂，心中一寒，不敢再問，跟着她來到後堂一間小小花廳之中，坐下來，雙兒送上一碗熱茶。韋小寶心中打鼓，不敢再跟她說笑。

過了一會，只聽得步聲輕緩，板壁後走出一個全身縞素的少婦，說道：「桂相公一路辛苦。」說着深深萬福，禮數甚是恭謹。韋小寶急忙還禮，道：「不敢當。」那少婦道：「桂相公請上座。」

韋小寶見這少婦約莫二十六七歲年紀，不施脂粉，臉色蒼白，雙眼紅紅地，顯是剛哭泣過來，燈下見她赫然有影，雖然陰森森地，卻多半不是鬼魅，心下忐忑不安，應道：「是，是！」側身在椅上坐下，說道：「三少奶，多謝你的湖州粽子，眞正好吃得很。」

那少婦道：「亡夫姓莊，三少奶的稱呼可不敢當。桂相公在宮裏多年了？」韋小寶心想：「剛才黑暗之中，有個女人來問殺鰲拜之事，我認了是我殺的，他們就派了個小丫頭送粽子給我吃。看來這一寶是押對了。」說道：「也不過一年多些。」莊夫人道：「桂相公手刃奸相鰲拜的經過，能跟小女子一說嗎？」

韋小寶聽她把鰲拜叫作「奸相」，更是放心，好比手中已拿了一對至尊寶，不論別的兩張是甚麼牌，翻出牌來，總之是有殺無賠，最多是和過。當下便將康熙如何下令擒拿、鰲拜如何反抗，衆小監如何一擁而上，卻給他殺死數人，自己如何用香爐灰迷了他眼睛這才擒住等情說了，只是康熙拔刀傷他，卻說作是自己冷不防在鰲拜背上狠狠刺了一刀。

莊夫人不發一言，默默傾聽，聽到韋小寶如何撒香爐灰迷住鰲拜眼睛、刀刺其背、搬銅香爐砸頭而將他擒住，不由得輕輕吁了口氣。韋小寶聽慣了說書先生說書，何處當頓，何處當揚，關竅拿捏得恰到好處，何況這事他親身經歷，種種細微曲折之處，說得甚是詳盡，再加些油鹽醬醋，聽他說這故事，只怕比他當時擒拿鰲拜，還多了幾分驚心動魄。

莊夫人道：「原來是這樣的。外邊傳聞，那也不盡不實得很，說甚麼桂相公武功了得，跟鰲拜大戰三百回合，使了絕招將他制伏。想那鰲拜號稱『滿洲第一勇士』，桂相公武功再高，終究年紀還小。」

韋小寶笑道：「當眞打架，就有一百個小桂子，也不是這奸賊的對手。」

莊夫人道：「後來鰲拜卻又是怎樣死的？」

韋小寶心想：「這三少奶十之八九不是女鬼，那麼必是武林中人。不必扯謊之時，就不可扯謊，以免辛辛苦苦贏來的錢，一鋪牌又輸了出去。」於是據實將如何康熙派他去察看鰲拜、如何碰到天地會來攻打康親王府、自己如何錯認來人是鰲拜部屬、如何奮身鑽入囚室、殺了鰲拜等情一一說了，最後說道：「這些人原來是鰲拜的對頭，是天地會青木堂的英雄好漢。他們見我殺了鰲拜，居然對我十分客氣，說替他們報了大仇。」

莊夫人點頭道：「桂相公所以得蒙陳總舵主收爲弟子，又當了天地會青木堂香主，原來都由於此。」

韋小寶心想：「你都知道了，還問我幹甚麼？」說道：「我卻是胡裏胡塗，甚麼也不懂的。做天地會青木堂香主，那也是有名無實得緊。」他不知莊夫人與天地會是友是敵，先來個模稜兩可再說。

莊夫人沉思半晌，說道：「桂相公當時在囚室中殺死鰲拜，用的是甚麼招數，可以使給我看看嗎？」

韋小寶見她眼神炯炯有光，心想：「這女子邪門得緊，我如胡說八道，大吹牛皮，多半要拆穿西洋鏡，還是老老實實的爲高。」當下站起身來，說道：「我又有甚麼屁招數了？」雙手比劃，說道：「當時我嚇得魂不附體，亂七八糟，就是這麼幾下。」

莊夫人點點頭，說道：「桂相公請寬坐。」說着站起身來，又道：「雙兒，咱們的桂花糖，怎麼不去拿些來請桂相公嚐嚐？」說着向韋小寶萬福爲禮，走進內堂。

韋小寶心想：「她請我吃糖，自然沒有歹意了。」終究有些不放心：「這三少奶雖然看來不像女鬼，也說不定她道行高，鬼氣不露。」

雙兒走進內堂，捧了一隻青花高脚瓷盤出來，盤中裝了許多桂花糖、松子糖，微笑道：「桂相公，請吃糖。」將瓷盤放在桌上，回進內堂。

韋小寶坐在花廳，吃了不少桂花糖、松子糖，只盼快些天亮。

過了良久，忽聽得衣衫簌簌之聲，門後、窗邊、屏風畔多了好多雙眼睛，在偷偷向他窺看，似乎都是女子的眼睛，黑暗之中，難以分辨是人是鬼，只看得他心中發毛。

忽聽得一個蒼老的女子聲音在長窗外說道：「桂相公，你殺了奸賊鰲拜，爲我們衆家報了血海深仇，大恩大德，不知何以報答。」長窗開處，窗外數十白衣女子羅拜於地。

韋小寶吃了一驚，急忙答禮。只聽得衆女子在地下鼕鼕磕頭，他也磕下頭去，長窗忽地關了。那老婦說道：「恩公不必多禮，未亡人可不敢當。」但聽得長窗外衆女子嗚咽哭泣之聲大作。

韋小寶毛骨悚然，過了一會，哭泣之聲漸漸遠去，這些女子便都散了。他如夢如幻，尋思：「到底是人還是鬼？看來……看來……」

過了一會，莊夫人從內堂出來，說道：「桂相公，請勿驚疑。這裏所聚居的，都是被鰲拜所害忠臣義士的遺屬，大家得知桂相公手刃鰲拜，爲我們得報大仇，無不感恩。」

韋小寶道：「那麼莊三爺也……也是爲鰲拜所害了？」莊夫人低頭道：「正是。這裏人人泣血痛心，日夜俟機復仇，想不到這奸賊惡貫滿盈如此之快，竟然死在桂相公的手下。」韋小寶道：「我又有甚麼功勞了，也不過是剛剛碰巧罷了。」

雙兒將他那個包袱捧了出來，放在桌上。莊夫人道：「桂相公，你的大恩大德，實難報答，本當好好款待，才是道理。只是孀居之人，頗有不便，大家商議，想送些薄禮，聊表寸心，但桂相公行囊豐足，身携巨款，我們鄉下地方，又有甚麼東西是桂相公看得上眼的？至於武功甚麼的，桂相公是天地會陳總舵主的及門弟子，遠勝於我們的一些淺薄功夫，這可委實叫人爲難了。」

韋小寶聽她說得文謅謅地，說道：「不用客氣了。只是我想問問，我那幾個同伴，都到那裏去了？」

莊夫人沉思半晌，道：「既承見問，本來不敢不答。但恩公知道之後，只怕有損無益。這幾位是恩公的朋友，我們自當竭盡所能，不讓他們有所損傷便是。他們日後自可再和恩公相會。」

韋小寶料想再問也是無益，抬頭向窗子瞧了瞧，心想：「怎地天還不亮？」

莊夫人似乎明白他心意，問道：「恩公明日要去那裏？」韋小寶心想：「我和那個章老三的對答，她想必都聽到了，那也瞞她不過。」說道：「我要去山西五台山。」莊夫人道：「此去五台山，路程不近，只怕沿途尙有風波。我們想送恩公一件禮物，務請勿卻是幸。」韋小寶笑道：「人家好意送我東西，倒是從來沒有不收過。」

莊夫人道：「那好極了。」指着雙兒道：「這個小丫頭雙兒，跟隨我多年，做事也還妥當，我們就送了給恩公，請你帶去，此後服侍恩公。」

韋小寶又驚又喜，沒想到她說送自己一件禮物，竟然是一個人，適才雙兒服侍自己，熨衣結辮，省了不少力氣，如有這樣一個又美貌、又乖巧的小丫頭伴在身邊，確是快活得很，但此去五台山，未必太平無事，須得隨機應變，帶着個小丫頭，卻是十分不便，說道：「莊夫人送我這件重禮，那眞是多謝之極。只不過……只不過……」要推卻不要罷，一來人家送禮，豈可不收？二來這樣一個好丫頭，也眞捨不得不要。只見雙兒低了頭，正在偷看自己，他眼光一射過去，她急忙轉過了頭，臉上一陣暈紅。

莊夫人道：「不知恩公有何難處？」韋小寶道：「我去五台山，所辦的事多半很是……很是不容易，帶着這位姑娘，恐怕不方便。」莊夫人道：「那倒不用擔心，雙兒年紀雖小，身手卻也頗爲靈便，不會成爲恩公的累贅，儘管放心便是。」

韋小寶又向雙兒看了一眼，見她一雙點漆般的眼中流露出熱切的神色，笑問：「雙兒，你願不願意跟我去？」雙兒低下了頭，細聲道：「三少奶叫我服侍相公，自然……自然要聽三少奶的吩咐。」韋小寶道：「那你自己願不願呢？只怕會遇到危險的。」雙兒道：「我不怕危險。」

韋小寶微笑道：「你答了我第二句話，沒答第一句話。你不怕危險，只不過夫人將你送了給我，你心中卻是不願意了。」雙兒道：「夫人待我恩德深重，相公對我莊家又有大恩，夫人叫我服侍相公，我一定盡心。相公待我好，是我命好，待我不好，是我……是我命苦罷啦。」韋小寶哈哈一笑，道：「你命很好，不會命苦的。」雙兒嘴角邊露出一絲淺笑。

莊夫人道：「雙兒，你拜過相公，以後你就是桂相公的人了。」

雙兒抬起頭來，忽然眼圈兒紅了，先跪向莊夫人磕頭，道：「三少奶，我……我……」說了兩個「我」字，輕輕啜泣。莊夫人撫摸她頭髮，溫言道：「桂相公少年英雄，年紀輕輕便已名揚天下，你好好服侍相公。他答應了待你好的。」雙兒應道：「是。」轉過身來，向韋小寶盈盈拜倒。

韋小寶道：「別客氣！」扶她起來，打開包袱，取出一串明珠，笑道：「這算是我的見面禮！」心想：「這串明珠，少說也值得三四千兩銀子，用來買丫鬟，幾十個都買到了。可是幾十個丫鬟加在一起，也及不上這雙兒可愛。」

雙兒雙手接過，道：「多謝相公。」掛在頸中，珠上寶光流動，映得她一張俏臉更增麗色。

莊夫人道：「恩公去五台山，不知是打算明查，還是暗訪？」韋小寶道：「那自然是暗訪的了。」莊夫人道：「五台山各叢林廟分青黃，儘有臥虎藏龍之士，恩公務請小心。」韋小寶道：「是，多謝吩咐。不過你叫我恩公，可不敢當了。你叫我小寶好啦。」

莊夫人道：「那可不敢當。」站起身來，說道：「一路珍重，未亡人恕不遠送了。」向雙兒道：「雙兒，你出此門後，便不是莊家的人了。此後你說甚麼話，做甚麼事，一概和舊主無涉，你如在外面胡鬧，我莊家可不能庇護你。」說這句話，神色之間甚是鄭重。雙兒應了。莊夫人又向韋小寶行禮，走了進去。

眼見窗紙上透光，天漸漸亮了。雙兒進去拿了一個包袱出來，連韋小寶的包袱一起揹在背上。韋小寶道：「咱們走罷！」雙兒道：「是！」低下了頭，神色凄然，不住向後堂望去，顯是和莊夫人分別，頗爲戀戀不捨。她兩眼紅紅的，適才定是哭過了。

韋小寶走出大門，雙兒跟在身後。其時大雨已止，但山間溪水湍急，到處都是水聲。韋小寶走出數十步，回首向那大屋望去，但見水氣瀰漫，籠罩在牆前屋角，再走出數十步，回頭白濛濛地，甚麼都看不到了。

他歎了口氣，說道：「昨晚的事，眞像是做夢一般。雙兒，夫人最後跟你說那幾句話，是甚麼意思？」雙兒道：「三少奶說，我以後只服侍相公，不管說甚麼，做甚麼，都跟她莊家沒有干係。」韋小寶道：「那麼，我那些同伴到底到那裏去了，你可以跟我說啦！」

雙兒一怔，道：「是。相公那些同伴，本來都給我們救了出來，章老三跟他那些手下人也給我們逮住了，但後來神龍教中來了厲害人物，卻一古腦兒的都搶了去。三少奶說，咱們都是女流之輩，不便跟那些野男人打鬥動粗，再說，也未必鬥得過，暫且由得他們，另行託人去救你那幾位同伴。神龍教的人見我們退讓，也就走了，臨走時說了幾句客氣話。」

韋小寶點點頭，對方怡和沐劍屏的處境頗爲擔心。雙兒道：「三少奶曾對神龍教的首領說，決不能傷害你那幾位同伴的性命。那人親口答允了的。」韋小寶歎道：「神龍教這些傢伙，只怕說話如同放屁，唉，可也沒有法子。」又問：「三少奶會武功麼？」雙兒道：「會的，不但會，而且很了得。」

韋小寶搖了搖頭，道：「她這麼風也吹得倒的人，怎麼武功會很了得？她要是眞的武功了得，三少爺又怎會給鰲拜殺死？」雙兒道：「老太爺、三少爺他們遇害之時，幾十家人沒一個會武功，那時男的都給鰲拜捉到北京去殺了，女的要充軍到寧古塔去，說甚麼給披甲人爲奴，幸虧在路上遇到救星，殺死了解差，把我們幾十家的女子救了出來，安頓在這裏，又傳了三少奶她們本事。」韋小寶漸漸明白。

其時天已大亮，東方朝暾初上，一晚大雨，將山林間樹木洗得青翠欲滴，韋小寶直到此刻，才半點也不再疑心昨晚見到的是女鬼，問道：「你們屋子裏放了這許多靈堂，那都是給鰲拜害死的衆位老爺、少爺？」

雙兒道：「正是。我們隱居在深山之中，從來不跟外邊人來往。附近鄉下人有好奇的過來探頭探腦，我們總是裝神扮鬼，嚇走了他們。所以大家說這是間鬼屋，近一年來，誰也不敢過來了。想不到相公昨晚會來。三少奶說，我們大仇未報，一切必須十分隱秘才好。靈堂牌位上寫得有遇難的老爺、少爺們的名字，要是外人見了，可大大的不便，相公昨晚問起，我不敢說。不過三少奶說道，從今以後，我只服侍相公，跟莊家沒了干係，自然是甚麼都不能再瞞你了。」

韋小寶喜道：「是啊。我跟你說，我的眞姓名叫做韋小寶，桂公公甚麼的，卻是假名。你是我韋家的人，不是桂家的人。」雙兒甚喜，道：「相公連眞名也跟我說了，我決不會洩露。」韋小寶笑道：「我這眞名也不是甚麼大秘密，天地會中的兄弟，就有許多人知道。」

雙兒道：「神龍教那些人跟你們一夥動手之時，三少奶她們在外邊看熱鬧。見到他們會唸咒，嘴裏嘰哩咕嚕的唸咒……」韋小寶笑道：「『洪教主神通廣大，壽與天齊。』這種咒語，我也會唸。」雙兒道：「三少奶說，他們嘴裏這麼唸咒，暗底裏一定還在使甚麼別的法術，否則不會突然一唸咒，手底下的功夫就增長了幾倍。後來那個章老三跟你說話，三少奶在窗外聽，別的人就弄熄了大廳上燈火，用漁網把一夥人都拿了。」

韋小寶一拍大腿，叫道：「妙極！用漁網來捉人麼？那好得很啊。」雙兒道：「三少奶說，那章老三的武功也沒甚麼了不起，就是妖法厲害，因此沒跟他正面動手，一引他出來，就熄了燈火，漁網這樣一罩……」韋小寶道：「捉到了一隻老王八。」

雙兒嘻嘻一笑，道：「山背後有個湖，我們夜間常去打魚。我們在湖州時，莊家大屋靠近太湖，那湖可就大了。那時候我們莊家漁船很多，租給漁人打魚。三少奶她們見過漁人撒網捉魚的法子。」

韋小寶道：「你們果然是湖州人，怪不得湖州粽子裏得這麼好吃。三少爺到底怎麼給鰲拜害死的？」

雙兒道：「三少奶說，那叫做『文字獄』。」韋小寶奇道：「蚊子肉？蚊子也有肉？」雙兒道：「不是蚊子，是文字，寫的字哪！我們大少爺是讀書人，學問好得很，他瞎了眼睛之後，做了一部書，書裏有罵滿洲人的話……」韋小寶道：「嘖嘖嘖，了不起，瞎了眼睛還會做書寫文章。我眼睛不瞎，見了別人寫的字還是不識，我這可叫做『亮眼瞎子』了！」雙兒道：「老太太常說，世道不對，還是不識字的好。我們住在一起的這幾家人家，每一位遭難的老爺、少爺，個個都是學士才子，沒一個的文章不是天下聞名的。就因爲做文章，這才做出禍事來啦。不過三少奶說，滿洲韃子不許我們漢人讀書做文章，我們偏偏要讀，偏偏要做，才不讓韃子稱心如意呢。」

韋小寶道：「那你會不會做文章？」雙兒嘻的一笑，道：「相公眞愛說笑話，小丫頭怎麼會做文章？三少奶教我讀書，也不過讀了七八本。」韋小寶「嘩」的一聲，說道：「你讀了七八本書！那比我行得多了。我只不過識得七八個字。」雙兒笑道：「相公不愛讀書，老太太一定喜歡你。她說一到清朝，敗家子才讀書。」

韋小寶道：「對！我瞧鰲拜那廝也不大識字，定是拍馬屁的傢伙說給他聽的。」雙兒道：「是啊。我們大少爺做的那部書，叫做甚麼『明史』，書裏頭有罵滿清人的話。有個壞人名叫吳之榮，拿了書去向鰲拜告發。事情一鬧大，害死了好幾百人，連賣書的書店老闆，買書來看的人，都給捉去殺了頭。相公，你在北京城裏，可見過這個吳之榮麼？」

韋小寶道：「還沒見過，慢慢的找，總找得着。雙兒，我想拿你換一個人。」

雙兒吃了一驚，顫聲道：「你……你要拿我去送給人？」韋小寶道：「不是送給別人，是換一個人。」雙兒眼圈兒早已紅了，急得要哭了出來，道：「甚麼……甚麼換一個人？」

韋小寶道：「你三少奶將你送給了我，這樣一份大禮，可不容易報答。我得想法子將吳之榮那廝捉了來，去送給你三少奶。那麼這份禮物也差不多了。」

雙兒破涕爲笑，右手輕輕拍胸，說道：「你嚇了我一跳，我還道相公不要我啦。」

韋小寶大喜，道：「你怕我不要你，就急成這樣。你放心，人家就是把金山、銀山、珍珠山、寶石山堆在我面前，也換不了你去。」

說話之間，兩人已走到山脚下，但見晴空如洗，萬里無塵，韋小寶回想昨晚大雨之中、走向「鬼屋」避雨的狼狽情景，當眞大不相同。只是徐天川、方怡、沐劍屏他們失陷被擒，不知能否脫險，憑着自己的本事，無論如何救他們不得，多想旣然無用，不如不想。

行出數里，來到一個市集，兩人找了家麵店，進去打尖。韋小寶坐下後，雙兒站在一旁侍候。

韋小寶笑道：「這可別客氣啦，坐下來一起吃罷。」雙兒道：「不成，我怎麼能跟相公一桌吃飯？太沒規矩啦。」韋小寶道：「管他媽的甚麼規矩不規矩。我說行，就行。等我吃完了你再吃，多躭擱時候。」雙兒道：「相公一吃完，咱們就走。我買些饅頭，一面走一面吃就行了，不會躭擱的。」韋小寶歎道：「我有個怪脾氣，一個人吃東西，肚子一定作怪，倘若沒人陪着一塊兒吃，待會兒肚子疼起來，那可有得受的了。」

雙兒嫣然一笑，只得拉張長櫈，斜斜的坐在桌子角邊。

韋小寶一碗麵還只吃得幾筷，只見三個西藏喇嘛走進店來，靠街坐了，一疊連聲的叫：「拿麵來！拿麵來！」一名喇嘛瞥眼見到雙兒頸中那串明珠，左肘撞了撞同伴，努嘴示意。另外兩人一見，登時喜容滿臉，目不轉睛的打量那串珠子。

韋小寶心道：「不好，這三個傢伙想攔路打劫。」取出一塊碎銀子，叫麵店中一名店伴去雇一輛大車，匆匆吃完麵，上了大車，吩咐車夫向西快跑。

馳出數里，只聽得車後馬蹄聲響，韋小寶向後張去，果見那三名喇嘛騎馬追來，向雙兒道：「那三個惡人要搶你的珠子，給了他們算了，回頭我另買一串給你。」雙兒道：「是！也不用買過。」只聽得三名喇嘛叫道：「停車，停車！」車夫勒定騾子。

三名喇嘛縱馬上前，攔在車前。一人說道：「兩個娃娃，下車來罷！」

雙兒將頸中那串明珠除了下來，遞出車外，說道：「你們看中這串珠子，相公說給了你們，那就拿去罷。」一名胖大喇嘛伸出大手，卻不接珠子，更向前探，抓住了雙兒手腕，向外便拉。韋小寶急道：「要錢還有，不可動粗！」卻見黃影閃動，那喇嘛飛身而起，躍入半空，向後縱了出去。

韋小寶暗叫：「好功夫！」見他身子急落，卻是頭下脚上，波的一聲響，一顆胖大腦袋衝向泥沼，直陷至胸，雙足亂舞。韋小寶又驚又喜，不知這喇嘛顯的一手是甚麼功夫。

另外兩個喇嘛哇哇亂叫，搶過去抓住他身子，將他從爛泥中拔了出來。那喇嘛滿臉都是濕泥，狼狽無比。幸好昨晚一夜大雨，浸得路邊一片軟泥，這喇嘛才沒受傷。

韋小寶哈哈大笑，向車夫道：「還不快走！」

雙兒提着手中的珠子，問道：「相公，這珠子還給不給他們？」

韋小寶尚未回答，只見三名喇嘛各從腰間拔出鋼刀，惡狠狠的撲將上來。雙兒從車夫手中接過鞭子，向外甩出，捲住了一名喇嘛手中鋼刀，鞭子回縮，左手將刀接住，右手又將鞭子甩了出去，一捲之下，將第二名喇嘛手中鋼刀也奪了過來。第三名喇嘛叫聲：「啊喲！」一呆停步。雙兒手中鞭子又已甩出，這次卻捲住了他頭頸，順勢將他拉到車前，隨手接過他手中鋼刀。那喇嘛喉頭被鞭子勒住，雙眼翻白，伸出舌頭，滿臉登時沒半點血色。餘下兩名喇嘛分從左右向雙兒攻到，意欲相救同伴。雙兒躍起身來，左足站在車轅，右足連踢，兩名喇嘛頭上穴道被點，暈倒在地。她揮手鬆開鞭子，那喇嘛已窒息良久，也即昏倒。

韋小寶喜歡之極，跳起身來，叫道：「雙兒，好雙兒，原來你功夫這樣了得。」

雙兒微微一笑，道：「那也沒甚麼，是這三個惡人不中用。」

韋小寶道：「早知這樣，我也不用擔這半天心事了。」跳下車來，在一名喇嘛身上踢了一脚，問道：「你們幹甚麼的？」那喇嘛兀自昏暈不醒。

雙兒在他腰間踢了一脚。那喇嘛一聲呻吟，醒了過來。雙兒道：「相公問你們是幹甚麼的？」那喇嘛道：「姑娘……姑娘是會……會仙法的麼？」雙兒微笑道：「快說！你們是幹甚麼的？」那喇嘛道：「我們……我們是五台山菩薩頂……大文殊寺的喇嘛。」雙兒皺眉道：「甚麼喇嘛不喇嘛的，胡說八道，說這等粗話。」韋小寶道：「喇嘛是西藏的和尚。」雙兒道：「原來你們是和尚。」在他身上輕輕踢了一脚，道：「是和尚又不剃光頭？」

那喇嘛道：「我們是喇嘛，不是和尚。」雙兒道：「甚麼？你還嘴硬？相公說你是和尚，就是和尚！」在他腰間「天豁穴」上又踢一脚，那喇嘛直痛到骨髓裏去，忍不住大聲呼叫，疼痛越來越厲害，叫聲也越來越響。另外兩名喇嘛悠悠轉醒，聽到他殺豬般大叫，無不駭然，齊用藏語相詢，那喇嘛說了，隨即用漢語叫道：「我是和尚，我是和尚，姑娘說……說我是甚麼，就……就是甚麼，求求你……快快給我……解了穴道。」

雙兒笑道：「姑娘說的不算數，相公說的才算數。相公，你說他是甚麼？」

韋小寶笑道：「我說他是尼姑！」

那喇嘛實已忍耐不住，忙道：「我是尼姑，我是尼姑！」韋小寶和雙兒一齊大笑。雙兒左足在他頸下「氣戶穴」上輕輕一踢，那喇嘛劇痛立止，兀自不停的叫喚：「我是尼姑，我是尼姑！」

韋小寶忍住了笑，問道：「你們是出家人，爲甚麼來搶我們財物？」那喇嘛道：「小人該死，下次再也不敢了。」韋小寶道：「你還想下次麼？」那喇嘛道：「我說過不敢，就是不敢，再過一百年也不敢了。」韋小寶道：「你們不在廟裏唸經，下山來幹甚麼？」那喇嘛道：「是……是師父派我們下山來的。」韋小寶道：「你們師父派你們下山來搶金銀珠寶？」那喇嘛道：「不……不是。我們要去北京……」剛說到這裏，另一名胖大喇嘛咳嗽了一聲。

韋小寶斜眼瞧去，只見那喇嘛連使眼色，顯是示意同伴不可吐露實情。韋小寶本想這些喇嘛見財起意，恃強搶刦，也沒甚麼大不了。滿洲人崇信喇嘛，皇宮中做法事，定是請喇嘛拜懺誦經。皇室如此，一般王公親貴更加不必說了，是以頗有不守淸規的喇嘛在京裏橫行不法。他本想作弄折磨他們一番，資為笑樂，就此將他們放了，但見這胖大喇嘛這等神情，似乎另有別情，說道：「這三個傢伙搗鬼。雙兒，你在他們三人身上每人踢一脚，讓他們三人叫苦連天，咱們這就去罷！」

雙兒應道：「是！」她也瞧出那胖大喇嘛搗鬼，先在他「天豁穴」上踢了一脚。那喇嘛立時大聲呼叫。雙兒又走到先前那喇嘛身邊，提起脚來，作勢欲踢。

那喇嘛吃過苦頭，忙道：「別踢，我說就是。師父差我們上北京，送一封信。」韋小寶道：「信呢？」那喇嘛道：「這……這信是不能給你們看的，要是給人見到了，師……師父非殺我們不可。」韋小寶道：「拿出來！你不拿，我就踢你一脚。」說着走上一步。

那喇嘛可不知他功夫有限，這一脚踢在身上，無關痛癢，一見他提脚，忙道：「不……不在我這裏。」韋小寶道：「你去拿來！」那喇嘛無奈，走到那胖大喇嘛身前，嘰哩咕嚕的說了幾句藏語。那胖大喇嘛以藏語回答，他正在殺豬也似的大叫大嚷，再夾入斷斷續續的幾句藏語，更加難聽。韋小寶從他語氣與神情之中，料想他定是不許這喇嘛取信，當即走過去在他腦門上狠狠踢了一脚，那胖大喇嘛登時暈去。另一名喇嘛從他懷中取出一個油布小包，戰戰兢兢的雙手遞過。

韋小寶接了過來。雙兒從懷裏也取出一個小包，打了開來，拿出一把小小剪刀，剪開包裹，裏面果是一封信，封皮上寫的是兩行藏文。

韋小寶問道：「這信送去給誰？」那喇嘛道：「給我們師伯的。」韋小寶伸手一扯，嗤的一聲，扯開了封皮。兩個喇嘛連聲叫苦。只見一道黃紙上寫了幾行彎彎曲曲的藏文，下面又用硃砂畫了一道符，希奇古怪，不知所云。這封信便是以漢文書寫，韋小寶也是不識，當即遞給雙兒，問道：「裏面寫些甚麼？」

雙兒也不識得，向那喇嘛道：「相公問你信裏寫些甚麼，快說！如有半句假話，我踢了你的穴道，永不給你解開。哼，至少也得隔上三天三晚，才給你解開。」

那喇嘛接過信去，看了一遍又一遍，囁嚅道：「這個……這個……」韋小寶道：「甚麼這個那個的？快說！」那喇嘛道：「是，是！那信中說道，師兄所問那個人……」剛說到這裏，另一個喇嘛忽然咕嚕咕嚕的說起話來。雙兒飛身過去，在他「天豁穴」上一脚踢去，這喇嘛的話聲立時變成了呻吟和呼號。

第一個喇嘛臉色大變，顫聲道：「那信中說……說道要找的那個人，我們找來找去找不到，一定……一定不在五台山上。」

韋小寶見他目光閃爍，說話吞吞吐吐，心想：「我雖不懂你們的鷄鳴狗叫，可是瞧你神氣，定是在說假話，只不過你這傢伙太笨，假話也說不像。」向雙兒道：「這喇嘛又在撒謊騙我了。」雙兒道：「他這樣壞，那可饒他不得。」伸足再在他「天豁穴」上一踢。

那喇嘛叫道：「你……殺了我罷。我師兄說……說的，倘若說了信中言語，我們……我們三個都活不成的……你……你快殺了我罷。」

韋小寶道：「別理他了，咱們走罷！」和雙兒躍上大車。那車夫見他二人小小年紀，居然收拾得三個喇嘛死去活來，佩服得五體投地，讚不絕口。

韋小寶低聲道：「到得前面市鎮之上，你可得改裝，這串明珠也得收了起來。」雙兒道：「是。我改甚麼裝？」韋小寶微笑道：「你改了男裝罷。」

車行三十餘里後，到了一座大市鎮。韋小寶遣去車夫，赴客店投宿，取出銀子，命雙兒去購買衣衫改裝。雙兒買了衣衫回店，穿着起來，扮作了一個俊俏的小書僮。

這一改裝，路上再不引人注目。雙兒武功了得，人情世故卻全然不懂，一路上全由韋小寶拿主意，但他的主意可也不大高明，往往有三分正經，卻有七分胡鬧。

不一日來到直晉兩省交界。自直隸省阜平縣往西，過長城嶺，便到龍家關。那龍家關是五台山的東門，石徑崎嶇，峯巒峻峭，入五台山後第一座寺院是湧泉寺。

韋小寶問起清涼寺的所在，卻原來五台山極大，清涼寺在南台頂與中台頂之間，自湧泉寺前去，路程着實不近。

這晚韋小寶和雙兒在湧泉寺畔的盧家莊投宿，吃了一碗羊肉泡膜，再吃糖果，心想日間在湧泉寺問路，廟裏的和尚見自己年輕，神情冷冷的不大理睬，不答去清涼寺的路徑，反問：「道路又遠又不好走，你去清涼寺幹甚麼？」一副討厭模樣，倒有七分便似揚州禪智寺中那些勢利的賊禿，到清涼寺中去見順治皇帝，只怕挺不容易，須得想個法子才好。

他嘴裏吃糖，心中尋思：「有錢能使鬼推磨，叫和尚推磨，多半也行罷。曾聽說書先生說『水滸傳』，魯智深到五台山出家，一個甚麼員外在廟裏布施了不少銀兩，魯智深在廟裏亂鬧一通，又喝酒又吃狗肉，老和尚也不生氣。是了，我假裝要做法事，到廟裏大撒銀子，再借些因頭，賴着不走，慢慢的找尋老皇爺，老和尚總不能趕我走。」

但入山之後，除了寺廟之外便沒大市鎮，一張五百兩銀子的銀票也找兌不開，只得再出龍泉關，回到阜平，兌換銀兩，和雙兒倆打扮得煥然一新，心想：「我要做法事，可是甚麼也不懂，只怕一下子便露出馬脚來，先得試演一番。」

當下來到阜平縣城內一座廟宇吉祥寺，向佛像磕了幾個頭。知客和尚取出緣簿筆硯。韋小寶揮手道：「布施便布施，寫甚麼字？」取出一錠五十兩元寶，送了過去。那和尚大驚，心想這位小施主樂善好施，世間少有，當下連聲稱謝，迎入齋房，奉上齋菜素麵。

韋小寶吃麵之時，方丈和尚坐在一旁相陪，大讚小檀越仁心虔敬，必蒙菩薩保祐，日後金榜題名，高中狀元，子孫滿堂，福澤無窮。韋小寶暗暗好笑，心想你拍我甚麼馬屁都好，我瞎字不識，說我高中狀元，那不是當面罵人嗎？說道：「老和尚，我要到五台山去做一場大法事，只是我甚麼也不懂，要請你指教。」

那方丈聽到「大法事」三字，登時站起身來，說道：「施主，天下廟宇，供奉的佛祖、菩薩都是一般，你要做法事，就在小寺裏辦好了，包你一切周到妥貼，卻不用辛辛苦苦的趕上五台山上去。」

韋小寶搖頭道：「不行，我這場法事，許下了心願，一定要去五台山做的。」說着又取出五十兩銀子，說道：「這樣罷，你給我僱一個人，陪我上五台山去做幫手。五十兩銀子是給他的。」老和尚大喜，道：「那容易，那容易！」他有個表弟，在廟裏經管廟產，收租買物，全由他經手，卻不是和尚，當下去叫了他來，和韋小寶相見。

此人姓于，行八，一張嘴極是來得，卻有個外號叫做「少一劃」，原來「于」字加上一劃，變成個「王」字，于八便成王八了。三言兩語之間，韋小寶便和他十分投機。這等市井小人，韋小寶自幼便相處慣了的，這時忽然在阜平縣遇上一個，大有他鄉遇故知之感。

韋小寶再向方丈請教做法事的諸般規矩，那方丈倒也知無不言，言無不盡。韋小寶心想：「和尚們的規矩倒也真多！」又多布施了二十兩銀子。

韋小寶帶了于八回到客店，取出銀子，差他去購買一應物事。于八有銀子在手，辦事十分快捷，不多時諸般物品便已買齊，自己也穿得一身光鮮，說道：「韋相公，你是大財主，我做你親隨，也該穿着得有個譜兒，是不是？這套衣服鞋帽，不過花了三兩五錢銀子。」韋小寶心想不錯，又叫他去衣鋪替自己和雙兒多買幾套華貴衣衫。

三人興興頭頭的過龍泉關，後面跟着八個挑夫，挑了八擔僧齋禮佛之物，沿大路往南。一入五台山，行不數里便是一座寺廟，過湧泉寺後，經台麓寺、石佛廟、普濟寺、古佛寺、金剛庫、白雲寺、金燈寺而至靈境寺。當晚在靈境寺借宿一宵，次晨折回向北，到金閣寺後向西數里，便是清涼寺了。

那清涼寺在清涼山之巔，和沿途所見寺廟相比，也不見得如何宏偉，山門破舊，顯已年久失修。韋小寶微覺失望：「皇帝出家，一定揀一座最大的寺廟，只怕海老烏龜瞎說八道，老皇帝並不在這裏做和尚。」

于八進入山門，向知客僧告知，北京城有一位韋大官人要來大做法事，齋僧供佛。知客僧見這一行人衣飾華貴，又帶着八挑物事，當即請進廂房奉茶，入內向方丈稟報。

方丈澄光老和尚來到廂房，和韋小寶相見，問道：「不知施主要做甚麼法事？」

韋小寶見這澄光方丈身材甚高，但骨瘦如柴，雙目微閉，一副沒精打采的模樣，更是失望，說道：「弟子要請大和尚做七日七夜法事，超渡弟子亡父，還有幾位亡故了的朋友。」

澄光道：「北京城裏大廟甚多，五台山也是廟宇衆多，不知施主爲甚麼路遠迢迢的，特地上五台山來，到小廟做法事？」

韋小寶早知有此一問，事先已和于八商量過，便道：「我母親上個月十五做了一夢，夢見我死去的爹爹，向她說道，他生前罪業甚大，必須到五台山清涼寺，請方丈大師拜七日七夜經懺，才消得他的血光之災，免得我爹爹在地獄中受無窮苦惱。」他不知自己父親是誰，更不知他是死是活，說這番話時，忍不住暗暗好笑，又想：「他媽的，你生下了老子，就此撒手不管，下地獄也是該的。老子給你碰巧做七日七夜法事，是你的天大運氣。」

澄光方丈道：「原來如此。小施主，俗語說得好：日有所思，夜有所夢。這夢幻之事，實在是當不得眞的。」

韋小寶道：「大和尚，俗語說得好：寧可信其有，不可信其無。就算我爹爹在夢裏的言語未必是眞，我們給他做一場法事，超渡亡魂，那也是一件功德。如果我爹爹眞有此言，我們卻不照他的說做，他在陰世給牛頭馬面、無常小鬼欺負折磨，那……那……我總有點兒不大好意思罷？再說，這是奉了我母親之命。我母親說五台山清涼寺的老方丈跟她有緣份，這場法事嘛，定是要在寶剎做的。」心想：「你跟我媽媽有緣份，這倒奇了，你到揚州麗春院去做過嫖客嗎？」

澄光方丈「嘿」的一聲，說道：「施主有所不知，敝寺乃是禪宗，這等經懺法事，是淨土宗的事，我們是不會做的。這五台山上，金閣寺、普濟寺、大佛寺、延慶寺等等都是淨土宗，施主還是移步到那些寺廟去做法事的爲是。」

韋小寶心想在阜平縣時，那方丈搶着要做法事，到了此處，這老和尚卻推三阻四，將送上門來的銀子雙手推將出去，其中必有古怪。他求之再三，澄光只是不允，跟着站起身來，向知客僧道：「你指點施主去金閣寺的道路，老衲少陪。」

韋小寶急了，忙道：「方丈既然執意不允，我帶來施捨寶剎的僧衣、僧帽，以及銀兩，總是要請寶剎諸位大和尚賞收。」

澄光合十道：「多謝了。」他眼見韋小寶帶來八挑禮物，竟然毫不起勁。

韋小寶道：「我母親說道，每一份禮物，要我親手交給寶剎每一位大和尚，就算是火工道人、種菜的園子，也都有份。帶來共有三百份禮物，倘若不夠，我們再去採購。」澄光道：「夠了，太多了。本寺只五十來人，請施主留下五十六份物品就是。」韋小寶道：「可否請方丈集合寺僧衆，由我親手施捨？這是我母親的願心，無論如何是要辦到的。」

澄光抬起頭來，突然間目光如電，在韋小寶臉上一掃，說道：「好！我佛慈悲，就如施主所願。」轉身進內。

瞧着他竹竿一般的背影走了進去，韋小寶心頭說不出的別扭，訕訕的端起茶碗喝茶。于八站在他背後，低聲道：「這等背時的老和尚，姓于的這一輩子可還真少見，怪不得偌大一座清涼寺，連菩薩金身也是破破爛爛的。」

只聽得廟裏撞起鐘來，知客僧道：「請檀越到西殿布施。」韋小寶到得西殿，見僧衆絡繹進來，他將施物一份一份發放，凝神注視每一名和尚，心想：「順治皇帝我沒見過，但他是小皇帝的爸爸，相貌總有些相像。只要見到是個大號小皇帝的和尚，那便是了。」可是五十多份施物發完，別說「大號小皇帝」沒見到，連跟小皇帝相貌有一二分相似的和尚，也沒一個。

韋小寶好生失望，突然想起：「他是做過皇帝之人，那是何等的身分，怎會來領我一份施捨的衣帽！我這計策可笨得很。」問知客僧道：「寶刹所有的僧人，全都來了？」知客僧道：「個個都領了，多謝檀越布施。」韋小寶道：「每一個都領了？恐怕不見得，只怕還有人不肯來取。」知客僧道：「檀越說笑話了，那有此事？」韋小寶道：「出家人不打誑語，你如騙我，你死後要下拔舌地獄。」知客僧一聽，登時變色。

韋小寶道：「既然尚有僧人未來領取，大和尚去請他來領罷！」

知客僧搖頭道：「只有方丈大師未領，我看不必再要他老人家出來了。」

正在這時，一名僧人匆匆忙忙進來，說道：「師兄，外面有十幾名喇嘛要見方丈。」跟着低聲道：「他們身上都帶着兵器，磨拳擦掌的，來意不善。」知客僧皺眉道：「五台山靑廟黃廟，自來河水不犯井水，他們來幹甚麼？你去稟報方丈，我出去瞧瞧。」說着向韋小寶說道：「少陪。」快步出去。

韋小寶笑道：「這些臭喇嘛，只怕是衝着我們來的。」他想雙兒武功高強，十幾名喇嘛也不放在心上。忽聽得山門外傳來一陣喧嘩之聲，一羣人衝進了大雄寶殿。韋小寶道：「瞧瞧熱鬧去。」拉着雙兒的手，一齊出去。

到得大殿，只見十幾名黃衣喇嘛圍住了知客僧，七嘴八舌的亂嚷：「非搜不可，有人親眼見他來到清涼寺的。」「這是你們不對，幹麼把人藏了起來？」「乖乖的把人交了出來便罷，否則的話，哼哼！」

韋小寶走到殿邊一站，雙手扠腰，心道：「老子就在這裏，你們放馬過來罷。」豈知那些喇嘛對他全不理睬，正眼也不向他瞧。

吵嚷聲中，澄光方丈走了出來，緩緩的道：「甚麼事？」知客僧道：「好教方丈得知，他們……」他「方丈」二字一出口，那些喇嘛便都圍到澄光身畔，叫道：「你是方丈？那好極了！」「快把人交出來！要是不交，連你這寺院也一把火燒個乾淨。」「豈有此理，眞正豈有此理！」「難道做了和尙，便可不講理麼？」

澄光道：「請問衆位師兄，是那座廟裏的？光臨敝寺，爲了何事？」

一名黃衣上披着紅色袈裟的喇嘛道：「我們打從西藏來，奉了活佛之命，到中原公幹，豈知有一名隨從的小喇嘛給一個賊和尚拐走了，在清涼寺中藏了起來。方丈和尚，你快快把我們這小喇嘛交出來，否則決計不能跟你干休。」

澄光道：「這倒奇了。我們這裏是禪宗青廟，跟西藏密宗素來沒有瓜葛。貴處走失了小喇嘛，何不到各處黃廟去問問？」那喇嘛怒道：「有人親眼見到，那小喇嘛是在清涼寺中，這才前來相問，否則我們吃飽了飯沒事幹，來瞎鬧麼？你識趣的，快把小喇嘛交出來，我們也就不看僧面看佛面，不再追究了。」

澄光搖頭道：「倘若眞有小喇嘛來到清涼寺，各位就算不問，老衲也不能讓他容身。」幾名喇嘛齊聲叫道：「那麼讓我們搜一搜！」澄光仍是搖頭，說道：「這是佛門清淨之地，那能容人說搜便搜。」那為首的喇嘛道：「倘若不是做賊心虛，為甚麼不讓我們搜？可見這小喇嘛千眞萬確，定是在清涼寺中。」

澄光剛搖了搖頭，便有兩名喇嘛同時伸手，扯住他衣領，大聲喝道：「你讓不讓搜？」另一名喇嘛道：「大和尚廟裏是不是窩藏了良家婦女，怕人知道？否則搜一搜打甚麼緊？」這時清涼寺中也有十餘名和尚出來，卻給衆喇嘛攔住了，走不到方丈身旁。

雙兒低聲問道：「相公，要不要打發了他們？」

韋小寶道：「且慢！」心想：「這些喇嘛擺明了是無理取鬧，這廟裏怎會窩藏甚麼小喇嘛？莫非他們的用意和我相同，也是要見順治皇帝？」

只見白光一閃，兩名喇嘛已拔尖刀在手，分抵澄光的前胸後心，厲聲道：「不讓搜就先殺了你。」澄光臉上毫無懼色，說道：「阿彌陀佛，大家是佛門弟子，怎地就動起粗來？」

兩名喇嘛將尖刀微微向前一送，喝道：「大和尚，我們這可要得罪了。」澄光身子略側，就勢一帶，兩名喇嘛的尖刀都向對方胸口刺去。兩人急忙左手出掌相交，拍的一聲，各自退出數步。餘人叫了起來：「清涼寺方丈行兇打人哪！打死人了哪！」

叫喚聲中，大門口又搶進三四十人，有和尚、有喇嘛，還有幾名身穿長袍的俗家人。一名黃袍白鬚的老喇嘛大聲叫道：「清涼寺方丈行兇殺人嗎？」

澄光合十道：「出家人慈悲為本，豈敢妄開殺戒？眾位師兄，施主，從何而來？」向一個五十來歲的和尚道：「原來佛光寺心溪方丈大駕光臨，有失遠迎，得罪，得罪。」

佛光寺是五台山上最古的大廟，建於元魏孝文帝之時，歷時悠久。當地人有言：「先有佛光寺，後有五台山。」原來五台山原名清涼山，後來因發見五大高峯，才稱五台山，其時佛光寺已經建成。五台山的名稱，也至隋朝大業初才改。在佛教之中，佛光寺的地位遠比清涼寺為高，方丈心溪，隱然是五台山諸青廟的首腦。

這和尚生得肥頭胖耳，滿臉油光，笑嘻嘻的道：「澄光師兄，我給你引見兩位朋友。」指着那老喇嘛道：「這位是剛從西藏拉薩來的大喇嘛巴顏法師，是活佛座下最得寵信、最有勢力的大喇嘛。」澄光合十道：「有緣拜見大喇嘛。」巴顏點了點頭，神氣甚是倨傲。

心溪指着一個身穿青布衫、三十來歲的文人，說道：「這位是川西大名士，皇甫閣皇甫先生。」皇甫閣拱手道：「久仰澄光大和尚武學通神，今日得見，當眞三生有幸。」

澄光合十道：「老僧年紀老了，小時候學過的一些微末功夫，早已忘得乾乾淨淨。皇甫居士文武兼資，可喜可賀。」

韋小寶聽這些人文謅謅的說客氣話，心想這場架多半是打不成了，既沒熱鬧瞧，又少了個混水摸魚、找尋老皇帝的機會，心下暗暗失望。

巴顏道：「大和尚，我從西藏帶了個小徒兒出來，卻給你們廟裏扣住了。你衝着活佛的金面，放了他罷，大夥兒都承你的情。」澄光微微一笑，說道：「這幾位師兄在敝寺吵鬧，老衲也不跟他們一般見識。大師是通情達理之人，如何也聽信人言？清涼寺開建以來，只怕今日才有喇嘛爺光臨。說我們收了貴座弟子，那是從何說起？」巴顏雙眼一翻，大聲喝道：「難道是寃枉你了？你不要……不要罰酒不吃……吃敬酒。」他漢語不大流暢，「敬酒不吃吃罰酒」這話，卻顛倒着說了。

心溪笑道：「兩位休得傷了和氣。依老衲之見，那小喇嘛是不是藏在清涼寺內，口說無憑，眼見是實。就由皇甫居士和貧僧做個見證，大夥兒在清涼寺各處隨喜一番，見佛拜佛，遇僧點頭，每一處地方、每一位和尚都見過了，倘若仍然找不到那小喇嘛，不是甚麼事都沒有了？」說來說去，還是要在清涼寺中搜查。

澄光臉上閃過一陣不愉之色，說道：「這幾位喇嘛爺打從西藏來，不明白我們漢人的規矩，那也怪不得。心溪大師德高望重，怎地也說這等話？這個小喇嘛倘若眞是在五台山上走失的，一座座寺院搜查過去，只怕得從佛光寺開頭。」

心溪嘻嘻一笑，說道：「在清涼寺瞧過之後，倘若仍然找不到人，這幾位大喇嘛願意到佛光寺瞧瞧，那是歡迎之至，歡迎之至。」

巴顏道：「有人親眼見到，這小傢伙確是在清涼寺之中，我們才來查問，否則的話，也不敢……也不敢如此……如此昧冒。」他將「冒昧」二字又顛倒着說了。澄光道：「不知是何人見到？」巴顏向皇甫閣一指，道：「是這位皇甫先生見到的，他是大大有名之人，決計不會說謊。」

韋小寶心想：「你們明明是一夥人，如何作得見證。」忍不住問道：「那個小喇嘛有多大年紀？」

巴顏、心溪、皇甫閣等衆人一直沒理會站在一旁的這兩個小孩，忽聽他相問，眼光都向他望去，見他衣飾華貴，帽鑲美玉，襟釘明珠，是個富豪之家的公子，身畔那小小書僮也是穿綢着緞。心溪笑道：「那小喇嘛，跟公子是差不多年紀罷。」

韋小寶轉頭道：「那就是了，剛才我們不是明明見到這小喇嘛麼？他走進了一座大廟。這廟前寫得有字，不錯，寫的是『佛光寺』三個大字。這小喇嘛是進了佛光寺啦。」

他這麼一說，巴顏等人登時臉上變色，澄光卻暗暗歡喜。巴顏大聲道：「胡說八道，胡說九道！」他以爲多上一道，那是更加荒謬了。韋小寶笑道：「胡說十道，胡說十一道，十二道，十三道！」

巴顏怒不可遏，伸手便往韋小寶胸口抓來。澄光右手微抬，大袖上一股勁風，向巴顏肘底撲去。巴顏左手探出，五指猶如鷄爪，抓向他衣袖。澄光手臂回縮，衣袖倒捲，這一抓就沒抓到。巴顏叫道：「你窩藏了我們活佛座下小喇嘛，還想動手殺人嗎？反了，反了！」

皇甫閣朗聲道：「大家有話好說，不可動粗。」他這「粗」字方停，廟外忽有大羣人齊聲叫道：「皇甫先生有令：大家有話好說，不可動粗。」聽這聲音，當有數百人之衆，竟是將清涼寺團團圍住了。這羣人聽得皇甫閣這麼朗聲一說，就即齊聲呼應，顯是意示威懾。饒是澄光方丈養氣功夫甚深，乍聞這突如其來的一陣呼喝，方寸間也不由得大大一震。

皇甫閣笑吟吟的道：「澄光方丈，你是武林中的前輩高人，在這裏韜光養晦，大家都是很景仰的。這位巴顏大喇嘛要在寶剎各處隨喜，你就讓他瞧瞧罷。大和尚行得正，踏得正，光風霽月，清涼寺中又沒甚麼見不得人的事，大家何必失了武林中的和氣？」

澄光暗暗着急，他本人武功雖高，在清涼寺中卻只坐禪說法，並未傳授武功，清涼寺五十多名僧人，極少有幾人是會武功的，剛才和巴顏交手這一招，察覺到他左手這一抓的「鷄爪功」着實厲害，再聽這皇甫閣適才朗聲說這一句話，內力深厚，也是非同小可，不用寺外數百人幫手，單是眼前這兩名高手，就已不易抵擋了。

皇甫閣見他沉吟不語，笑道：「就算清涼寺中眞有幾位美貌娘子，讓大夥兒瞻仰瞻仰，那也是眼福不淺哪。」這兩句話極是輕薄，對澄光已不留半點情面。

心溪笑道：「方丈師兄，既是如此，就讓這位大喇嘛到處瞧瞧罷。」說時嘴巴一努。

巴顏當先大踏步向後殿走去。

澄光心想對方有備而來，就算阻得住巴顏和皇甫閣，也決阻不住他們帶來的那夥人，混戰一起，清涼寺要遭大刦，霎時間心亂如麻，長歎一聲，眼睜睜的瞧着巴顏等數十人走向後殿，只得跟在後面。

巴顏和心溪、皇甫閣三人低聲商議，他們手下數十人已一間間殿堂、僧房搜了下去。清涼寺衆僧見方丈未有號令，一個個只有怒目而視，並未阻攔。韋小寶和雙兒跟在澄光方丈之後，見他僧袍大袖不住顫動，顯是心中惱怒已極。
忽聽得西邊僧房中有人大聲叫道：「是他嗎？」
皇甫閣搶步過去，兩名漢子已揪出一個中年僧人出來。這和尚四十歲左右年紀，相貌清癯，說道：「你抓住我幹甚麼？」皇甫閣搖了搖頭，那兩名漢子笑道：「得罪！」放開了那名和尚。韋小寶心下雪亮，這些人是來找順治皇帝，那是更無疑問了。
澄光冷笑道：「本寺這和尚，是活佛座下的小喇嘛麼？」皇甫閣不答，見手下人又揪了一個中年和尚出來，他細看此僧相貌，搖了搖頭。韋小寶心道：「原來你認得順治皇帝。」又想：「如此搜下去，定會將順治皇帝找出來，他是小皇帝的父親，我可得設法保護。」但對方人多勢衆，如何保護，卻一點法子也想不出來。
數十人搜到東北方一座小僧院前，見院門緊閉，叫道：「開門，開門！」
澄光道：「這是本寺一位高僧坐關之所，已歷七年，衆位不可壞了他的清修。」
心溪笑道：「這是外人入內，並不是坐關的和尚熬不住而自行開關，打甚麼緊？」
一名身材高大的喇嘛叫道：「幹麼不開門？多半是在這裏了！」飛脚往門上踢去。
澄光身影微幌，已擋在他身前。那喇嘛收勢不及，右脚踢出，正中澄光小腹，喀喇一聲響，那喇嘛腿骨折斷，向後跌出。巴顏哇哇怪叫，左手上伸，右手反撈，都成鷄爪之勢，向澄光抓來。澄光擋在門口，呼呼兩掌，將巴顏逼開。
皇甫閣叫道：「好『般若掌』！」左手食指點出，一股勁風向澄光面門刺來。澄光向左閃開，拍的一聲，勁風撞上木門。澄光使開般若掌，凝神接戰。

巴顏和皇甫閣分從左右進擊。澄光招數甚慢，一掌一掌的拍出，似乎無甚力量，但風聲隱隱，顯然勁道又頗凌厲。巴顏和皇甫閣的手下數十人吶喊吆喝，爲二人助威。巴顏搶攻數次，都給澄光的掌力逼了回來。

巴顏焦躁起來，快速搶攻，突然間悶哼一聲，左手一揚，數十莖白鬚飄落，卻是抓下了澄光一把鬍子，但他右肩也受了一掌，初時還不覺怎樣，漸漸的右臂越來越重，右手難以提高。他猛地怒吼，向側閃開，四名喇嘛手提鋼刀，向澄光疾衝過去。

澄光飛脚踢翻二人，左掌拍出，印在第三名喇嘛胸口。那喇嘛「啊」的一聲大叫，向上跳起。便在這時，第四名喇嘛的鋼刀也已砍至。澄光衣袖拂起，捲向他手腕。只見巴顏雙手一上一下，撲將過來。澄光向右避讓，突覺勁風襲體，暗叫：「不好！」順手一掌拍出，但覺右頰奇痛，已被皇甫閣戳中了一指。這一掌雖擊中了皇甫閣下臂，卻未能擊斷他臂骨。

雙兒見澄光滿頰鮮血，低聲道：「要不要幫他？」

韋小寶道：「等一等。」他旨在見到順治皇帝，倘若雙兒出手將衆人趕走，老皇帝還是見不到，何況對方人多勢衆，有刀有槍，雙兒一個小小女孩，又怎打得過這許多大漢？

清涼寺僧衆見方丈受困，紛紛拿起棍棒火叉，上來助戰。但這些和尚不會武功，一上來便給打得頭破血流。澄光叫道：「大家不可動手！」

巴顏怒吼：「大家放手殺人好了！」衆喇嘛下手更不容情，頃刻間有四名清涼寺的和尚被砍得身首異處。餘下衆僧見敵人行兇殺人，都站得遠遠地叫喚，不敢過來。

澄光微一疏神，又中了皇甫閣的一指，這一指戳在他右胸。皇甫閣笑道：「少林派的般若掌也不過如此。大和尚還不投降麼？」澄光道：「阿彌陀佛，施主罪業不小。」

驀地裏兩名喇嘛揮刀着地滾來，斬他雙足。澄光提足踢出，胸口一陣劇痛，眼前發黑，這一脚踢到中途便踢不下去，迷迷糊糊間左掌向下抹，正好抹中在兩名喇嘛頭頂，兩人登時昏暈過去。巴顏罵道：「死禿驢！」一雙手疾挺，十根手指都抓上了澄光左腿。澄光再也支持不住，倒下地來。皇甫閣接連數指，點了澄光的穴道。

巴顏哈哈大笑，右足踢向木門，喀喇一聲，那門直飛了進去。巴顏笑道：「快出來罷，讓大家瞧瞧是怎麼一副模樣。」

僧房中黑黝黝地，寂無聲息。

巴顏道：「把人給我揪出來。」兩名喇嘛齊聲答應，搶了進去。

註：本回回目一聯是佛家語。「方便」是「權宜方法」之意。釋迦牟尼說法，以聞者不解，多用「譬如」開導之。

胖頭陀抓着韋小寶的手臂，拉他到石碣之前。韋小寶信口胡說，說道那八部經書分別藏在甚麼山甚麼府之中，還說石碣上有神龍教教主的名字。

第十八回　金剛寶杵衞帝釋　彤篆石碣敲頭陀

突然間門口金光一閃，僧房中伸出一根黃金大杵，波波兩聲，擊在兩名喇嘛頭上。黃金杵隨即縮進，兩名喇嘛一聲也不出，腦漿迸裂，死在門口。

這一下變故大出衆人意料之外。巴顏大聲斥罵，又有三名喇嘛向門中搶去。這次三人都已有備，舞動鋼刀，護住頭頂。第一名喇嘛剛踏進門，那黃金杵擊將下來，連刀打落，金杵和鋼刀同時打中那喇嘛頭頂。第二名喇嘛全力挺刀上迎，可是金杵落下時似有千斤之力，鋼刀竟未阻得金杵絲毫，波的一聲，又打得頭骨粉碎。第三名喇嘛嚇得臉色如土，鋼刀落地，逃了回來。巴顏破口大罵，卻也不敢親自攻門。

皇甫閣叫道：「上屋去，揭瓦片往下打。」當下便有四名漢子跳上屋頂，揭了瓦片，從空洞中向屋內投去。皇甫閣又叫：「將沙石抛進屋去。」他手下漢子依言拾起地下沙石，從木門中抛進僧房。

從門中投進的沙石大部被屋內那人用金杵反激出來，從屋頂投落的瓦片，卻一片片的都掉了下去。這麼一來，屋內之人武功再高，也已無法容身。

忽聽得一聲莽牛也似的怒吼，一個胖大和尚左手挽了一個僧人，右手掄動金杵，大踏步走出門來。這莽和尚比之常人少說也高了一個半頭，威風凜凜，直似天神一般，金杵幌動，黃光閃閃，大聲喝道：「都活得不耐煩了？」只見他一張紫醬色的臉膛，一堆亂茅草也似的短鬚，僧衣破爛，破孔中露出虬結起伏的肌肉，膀闊腰粗，手大脚大。

皇甫閣、巴顏等見到他這般威勢，都不由自主的倒退了幾步。巴顏叫道：「這賊禿只一個人，怕他甚麼？大夥兒齊上。」皇甫閣叫道：「大家小心，別傷了他身旁那和尚。」衆人向那僧人瞧去，只見他三十來歲年紀，身高體瘦，丰神俊朗，雙目低垂，對周遭情勢竟是不瞧半眼。

韋小寶心頭突地一跳，尋思：「這人定是小皇帝的爸爸了，只是相貌不大像，他可比小皇帝好看得多。原來他還這般年輕。」

便在此時，十餘名喇嘛齊向莽和尚攻去。那莽和尚揮動金杵，波波波響聲不絕，每一響便有一名喇嘛中杵倒地而死。皇甫閣左手向腰間一探，解下一條軟鞭，巴顏從手下喇嘛手中接過兵刃，乃是一對短柄鐵槌。兩人分從左右夾攻而上。

皇甫閣軟鞭抖動，鞭梢橫捲，刷的一聲，在那莽和尚頸中抽了一記。那和尚哇哇大叫，揮杵向巴顏打去。巴顏舉起雙鎚硬擋，錚的一聲大響，手臂酸麻，雙鎚脫手，那和尚卻又給軟鞭在肩頭擊中。衆人都看了出來，原來這和尚只是膂力奇大，武功卻是平平。

一名喇嘛欺近身去，抓住了那中年僧人的左臂。那僧人哼了一聲，並不掙扎。

韋小寶低聲道：「保護這和尚。」雙兒道：「是！」幌身而前，伸手便向那喇嘛腰間戳去，那喇嘛應指而倒。她轉身伸指向皇甫閣臉上虛點，皇甫閣向右閃開，她反手一指，點中了巴顏胸口。巴顏罵道：「媽——」仰天摔倒。雙兒東一轉，西一繞，纖手揚處，巴顏與皇甫閣帶來的十幾人紛紛摔倒。心溪叫道：「喂，喂，小……小施主……」雙兒笑道：「喂，喂，老和尚！」伸指點中他腰間。

皇甫閣閃動軟鞭，護住前後左右，鞭子呼呼風響，一丈多圓圈中，直似水潑不進。雙兒在鞭圈外盤旋遊走。皇甫閣的軟鞭越使越快，幾次便要擊到雙兒身上，都給她迅捷避開，皇甫閣叫道：「好小子！」勁透鞭身，一條軟鞭宛似長槍，筆直的向雙兒胸口刺來。雙兒脚下一滑，向前摔出，伸指直點皇甫閣小腹。皇甫閣左掌豎立，擋住她點來的一指，跟着軟鞭的鞭梢突然回頭，逕點雙兒背心。雙兒着地滾開，情狀頗爲狼狽。

韋小寶見雙兒勢將落敗，心下大急，伸手在地下去抓泥沙，要撒向皇甫閣眼中，偏生地下掃得乾乾淨淨，全無泥沙可抓。雙兒尚未站起，皇甫閣的軟鞭已向她身上擊落，韋小寶大叫：「打不得！」

那莽和尚急揮金杵，上前相救。

驀地裏雙兒右手抓住了軟鞭鞭梢，皇甫閣使勁上甩，將她全身帶將起來，甩向半空。韋小寶伸手入懷，也不管抓的是甚麼東西，掏出來便向皇甫閣臉上摔去。只見白紙飛舞，數十張紙片擋在皇甫閣眼前。

皇甫閣忙伸手去抹開紙張，右手的勁立時消了。此時莽和尚的金杵也已擊向頭頂。皇甫閣大駭，忙坐倒相避。雙兒身在半空，不等落地，左足便即踢出，正中皇甫閣的太陽穴。他「啊喲」一聲，向後摔倒。砰的一聲，火星四濺，黃金杵擊在地下，離他腦袋不過半尺。

雙兒右足落地，跟着將軟鞭奪了過來。韋小寶大聲喝采：「好功夫！」拔出匕首，搶上去對住皇甫閣左眼，喝道：「你叫手下人都出去，誰都不許進來！」

皇甫閣身不能動，臉上感到匕首的森森寒氣，心下大駭，叫道：「你們都出去，叫大夥兒誰都不許進來。」他手下數十人遲疑半晌，見韋小寶挺匕首作勢欲殺，當即奔出廟去。

那莽和尚圓睜環眼，向雙兒凝視半晌，嘿的一聲，讚道：「好娃兒！」左手倒提金杵，右手扶着那中年僧人，回進僧房。韋小寶搶上兩步，想跟那中年僧人說幾句話，竟已不及。

雙兒走到澄光身畔，解開了他穴道，說道：「這些壞蛋強兇霸道，冒犯了大和尚。」澄光站起身來，合十道：「小施主身懷絕技，解救本寺大難。老衲老眼昏花，不識高人，先前多有失敬。」雙兒道：「沒有啊，你一直對我們公子爺客氣得很。」

韋小寶定下神來，這才發覺，自已先前摔向皇甫閣臉面、蒙了他雙眼的，竟是一大疊銀票，哈哈大笑，說道：「見了銀票不投降的，天下可沒幾個。我用幾萬兩銀票打過來，你非大叫投降不可。」雙兒笑嘻嘻的拾起四下裏飛散的銀票，交回韋小寶。

澄光問韋小寶道：「韋公子，此間之事，如何是好？」

韋小寶笑道：「這三位朋友，吩咐你們的下人都散去了罷！」

皇甫閣當即提氣叫道：「你們都到山下去等我。」

只聽得外面數百個人齊聲答應。脚步聲沙沙而響，頃刻間走了個乾淨。

澄光心中畧安，伸手去解心溪的穴道。韋小寶道：「方丈，且慢，我有話跟你商量。」韋小寶道：「這幾位師兄給封了穴道，時間久了，手脚痲木，我先給他們解開了。」韋小寶道：「也不爭在這一時三刻，咱們到那邊廳上坐坐罷。」澄光點頭道：「是。」向心溪道：「師兄且莫心急，回頭跟你解穴。」帶着韋小寶到西側佛殿之中。

韋小寶道：「方丈，這一干人當眞是來找小喇嘛麼？」澄光張口結舌，無法回答。韋小寶湊嘴到他耳邊，低聲道：「我倒知道，他們是爲那位皇帝和尙而來。」

澄光身子一震，緩緩點頭，道：「原來小施主早知道了。」韋小寶低聲道：「我來到寶刹，拜懺做法事是假，乃是奉……奉命保護皇帝和尙。」澄光點頭道：「原來如此。老衲本就心疑，小施主巴巴的趕來清涼寺做法事，樣子不大像。」

韋小寶道：「皇甫閣、巴顏他們雖然拿住了，可是捉老虎容易，放老虎難。倘若放了他們，過幾天又來糾纏不清，畢竟十分痲煩！」澄光道：「殺人是殺不得的。這寺裏已傷了好幾條人命。唉，阿彌陀佛，阿彌陀佛。」韋小寶道：「殺了他們也沒用。這樣罷，你叫人把這干人都綁了起來，咱們再仔細問問，他們來尋皇帝和尙，到底是甚麼用意。」

澄光有些爲難，道：「這佛門清淨之地，我們出家人私自綁人審問，似乎於理不合。」韋小寶道：「甚麼於理不合？他們想來殺光你廟裏的和尙，難道於理就合得很了？我們如不審問明白，想法子對付，他們又來殺人，放火燒了你清涼寺，那怎麼辦？」

澄光想了一會，點頭道：「那也說得是，任憑施主吩咐。」拍拍手掌，召進一名和尙，吩咐道：「請那位皇甫先生過來，我們有話請教。」韋小寶道：「這皇甫閣甚是狡猾，只怕問不出甚麼，咱們還是先問那個大喇嘛。」澄光道：「對，對，我怎麼想不到？」兩名和尚挾持着巴顏進殿，惱他殺害寺中僧人，將他重重往地下一摔。澄光道：「唉，怎地對大喇嘛沒點禮貌？」兩名僧人應道：「是！」退了出去。

韋小寶左手提起一隻椅子，右手用匕首將椅子脚不住批削。那匕首鋒利無比，椅子脚一片片的削了下來，都不過一二分厚薄，便似削水果一般。澄光睜大了眼，不明他的用意。韋小寶放下椅子，走到巴顏面前，左手摸了摸他腦袋，右手將匕首比了比，手勢便和適才批削椅脚時一模一樣。巴顏大叫：「不行！」澄光也叫：「使不得。」

韋小寶怒道：「甚麼行不行的？我知道西藏的大喇嘛都練有一門鐵頭功，刀槍不入。我在北京之時，曾親自用這把短劍削一個大喇嘛的腦袋，削了半天，也削他不動。大喇嘛，你是貨眞價實，還是冒牌貨？不試你一試，怎能知道？」

巴顏忙道：「這鐵頭功我沒練過，你一削我就死。」韋小寶道：「不一定死的，削去兩三寸，也不見得就死。我只削去你一層頭蓋，看到你的腦漿爲止。一個人說眞話，腦漿就不動，如果說謊騙人，腦漿就像煮開了的水一般滾個不休。我有話問你，不削開你的腦袋，怎知你說的是眞話假話？」巴顏道：「別削，別削，我說眞話就是。」韋小寶摸了摸他頭皮，道：「是眞是假，我怎麼知道？」巴顏道：「我如說謊，你再削我頭皮不遲。」

韋小寶沉吟片刻，道：「好，那麼我問你，是誰叫你到清涼寺來的？」巴顏道：「是菩薩頂眞容院的大喇嘛，勝羅陀派我來的。」澄光道：「阿彌陀佛，五台山青廟黃廟，從無仇怨，菩薩頂的大喇嘛，怎麼會叫你來搗亂？」巴顏道：「我也不是來搗亂。勝羅陀師兄命我來找一個三十來歲的和尚，說他盜了我們拉薩活佛的寶經，到清涼寺中躲了起來，因此非揪他出來不可。」澄光道：「阿彌陀佛，那有此事？」

韋小寶提起匕首，喝道：「你說謊，我削開你的頭皮瞧瞧。」巴顏叫道：「沒有，沒有說謊。你不信去問勝羅陀師兄好了。他說，我們要假裝走失了一個小喇嘛，其實是在找那中年和尚，又說那位皇甫先生認得這和尚，請他陪着來找人。勝羅陀師兄說，這和尚偷的是我們密宗的秘密藏經，『大毘盧遮那佛神變加持經』，非同小可。如果我拿到了這和尚，那是一件大功，回到拉薩，活佛一定重重有賞。」

韋小寶見他臉色誠懇，似非作僞，料想他也是受人之愚，人家不讓他得知順治的眞相，當下從懷中取出那封西藏文的書信，便是道上雙兒擒住三名喇嘛、逼着取來的，展了開來，說道：「你唸給我聽，這信中寫着些甚麼。」說着將匕首刃面平平的放在他頭頂。

巴顏道：「是，是！」嘰哩咕嚕的讀了起來。韋小寶點頭道：「不錯，你讀得很好，一個字也沒讀錯。這位方丈大師不懂藏文，你用漢語將信裏的話說出來。」

巴顏道：「那信裏說，這位大……大人物，的確是在五台山清涼寺中，最近得到消息，神……神龍教要將他請去，咱們可得先……先下手爲強。」

韋小寶聽他連「神龍教」三字也說了出來，料想不假，問道：「信裏還說些甚麼？」

巴顏道：「信裏說，到清涼寺去請這位大人物，倒也不難，就怕神龍教得知訊息，也來搶奪，因此勝羅陀師兄請北京的達和爾師兄急速多派高手，前來相助。如果……如果桑結大喇嘛已經到了北京，他老人家當世無敵，親來主持，那就……那就萬失無一……」

韋小寶笑罵：「他媽的！萬無一失，甚麼『萬失無一』？」自己居然能糾正別人說成語的錯誤，那是千載難逢、萬中無一之事，甚覺得意。

巴顏道：「是，是，是萬……萬一無失……」韋小寶笑道：「你喇嘛奶奶的，還是說錯了。還有呢？」巴顏道：「沒有了，下面沒有了。」韋小寶罵道：「他媽的，甚麼下面沒有了？是我下面沒有了，還是你下面沒有了？」巴顏道：「大……大家下面沒有了。」韋小寶道：「甚麼大家下面沒有了？」巴顏道：「下面沒有字了。」韋小寶哈哈一笑，問道：「那皇甫閣是甚麼人？」巴顏道：「他是勝羅陀師兄請來的幫手，昨晚才到的。」

韋小寶點點頭，向澄光道：「方丈，我要審那個佛光寺的胖和尙了，你如不好意思，不妨在窗外聽着。」澄光忙道：「最好，最好。」命人將巴顏帶出，將心溪帶來，自己回去禪房，也不在窗外聽審。

心溪一進房就滿臉堆笑，說道：「兩位施主年紀輕輕，武功如此了得，老衲固然見所未見，而且是聞所未聞，少年英雄，眞了不起，了不起！」韋小寶罵道：「操你奶奶的，誰要你拍馬屁。」向他屁股上一脚踢去。心溪雖痛，臉上笑容不減，說道：「是，是，凡是眞正的英雄好漢，那是決計不愛聽馬屁的。不過老和尙說的是眞心話，算不得是拍馬屁。」

韋小寶道：「我問你，你到清涼寺來發瘋，是誰派你來的？」心溪道：「施主問起，老僧不敢隱瞞。菩薩頂眞容院大喇嘛勝羅陀，叫人送了二百兩銀子給我，請我陪他師弟巴顏，到清涼寺來找一……找一個人。老僧無功不受祿，只得陪他走一遭。」韋小寶又一脚踢去，罵道：「胡說八道，你還想騙我？快說老實話。」心溪道：「是，是，不瞞施主說，大喇嘛送了我三百兩銀子。」韋小寶道：「明明是一千兩。」心溪道：「實實在在是五百兩，再多一兩，老和尚不是人。」

韋小寶道：「那皇甫閣又是甚麼東西？」心溪道：「這下流胚子不是好東西，是巴顏這鬼喇嘛帶來的。施主放了我之後，老僧立刻送他到五台縣去，請知縣大人好好治罪。清涼寺是佛門清靜之地，怎容他來胡作非爲？小施主，那幾條人命，連同死了的幾個喇嘛，咱們都推在他頭上。」韋小寶臉一沉，道：「明明都是你殺的，怎能推在旁人頭上？」心溪求道：「好少爺，你饒了我罷。」

韋小寶叫人將他帶出，帶了皇甫閣來詢問。這人卻十分硬朗，一句話也不回答。對韋小寶匕首的威嚇固然不加理睬，而雙兒點他「天谿穴」穴道，他疼痛難當，忍不住呻吟，對韋小寶的問話卻始終不答，只說：「你有種就將爺爺一刀殺了，折磨人的不是好漢。」韋小寶倒敬他是條漢子，道：「好，我們不折磨你。」命雙兒解了他「天谿穴」的穴道。

他命人將皇甫閣帶出後，又去請了澄光方丈來，道：「這件事如何了局，咱們得跟那位大人物商量商量。」澄光搖頭道：「他是決計不見外人的。」

韋小寶怫然道：「甚麼不見外人？剛才不是已經見過了？我們倘若拍手不管，他還不是給人捉了去？不出幾天，北京大喇嘛又派人來，有個甚麼天下無敵的大高手，又還有甚麼神龍教、烏龜教的，就算我們肯幫忙，也抵擋不了這許多人。」澄光道：「也說得是。」

韋小寶道：「你去跟他說，事情緊急，非商量個辦法出來不可。」澄光搖頭道：「老衲答應過，寺中連老衲在內，都不跟他說話的。」韋小寶道：「好，我可不是你們寺裏的和尚，我去跟他說話。」澄光道：「不行，不行。小施主一進僧房，他師弟那個莽和尚行顛，就會一杵打死了你。」韋小寶道：「他打不死我的。」

澄光向雙兒望了一眼，說道：「你就算差尊价將行顛和尚點倒，行痴仍然不會跟你說話的。」韋小寶道：「行痴？他法名叫做行痴？」澄光道：「是。原來施主不知。」

韋小寶嘆了口氣，說道：「既然如此，我也無法可施了。你既沒有『萬失無一』的好法子，可惜清涼寺好好一所古廟，卻在你方丈手裏教毀了。」

澄光愁眉苦臉，連連搓手，忽道：「我去問問玉林師兄，或者他有法子。」韋小寶道：「這位玉林大師是誰？」澄光道：「是行痴的傳法師父。」

韋小寶喜道：「好極，你帶我去見這位老和尚。」

當下澄光領着韋小寶和雙兒，從清涼寺後門出去，行了里許，來到一座小小舊廟，廟上也無匾額。澄光逕行入內，到了後面禪房，只見一位白鬚白眉的老僧坐在蒲團上，正自閉目入定，對三人進來，似乎全然不覺。

澄光打個手勢，輕輕在旁邊蒲團上坐下，低目雙垂，雙手合十。韋小寶肚裏暗笑，跟着也坐了下來。雙兒站在他身後。四下裏萬籟無聲，這小廟中似乎就只這個老僧。

過了良久，那老僧始終紋絲不動，便如是死了一般，澄光竟也不動。韋小寶手痳脚酸，老大不耐煩，站起了又坐倒，坐倒又站起，心中對那老僧的十八代祖宗早已罵了數十遍。

又過良久，那老僧吁了口氣，緩緩睜開眼來，見到面前有人，也不感驚奇，只微微點了點頭。澄光道：「師兄，行痴塵緣未斷，有人找上寺來，要請師兄佛法化解。」那老僧玉林道：「境由心生，化解在己。」澄光道：「外魔極重，清涼寺有難。」便將心溪、巴顏、皇甫閣等人意欲劫持行痴，幸蒙韋小寶主僕出手相救等情說了，又說雙方都死了數人，看來對方不肯善罷干休。玉林默默聽畢，一言不發，閉上雙目，又入定去了。

韋小寶大怒，霍地站起，破口大罵：「操……」只罵得一個字，澄光連打手勢，求他不可生氣，又求他坐下來等候。

這一回玉林入定，又是小半個時辰。韋小寶心想：「天下強盜賊骨頭，潑婦大混蛋，也都沒這老和尚討厭。」好不容易玉林又睜開眼來，問道：「韋施主從北京來？」

韋小寶道：「是。」玉林又問：「韋施主在皇上身邊辦事？」韋小寶大吃一驚，跳起身來，道：「你……你……你怎麼知道？」玉林道：「老衲只是猜想。」韋小寶心想：「這老和尚邪門，只怕眞有些法力。」心中可不敢再罵他了，規規矩矩的坐了下來。

玉林道：「皇上差韋施主來見行痴，有甚麼說話？」韋小寶心想：「這老和尚甚麼都知道，瞞他也是無用。」說道：「皇上得知老皇爺尚在人世，又喜又悲，派我來向老皇爺磕頭請安。如果……如果老皇爺肯返駕回宮，那是再好不過了。」康熙本說查明眞相之後，自己上五台山來朝見父皇，這話韋小寶卻瞞住了不說。玉林道：「皇上命施主帶來甚麼信物？」

韋小寶從貼肉裏衣袋中，取出康熙親筆所寫御札，雙手呈上，道：「大師請看。」

御札上寫的是：「敕令御前侍衛副總管欽賜穿黃馬褂韋小寶前赴五台山一帶公幹，各省文武官員受命調遣，欽此。」

玉林接過看了，還給韋小寶，道：「原來是御前侍衞副總管韋大人，多有失敬了。」

韋小寶心下得意：「你可不敢再小覷我了罷？」可是見玉林臉上神色，也沒甚麼恭敬之意，心中的得意又淡了下來。

玉林道：「韋施主，以你之意，該當如何處置？」道：「我要叩見老皇爺，聽老皇爺的吩咐。」玉林道：「他以前富有四海，可是出家之後，塵緣早已斬斷，『老皇爺』三字，再也休得提起，以免駭人聽聞，擾了他的清修。」韋小寶默然不答。

玉林又道：「請回去啓奏皇上，行痴不願見你，也不願再見外人。」韋小寶道：「皇上是他兒子，可不是外人。」玉林道：「甚麼叫出家？家已不是家，妻子兒女都是外人了。」

韋小寶心想：「看來都是你這老和尚在搗鬼，從中阻攔。老皇爺就算不肯回宮，也不致於連兒子也不見。」說道：「既然如此，我去調遣人馬，上五台山來保護守衞，不許閒雜人等進寺來囉唣滋擾。」

玉林微微一笑，說道：「這麼一來，清涼寺變成了皇宮內院、官府衙門；韋大人這位御前侍衞副總管，變成在清涼寺當差了。那麼行痴還不如回北京皇宮去直截了當。」

韋小寶道：「原來大師另有保護老……他老人家的妙法，在下洗……洗耳恭聽。」

玉林微笑道：「韋施主小小年紀，果然是個厲害脚色，難怪十幾歲的少年，便已做到這樣的大官。」頓了一頓，續道：「妙法是沒有，出家人與世無爭，逆來順受。多謝韋施主一番美意，清涼寺倘然眞有禍殃，那也是在刦難逃。」說着合十行禮，閉上雙目，入定去了。

澄光站起身來，打個手勢，退了出去，走到門邊，向玉林躬身行禮。韋小寶向玉林扮個鬼臉，伸伸舌頭，右手大拇指按住自己鼻子，四指向着玉林招了幾招，意思是說：「好臭，好臭！」玉林閉着眼睛，也瞧不見。

三人來到廟外，澄光道：「玉林大師是得道高僧，已有明示。老衲去將心溪方丈他們都放了。韋施主，今日相見，也是有緣，這就別過。」說着雙手合十，鞠躬行禮，竟是不讓他再進清涼寺去。

韋小寶心頭火起，說道：「很好，你們自有萬失無一的妙計，倒是我多事了。」命雙兒去叫了于八等一干人，逕自下山，又回到靈境寺去借宿。

他昨晚在靈境寺曾布施了七十兩銀子。住持見大施主又再光降，殷勤相待。

在客房之中，韋小寶一手支頤，尋思：「老皇爺是見到了，原來他一點也不老，卻是危險得緊，西藏喇嘛要捉他，神龍教又要捉他。那玉林老賊禿裝模作樣，沒點屁本事，澄光方丈一個人又有甚麼用？只怕幾天之後，老皇爺便會給人捉了去。我又怎生向小玄子交代？」一轉頭，見雙兒秀眉緊鎖，神色甚是不快，問道：「雙兒，甚麼事不高興？」雙兒道：「沒甚麼。」韋小寶道：「你一定在想心事，快跟我說。」雙兒道：「眞的沒甚麼。」韋小寶一轉念，道：「啊，知道啦。你怪我在朝廷裏作官，一直沒跟你說。」雙兒眼眶兒紅了，道：「韃子皇帝是大壞人，相公你……怎麼做他們的官？而且還做了大官。」說着眼淚從雙頰上流了下來。

韋小寶一呆，道：「傻孩子，那又用得着哭的。」雙兒抽抽噎噎的道：「三少奶把我給了相公，吩咐我服侍你，聽你的話。可是……可是你在朝裏做……做大官，我爸爸媽媽，還有兩個哥哥，都是給惡官殺死的，你……你……」說着放聲哭了出來。

韋小寶一時手足無措，忙道：「好啦，好啦！現下甚麼都不瞞你。老實跟你說，我做官是假的，我是天地會青木堂的香主，『天父地母，反淸復明』，你懂了嗎？我師父是天地會的總舵主，我早跟你三少奶說過了。我們天地會專跟朝廷作對。我師父派我混進皇宮裏去做官，爲的是打探韃子的消息。這件事十分秘密，倘若給人知道了，我可性命不保。」

雙兒伸手按住韋小寶嘴唇，低聲道：「那你快別說了。都是我不好，逼你說出來。」說着破涕爲笑，又道：「相公是好人，當然不會去做壞事。我……我眞是個笨丫頭。」

韋小寶笑道：「你是個乖丫頭。」拉着她手，讓她坐在炕沿上自己身邊，低聲將順治與康熙之間的情由說了，又道：「小皇帝還只十幾歲，他爹爹出家做了和尙，不要他了，你想可憐不可憐？今天來捉他的那些傢伙，都是大大的壞人，虧得你救了他。」雙兒吁了口氣，道：「我總算做了一件好事。」韋小寶道：「不過送佛送上西天。那些人又給方丈放了。他們一定不肯甘心，回頭又要去捉那老皇帝，將他身上的肉一塊塊割下來，煮來吃了，豈不糟糕？」他知道雙兒心好，要激她勇於救人，故意將順治的處境說得十分悲慘。

雙兒身子一顫，道：「他們要吃他的肉，那爲甚麼？」韋小寶道：「唐僧和尙到西天取經，這故事你聽過麼？」雙兒道：「聽過的，還有孫悟空、豬八戒。」韋小寶道：「一路上有許多妖怪，都想吃唐僧的肉，說他是聖僧，吃了他肉就成佛成仙。」雙兒道：「啊，我明白啦，這些壞人以為老皇帝和尚也是聖僧。」韋小寶道：「是啊，你眞聰明。老皇帝和尚好比是唐僧，那些壞人是妖怪，我是孫猴兒孫行者，你就是……是……」說着雙掌放在自己耳旁，一招一幌，作搧風之狀。雙兒笑道：「你說我是豬八戒？」韋小寶道：「你相貌像觀音菩薩，不過做的是豬八戒的事。」

雙兒連忙搖手，道：「別說冒犯菩薩的話。相公，你做觀音菩薩身邊的那個善才童子紅孩兒，我就是……」說到這裏，臉上一紅，下面的話咽住不說了。韋小寶道：「不錯！我做善才童子，你就是龍女。咱二人老是在一起，說甚麼也不分開。」雙兒臉頰更加紅了，低聲道：「我自然永遠服侍你，除非……除非你不要我了，將我趕走。」

韋小寶伸掌在自己頭頸裏一斬，道：「就是殺了我頭，也不趕你走。除非你不要我了，自己偷偷的走了。」雙兒也伸掌在自己頸裏一斬，道：「殺了我頭，也不會走。」兩人同時哈哈大笑。雙兒自跟着韋小寶後，主僕之分守得甚嚴，極少跟他說笑，這時聽韋小寶吐露眞相，心中甚是歡暢。兩人這麼一笑，情誼又親密了幾分。

韋小寶道：「好，我們自己的事情說過了。可怎麼想個法兒，去救唐僧？」

雙兒笑道：「救唐僧和尚，總是齊天大聖出主意，豬八戒只是個跟屁蟲。」韋小寶笑道：「豬八戒眞有你這樣好看，唐僧也不出家做和尚了。」雙兒問道：「那為甚麼？」韋小寶道：「唐僧自然娶了豬八戒做老婆啦。」雙兒噗哧一聲，笑了出來，說道：「豬八戒是豬玀精，誰討他做老婆啊？」

韋小寶聽她說到娶豬精做老婆，忽然想起那口「人參茯苓豬」沐劍屏來，不知她和方怡此刻身在何處，是否平安。

雙兒見韋小寶呆呆出神，不敢打亂他思路。過了一會，韋小寶道：「得想個法子，不讓壞人捉了老皇帝去。雙兒，譬如有一樣寶貝，很多賊骨頭都想去偷，咱們使甚麼法兒，好教賊骨頭偷不到？」雙兒道：「見到賊骨頭來偷寶貝，便都捉了起來。」韋小寶搖頭道：「賊骨頭太多，捉不完的。我們自已去做賊骨頭。」雙兒道：「我們做賊骨頭？」韋小寶道：「對！我們先下手為強，將寶貝偷到了手，別的賊骨頭就偷不到了。」雙兒拍手笑道：「我懂啦，我們去把老皇帝和尚捉了來。」韋小寶道：「正是。事不宜遲，立刻就走。」

兩人來到清涼寺外，韋小寶道：「天還沒黑，偷東西偷和尚，都得等到天黑了才幹。」兩人躲在樹林之中，好容易等到滿山皆暗，萬籟無聲。韋小寶低聲道：「寺裏只方丈一人會武功，好在他剛才打鬥受了傷，定在躺着休息。你去將那個胖大和尚行顛點倒了，我們便可將老皇帝和尚偷出來。只是那行顛力氣極大，那根黃金杵打人可厲害得很，須當小心。」雙兒點頭稱是。

傾聽四下無人，兩人輕輕躍進圍牆，逕到順治坐禪的僧房之外，只見板門已然關上，但那門板日間給人踢壞了，一時未及修理，只這麼擱着擋風。

雙兒貼着牆壁走進，將門板向左一拉，只見黃光閃動，呼的一聲響，黃金杵從空隙中擊了出來。雙兒待金杵上提，疾躍入內，伸指在行顛胸口要穴連點兩指，低聲道：「眞對不住！」提起雙手，抱住了他手中金杵。行顛穴道被制，身子慢慢軟倒。這金杵重逹百餘斤，雙兒若不抱住，落將下來，非壓碎他脚趾不可。

韋小寶跟着閃進，拉上了門板。僧房雖小，黑暗中隱約見到有人坐在蒲團之上，韋小寶料知便是法名行痴的順治皇帝，當即跪倒磕頭，就道：「奴才韋小寶，便是日裏救駕的，請老皇爺不必驚慌。」

行痴默不作聲。韋小寶又道：「老皇爺在此清修，本來很好，不過外面有許多壞人，想捉了老皇爺去，要對你不利。奴才爲了保護老皇爺，想請你去另一個安穩所在，免得給壞人捉到。」行痴仍是不答。韋小寶道：「那麼就請老皇爺和奴才一同出去。」

隔了半晌，見他始終盤膝而坐，一動不動。這時韋小寶在黑暗中已有好一會，看得清楚些了，見行痴坐禪的姿勢，便和日間所見的玉林一模一樣，也不知他是眞的入定，還是對自己不加理睬，說道：「老皇爺的身分已經洩漏，清涼寺中無人能夠保護。敵人去了一批，又來一批，老皇爺終究會給他們捉去。還是換一個清靜的地方修行罷。」行痴仍是不答。

行顚忽道：「你們兩個小孩是好人，日裏幸虧你們救我。我師兄坐禪，不跟人說話。你要他到那裏去？」他嗓音本來極響，拚命壓低，變成十分沙啞。

韋小寶站起身來，說道：「隨便到那裏都好。你師兄愛去那裏，咱們便護送他去。只要那些壞傢伙找他不到，你們兩位就可安安靜靜的修行唸佛了。」行顚道：「我們是不唸佛的。」韋小寶道：「好罷，不唸佛就不唸佛。雙兒，你快將這位大師的穴道解了。」

雙兒伸手過去，在行顚背上和脅下推拿幾下，解了穴道，說道：「眞正對不住。」

行顚向行痴恭恭敬敬的道：「師兄，這兩個小孩請我們出去暫且躲避。」

行痴道：「師父可沒叫我們離去清涼寺。」說話聲音甚是清朗。韋小寶直到此刻，才聽到他的話聲。

行顛道：「敵人如再大舉來攻，這兩個小孩抵擋不住。」

行痴道：「境自心生。要說凶險，天下處處皆凶險；心中平安，世間事事平安。日前你殺傷多人，大造惡業，此後無論如何不可妄動無明。」

行顛呆了半晌，道：「師兄指點得是。」回頭向韋小寶道：「師兄不肯出去，你們都聽見了。」韋小寶皺眉道：「倘若敵人來捉你師兄，一刀刀將他身上的肉割下來，那便如何是好？」行顛道：「世人莫有不死，多活幾年，少活幾年，也沒甚麼分別。」韋小寶道：「甚麼都沒分別，那麼死人活人沒分別，男人女人沒分別，和尚和烏龜豬玀也沒分別？」行顛道：「衆生平等，原是如此。」

韋小寶心想：「怪不得一個叫行痴，一個叫行顛，果然是痴的顛的。要勸他們走，那是不成功的了。如將老皇爺點倒，硬架了出去，實在太過不敬，也難免給人瞧見。」一時束手無策，心下惱怒，按捺不住，便道：「甚麼都沒分別，那麼皇后和端敬皇后也沒分別，又爲甚麼要出家？」

行痴突然站起，顫聲道：「你……你說甚麼？」

韋小寶一言出口，便已後悔，當即跪倒，說道：「奴才胡說八道，老皇爺不可動怒。」行痴道：「從前之事，我早忘了，你何以又用這等稱呼？快請起來，我有話請問。」韋小寶道：「是。」站起身來，心想：「你給我激得開了口說話，總算有了點眉目。」

行痴問道：「兩位皇后之事，你從何處聽來？」韋小寶道：「是聽海大富跟皇太后說的。」行痴道：「你認得海大富？他怎麼了？」韋小寶道：「他給皇太后殺了。」行痴驚呼一聲，道：「他死了？」韋小寶道：「皇太后用『化骨綿掌』功夫殺死了他。」行痴顫聲道：「皇太后怎麼會……會武功？你怎知道？」韋小寶道：「海大富和皇太后在慈寧宮花園裏動手打鬥，我親眼瞧見的。」行痴道：「你是甚麼人？」

韋小寶道：「奴才是御前侍衞副總管韋小寶。」隨即又加上一句：「當今皇上親封的，有御札在此。」說着將康熙的御札取出來呈上。

行痴呆了片刻，並不伸手去接，行顫道：「這裏從來沒燈火。」行痴嘆了口氣，問道：「小皇帝身子好不好？他……他做皇帝快不快活？」

韋小寶道：「小皇帝得知老皇爺健在，恨不得揷翅飛上五台山來。他在宮裏大哭大叫，又是悲傷，又是喜歡，說甚麼要上山來。後來……後來恐怕誤了朝廷大事，才派奴才先來向老皇爺請安。奴才回奏之後，小皇爺便親自來了。」

行痴顫聲道：「他……他不用來了。他是好皇帝，先想到朝廷大事，可不像我……」說到這裏，聲音已然哽咽。黑暗之中，但聽到他眼淚一滴滴落上衣襟的聲音。

雙兒聽他流露父子親情，胸口一酸，淚珠兒也撲簌簌的流了下來。

韋小寶心想良機莫失，老皇爺此刻心情激動，易下說辭，便道：「海大富一切都查得清清楚楚了，皇太后先害死榮親王，又害死端敬皇后，再害死端敬皇后的妹子貞妃，後來又害死了小皇帝的媽媽。海大富甚麼都查明白了。皇太后知道秘密已經洩漏，便親手打死了海大富，又派了大批人手，要上五台山來謀害老皇爺。」

榮親王、端敬皇后、貞妃三人係被武功好手害死，海大富早已查明，稟告了行痴，由此而回宮偵查兇手，但行痴說甚麼也不信竟是皇后自己下手，嘆道：「皇后是不會武功的。」

韋小寶道：「那晚皇太后跟海大富說的話，老皇爺聽了之後就知道了。」當下一一轉述那晚兩人對答的言語。他伶牙利齒，說得雖快，卻是清清楚楚。

行痴原是個至性至情之人，只因對董鄂妃一往情深，這才在她逝世之後，連皇帝也不願做，甘棄萬乘之位，幽閉斗室之中。雖然參禪數年，但董鄂妃的影子在他心中何等深刻，一聽韋小寶提起，甚麼禪理佛法，霎時之間都拋於腦後。海大富和皇太后的對答一句句在心中流過，悲憤交集，胸口一股氣塞住了，便欲炸將開來。

韋小寶說罷，又道：「皇太后這老……一不做，二不休，害了你老皇爺之後，要去害死小皇帝。她還要去挖了端敬皇后的墳，又要下詔天下，燒毀『端敬皇后語錄』，說『語錄』中的話都是放屁，那一個家裏藏一本，都要抄家殺頭！」

這幾句話卻是他揑造出來的，可正好觸到行痴心中的創傷。他勃然大怒，伸手在大腿上用力一拍，喝道：「這賤人，我……我早就該將她廢了，一時因循，致成大禍！」順治當年一心要廢了皇后，立董鄂妃爲后，只因爲皇太后力阻，才擱下來。董鄂妃倘若不死，這皇后之位早晚是她的了。

韋小寶道：「老皇爺，你看破世情，死不死都沒分別，小皇爺可死不得，端敬皇后的墳挖不得，端敬皇后語錄毀不得。」行痴道：「不錯，你說得很是。」韋小寶道：「所以咱們須得出去躲避，免得遭了皇太后的毒手。皇太后的手段是第一步殺你，第二步害小皇帝，第三步挖墳燒語錄。只要她第一步做不成功，第二步、第三步棋子便不敢下了。」

順治七歲登基，廿四歲出家，此時還不過三十幾歲。他原本性子躁、火性大，說到頭腦清楚，康熙雖然小小年紀，比父親已勝十倍。因此沐王府中人想嫁禍吳三桂，詭計立被康熙識破，韋小寶半眞半假的揑造了許多言語，行痴卻盡數信以爲眞。不過皇太后所要行的這三步棋子，雖是韋小寶揑造出來，但他是市井之徒，想法和陰毒女人也差不多。

行痴大聲道：「幸虧得你點破，否則當眞壞了大事。師弟，咱們快快出去。」行顚道：「是。」右手提起金杵，左手推開板門。

板門開處，只見當門站着一人。黑暗中行顚看不見他面貌，喝道：「誰？」舉起金杵。那人道：「你們要去那裏？」

行顚吃了一驚，抛下金杵，雙手合十，叫道：「師父！」行痴也叫了聲：「師父。」

原來這人正是玉林。他緩緩的道：「你們的說話，我都聽到了。」

韋小寶心中暗叫：「他媽的，事情要糟！」

玉林沉聲道：「世間寃業，須當化解，一味躲避，終是不了。既有此因，便有此果，業既隨身，終身是業。」行痴拜伏於地，道：「師父教訓得是，弟子明白了。」玉林道：「只怕未必便這麼明白了。你從前的妻子要找你，便讓她來找。我佛慈悲，普渡衆生，她怨你、恨你、要殺你而甘心，你反躬自省，總有令她怨，令她恨，使得她決心意殺你的因。你避開她，業因仍在，倘若派人殺了她，惡業更加深重了。」行痴顫聲道：「是。」

韋小寶肚裏大罵：「操你奶奶的老賊禿！我要罵你，打你，殺你，你給不給我打罵？給不給我割你的老禿頭？」

只聽玉林續道：「至於西藏喇嘛要捉你去，那是他們在造惡業，意欲以你爲質，挾制當今皇帝，橫行不法，虐害百姓。咱們卻不能任由他們胡行。眼前這裏是不能住了，你們且隨我到後面的小廟去。」他轉身出外。行痴、行顛跟了出去。

韋小寶心想：「小皇帝雖賞了黃馬褂，我可還沒在身上穿過一天。這件事沒辦妥，回京對小皇帝沒交代，他一怒之下，說不定反悔，黃馬褂就此不賞了。我也得跟去瞧瞧。」

他和雙兒兩人跟着到了玉林坐禪的小廟之中。玉林對他們兩人猶如沒瞧見一般，毫不理會，逕在蒲團上盤膝坐了。行痴在他身邊的蒲團上坐下，行顛東張西望了一會，也在行痴的下首坐倒。玉林和行痴合十閉目，一動也不動，行顛卻睜大了圓圓的環眼，向空瞪視，終於也閉上了眼睛，兩手按在膝上，過了一會，伸手去摸蒲團旁的金杵，唯恐失卻。

韋小寶向雙兒扮個鬼臉，裝模作樣的也在蒲團上坐下，雙兒挨着他身子而坐。韋小寶雖非孫悟空，但性子之活潑好動，也眞如猴兒一樣，要他在蒲團上安安靜靜的坐上一時三刻，可眞要了他命。但眼見老皇爺便在身旁，就此出廟而去，那是說甚麼也不肯的。他東一扭，西一歪，拉過雙兒的手來，在她手心中搔癢。雙兒強忍笑容，左手向玉林和行痴指指。

這麼挨了半個時辰，韋小寶忽然心想：「老皇爺學做和尙，總不成連大小便也忍得住。待他去大小便之時，我便去花言巧語，騙他逃走。」一想到了這計策，身子便定了一些。

一片寂靜之中，忽聽得遠處響起許多人的脚步聲，初時還聽不眞切，後來脚步聲越響越近，一大羣人奔向清涼寺來。行顚臉上肌肉動了幾下，伸手抓起金杵，睜開眼來，見玉林和行痴坐着不動，遲疑了片刻，放下金杵，又閉上了眼。

只聽得這羣人衝進了清涼寺中，叫嚷喧嘩，良久不絕。韋小寶心道：「他們在寺裏找不到老皇爺，不會找上這裏來麼？且看你這老賊禿如何抵擋？」

果然又隔了約莫半個時辰，大羣人擁向後山，來到小廟外。有人叫道：「進去搜！」行顚霍地站起，抓起了金杵，擋在禪房門口。

韋小寶走到窗邊，向外張去，月光下但見黑壓壓的都是人頭，回頭看玉林和行痴時，兩人仍是坐着不動。雙兒悄聲道：「怎麼辦？」韋小寶低聲道：「待會這些人衝進來，咱們救了老皇爺，從後門出去。」頓了一頓，又道：「倘若途中失散，我們到靈境寺會齊。」雙兒點了點頭，道：「就怕我抱不起老……老皇爺。」韋小寶道：「只好拖着他逃走。」

驀地裏外面衆人紛紛呼喝：「甚麼人在這裏亂闖？」「抓起來！」「別讓他們進去！」「媽巴羔子的，拿下來！」

人影一幌，門中進來兩人，在行顚身邊掠過，向玉林合十躬身，便盤膝坐在地下，竟是兩名身穿灰衣的和尙。禪房房門本窄，行顚身軀粗大，當門而立，身側已無空隙，但這兩名和尙輕輕巧巧的竄了進來，似乎連行顚的衣衫也未碰到，實不知他們是怎生進房來的。

外面呼聲又起：「又有人來了！」「攔住他！」「抓了起來！」卻聽得砰蓬、砰蓬之聲大作，有人飛了出去，摔在地下，禪房中卻又進來兩名和尙，一言不發，坐在先前進來的兩僧下首。

如此一對對僧人不斷陸續進來。韋小寶大感有趣，心想不知還有多少和尚到來，再來幾對，禪房便無隙地可坐了。但來到第九對後便再無人來。

第九對中的一人竟是清涼寺的方丈澄光。韋小寶又是奇怪，又是欣慰：「這十七個和尚的武功，如果都跟澄光差不多，敵人再多，那也不怕。」

外面敵人喧嘩叫嚷，卻誰也不敢衝門。過了一會，一個蒼老的聲音朗聲說道：「少林寺硬要替清涼寺出頭，將事情攬到自己頭上嗎？」禪房內衆人不答。隔了一會，外面那老者道：「好，今日就賣了少林寺十八羅漢的面子，咱們走！」外面呼嘯之聲此起彼伏，衆人都退了下去。

韋小寶打量那十八名僧人，年老的已六七十歲，年少的不過三十左右，或高或矮，或俊或醜，僧袍內有的突出一物，似是帶着兵刃，心想：「他們是少林寺十八羅漢，那麼澄光方丈也是十八羅漢之一了。玉林老禿賊有恃無恐，原來早約下了厲害的幫手保駕。這些和尚在這裏坐禪入定，不知要搞到幾時，老子可不能跟他們耗下去，坐啊坐的，韋小寶別坐得變成了韋老寶！」一站起身來，走到行痴身前跪下，說道：「大和尚，有少林寺十八羅漢保駕，您大和尚是篤定泰山了。我這就要回去了，您老人家有甚麼吩咐沒有？」

行痴睁開眼來，微微一笑，說道：「辛苦你啦。回去跟你主子說，不用上五台山來擾我清修。就算來了，我也一定不見。你跟他說，要天下太平，『永不加賦』四字，務須牢牢緊記。他能做到這四字，便是對我好，我便心中歡喜。」

韋小寶應道：「是！」

行痴探手入懷，取了一個小小包裹出來，說道：「這一部經書，去交給你的主子。跟他說：天下事須當順其自然，不可強求。能給中原蒼生造福，那是最好。倘若天下百姓都要咱們走，那們咱們從那裏來，就回那裏去。」說着在小包上輕輕拍了一拍。

韋小寶記起陶紅英的話來，心道：「莫非這又是一部『四十二章經』？」見行痴將小包遞來，伸雙手接過。

行痴隔了半晌，道：「你去罷！」韋小寶道：「是。」爬下磕頭。行痴道：「不敢當，施主請起。」

韋小寶站起身來，走向房門，突然間童心忽起，轉頭向玉林道：「老和尚，你坐了這麼久，不小便麼？」玉林恍若不聞。韋小寶嘻的一笑，一步跨出門檻。

行痴道：「跟你主子說，他母親再有不是，總是母親，不可失了禮數，也不可有怨恨之心。」韋小寶回過身來答應了，心說：「這句話我才不給你傳到呢。」行痴沉吟道：「要你主子一切小心。」韋小寶道：「是。」

韋小寶回到靈境寺，關上房門，打頭包裹，果然是一部「四十二章經」，只不過書函是用黃綢所製。他琢磨行痴的言語，和陶紅英所說若合符節。行痴說：「倘若天下百姓都要咱們走，那麼咱們就從那裏來，就回那裏去。」滿洲人從關外到中原，要回去的話，自是回關外了，行痴在這小包上拍了一拍，當是說滿洲人回去關外，可以靠了這小包而過日子。又想：「老皇爺命我將經書交給小玄子，我交是不交？我手中已有五部經書，再加上這一部，共有六部。八部中只差兩部了。倘若交給小玄子，只怕就有五部經書，也是無用。好在他說，就是小玄子上五台山來，他也不見，死無對證。這是送上門來的好東西，若不吞沒，對不起韋家祖宗。」但想小皇帝對自己十分信任，吞沒他的東西，未免愧對朋友，對朋友半吊子，就不是英雄好漢了，反正這經書自己也看不懂，還是去交給好朋友的爲是。

次晨韋小寶帶同雙兒、于八等一干人下山。這番來五台山，見到了老皇爺，不負康熙所託，途中還得了雙兒這樣一個美貌溫柔、武功高強的小丫頭，心中甚是高興。

走出十餘里，山道上迎面走來一個頭陀。這頭陀身材奇高，與那莽和尙行顚難分上下，只是瘦得出奇。澄光方丈已經極瘦，這頭陀少說也比他還瘦了一半，臉上皮包骨頭，雙目深陷，當眞便如僵屍一般，這頭陀只怕要四個併成一個，才跟行顚差不多。他長髮垂肩，頭頂一個銅箍束住了長髮，身上穿一件布袍，寬寬盪盪，便如是掛在衣架上一般。

韋小寶見了他這等模樣，心下有些害怕，不敢多看，轉過了頭，閃身道旁，讓他過去。那頭陀走到他身前，卻停了步，問道：「你是從清涼寺來的麼？」韋小寶道：「不是。我們從靈境寺來。」那頭陀左手一伸，已搭住他左肩，將他身子拗轉，跟他正面相對，問道：「你是皇宮裏的太監小桂子？」這隻大手在肩上一按，韋小寶登時全身皆軟，絲毫動彈不得，忙道：「胡說八道！你瞧我像太監麼？我是楊州韋公子。」

雙兒喝道：「快放手！怎地對我家相公無禮。」那頭陀伸出右手，按向雙兒肩頭，道：「聽你聲音，也是個小太監。」雙兒右肩一沉避開，食指伸出，疾點他「天谿穴」，噗的一聲，點個正着。可是手指觸處有如鐵板，只覺指尖奇痛，連手指也險些折斷，不禁「啊」的一聲呼叫，跟着肩頭一痛，已被那頭陀蒲扇般的大手抓住。

那頭陀嘿嘿嘿的笑了三聲，道：「你這小太監武功很好，厲害，眞正厲害。」雙兒飛起左腿，砰的一聲，踢在他胯上，這一下便如踢中了一塊大石頭，大叫一聲：「哎喲！」眼淚直流。那頭陀道：「小太監武功了得，當眞厲害。」雙兒叫道：「我不是小太監！你才是小太監！哎喲！」那頭陀笑道：「你瞧我像不像太監？」雙兒叫道：「快放手！你再不放，我可要罵人啦。」那頭陀道：「你點我穴道，踢我大腿，我都不怕，還怕你罵人？你武功這樣高強，定是皇宮裏派出來的，我得搜搜。」

韋小寶道：「你武功更高，那麼你更是皇宮裏派出來的了。」

那頭陀道：「你這小太監纏夾不清。」左手提了韋小寶，右手提了雙兒，向山上飛步便奔。兩個少年大叫大嚷，那頭陀毫不理會，提着二人直如無物，脚下迅速之急。于八等人只瞧得目瞪口呆，那敢作聲。

那頭陀沿山道走了數丈，突然向山坡上無路之處奔去，當眞是上山如履平地。韋小寶只覺耳畔呼呼風響，心道：「這頭陀如此厲害，莫非是山神鬼怪？」

奔了一會，那頭陀將二人往地下一放，向上一指，道：「倘若不說實話，我提你們到這山峯上，擲了下來。」所指處是個極高的山峯，峯尖已沒入雲霧之中。

韋小寶道：「好，我說實話。」那頭陀問道：「那就算你識相。你到底是甚麼人？這小子是甚麼人？」韋小寶道：「大師父，她不是小子……她是我的……我的……」那頭陀道：

「是你的甚麼人？」韋小寶道：「是我的……老婆！」

這「老婆」二字一出口，那頭陀和雙兒都大吃一驚。雙兒滿臉通紅。那頭陀奇道：「甚麼？甚麼老婆？」韋小寶道：「不瞞大師父說，我是北京城裏的富家公子，看中了隔壁鄰居的這位小姐，於是……我們私訂終身後花園，她爹爹不答應，我就帶了她逃出來。你瞧，她是個姑娘，怎麼會是小太監，眞是寃哉枉也了。你如不信，除下她帽子瞧瞧。」

那頭陀摘下雙兒的帽子，露出一頭秀髮，其時天下除了僧、道、頭陀、尼姑等出家人，都須剃去前半邊頭髮。雙兒長髮披將下來，直垂至肩，自是個女子無疑。

韋小寶道：「大師父，求求你，你如將我們送交官府，那我可沒命了。我給你一千兩銀子，你放了我們罷！」那頭陀道：「如此說來，你果然不是太監了。太監那有拐帶人家閨女私逃的？哼哼，你小小年紀，膽子倒不小。」說着放開了他，又問：「你們上五台山來幹甚麼？」韋小寶道：「我們上五台山來拜佛，求菩薩保佑，讓我落難公子中狀元，將來她……我這老婆，就能做一品夫人了。」甚麼「私訂終身後花園，落難公子中狀元」云云，都是他在楊州時聽說書先生說的。

那頭陀想了片刻，點頭道：「那麼是我認錯人了，你們去罷！」韋小寶大喜，道：「多謝大師。我們以後拜菩薩之時，求菩薩保祐，保祐你大師將來也……也做個大菩薩，跟文殊菩薩、觀音菩薩平起平坐。」攜了雙兒的手，向山下走去。

只走得幾步，那頭陀道：「不對，回來！小姑娘，你武功很是了得，點我一指，踢我一脚。」說着摸了摸腰間「天谿穴」，問道：「你這武功是誰教的？是甚麼家數？」

雙兒可不會說謊，脹紅了臉，搖了搖頭。韋小寶道：「她這是家傳的武功，是她媽媽教的。」那頭陀道：「小姑娘姓甚麼？」韋小寶道：「這個，嘻嘻，說起來有些不大方便。」那頭陀道：「甚麼不方便，快說！」

雙兒道：「我們姓莊。」那頭陀搖頭道：「姓莊？不對，你騙人，天下姓莊的人中，沒有這樣武功高手，能教了這樣的女兒出來。」韋小寶道：「天下武功好的人極多，你又怎能都知道？」那頭陀怒道：「我在問小姑娘，你別打岔。」說着輕輕在他肩頭一推。

這一推使力極輕，生怕這小孩經受不起，手掌碰上韋小寶肩頭，只覺他順勢一帶一卸，雖無勁力，所用招式卻是一招「風行草偃」，移肩轉身，左掌護面，右掌伏擊，居然頗有點兒門道。那頭陀微覺訝異，抓住了他胸口。韋小寶右掌戳出，一招「靈蛇出洞」，也是使得分毫不錯，噗的一聲，戳在那頭陀頸下，手指如戳鐵板，「啊喲」一聲大叫。

雙兒雙掌飛舞，向頭陀攻去。那頭陀掌心發勁，已將韋小寶胸口穴道封住，回身相鬥。雙兒竄高伏低，身法輕盈，但那頭陀七八招後，兩手已抓住她雙臂，左肘彎過一撞，封住了她穴道，轉身問韋小寶：「你說是富家公子，怎地會使遼東神龍島的擒拿功夫？」

韋小寶道：「我是富家公子，為甚麼不能使遼東神龍島功夫？難道定要窮家小子，才能使麼？」口中敷衍，拖延時刻，心念電轉：「遼東神龍島功夫，那是甚麼功夫？是了，海老烏龜說過，老婊子假冒武當派，其實是遼東蛇島的功夫。那神龍島，多半便是蛇島。不錯，老婊子跟神龍教的人勾勾搭搭，他們嫌『蛇』字不好聽，自稱為『神龍』。小玄子的功夫是老婊子教的，我時時和小玄子拆招比武，不知不覺學上了這幾下擒拿手法。」

那個頭陀道：「胡說八道，你師父是誰？」

韋小寶心想：「如說這功夫是老婊子所教，等於招認自己是宮裏的小太監。」當即說道：「是我叔叔一個相好，一個胖姑娘柳燕姑姑教的。」那頭陀大奇，問道：「柳燕？柳姑娘是你叔叔的相好？你叔叔是甚麼人？」韋小寶道：「我叔叔韋大寶，是北京城裏有名的風流公子，白花花的銀子一使便是一千兩，相貌像戲台上的小生一樣。那胖姑娘一見就迷上他了。胖姑娘常常三更半夜到我家裏來，花園圍牆跳進跳出。我纏住要她教武功，她就教了我幾手。」

那頭陀將信將疑，問道：「你叔叔會不會武功？」

韋小寶哈哈大笑，道：「他會屁武功？他常常給柳燕姑娘抓住了頭頸，提來提去，半點動彈不得。我叔叔急了，罵道：『兒子提老子。』柳燕姑姑笑道：『就是兒子提老子！孫子提爺爺也不打緊。』」

他繞着彎子罵人，那頭陀可絲毫不覺，追述柳燕的形狀相貌，韋小寶竟說得分毫不錯，說道：「這個胖姑姑最愛穿紅繡鞋。大師父，我猜你愛上了她，是不是？幾時你見到她，就跟她一起睡覺，睡了永遠不起來好了。」

那頭陀那知柳燕已死，這話似是風言風語，其實是毒語相咒，怒道：「小孩子家胡說八道！」但對他的話卻是信了，伸手在他小腹上輕輕一拍，解他穴道。不料這一記正拍在他懷中那部「四十二章經」上，拍的一聲，穴道並未解開。

那頭陀道：「甚麼東西？」韋小寶道：「是我從家裏偷出來的一大疊銀票。」那頭陀道：「吹牛！銀票那有那麼多的？」探手到他懷裏一摸，拿了那包裹出來，解開來赫然是一部經書。他一怔之下，登時滿臉堆歡，叫道：「四十二章經，四十二章經！」急忙包好了，放入自己懷裏，抓住韋小寶胸口，將他高高舉起，厲聲喝道：「那裏來的？」

這一句話可不易答了，韋小寶笑道：「嘻嘻，你問這個麼？說來話長，一時之間，那說得完。」他拖延時刻，要想一番天衣無縫的言語，騙過這頭陀。要說經書從何而來，胡亂揑造個原由，自是容易之極，但經書已入他手，如何騙得回來，可就難了。

那頭陀大聲問道：「是誰給你的？」

韋小寶身在半空，突然見到山坡上有七八名灰衣僧人向上走來，看模樣便是清涼寺後廟所見少林十八羅漢中的人物，轉頭一看，又見到了幾名，連同西首山坡上來的幾名，共是十七八名，心下大喜，暗道：「賊頭陀，你武功再強，也敵不過少林十八羅漢。」

那頭陀又道：「快說，快說！」眼見韋小寶東張西望，順着他目光瞧去，見山坡上東、北、西三面緩緩上來的十餘名和尙，卻也不放在心上，問道：「那些和尙來幹甚麼？」韋小寶道：「他們聽說大師父武功高強，十分佩服，前來拜你爲師。」

那頭陀搖頭道：「我從來不收徒弟。」大聲喝道：「喂，你們快快都給我滾蛋，別來囉嗦！」這一聲呼喝，羣山四應，威勢驚人。

那十八名僧人恍若不聞，一齊上了山坡。一名長眉毛的老僧合十說道：「大師是遼東胖尊者麼？」

韋小寶身在半空，聽了這句話，忍不住哈哈大笑。這頭陀身材之瘦，世間罕有，這老和尙問他是不是胖尊者，那多半是譏刺於他了。

不料那頭陀大聲道：「我正是胖頭陀！你們想拜我為師嗎？我不收徒弟！你們跟誰學過武功？」那老僧道：「老衲是少林寺澄心，忝掌達摩院，這裏十七位師弟，都是少林寺達摩院的同侶。」

胖頭陀「啊」的一聲，緩緩將韋小寶放了下來，說道：「原來少林寺達摩院的十八羅漢通統到了。你們不是想拜我為師的。我一個人可打你們不過。」澄心合十道：「大家無冤無仇，都是佛門一派，怎地說到個『打』字？『羅漢』是佛門中聖人，我輩凡夫俗子，如何敢當此稱呼？武林中朋友胡亂以此尊稱，殊不敢當。遼東胖瘦二尊者，神功無敵，我們素來仰慕，今日有緣拜見，實是大幸。」說到這裏，其餘十七名僧人一齊合十行禮。

胖頭陀躬身還禮，還沒挺直身子，便問：「你們到五台山來，有甚麼事？」

澄心指着韋小寶道：「這位小施主，跟我們少林寺頗有些淵源，求大師高抬貴手，放了他下山。」胖頭陀呆了一呆，眼見對方人多勢眾，又知少林十八羅漢個個武功驚人，單打獨鬥是毫不在乎，他十八人齊上就對付不了，便道：「好，看在大師面上，就放了他。」說着俯身在韋小寶腹上揉了幾下，解開了他的穴道。

韋小寶一站起，便伸出右掌，說道：「那部經書，是這十八羅漢的朋友交給我的，命我送去……送去少林寺，交給住持方丈，你還給我罷？」胖頭陀怒道：「甚麼？這經書跟少林寺有甚麼相干？」韋小寶大聲道：「你奪了我的經書，那是老和尚叫我去交給人的，非同小可，快快還來！」

胖頭陀道：「胡說八道！」轉身便向北邊山坡下縱去。三名少林僧飛身而起，伸手往他臂上抓去。胖頭陀不敢和衆僧相鬥，側身避開了三僧的抓掌，他身形奇高，行動卻是輕巧無比。少林三僧這一抓都是少林武功的絕頂，竟然沒碰到他衣衫。但胖頭陀這麼慢得瞬息，已有四名少林僧攔在他身後，八掌交錯，擋住了他去路。

胖頭陀鼓氣大喝，雙掌一招「五丁開山」推出，乘着這股威猛之極的勢道，回頭向南，疾衝而前。四名少林僧同時出掌，分擊左右。胖頭陀雙掌掌力和四僧相接，只覺左方擊來掌力甚是剛硬，右方二僧掌力中卻含有綿綿柔勁，不由得心中一驚，雙掌運力，將對方掌力卸去，便在此時，背後又有三隻手掌抓將過來。

胖頭陀一瞥之間，見到左側又有二僧揮拳擊到，當即雙足一點，向上躍起，但見背後三僧伸出的手掌各各不同，分具「龍爪」「虎爪」「鷹爪」三形，心下登時怯了，大袖急轉，捲起一股旋風，左足落地，右手已將韋小寶抓起，叫道：「要他死，還是要他活？」

十八少林僧或進或退，結成兩個圓圈，分兩層團團將他圍住。澄心說道：「這位小施主那部經書，干係重大，請大師施還，結個善緣。我們感激不盡。」

胖頭陀右手將韋小寶高高提起，左掌按在他天靈蓋上，大踏步向南便走。

這情勢甚是分明，倘若少林僧出手阻攔，他左掌微一用力，韋小寶立時頭蓋破裂。擋住南方的幾名少林僧略一遲疑，唸聲「阿彌陀佛」，只得讓開。

胖頭陀提着韋小寶向南疾行，越走越快。少林寺十八羅漢展開輕功，緊緊跟隨。

這時雙兒被封閉的穴道已得少林僧解開，眼見韋小寶被擒，心下驚惶，提氣急追。她拳脚功夫因得高人傳授，頗爲了得，可是畢竟年幼，內力修爲和十八少林僧相差極遠，加上身矮步短，只趕出一二里，已遠遠落後，她心中一急，便哭了出來，一面哭，一面仍是急奔。眼見胖頭陀手中提了一人，奔勢絲毫不緩，少林僧竟然趕他不上。

再奔得一會，胖頭陀提着韋小寶，向正南的一座高峯疾馳而上。十八少林僧排成一綫，自後緊追。雙兒奔到峯脚，已是氣喘吁吁，仰頭見山峯甚高，心想這惡頭陀將相公捉到山峯頂上，萬一失足，摔將下來，惡頭陀未必會摔死，相公那裏還有命？正惶急間，忽聽得隆隆聲響，一塊塊大石從山道上滾了下來，十八少林僧左縮右躍，不住閃避。原來胖頭陀上峯之時，不斷踢動路邊巖石，滾下阻敵。十八少林僧怎能讓巖石砸傷？可是跟他相距，卻更加遠了。澄光方丈和皇甫閣動手時胸口受傷，內力有損，又落在十七僧之後。

雙兒提氣上峯，叫道：「方丈大師，方丈大師！」澄光回過頭來，站定了等她，見她奔得上氣不接下氣，神色驚惶，安慰她道：「別怕！他不會害你公子的。」怕她急奔受傷，拉住她手，緩緩上山。雙兒心中稍慰，問道：「方丈，他……他會不會傷害相公？」澄光道：「不會的。」他話是這麼說，可是眼見胖頭陀如此兇狠，又怎能斷定？

這山峯是五台山的南台，幸好山道曲折，轉了幾個彎，胖頭陀踢下的石塊便已砸不到人了。待得雙兒隨着澄光走上南台頂，只見十七名少林僧團團圍住了一座廟宇，胖頭陀和韋小寶自然是在廟內。

五台山共有五座高峯，峯頂各有一廟。五台山是佛教中文殊菩薩演教之場，峯頂每座廟中所供文殊名號不同，以文殊菩薩神通廣大，以不同世法現身。東台望海峯，建望海寺，供聰明文殊；北台業斗峯，建靈應寺，供無垢文殊；中台翠巖峯，建演教寺，供儒童文殊；西台掛月峯，建法雷寺，供獅子文殊；南台錦綉峯，建普濟寺，供智慧文殊。衆人所登的山峯便是錦綉峯，那座廟便是普濟寺。

雙兒叫了幾聲：「相公，相公！」不聞應聲，拔足便奔進寺去。

雙兒直衝進殿，只見胖頭陀站在大雄寶殿滴水簷口，右手仍是抓着韋小寶。雙兒撲將過去，叫道：「相公，惡和尚沒傷了你嗎？」韋小寶道：「你別急，他不敢傷我的。」胖頭陀怒道：「我爲甚麼不敢傷你？」韋小寶笑道：「你如動了我一根寒毛，少林十八羅漢捉住了你，將你回復原狀，再變成又矮又胖，那你可糟了。」

胖頭陀臉色大變，顫聲道：「甚麼回復原狀？你……你怎麼知道？」

其實韋小寶一無所知，只見他身形奇高極瘦，名字卻叫做「胖頭陀」，隨口亂說，不料誤打誤撞，竟似乎說中了他的心病。韋小寶鑒貌辨色，聽他語音中含有驚懼之情，當即嘿嘿冷笑，道：「我自然知道。」胖頭陀道：「諒他們也沒這本事。」

突然之間，胖頭陀右足飛出，砰的一聲巨響，將階前一個石鼓踢了起來，直撞上照壁，石屑紛飛，問雙兒道：「你來作甚麼？活得不耐煩了？」雙兒道：「我跟相公同生共死，你如傷了他半分，我跟你拚命。」胖頭陀怒道：「他媽的，這小鬼頭有甚麼好？你這女娃娃倒對他有情有義？」雙兒臉上一紅，答不出來，道：「相公是好人，你是壞人。」

只聽得外面十八名少林僧齊聲口宣佛號：「阿彌陀佛，阿彌陀佛！胖尊者，請你把小施主放了，將經書還了他罷！你是武林中赫赫有名的英雄好漢，爲難一個小孩子，豈不貽笑天下？」

胖頭陀怒吼：「你們再囉唆不停，老子可要不客氣了。大家一拍兩散，老子殺了這小孩兒，毀了經書，瞧你們有甚麼法子。」

澄心道：「胖尊者，你要怎樣才肯放人還經？」胖頭陀道：「放人倒也可以，經書可無論如何不能交還。」寺外衆僧寂靜無聲。

胖頭陀四顧殿中情狀，籌思脫身之計。突然間灰影閃動，十八名少林僧竄進殿來。五名少林僧貼着左壁繞到他身後，五名少林僧沿右壁繞到他身後，頃刻之間，又成包圍之勢。

胖頭陀怒道：「有種的就單打獨鬥，一個個來試試老子手段，你們就是車輪大戰，老子也不放在心上。」

澄光合十道：「請恕老衲無禮，我們可要一擁齊上了。」

胖頭陀提起左足，輕輕踏在韋小寶頭上，嘿嘿冷笑。

韋小寶聞到他鞋底的爛泥氣息，又驚又怒，他這隻臭脚在自己頭上一擱，腦子竟也似胡塗了，一時無計可施，眼珠亂轉，要在殿上找些甚麼惹眼之物，胡說八道一番，引開胖頭陀的目光，只消他稍一疏神，少林僧便有相救之機。可是他腦袋給踏在脚下，只看得到向外的一面，但見院子裏有隻大石龜，背上豎着一塊大石碣。

韋小寶道：「胖尊者，你爹爹老是爬在院子裏，背上壓着幾萬斤的大石頭，那不太辛苦嗎？你也不救他一救，也眞不孝。」胖頭陀怒道：「甚麼我爹爹爬在院子裏，滿嘴胡說。」

韋小寶道：「那『四十二章經』共有八部，你只拿得到一部，得不到其餘七部，單是一部經書，又有甚麼用？」胖頭陀急問：「另外七部在那裏？你知不知道？」韋小寶道：「我自然知道。」胖頭陀道：「在那裏？快說，你如不說，我一脚踏碎了你腦袋。」韋小寶道：「我本來不知，剛才方知。」胖頭陀奇道：「剛才方知，那是甚麼意思？」

韋小寶伸長脖子，瞧着石碣。那石碣上刻滿彎彎曲曲的篆文，韋小寶自然不識，他卻假裝誦讀碑文，緩緩的道：「四十二章經，共分八部，第一部藏在河南省甚麼山甚麼寺之中。那幾個字我不認識。」胖頭陀問道：「甚麼字？」見他目光凝視院子中的石碣，奇道：「這塊石頭上刻明白了？」

韋小寶不理，作凝神讀碑之狀，道：「第二部藏在山西省甚麼山的甚麼尼姑庵中，胖老兄，這幾個字我不認得，字又刻得模糊，你文武全才，自己去瞧個明白。」

胖頭陀信以爲眞，俯身提起韋小寶，走到殿門口，細看石碣，碣上所刻的篆文，說是文字，自己可一字不識，但說不是文字，又刻在石碣上作甚？只聽韋小寶繼續唸道：「第三部在四川甚麼山？這字我又不識了。」胖頭陀早就聽人說過，四十二章經共有八部，必須八部齊得，方有莫大效用，至於藏在何處，他更一無所知，聽韋小寶這麼說，已無半分懷疑，當即鬆脚，拉了他起來，問道：「第四部藏在那裏？」

韋小寶瞇着眼凝望石碣，腦袋先向左側，又向右側，搖了搖頭，道：「我看不清楚。」胖頭陀提起他身子，向石碣跨了三步，相距已近，滿臉都是詢問之色。韋小寶道：「我頭上癢得很。」胖頭陀道：「甚麼？」韋小寶道：「這廟裏有跳蚤，在我頭髮裏咬我，胖老兄，你給我捉了出來。頭皮癢得厲害，眼睛就瞧不清楚。」胖頭陀除下他帽子，伸出一隻巨掌，五根棒搥般的大手指在他髮中搔了幾下，道：「好些了嗎？」韋小寶道：「不行，那跳蚤咬我左邊頭皮，你卻搔右邊，越搔越癢。」胖頭陀便去搔他左邊頭皮，韋小寶道：「啊喲，跳蚤跳到我頭頸裏了，你瞧見麼？」

胖頭陀明知他是在作怪，仍是放鬆了他手腕，只左手輕輕按住他肩頭，防他逃脫，道：「你自己搔罷！」韋小寶道：「啊喲，這他奶奶的跳蚤好厲害，定是三年沒吃人血了，本來矮矮胖胖的，現在餓得又瘦又癟，拚命來給老子爲難。」說着左手伸入衣領，用力搔癢。胖頭陀知他繞個彎兒，又來罵自己是跳蚤，只裝作不知，問道：「第四部經書藏在那裏？」韋小寶道：「嗯，第四部經書，藏於甚麼山少……少林寺的達……達甚麼院啊？」胖頭陀吃了一驚，道：「藏在少林寺的達摩院？」

韋小寶見他對少林十八僧十分忌憚，而這些少林僧又說是達摩院的，便故意出個難題，作弄他一下，料想他縱有天大的膽子，也不敢到少林寺達摩院去盜經。

韋小寶說道：「這是『摩』字麼？我可不識得。胖老兄，你連這個難字都認得，又何必叫我讀？啊，是了，你是考考我。說來慚愧，每一行中，我倒有幾個字不識。」

胖頭陀斜眼察看少林衆僧，臉色怔忡不定，問道：「第五部藏在那裏？」

少林寺是武林中的大門派，韋小寶曾聽海大富說過，又聽他說皇太后冒充武當派，皇太后則說海大富是崆峒派，武當、崆峒，想來也是兩個大門派了，於是將第五部、第六部說成分藏武當、崆峒兩山之中。胖頭陀臉色越來越難看。韋小寶說第七部經書是雲南沐王府中的人得去了，第八部則是在「雲南甚麼西王的王府」之中。白寒楓曾給他吃過苦頭，這麼說可以給沐王府找些麻煩；吳三桂平西王府中好手如雲，連師父也甚爲忌憚，胖頭陀如敢去惹事生非，定會吃個大大的苦頭。

不料胖頭陀臉色大變，問道：「你說第八部經書是在平西王府中？」韋小寶道：「這個字我不識，不知是不是平西王。」胖頭陀大怒，猛喝：「胡說八道！這塊石碑沒一千年，也有五百年。吳三桂有多大年紀了？幾百年前的碑文，怎麼會寫上吳三桂的平西王？」

那石碣顏色烏黑，石龜和石碣上生滿了青苔，所刻的文字斑駁殘缺，一望而知是數百年前的古物。韋小寶不明這個道理，信口開河，扯到了吳三桂身上。他心中暗叫：「糟糕，糟糕！」嘴頭兀自強辯：「我說過不識得這個字，是你說平西王的，說不定古時候雲南有個狗西王、貓西王、烏龜西王呢。胖老兄，我跟你說，這些字彎彎曲曲，很是難認，你識得就識得，不識就不識，假裝識得，讀成了平西王吳三桂，這裏衆位大和尚個個學問高深，你亂讀白字，豈不笑歪了他們的嘴巴？」

這番話倒也極有道理，說得胖頭陀一張瘦臉登時滿面通紅。他倒並不生氣，點了點頭，說道：「這些蝌蚪字，我是一字不識，原來不是平西王。下面又寫着些甚麼字？」

韋小寶尋思：「好險！搶白了他一頓，才遮掩過去。可得說幾句好聽的話，教他開心開心，他將『蛇島』說成是『神龍島』，又認得肥豬柳燕，多半是神龍教中的人物。」側頭看了半晌，道：「下面好像是『壽與天……天……天……』天甚麼啊？」胖頭陀神色登時十分緊張，道：「你仔細看看，壽與天甚麼？」韋小寶道：「好像是一個……一個……嗯……一個『齊』字，對了，是『壽與天齊』！」胖頭陀大喜，雙手連搓，道：「果然有這幾句話，還有甚麼字？」韋小寶指着石碣，說道：「這些字古裏古怪的，當眞難認，是了，那是一個『洪』

字，是『洪教主』三字，又有『神龍』二字！你瞧，那是『神通廣大』四字。」

胖頭陀「嘩」的一聲大叫，跳了起來，說道：「當眞洪教主有如此福份，壽與天齊？這千年石碑上早已寫上了？」

韋小寶道：「上面寫得有，這是……這是唐太宗李世民立的碑，派了秦叔寶、程咬金立的，碑上寫得明明白白，唐朝有個上知千年，下知千年的軍師，叫做徐茂功，他算到千年之後，大清朝有個神龍教洪教主，神通廣大，壽與天齊。」

揚州茶館中說書先生說隋唐故事，他是聽得多了，甚麼程咬金、徐茂功的名字，爛熟於胸。其實徐茂功是唐朝開國大將徐積，即與李靖齊名的英國公李績，絕非掐指一算、便知過去未來的牛鼻子軍師，韋小寶卻那裏知道？他只求說得活龍活現，騙得胖頭陀暈頭轉向，十八少林僧便可乘機救他出去。至於「洪主教神通廣大，壽與天齊」云云，那是在莊家的大宅之中，聽得章老三等神龍教教衆說的。果然胖頭陀一聽之下，抓頭搔耳，喜悅無限，張大了口合不攏來。

韋小寶道：「這塊大石頭後面，不知還寫了些甚麼。」胖頭陀道：「是！」繞到石碣後去察看。韋小寶一個箭步，向後跳出。胖頭陀一驚，忙伸手去抓。兩邊四名少林僧同時揮掌拍出。胖頭陀只得揮拳抵擋。韋小寶已跳到少林僧的身後。頃刻間又有四名少林僧擁上。

八名少林僧足下不停，繞着胖頭陀急奔，手上不斷發招，也不管這一招是否擊中對方，一擊便走，此上彼落，十六條手臂分從八個方位打到，正是一個習練有素的陣法。

胖頭陀守勢甚是嚴密，但以一敵八，立時便感不支。只聽得拍拍兩聲，一名少林僧和胖頭陀各中一掌。那少林僧跳出圈子，另有一名僧人補了進來。再鬥一會，胖頭陀腿上被踢了一腳，他雙臂伸直，轉了一圈，將八名少林僧逼得各自退開兩步，叫道：「且住！」八僧又各退兩步。胖頭陀道：「今日寡不敵衆，經書就讓給你們罷！」伸手入懷，摸出了經書。

澄心左手一揮，八名少林僧踏上兩步，和胖頭陀相距不過三尺，各人提掌蓄勢。胖頭陀並不理會，伸手將經書交過。澄心丹田中內息轉數，周身佈滿了暗勁，左手三指揑訣，攻守俱備之後，這才伸出右手，慢慢將經書接過。

不料胖頭陀全無異動，交還了經書，微微一笑，說道：「澄心大師，你們少林寺十八羅漢名滿天下，十八人打我一個，未免不大光采罷！」

澄心將經書放入懷中，合十躬身，說道：「得罪了。少林僧單打獨鬥，不是胖尊者的對手。」左手一揮，衆僧一齊退開，唯恐他又來捉韋小寶，五六名僧人都擋在他身前。

胖頭陀道：「韋施主，我有一事誠心奉懇，請你答允。」韋小寶道：「甚麼事？」胖頭陀道：「我想請你上神龍島去，做幾天客人。」韋小寶吃了一驚，道：「甚麼？要我去神龍島？這種地方……」胖頭陀道：「小施主的經書已由澄心大師收去，轉呈少林方丈。小施主來到神龍島，我們合教上下，決以上賓之禮恭敬相待，見過洪教主後，定然送小施主平安離島。」他見韋小寶扁了扁嘴，顯是決不相信自己的話，便道：「澄心大師，請你作個見證。胖頭陀說過的話，可有不作數的？」

澄心知這頭陀行事邪妄，但亦無重大惡行，他胖瘦二頭陀言出必踐，倒是早有所聞，說道：「胖尊者言出有信，這是衆所周知的。只不過韋施主身有要事，恐怕未必有空去神龍島罷。」韋小寶道：「是啊，我忙死了，將來有空，再去神龍島會見胖尊者和洪教主就是。」

胖頭陀忙道：「該說洪教主和他老人家下屬的胖頭陀。第一，天下無人可以排名在他老人家之上，先說旁人名字，再提洪教主，那是大大不敬。」韋小寶問道：「那麼皇帝呢？」胖頭陀道：「自然是洪教主在前，皇帝在後。第二，在教主他老人家面前，不得提甚麼『尊者』、甚麼『眞人』的稱呼。普天之下，唯洪教主一人爲尊。」

韋小寶一伸舌頭，道：「洪教主這麼厲害，我是更加不敢去見他了。」

胖頭陀道：「洪教主仁慈愛衆，恩澤被於天下，像小施主這等聰明伶俐的少年英雄，他老人家見了一定十分歡喜。小施主神龍島之行，一定滿載而歸。教主他老人家大有恩賜，那是不必說了，說不定他老人家一高興，傳你一招半式，從此小施主縱橫天下，終身受用不盡了。」他這番話說得極是誠懇、熱切之意，見於顏色。本來他對韋小寶完全不瞧在眼內，曾伸腳踏在他頭上，但這時滿口「小施主」，又說甚麼「聰明伶俐的少年英雄」，生怕韋小寶聽不清楚，將一條竹篙般的身子彎了下來，就着他說話。

韋小寶記起陶紅英的言語，在莊家看到章老三等一干人舉止，又想起皇太后和柳燕、男扮女裝假宮女的模樣，對神龍教實是說不出的厭惡，相較之下，所識的神龍教人物之中，倒是這個胖頭陀還有幾分英雄氣概，可是他恃強奪經，將自己提來提去，忽然間神態大變，邀自己去神龍島作客，定然不懷好意，莫瞧他這時說話客氣，那是因爲打不過少林僧而已，只要少林僧一走，定然又是強兇霸道，又有誰能制得住他？當下搖頭說道：「我不去！」

胖頭陀一張瘦臉上滿是懊喪之色，慢慢站直身子，向身周的十八名少林僧看了一眼，緩緩的道：「小施主，我的武功跟他們十八位大和尚相比，那是如何？」韋小寶道：「各有所長。」胖頭陀怒道：「甚麼各有所長？如果一對一的比拚，難道他們能勝得過我？」韋小寶道：「一對一，說不定是你贏。一對十八，那一定是你輸了，這才叫各有所長哪。倘若一對一也是你輸，那麼你還長個屁！你不過是身材長些而已。」

胖頭陀微微一笑，道：「像我這樣武功高強的人，你見過沒有？」韋小寶道：「當然見過！你的武功也不過馬馬虎虎，比你高強十倍之人，我也見過不少。」胖頭陀大怒，跳上一步，伸手向他抓去。四名少林僧同時伸掌擋住。胖頭陀道：「你說誰的武功比我更高？」

韋小寶一時為之語塞，倒想不起曾見過有誰比他武功更高，師父的武功是極高的了，也未必勝得過他。胖頭陀得意起來，道：「你瞧，你說不出了，是不是？」韋小寶道：「甚麼說不出，我是不想說，只怕嚇壞了你。武功高出你甚多之人，第一位，是天地會總舵主陳近南。我曾見他在北京城裏跟人打架，雙手抓住四名頭陀，每個頭陀都有二百來斤重，他雙足一點，便飛身跳過城牆，你跟他相比，可相差太遠了。」胖頭陀哼了一聲，他也素聞陳近南之名，但決不信他能手提四人、飛身跳過城牆，說道：「吹牛！」

韋小寶道：「第二位武功高強之人，是江南一位嬌滴滴的小脚少奶奶。」他說到這裏，向雙兒瞧去。雙兒連連搖手，要他莫說。韋小寶續道：「這位少奶奶曾和三十六個武當派的道士打架，三十六個道士圍住了她，使出一種甚麼……甚麼陣法來……」胖頭陀問道：「武當派的陣法，空手還是使劍的？」韋小寶道：「使劍的。」胖頭陀道：「那是眞武劍陣。」韋小寶道：「是了，你胖大師見多識廣，知道是眞武劍陣，那時候三十六把寶劍圍住了那位少奶奶，劍光閃閃，水也潑不進去。那位少奶奶左手抱着孩子，右手是空手……」胖頭陀大奇，說道：「她左手抱着孩子跟武當派比武？」韋小寶道：「那有甚麼希奇？她抱着的是一對雙生子，都是男孩兒，很胖的……」他有意誇張莊家少奶奶的武功，又將孩子的數目加上一倍，續道：「……她嘴裏哄着孩兒：『兩個乖寶寶，別哭，你們瞧媽媽變把戲。』一面將三十六名道士手裏的寶劍都奪了下來，又將這些道士都點中了穴道，一個個站在那裏，好似泥菩薩一般，動也不能動。那位少奶奶抱了孩子，讓他們去抓老道士的鬍子。老道士乾瞪眼生氣，兩個孩子卻笑得很是開心。」

武當派跟少林派齊名，武功各有千秋，韋小寶是知道的。他見胖頭陀門不過十八名少林僧，便說那少奶奶打敗了三十六名道士，武功誰強誰弱，那也不用多說了。

胖頭陀聽得如痴如狂，歎了口氣道：「天下竟有這樣神奇的武功！」

韋小寶見居然騙信了他，甚是得意，道：「不瞞你說，這位少奶奶，就是我的乾娘。」雙兒初時聽他說江南有一個少奶奶，還道說的是莊家的三少奶，後來聽他說那位少奶奶有一對攣生兒子，又是他乾娘，才知另有其人。

胖頭陀卻又是一驚，道：「是你乾娘？她姓甚麼？武林中有這樣厲害的人物，我怎地沒聽見過？」韋小寶笑道：「武林中厲害的人物多着呢。像我這個老婆。」說着向雙兒一指，道：「你瞧她小巧玲瓏，嬌滴滴的模樣，怎知她一身武功？」雙兒滿臉飛紅，道：「相公你別瞎說。」胖頭陀跟雙兒交過手，這樣小小一個姑娘，居然身手了得，若非親見，也眞難以相信，點頭道：「說得是。小施主既然不肯赴神龍島，那也沒法了，衆位請罷！」

韋小寶道：「大師先行！」他似乎是客氣，其實是要胖頭陀先行，他若向東，自己便向西，他如往北，自己往南。胖頭陀搖搖頭，說道：「施主先請。我要將這石碑上的碑文拓了去。」韋小寶暗暗好笑，心想自己信口胡吹，居然騙得他信以爲眞。

註：一、本回回目錄自查愼行古體詩，平仄與近體律詩不同。

二、順治四后。端敬皇后董鄂氏及康熙生母孝康皇后，與順治合葬孝陵。廢后及孝惠皇后（卽本書中的皇太后）另葬孝東陵。「孝康」及「孝惠」都是到雍正、乾隆年間才加的諡號，康熙時還沒有這樣稱呼。但通俗小說不必這樣嚴格遵守歷史事實。

三、順治出家五台山一事，清代民間盛傳。稱爲「清代四大疑案」之一。其餘三大疑案是順治皇太后下嫁攝政王、雍正奪嫡、乾隆出於海寧陳家。據官書記載，順治因染天花而死，然而官書中疑點甚多，以致後人頗多猜測。清初大詩人吳梅村有「清涼山讚佛詩」四首，肯定與董鄂妃有關，頗有人認爲隱指順治因傷心愛妃之逝、而至五台山出家。詩云：

「西北有高山，云是文殊台。台上明月池，千葉金蓮開，花花相映發，葉葉同根栽。王母攜雙成，綠蓋雲中來（按：雙成指女仙子董雙成）。漢主坐法宮，一見光徘徊。結以同心合，授以九子釵……攜手忽太息，樂極生微哀。千秋終寂寞，此日誰追陪？……（言董鄂妃得順治寵幸，順治有人生無常之悲。全詩甚長，不具錄。）

「傷懷驚涼風，深宮鳴蟋蟀。嚴霜被瓊樹，芙蓉凋素質。可憐千里草，萎落無顏色。（按：「千里草」卽「董」字，指董鄂妃逝世。）……南望倉舒墳（以曹操幼年夭折的兒子鄧哀王曹倉舒比榮親王），掩面添悽惻。戒言秣我馬，遨遊凌八極。（述順治以愛妃逝世，內心傷痛及生出世之想。）

「八極何茫茫，曰往清涼山。此山蓄靈異，浩氣供屈盤……名山初望幸，銜命釋道安，預從最高頂，洒掃七佛壇……中坐一天人，吐氣如旃檀。寄語漢皇帝，何苦留人間？……唯有大道心，與石永不刊。以此護金輪，法海無波瀾（言順治心生上五台山之志。）

「嘗聞穆天子，六飛騁萬里……盛姬病不救，揮鞭哭弱水。漢皇好神仙，妻子思脫屣……寵奪長門陳，恩傾清城李。穠華卽修夜，痛入哀蟬誄。苦無不死方，得令昭陽起……持此禮覺王，賢聖總一軌。道參無生妙，功謝有爲恥，色空兩不住，收拾宗風裏。」

（覺王，卽釋迦牟尼。歸結爲皈依佛法，以禪宗求解脫。）

四、順治在位時卽拜玉林爲師學佛。「玉林國師年譜」云：順治十六年，世祖請師起名，師書十餘字進呈，世祖自擇「痴」字，上則用禪宗龍池祖法派中「行」字，法名「行痴」。玉林爲「通」字輩，名「通琇」，字玉林，其弟子皆以「行」字排行。

韋小寶看了壁上字畫，自是一字不識，搖頭道：「這一副寫得不大好。」陸先生肅然起敬，請他指點，其中敗筆缺失，在於何處。

第十九回　九州聚鐵鑄一字　百金立木招羣魔

十八少林僧和韋小寶、雙兒二人下得錦綉峯來。澄心將經書還給韋小寶，問道：「施主是不是即回北京？」韋小寶道：「是。」澄心道：「我們受玉林大師之囑，護送施主平安回京。」韋小寶喜道：「那好極啦。我正擔心這瘦竹篙般的頭陀死心不息，又來囉唣。可是衆位和我同行，行痴大師有人保護麽？」澄心道：「施主放心，玉林大師另有安排。」韋小寶這時對玉林這老和尚已十分佩服，他閉目打坐，似乎天塌下來也不理，可是不動聲色，暗中一切已布置得妥妥貼貼。

既有少林十八羅漢護送，一路之上自是沒半點凶險，那身材高瘦的胖頭陀固然沒現身，連其餘武林中人物也沒撞見一個。

不一日來到北京城外，十八少林僧和韋小寶行禮作別。澄心道：「施主已抵京城，老僧等告辭回寺。」韋小寶道：「衆位大和尚，承你們不怕辛苦，一直送我到這裏，我……我實在是感激不盡，請受我一拜。」說着跪下磕頭。澄心忙伸手扶起，說道：「施主一路之上，善加接待，我們從山西到北京，乃是遊山玩水，何辛苦之有？」

原來韋小寶一下五台山，便僱了十九輛大車，自己與雙兒坐一輛，十八位少林僧各坐一輛，又命于八快馬先行，早一日打前站，沿途定好客店，預備名茶、細點、素齋，無不極盡豐盛。每一處地方韋小寶大撒賞金，掌櫃和店夥將十八位少林僧當作天神菩薩一般相待。少林僧淸苦修持，原也不貪圖這些飮食之欲，但見他相敬之意甚誠，自不免頗爲喜悅。

韋小寶雖然油腔滑調，言不由衷，但生性極愛朋友，和人結交，倒是一番眞心。這一路上和衆僧談談說說，很是相得，陡然說要分手，心中一酸，不禁掉下淚來。

澄心道：「善哉，善哉！小施主何必難過？他日若有緣法，請到少林寺來敍敍。」韋小寶哽咽道：「那是一定要來的。」澄心和衆僧作別而去。

進得北京城時，天色已晚，不便進宮。韋小寶來到西直門一家大客店「如歸客棧」，要了間上房，歇宿一宵後，明日去見康熙，奏明一切。

尋思：「那瘦得要命的胖頭陀拚命想奪我這部經書，說不定暗中還跟隨着我。十八位少林和尙旣去，他再來下手搶奪，我和雙兒可抵擋不了。還是麻煩着一點兒，先將經書藏得好好的，明兒到宮裏去帶領大隊侍衞來取，呈給小皇帝，這叫做『萬失一無』！」

於是命于八買備應用物事，遣出雙兒，閂上了門。關窗之前，先查明窗外並無胖頭陀窺探，這才用油布將那部四十二章經包好，拉開桌子，取出匕首，在桌子底下的磚牆上割了一洞。那匕首削鐵如泥，剖磚自是毫不費力。將經書放入牆洞，堆好磚塊，取水化開石灰，糊上磚縫。石灰乾後，若非故意去尋，決計不會發見。

次日一早，命于八去套車，要先帶雙兒去吃一餐豐盛早點，擺擺濶綽，讓這小丫頭大開眼界，然後去買套太監衣帽，再進宮去。市上要買太監衣帽，倒着實爲難，如果買不到手，索性便穿上侍衞服色，再趕做一件黃馬褂套上，那時候威風凜凜、大搖大擺的進宮，叫衆侍衞、衆太監瞧得目瞪口呆，豈不有趣？自己這御前侍衞副總管是皇上親封，又不是假的？心道：「就是這個主意，還做甚麼撈甚子的太監？老子穿黃馬褂進宮便了。」

和雙兒上了騾車，彎了舌頭，滿口京腔，說道：「咱們先去西單老魁星館，那兒的炸羊尾、羊肉餃子，還對付着可以。」車夫恭恭敬敬的應道：「是！」于八挺直腰板，坐在車夫之側，說道：「嘿，京城裏連騾子也與衆不同，這麼大眼漆黑的叫騾，我們山西通省就找不出一頭來。」韋小寶功成回京，心下說不出的得意。

那騾車行得一陣，忽然出了西直門。韋小寶道：「喂，是去西單哪，怎麼出了城？」車夫道：「是，對不起哪，大爺！小人這口騾子有股倔脾氣，走到了城門口，非得出城門去溜個圈兒不可。」韋小寶和雙兒都笑了起來。于八道：「嘿，京城裏連騾子也有官架子。」

大車出城後逕往北行，走了一里有餘，仍不回頭，韋小寶心知事有蹊蹺，喝道：「趕車的，你搗甚麼鬼？快回去！」車夫連聲答應，大叫：「回頭，得兒，得兒，呼，呼！得兒，轉回頭！」鞭子劈拍亂揮，騾子卻一股勁兒的往北，越奔越快。車夫破口大罵：「他媽的臭騾子，我叫你回頭！得兒，停住，停住！你奶奶的王八蛋騾子！」他越叫越急，那騾子卻那裏肯停？

便在此時，馬蹄聲響，兩乘馬從旁搶了上來，貼到騾車之旁。馬上乘客是兩名身材魁梧的漢子。

韋小寶低聲道：「動手！」雙兒身子前探，伸指戳出，正中車夫後腰。他身子一幌，從車上摔了下去，大叫一聲，給車旁馬匹踹個正着。馬上漢子飛身而起，坐在車夫位上。雙兒又是伸指戳去。這人反手抓她手腕，雙兒手掌翻過，拍向他面門。那漢子左掌格開，右手抓她肩頭。兩人拆了八九招，騾子仍是發足急奔。左邊馬上乘客叫道：「怎麼啦？鬧甚麼玩意兒？」砰的一聲響，車上漢子胸口被雙兒右掌擊中，飛身跌出。另一名漢子提鞭擊來。雙兒伸手抓住鞭子，順手纏在車上。騾車正向前奔，急拉之下，那漢子立時摔下馬來，急忙撒手鬆鞭，哇哇大叫。

雙兒拿起騾子韁繩，她不會趕車，交在于八手裏，說道：「你來趕車。」于八道：「我這個……我……也不會。」韋小寶躍上車夫座位，接過韁繩，他也不會趕車，學着車夫「得兒，得兒」的叫了幾聲，左手鬆韁，右手緊韁，便如騎馬一般，那騾子果然轉過頭來，又那裏有甚麼倔脾氣了？

只聽得馬蹄聲響，又有十幾乘馬趕來，韋小寶大驚，拉騾子往斜路上衝去。追騎撥轉馬頭，在後急跟。馬快車慢，不多時，一餘騎便將騾車團團圍住。

韋小寶見馬上漢子各持兵刃，叫道：「青天白日，天子脚下，你們想攔路搶刼嗎？」一名漢子笑道：「我們是請客的使者，不是打刼的強盜。韋公子，我家主人請你去喝杯酒！」韋小寶一怔，問道：「你們主人是誰？」

那漢子道：「公子見了，自然認得。我們主人如不是公子的朋友，怎麼請你去喝酒？」

韋小寶見這些人古裏古怪，多半不懷好意，叫道：「那有這麼請客的？勞駕，讓道罷！」另一名大漢笑道：「讓道便讓道！」手起一刀，將騾頭斬落，騾屍一歪，倒在地下，將騾車也帶倒了。韋小寶和雙兒急躍下地。雙兒出手如風，只是敵人騎在馬上，她身子又矮，打不到敵人，一指指接連戳去，不是戳瞎了馬眼，便戳中敵人腿上的穴道。

一霎時人喧馬嘶，亂成一團。幾名漢子躍下馬來，揮刀上前。雙兒身手靈活之極，指東打西，打倒了七八名漢子。餘下四五人面面相覷，不知如何是好。

大道上一輛小車疾馳而來，車中一個女子聲音叫道：「是自己人，別動手！」

韋小寶一聽到聲音，心花怒放，叫道：「啊哈！我老婆來了！」

雙兒和衆漢子當即停手罷鬥。雙兒大爲驚疑，她可全沒料到這位相公已娶了少奶奶。其時盛行早婚，男子十四五歲娶妻司空見慣，只是韋小寶從沒向她說過已有妻子。

小車馳到跟前，車中躍出一人，正是方怡。韋小寶滿臉堆歡，迎上去拉住她手，說道：「好姊姊，我想死你啦，你去了那裏？」方怡微笑道：「慢慢再說。怎麼你們打起架來？」眼見地下躺了多人，騾血灑了滿地，頗感驚詫。

一名漢子躬身道：「方姑娘，我們來邀請韋公子去喝酒，想是大夥兒禮數不周，得罪了公子。方姑娘親自來請，再好也沒有了。」方怡奇道：「這些人都是你打倒的？你武功可大進了啊。」韋小寶道：「要長進也沒這麼快，是雙兒姑娘爲了保護我，小顯身手。」

方怡眼望雙兒，見她不過十四五歲年紀，一副嬌怯怯的模樣，眞不信她武功如此高強，問道：「妹妹貴姓？」她在莊家之時，和雙兒並未朝相，是以二人互不相識。

雙兒上前跪下磕頭，說道：「婢子雙兒，叩見少奶奶。」韋小寶哈哈大笑。方怡羞得滿臉通紅，急忙閃身，道：「你……你叫我甚麼？我……我……不是的。」雙兒站起身來，道：「相公說你是他的夫人，婢子服侍相公，自然叫你少奶奶了。」方怡向韋小寶狠狠白了一眼，說道：「這人滿嘴胡說八道，莫信他的。你服侍他多久了？難道不知他脾氣麼？我是方姑娘。」雙兒微微一笑，道：「那麼現下暫且不叫，日後再叫好了。」方怡道：「日後再叫甚……」臉上又是一紅，將最後一個「麼」字縮了回去。

雙兒向韋小寶瞧去，見他一副得意洋洋的神情，突然之間，她也是滿臉飛紅，卻是想起了在五台山上，他曾對胖頭陀說自己是他老婆，原來他有個脾氣，愛管年輕姑娘叫老婆。待聽他笑着又問：「我那小老婆呢？」雙兒也就不以爲異。

方怡又白了他一眼，道：「分別了這麼久，一見面也不說正經的，儘耍貧嘴。」當即吩咐衆漢子收拾動身。那些漢子給點了穴道，動彈不得，由雙兒一一解開。

韋小寶笑道：「早知是你請我去喝酒，恨不得背上生兩隻翅膀，飛過來啦。」方怡又白了他一眼，道：「你早忘了我，自然想不到是我請你。」韋小寶心中甜甜的，道：「我怎會有一刻忘了你？早知是你叫我啊，別說喝酒，就是喝馬尿，喝毒藥，那也是隨傳隨到，沒片刻停留。」方怡一雙妙目凝視着他，道：「別說得這麼好聽，要是我請你去天涯海角喝毒藥呢？」韋小寶見她說話時似笑非笑，朝日映照下艷麗難言，只覺全身暖洋洋地，道：「別說天涯海角，就是上刀山，下油鍋，我也去了。」方怡道：「好，大丈夫一言既出，甚麼馬難追。」韋小寶一拍胸膛，大聲道：「大丈夫一言既出，甚麼馬難追。」兩人同時大笑。

方怡命人牽一匹馬給韋小寶騎，讓雙兒坐了她的小車，自己乘馬和韋小寶並騎而行，迎着朝陽緩緩馳去，衆漢子隨後跟來。方怡道：「你本事也眞大，掉了甚麼槍花，收了一個武功這等了得的小丫頭？」韋小寶笑道：「那裏掉甚麼槍花了？是她心甘情願跟我的。」

韋小寶跟着問起沐劍屛、徐天川等人行蹤，道：「在那鬼屋裏，你給神龍教那批傢伙擒住了，後來怎生脫險的？是莊家三少奶請人來救了你們的嗎？」方怡問道：「誰是莊家三少奶？」韋小寶道：「便是那莊子的主人。」方怡搖搖頭，道：「莊子的主人？我們一直沒見到。神龍教要找的是你，他們對你也沒惡意，那章老三找你不到，就放了我們。小郡主他們就在前面，不久就會見到。」轉過頭來，微有嗔色，道：「你心中惦記的就只是小郡主，見面只這一會，已連問了七八次。」韋小寶笑道：「幾時問了七八次啊？眞是寃枉。倘若我見到她，沒見到你，這時候我早問了七八十次啦。」方怡微笑道：「你就是生了十張嘴巴，這一會兒也來不及問七八十次。不過你啊，一張嘴巴比十張嘴巴還要厲害。」

兩人談談說說，不多時已走了十餘里，早繞過了北京城，一直是向東而行。韋小寶道：「快到了嗎？」方怡愠道：「還遠得很呢！你牽記小郡主，也不用這麼性急，早知你這樣，讓她來接你好得多了，也免得你牽肚掛腸的。」韋小寶伸了伸舌頭，道：「以後我一句話也不問就是。」方怡道：「你嘴上不問，心裏着急，更加惹人生氣。」她似乎醋意甚濃，韋小寶越聽越高興，笑道：「倘若我心裏有半份着急，我不是你老公，是你兒子。」方怡噗哧一笑，道：「乖……」臉上一紅，下面「兒子」兩字沒說出口。

行到中午時分，在鎮上打了尖，一行人又向東行。韋小寶不敢再問要去何處，眼看離北京已遠，今日已無法趕回宮裏去見康熙，心想：「反正小玄子又沒限我何時回報，就算我在五台山多躭擱了，又或者給胖頭陀擒住不放，遲幾日回宮，卻有何妨？」

一路上方怡跟他儘說些不相干的閒話。當日在皇宮之中，兩人雖同處一室，但多了個沐劍屏，方怡頗爲矜持，此刻並騎徐行，卻是笑語殷勤。餘人甚是識趣，遠遠落在後面。韋小寶情竇初開，在皇宮中時叫她「老婆」，還是玩笑佔了六成，輕薄討便宜佔了三成，只有一成才有隱隱約約的男女之意。此日別後重逢，見方怡一時輕嗔薄怒，一時柔語淺笑，不由得動情，見她騎了大半日馬，雙頰紅暈，滲出細細的汗珠，說不出的嬌美可愛，呆呆的瞧着，不由得痴了。

方怡微笑問道：「你發甚麼呆？」韋小寶道：「好姊姊，你……你眞是好看。我想……我想……」方怡道：「你想甚麼？」韋小寶道：「我說了你可別生氣。」方怡道：「正經的話，我不生氣，不正經的，自然生氣。你想甚麼？」韋小寶道：「我想，你倘若眞的做了我老婆，我不知可有多開心。」

方怡橫了他一眼，板起了臉，轉過頭去。韋小寶急道：「好姊姊，你生氣了麼？」方怡道：「自然生氣，生一百二十個氣。」韋小寶道：「這話再正經也沒有了，我……我是眞心話。」方怡道：「在宮裏時，我早發過誓，一輩子跟着你，服侍你，還有甚麼眞的假的？你說這話，就是自己想變心。」

韋小寶大喜，若不是兩人都騎在馬上，立時便一把將她抱住，親親她嬌艷欲滴的面龐，當下伸出右手，拉住她左手，道：「我怎麼會變心？一千年、一萬年也不變心。」方怡道：

「你說這話便是假的，一個人怎會有一千年、一萬年好活，除非你是烏……」說到這「烏」字，嗤的一笑，轉過了頭，一隻手掌仍是讓他握着。

韋小寶握着她柔膩溫軟的手掌，心花怒放，笑道：「你待我這樣好，我永遠不會做小烏龜。」妻子偷漢，丈夫便做烏龜，這句話方怡自也懂得。她俏臉一板，道：「沒三句好話，狗嘴裏就長不出象牙。」韋小寶笑道：「你嫁鷄隨鷄，嫁狗隨狗，這一輩子想見你老公嘴裏長出象牙來，那可難得緊了。」方怡伏鞍而笑，左手緊緊握住了他手掌。

兩人一路說笑，傍晚時分，在一處大市鎮的官店中宿了。次晨韋小寶命于八僱了一輛大車，和方怡並坐車中。兩人說到情濃處，韋小寶摟住她腰，吻她面龐，方怡也不抗拒，可是再有非份逾越，卻一概不准了。韋小寶於男女之事，原也似懂非懂，至此爲止，已是大樂。只盼這輛大車如此不停行走，坐擁玉人，走到天涯海角，回過頭來，又到彼端的天涯海角，天下的道路永遠行走不完，就算走完了，老路再走幾遍又何妨？天天行了又宿，宿後又行，只怕方怡忽說已經到了。

身處溫柔鄉中，甚麼皇帝的詔令，甚麼四十二章經，甚麼五台山上的老皇爺，盡數置之腦後，迷迷糊糊的不知時日之過，道路之遙。

一日傍晚，車馬到了大海之濱，方怡携着他手，走到海邊，輕輕的道：「好弟弟，我和你駕船出洋，四海遨遊，過神仙一般的日子，你說好是不好？」說這話時，拉着他手，將頭靠在他肩頭，身子軟軟的，似已全無氣力。

韋小寶伸左手摟住她腰，防她摔倒，只覺她絲絲頭髮擦着自己面頰，腰肢細軟，微微顫動，雖想坐船出海未免太過突兀，隱隱覺得有些大大不妥，但當此情景，這一個「不」字，又如何說得出口？

海邊停着一艘大船，船上水手見到方怡的下屬手揮青巾，便放了一艘小船過來，先將韋小寶和方怡接上大船，再將餘人陸續接上。于八見要上船，說道自己暈船，說甚麼也不肯出海。韋小寶也不勉強，賞了他一百兩銀子。于八千恩萬謝的回山西去了。

韋小寶進入船艙，只見艙內陳設富麗，脚下鋪着厚厚的地氈，桌上擺滿茶果細點，便如王公大官之家的花廳一般，心想：「好姊姊待我這樣，總不會有意害我。」船上兩名僕役拿上熱手巾，讓二人擦臉，隨卽送上兩碗麵來。麵上鋪着一條條鷄絲，入口鮮美，滋味與尋常鷄絲又是不同。只覺船身幌動，已然揚帆出海。

舟中生涯，又別有一番天地。方怡陪着他喝酒猜拳，言笑不禁，直到深夜，服侍他上床後，才到隔艙安睡，次日一早，又來幫他穿衣梳頭。韋小寶心想：「她此刻還不知我不是太監，只道我們做夫妻畢竟是假的，甚麼時候才跟她說穿？」

舟行數日，這日兩人偎倚窗邊，同觀海上日出，眼見海面金蛇萬道，奇麗莫名。方怡歎道：「當日我去行刺韃子皇帝，只道定然命喪宮中，那知道老天爺保祐，竟會遇着了你，今日更同享此福。好弟弟，你的身世，我可一點也不明白，你怎麼進宮，又怎樣學的武功？」

韋小寶笑道：「我正想跟你說，就只怕嚇你一跳，又怕你歡喜得暈了過去。」

方怡又向他靠緊了些，低聲道：「倘若我聽了歡喜，那是最好，就算是我不愛聽的，只要你說的是眞話，那……那……我也不在乎。」韋小寶道：「好姊姊，我就跟你說眞話，我出生在揚州，媽媽是妓院裏的。」方怡吃了一驚，轉過身來，顫聲問道：「你媽媽在妓院裏做事？是給人洗衣、燒飯，還是……還是掃地、斟茶？」

韋小寶見她臉色大變，眼光中流露出恐懼之色，心中登時一片冰涼，知她對「妓院」十分的鄙視，倘若直說自己母親是妓女，只怕這一生之中，她永不會再對自己有半分尊重和親熱了，當即哈哈一笑，說道：「我媽媽在妓院裏時還只六七歲，怎能給人洗衣燒飯？」

方怡臉色稍和，道：「還只六七歲？」韋小寶順口道：「韃子進關後，在揚州殺了不少人，你是知道的了？」延挨時刻，想法子給母親說得神氣些，方怡道：「是啊。」韋小寶道：「我外公是明朝大官，在揚州做官，韃子攻破揚州，我外公抗敵而死。我媽媽那時是個小女孩，流落街頭，揚州妓院裏有個豪富嫖客，見她可憐，把她收去做小丫頭，一問之下，好生敬重我外公，便收了我媽媽做義女，帶回家去，又做千金小姐。後來嫁了我爸爸，他是揚州有名的富家公子。」方怡將信將疑，道：「原來如此。先前嚇了我一跳，還道你媽媽淪落在妓院之中，給人做女傭，服侍那些不識羞恥、人盡可夫的……壞女人。」

韋小寶自幼在妓院中長大，從來不覺得自己媽媽是個「不識羞恥的壞女人」，聽方怡這麼說，不由得心中有氣，暗道：「你沐王府的女人便很了不起嗎？他媽的，我瞧一般的是不識羞恥、人盡可甚麼的。」他原想將自己身世坦然相告，這一來，可甚麼都說不出口了，索性信口胡吹，將揚州自己家中如何濶綽，說了個天花亂墜，但所說的廳堂房舍、傢具擺設，不免還是麗春院中的格局。

方怡也沒留心去聽，道：「你說有一件事，怕我聽了歡喜得暈了過去，就是這些麼？」韋小寶給她迎頭潑了一盆冷水，又見她對自己的吹牛渾沒在意，不禁興味索然，自己不是太監的話也懶得說了，隨口道：「就是這些，原來你聽了並不歡喜。」方怡淡淡的道：「我歡喜的。」這句話顯然言不由衷。

兩人默默無言的相對片刻，忽見東北方出現一片陸地，坐船正在直駛過去。方怡奇道：「咦，這是甚麼地方？」過不了一個時辰，已然駛近，但見岸上樹木蒼翠，長長的海灘望不到盡頭，盡是雪白細沙。方怡道：「坐了這幾日船，頭也昏了，我們上去瞧瞧好不好？」韋小寶喜道：「好啊，好像是個大海島，不知島上有甚麼好玩物事。」

方怡將梢公叫進艙來，問他這島叫甚麼名字，有甚麼特產。梢公道：「回姑娘的話：這是東海中有名的神仙島，聽說島上生有仙果，吃了長生不老。只不過有福之人才吃得着。姑娘和韋相公不妨上去碰碰運氣。」

方怡點點頭，待梢公出艙，輕輕的道：「長生不老，也不想了，眼前這等日子，就比做神仙還快活。」韋小寶大喜，道：「我和你就在這島上住一輩子，仙果甚麼的，也不打緊，只要你永遠陪着我，我就是神仙。」方怡靠在他身邊，柔聲道：「我也一樣。」

兩人坐小船上岸，脚下踏着海灘的細沙，鼻中聞到林中飄出來的陣陣花香，眞覺是到了仙境。方怡道：「不知島上有沒有人住。」韋小寶笑道：「人是沒有，卻有個美貌無比的女仙，帶了個小廝，到島上來啦。」方怡嫣然一笑，道：「好弟弟，你是我的小廝，我是你的丫頭。」韋小寶聽到「丫頭」兩字，想起雙兒，回頭一望，不見她跟來，這些日來冷落了雙兒，心下微感歉疚，但想她如跟在身後，自己不便跟方怡太過親熱，還是不跟來的好。

兩人攜手入林，聞到花香濃郁異常。韋小寶道：「這花香得厲害，難道是仙花麼？」向前走得幾步，忽聽草中簌簌有聲，跟着眼前黃影閃動，七八條黃中間黑的毒蛇竄了出來。

韋小寶叫道：「啊喲！」拉了方怡轉身便走，只跨出一步，眼前又有七八條蛇擋路，全身血也似紅，長舌呑吐，嗤嗤發聲。這些蛇都是頭作三角，顯具劇毒。

方怡擋在韋小寶身前，拔刀揮舞，叫道：「你快逃，我來擋住毒蛇！」韋小寶那肯如此不顧義氣，獨自逃命？忙拔出匕首，道：「從這邊走！」拉着方怡，斜刺奔出，跨得兩步，頭頸中一涼，一條毒蛇從樹上掛了下來，纏住他頭頸，只嚇得他魂飛天外，大聲驚叫。方怡忙伸手去拉蛇身。韋小寶叫道：「使不得！」那蛇轉過頭來，一口咬住了方怡手背，牢牢不放。韋小寶急揮匕首，將蛇斬爲兩段。便在此時，兩人腿上脚上都已纏上了毒蛇。韋小寶揮匕首去斬，只覺左腿上一痲，已被毒蛇咬中。

方怡抛去單刀，抱住了他，哭道：「我夫妻今日死在這裏了。」韋小寶仗着匕首鋒利，每一刀揮去，便斬斷一條毒蛇。但林中毒蛇愈來愈多，兩人掙扎着出林，身上已被咬傷了七八處。韋小寶只覺頭暈目眩，漸漸昏迷，遙望海中，那艘小船正向大船駛去，相距已遠。方怡叫了幾聲，船中水手卻那裏聽得到？

方怡捲起韋小寶褲脚，俯身去吸他腿上蛇毒。韋小寶驚道：「不……不行！」忽聽得身後脚步聲響，有人說道：「你們到這裏來幹甚麼？不怕死麼？」韋小寶回過頭來，見是三名中年漢子，忙叫：「大叔救命，我們給蛇咬了。」一名漢子從懷中取出藥餅，拋入嘴中一陣咀嚼，敷在韋小寶身上蛇咬之處。韋小寶道：「你……你先給她治。」這時自己雙腿烏黑，已全無知覺。方怡接過藥來，自行敷上傷口。

韋小寶道：「好姊姊……」眼前一黑，咕咚一聲，向後摔倒。

待得醒轉，只覺唇燥舌乾，胸口劇痛，忍不住張口呻吟。聽得有人說道：「好啦，醒過來啦！」韋小寶緩緩睜眼，見有人拿了一碗藥，餵到他嘴邊。這藥腥臭異常，他毫不猶豫便都喝了下去，入口奇苦，喝完藥後，道：「多謝大叔救命，我……我那姊姊可沒事嗎？」那人道：「幸喜救得早，我們只須遲來得片刻，兩個人都沒命了。你們忒也大膽，怎地到這神仙島來？」韋小寶聽得方怡有救，心中大喜，沒口子的稱謝，這時才察覺自己是睡在床上的被窩之中，全身衣服已然除去，雙腿兀自痲木。

那漢子相貌醜陋，滿臉疤痕，但在韋小寶眼中，當眞便如救命菩薩一般。他吁了口氣，道：「船上水手說道，這島上有仙果，吃了長生不老。」

那漢子嘿的一笑，道：「倘若眞有仙果，他們自己又不來採？」韋小寶叫道：「啊喲，這些水手不懷好意，船上我還有同伴，莫要……莫要着了歹人的道兒。大叔，請你想法子救她一救。」那醜漢道：「那船三天之前便已開了，卻到那裏找去？」韋小寶不解，茫然道：「三天之前？」那醜漢道：「你已經昏迷了三日三夜，你多半不知道罷？」韋小寶想起雙兒，她雖武功極高，可是茫茫大海之中，孤身一人，如何得脫衆惡從毒手，不由得大急。

那醜漢安慰道：「此時着急也已無用，你好好休息。這島上的毒蛇非同小可，至少要服藥七日，方能消毒。」他問了韋小寶姓名，自稱姓潘。

到得第三日上，韋小寶已可起身，扶着牆壁慢慢行走。那姓潘的醜漢帶了他去看方怡。原來她另有婦女照料，但見她玉容憔悴，精神委頓。兩人相見，又是歡喜，又是難受，不由得抱着哭了起來。此後兩人日間共處一室，說起毒蛇厲害，都是毛髮直豎。

到得第六日上，那姓潘的說道：「我們島上的大夫陸先生出海回來了，我已邀他來給韋兄弟看看。」韋小寶謝了。不多時進來一人，四十來歲年紀，文士打扮，神情和藹可親，問起韋小寶被毒蛇所噬經過，說道：「島上居民身邊都帶有雄黃蛇藥，就是將毒蛇放在身上，那蛇也立卽逃去，決不敢咬人。」韋小寶道：「原來如此。怪不得潘大哥他們都不怕。」陸先生給他看了傷，取出六顆藥丸，道：「你服三顆，另三顆給你的同伴，每日服一顆。」韋小寶深深致謝，取出二百兩銀票，道：「一點兒醫金，請先生別見笑。」

陸先生吃了一驚，笑道：「那用得着這許多？公子給我二兩銀子，已多謝得很了。」韋小寶執意要給，陸先生謝了收下，笑道：「公子厚賜，卻之不恭。公子在這裏恐怕住得也氣悶了，今晚和公子的女伴同去舍下喝一杯如何？」韋小寶大喜，一口答應。

傍晚時分，陸先生派了兩乘竹轎來接韋小寶和方怡。這竹轎其實只是一張竹椅，兩邊穿了竹槓，前後有人相抬，島居簡陋，並沒眞的轎子。

兩乘竹轎沿山溪而行，溪水淙淙，草木清新，頗感心曠神怡，只是韋方二人一見大樹長草，便慄慄危懼，唯恐有毒蛇竄將出來。轎行七八里，來到三間竹屋前停下。那屋子的牆壁屋頂均由碗口大小的粗竹所編，看來甚是堅實。江南河北，均未見過如此模樣的竹屋。

陸先生迎了出來，請二人入內。到得廳上，一個三十餘歲的婦人出來迎客，是陸先生的妻子。那婦人拉着方怡的手，顯得十分親熱。陸先生邀韋小寶到書房去坐，書房中竹書架上放着不少圖書，四壁掛滿了字畫，看來這陸大夫是個風雅之士。

陸先生道：「在下僻處荒島，孤陋寡聞之極。韋公子來自中原勝地，華族子弟，眼界既寬，鑒賞必精，你看這幾幅書畫，還可入方家法眼麼？」

他這幾句文謅謅的言語，韋小寶半句也不懂，但見他指着壁上字畫，抬頭看去，見圖畫中一張畫的是山水，另一張畫上有隻白鶴，有隻烏龜，笑道：「這隻老烏龜倒很好玩。」

陸先生微微一怔，指着一幅立軸，道：「韋公子，你瞧這幅石鼓文寫得如何？」韋小寶見這些字彎彎曲曲，像是畫符一般，點頭道：「好，很好！」陸先生指着另一幅大字，道：「這一幅臨的是秦瑯琊台刻石，韋公子以為如何？」

韋小寶心想一味說好，未免無味，搖頭道：「這一幅寫得不大好。」陸先生肅然起敬，道：「倒要請韋公子指點，這幅字的弱點敗筆，在於何處。」韋小寶道：「敗筆很多，勝筆甚少！」他想既有「敗筆」，自然也有「勝筆」了。

陸先生乍聞「勝筆」兩字，呆了一呆，道：「高明，高明。」指着西壁一幅草書，道：「這幅狂草，韋公子以為如何？」韋小寶側頭看了一會，搖頭道：「這幾個字墨乾了，也不醮墨。嗯，這些細綫拖來拖去，也不擦乾淨了。」陸先生一聽，臉色大變。草書講究墨法燥濕，筆潤為濕，筆枯為燥，燥濕相間，濃淡有致，因燥濕顯，以濕襯燥，陰陽映帶，如雲霞障天，方為妙書。至於筆畫相連的細綫，畫家稱為「遊絲」，或聯數筆，或聯數字，講究賓主合宜，斜角變幻，又有飄帶、摺帶種種名色。韋小寶數言之間，便露了底。

陸先生又指着一幅字道：「這一幅全是甲骨古文，兄弟學淺，一字不識，要請韋公子指點。」

韋小寶見紙上一個個字都如蝌蚪一般，宛似五台山錦綉峯普濟寺中石碣上所刻文字，心念一動，道：「這幾個字我倒識得，那是『神龍教洪教主萬年不老，永享仙福，神通廣大，壽與天齊！』」

陸先生滿臉喜容，說道：「謝天謝地，你果然識得此字！」

眼見他欣喜無限，說話時聲音也發抖了，韋小寶疑心登起：「我識得這幾個字，他爲甚麼如此高興？莫非他也是神龍教的？啊喲，不好！蛇……蛇……靈蛇……難道這裏便是神龍島？」衝口而出：「胖頭陀在那裏？」

陸先生吃了一驚，退後數步，顫聲道：「你……你已經知道了？」韋小寶點了點頭，其實他是甚麼也不知道。陸先生臉色鄭重，說道：「旣然你都知道了，那也很好。」走到書桌邊，磨墨鋪紙，說道：「請你將這些蝌蚪古文，一字一字譯將出來。那一個是『洪』字，那一個是『教』字。」提筆醮墨，招手要他過去。

要韋小寶提筆寫字，那眞比要他性命還慘，韋小寶暗暗叫苦，但見陸先生神色難看，不敢違拗，硬着頭皮，走過去在書桌邊坐下，伸手握管，手掌成拳。他持筆若像吃飯拿筷，倒也有三分相似，可是這麼一握，有如操刀殺豬，又如持鎚敲釘，天下卻那有這等握管之狀？

陸先生怒容更盛，強自忍住，緩緩的道：「你先寫自己的名字！」

韋小寶霍地站起，將筆往地下一擲，墨汁四濺，大聲說道：「老子狗屁不識，屁字都不會寫。甚麼『洪教主壽與天齊』，老子是信口胡吹，騙那惡頭陀的。你要老子寫字，等我投胎轉世再說，你要殺要剮，老子皺一皺眉頭，不算好漢。」

陸先生冷冷的道：「你甚麼字都不識？」

韋小寶道：「不識！不識你烏龜的『龜』字，也不識你王八蛋的『蛋』字。」他西洋鏡既給拆穿，不由得老羞成怒，反正身陷蛇島，有死無生，求饒也是無用，不如先佔些口舌上的便宜。

陸先生沉吟半晌，拿起筆來，在紙上寫了個蝌蚪文字，問道：「這是甚麼字？」

韋小寶大聲道：「去你媽的！我說過不識，就是不識。難道還有假的？」

陸先生點點頭，道：「好，原來胖頭陀上了你的大當，可是此事已稟報了教主，你這小賊！」突然一躍而前，扠住韋小寶的頭頸，雙手越收越緊，咬牙切齒的道：「你害得我們蒙騙教主，人人給你累得死無葬身之地。大家一起死了乾淨，也免得受那無窮無盡的酷刑。」

韋小寶給他扠得透不過氣來，滿臉紫脹，伸出了舌頭。陸先生眼見手上再一使勁，這小孩便得氣絕斃命，想到此事干係異常重大，心中一驚，便放開了手指，雙手一推，將他摔在地下，恨恨出房。

過了良久，韋小寶才驚定起身，「死烏龜，直娘賊」也不知罵了幾百聲，心想身在這毒蛇島上，無處可逃，倘若逃入樹林草叢之中，只有死得更快。走到門邊，伸手推門，那竹門外面反扣住了，到窗外一望，下臨深谷，實是無路可走，轉頭看到壁上的書畫，心道：「這些屁字屁畫，有甚麼好？」拾起筆來，醮滿了墨，在一幅幅書畫上便畫，大烏龜、小烏龜畫了不計其數。

畫了幾十隻烏龜，手也倦了，擲筆於地，蜷縮在椅上，片刻間就睡着了。睡醒時天已全黑，竟然無人前來理會，肚中餓得咕咕直響，心想：「這隻綠毛烏龜要餓死老子。」

過了好一會，忽聽得門外脚步聲響，門縫中透進燈光，竹門開處，陸先生持燭進房，側頭向他凝視。韋小寶見他臉上不示喜怒，心下倒也有些害怕。

陸先生將燭台放在桌上，一瞥眼間，見到壁上所懸書畫已盡數被他塗抹得不成模樣，忍不住怒發如狂，叫道：「你……你……」舉起手來，便欲擊落，但手掌停在半空，終於忍住怒氣，說道：「你……你……」聲音在喉間噎住了，說不出話來。

韋小寶笑道：「怎麼樣？我畫得好不好？」

陸先生長嘆一下，頹然坐倒，說道：「好，畫得好！」

他居然不打人，還說畫得好，韋小寶倒也大出意料之外，見他臉上神色淒然，顯是心痛之極，倒也有些過意不去，說道：「陸先生，對……對不起，我塗壞了你的畫。」

陸先生搖搖頭，說道：「沒……沒甚麼。」雙手抱頭，伏在桌上，過了好一會，說道：「你想必餓了，吃了飯再說。」

客堂中桌上已擺了四菜一湯，有鷄有魚，甚是豐盛。跟着方怡由陸夫人陪着出來，四人共膳。韋小寶大奇：「莫非我這十幾隻烏龜畫得好，陸先生一高興，就請我吃飯？」但他一點兒自知之明倒還有的，看情形總似乎不像。幾次開口想問，見陸先生臉上陰晴不定，深恐觸怒了他，飯未吃飽，便被奪下飯碗，未免犯不着。當下一言不發，悶聲吃了個飽。

飯罷，陸先生又帶他進書房。

陸先生從地下拾起筆來，在紙上寫了「韋小寶」三字，道：「這是你自己的名字，你會不會寫？」

韋小寶道：「他認得我，我可認不得他，怎麼會寫？」

陸先生嗯了一聲，眼望窗外，凝思半晌，左手拿了燭台，走到那幅蝌蚪文之前，仔細打量，指着一個個字，口中唸唸有辭，回到桌邊，取過一張白紙，振筆疾書，伸指數了數蝌蚪文字的字數，又數紙上字數，再在紙上一陣塗改，回頭又看幅那蝌蚪文字，喃喃自言自語：「那三個字相同，這兩個字又是一般，須得天衣無縫，才是道理。」沉思半天，又在紙上一陣塗改，喜道：「行了！」

韋小寶不知他搗甚麼鬼，反正飯已吃飽，也就不去理會。只見陸先生又取過一張白紙，仔仔細細的寫起字來。

這一次他寫得甚慢，寫完後搖頭幌腦的輕輕讀了一遍。韋小寶只聽到有甚麼「神龍島」、「洪教主」、「齊與天壽」等等語句，最後則是第一部在何地何山，第二部在何地何山。他心下恍然，這些話都是他在普濟寺中向胖頭陀信口胡吹的，那知胖頭陀居然信以爲眞，回來大加傳揚。又想：「那日胖頭陀邀我上神龍島來見洪教主，我說甚麼也不肯，不料鬼使神差，這船又會駛到了這裏，眼下西洋鏡拆穿，洪教主又已知道了。他當然要大發脾氣，只怕要將好姊姊和我丟入蛇坑，給幾千幾萬條毒蛇吃得屍骨無存。」想到無窮無盡的毒蛇纏上身來，當眞不寒而慄。

陸先生轉過身來，臉上神色十分得意，微笑道：「韋公子，你識得石碣上的蝌蚪文，委實可喜可賀。也是本教洪教主洪福齊天，才天降你這位神童，能讀蝌蚪文字。」

韋小寶哼了一聲，道：「你不用取笑。我又識得甚麼蝌蚪文、青蛙文了？老子連癩蝦蟆文也不識。我是瞎說一番，騙那瘦竹篙頭陀的。」

陸先生笑道：「韋公子何必過謙？這是公子所背誦的石碣遺文，我筆錄了下來，請公子指點，是否有誤。」說着讀道：

「維大唐貞觀二年十月甲子，特進衞國公李靖，右領軍大將軍宿國公程知節，光錄大夫兵部尚書曹國公李勣、徐州都督胡國公秦叔寶會於五台山錦綉峯，見東方紅光耀天，斗大金字現於雲際，文曰：『千載之下，爰有大清。東方有島，神龍是名。教主洪某，得蒙天恩。威靈下濟，丕赫威能。降妖伏魔，如日之昇。羽翼輔佐，吐故納新。萬瑞百祥，罔不豐登。仙福永享，普世崇敬。壽與天齊，文武仁聖。』須臾，天現青字，文曰：『天賜洪某四十二章經八部，一存河南伏牛山蕩魔寺，二存山西筆架山天心庵，三存四川青城山凌霄觀，四存河南嵩山少林寺，五存湖北武當山眞武觀，六存川邊崆峒山迦葉寺，七存雲南昆明沐王府，八存雲南昆明平西王府。』靖請恭錄天文，彫於石碣，以待來者。」

陸先生抑揚頓挫的讀畢，問道：「有沒讀錯？」韋小寶道：「這是唐朝的石碣，怎會知道後世有個平西王吳三桂？」陸先生道：「上帝聰明智慧，無所不知，無所不曉，既知後世有洪教主，自然也知道有吳三桂了。」韋小寶暗暗好笑，點頭道：「那也說得是。」心想：「不知你在搗甚麼鬼？」

陸先生道：「這石碑上的文字，一字也讀錯不得。雖然韋公子天賦聰明，但依我之見，那也是聖靈感動，才識得這些蝌蚪文字，日後倉卒之際，或有認錯。最好韋公子將這篇碑文讀得滾瓜爛熟，待洪教主召見之時，背誦如流，洪教主一喜歡，自然大有賞賜。」

韋小寶雙眼一翻，登時恍然大悟，連連點頭，說道：「原來如此，原來如此。」料知胖頭陀和陸先生稟報洪教主，說有個小孩識得石碑上的文字，洪教主定要傳見考問。那知道這件事全是假的，陸先生怕教主怪罪，只得假造碑文，來騙教主一騙。

陸先生道：「我現在讀一句，韋公子跟一句，總須記得一字不錯為止。『維大唐貞觀二年十月甲子……』」

事到臨頭，韋小寶欲待不讀，也不可得，何況串通了去作弄洪教主，倒也十分有趣，便跟着誦讀。他生性機伶，聽過一段幾百字的言語，要再行複述，那是半點不費力氣，說到讀書，可就要他的命了，這篇短文雖只寥寥數百字，但所有句子都十分拗口，含義更是全不明白，甚麼「丕赫威能」、「吐故納新」，渾不知是甚麼意思，只得跟着陸先生一遍又一遍的讀下去。幸虧陸先生不怕厭煩的教導，但也讀了三十幾遍，這才背得一字無誤。

當晚他睡在陸先生家中，次晨又再背誦。陸先生聽他已盡數記住，甚是歡喜，於是取過紙筆，將一個個蝌蚪字寫了出來，教他辨認，那一個是「維」字，那一個是「貞」字。這一來韋小寶不由得叫苦連天，這些蝌蚪文扭來扭去，形狀都差不多，要他一一分辨，又寫將出來，當眞是難於登天，苦於殺頭。他片刻也坐不定，如何能靜下心來學蝌蚪文？

韋小寶固然愁眉苦臉，陸先生更加惴惴不安。陸先生這時早已知道，石碣上文字另有含義，他數了胖頭陀所拓搨片中的字數，另作一篇文字，硬生生的湊上去，只求字數相同，碣文能討得洪教主歡心，那管原來碣文中寫些甚麼。如此拼湊，自然破綻百出，「維大唐貞觀二年」這句中，「二」字排在第六，但碣文中第六字的筆劃共有十八筆之多，無論如何說不上是個「二」字，第五字只有三筆，與那「觀」字也極難拉扯得上。但顧得東來西又倒，陸先生才氣再大，倉卒間也揑造不出一篇天衣無縫的文章來。洪教主聰明之極，這篇假文章多半逃不過他眼去，可是大難臨頭，說不得只好暫且搪塞一時，日後的禍患，只好走着瞧了。

這天教韋小寶寫字，進展奇慢，直到中午，只寫會了四個蝌蚪文，幸好蝌蚪文本來奇形怪狀，在韋小寶筆下寫出來難看之極，倒也不覺如何刺眼，若是正楷，由一個從未學過寫字的孩子寫將出來，任誰一看，立知眞僞。

下午學了三字，晚間又學了兩個字，這一天共學了九個字。韋小寶不住口的大吵大嚷，幾次擲筆不學。陸先生又是恐嚇，又是哄騙，最後叫了方怡來坐在旁邊相陪，韋小寶這才勉強耐心學下去。陸先生一面教，一面暗暗擔心，只怕洪教主隨時來傳，倘若一篇文章尚未學全，便給教主叫了去，韋小寶這顆腦袋固然不保，自己全家難免陪着他送命。

可是這件事絲毫心急不得，越是盼他快些學會，韋小寶反而越學越慢，腦子中塞滿的這許多蝌蚪，便如眞的在糾纏游動一般，實在是難以辨認。

學得數日，韋小寶身上毒蛇所噬的傷口倒好全了，勉強認出的蝌蚪文卻還只二三十個，而且纏夾不清，十個字中往往弄錯了七八個。

陸先生正煩惱間，忽聽得門外胖頭陀的聲音說道：「陸先生，教主召見韋公子！」陸先生臉如土色，手一顫，一枝醮滿了墨的毛筆掉在衣襟之上。

一個極高極瘦的人走進書房，正是胖頭陀到了。韋小寶笑道：「胖尊者，你怎地今日才來見我？我等了你好久啦。」胖頭陀見到陸先生的神色，知道大事不妙，不答韋小寶的話，喃喃自語：「我早該知道這小鬼是在胡說八道，偏是痰迷了心竅，要想立甚麼大功，以求自保，不料反而死得更加早些。」陸先生冷笑道：「你不過是光棍一條，姓陸的一家八口，卻盡數陪了你送命。」胖頭陀一聲長歎，道：「大家命該如此，這叫做劫數難逃。就算沒這件事，教主也未必能容咱們多活得幾日。」

陸先生向韋小寶瞧了一眼，道：「是他們這種人當時得令，我們老了，該死了，那又有甚麼法子？」語氣中充滿憤憤不平。胖頭陀歎道：「也是我見他年紀小，投其所好，就這麼不顧前、不顧後的稟報了上去，唉！」陸先生瞪了他一眼，道：「小也未免小得過了份。」胖頭陀道：「陸兄，事已至此，你我同生共死，大丈夫死就死了，又有何懼？」

韋小寶拍手道：「胖尊者這話說得是，是英雄好漢，怕甚麼了？我都不怕，你們更加不用怕。」

陸先生冷笑一聲，道：「無知小兒，不知天高地厚，等到你知道怕，已然遲了。」出神半晌，道：「胖尊者請稍待，我去向拙荊吩咐幾句。」

過了一會，陸先生回入書房，臉上猶有淚痕。胖頭陀道：「陸兄，你的升天丸，請給我一粒。」陸先生點點頭，從懷中取出一個瓷瓶，拔開瓶塞，倒出一粒紅色藥丸給他，說道：「這丸入口氣絕，非到最後關頭，不可輕舉妄動。」胖頭陀接過，苦笑道：「多謝了！胖頭陀對自己性命也還看得不輕，不想這麼快就卽升天。」

韋小寶在五台山上，見胖頭陀力敵少林寺十八羅漢，威風凜凜，此刻討這毒藥，顯是當洪教主怪罪之時便卽自殺，才明白事態果眞緊急，不由得害怕起來。

三人出門，韋小寶隱隱聽得內堂有哭泣之聲，問道：「方姑娘呢？她不去麼？」胖頭陀道：「哼，你小小年紀，倒是多情種子，五台山上有個雙兒，這裏又有個方姑娘。」左手一把將他抱住，喝道：「走罷！」邁開大步，向東急行，頃刻間疾逾奔馬。

陸先生跟在他身畔，仍是一副愁眉苦臉的模樣。韋小寶見他顯得毫不費力，卻和胖頭陀並肩而行，竟不落後半步，才知這文弱書生原來也是身負上乘武功，說道：「胖尊者、陸先生，你們二位武功這樣高強，又何必怕那洪教主？你們……」胖頭陀伸出右掌，一把按住他口，怒道：「在這神龍島上，你敢說這等大逆不道的話，可是活得不耐煩了？」韋小寶給他這麼一按，氣爲之窒，心道：「他媽的，你怕洪教主怕成這等模樣，還自稱是英雄呢，狗熊都不如。」

三人向着北方一座山峯行去。行不多時，只見樹上、草上、路上，東一條、西一條，全是毒蛇，但說也奇怪，對他三人卻全不滋擾。轉過了兩個山坡，抬頭遙見峯頂建着幾座大竹屋。胖頭陀抱着韋小寶直上峯頂。

這時山道狹窄，陸先生已不能與胖頭陀並肩而行，落後丈許。胖頭陀將嘴湊在韋小寶耳邊，低聲問道：「你那部四十二章經呢？」韋小寶道：「不在我身邊。」胖頭陀道：「那還用說？你身邊早已搜過了幾遍。到那裏去啦？」韋小寶道：「少林寺十八羅漢拿了經書，自然去交了給他們方丈。」心想這瘦竹篙頭陀打不過少林十八羅漢，聽得經書到了少林寺方丈手中，自然不敢去要，就算敢去要，也必給人家攆了出來。

那日胖頭陀親手將經書交在澄心和尙手中，對韋小寶這句話自無懷疑，低聲道：「待會見了教主，可千萬不能提到此事。否則教主逼你交出經書來，你交不出，教主他老人家非將你丟入毒蛇窠不可。」

韋小寶聽他語聲中大有懼意，而且顯然怕給陸先生聽到，低聲道：「你明明已搶到了經書，又還給了少林寺和尙，教主知道了，非將你丟入毒蛇窠不可。哼哼，就算暫時不罰你，派你去少林寺奪還經書，也有得夠你受的了。」

胖頭陀身子一顫，默然不語。

韋小寶道：「咱哥兒倆做椿生意。有甚麼事，你照應我，我也照應你。否則大家一拍兩散，同歸於盡。」

陸先生突然在身後接口問道：「甚麼一拍兩散，同歸於盡？」

韋小寶道：「咱三人有福同享，有難同當。」心想此刻處境之糟，已是一場胡塗，能把這兩個好手牽累在內，多少有點依傍指望。

胖頭陀和陸先生都默不作聲，過了一會，兩人齊聲長嘆。

又行了一頓飯時分，到了峯頂。只見四名身穿青衣的少年挽臂而來，每人背上都負着一柄長劍。左首一人問道：「胖頭陀，這小孩幹甚麼的？」

胖頭陀放下韋小寶，道：「教主旨令，傳他來的。」

西首三名紅衣少女嘻嘻哈哈的走來，背上也負着長劍，見到三人，迎了上來。一個少女笑道：「胖頭陀，這小孩是你的私生子麼？」說着在韋小寶頰上揑了一把。胖頭陀道：「姑娘取笑了。這小孩是教主他老人家特旨呼召，有要緊事情問他。」另一個圓臉少女揑了一下韋小寶的右頰，笑道：「瞧這娃娃相貌，定是胖頭陀的私生兒，你賴也賴不掉的。」

韋小寶大怒，叫道：「我是你的私生兒子。你跟胖頭陀私通，生了我出來。」

一衆少年少女一怔，隨卽哈哈大笑起來。那圓臉少女臉上通紅，啐道：「小鬼，你作死啊！」伸手便打。韋小寶側頭避開。這時又有十幾名年輕男女聞聲趕到，都向那圓臉少女取笑。那少女又羞又惱，左足飛起，在韋小寶屁股上猛力踢了一脚。韋小寶大叫：「媽，你幹麼打兒子？」衆少年笑得更加響了。

突然間鐘聲噹噹噹響起，衆人立卽肅靜傾聽，二十多名年輕男女轉身向竹屋中奔去。

胖頭陀道：「教主集衆致訓。」向韋小寶道：「待會見到教主之時，可千萬不能胡說八道。」韋小寶見他神色鬱鬱，這些年輕男女對他又頗爲無禮，心想他武功甚高，幹麼怕了這些十幾歲的娃娃，不由得對他有些可憐，便點了點頭。

只見四面八方有人走向竹屋，胖頭陀和陸先生帶着韋小寶走進屋去。過了一條長廊，眼前突然出現一座大廳。這廳碩大無朋，足可容得千人之衆。韋小寶在北京皇宮中住得久了，再巨大的廳堂也不在眼中。可是這一座大廳卻實在巨大，一見之下，不由得肅然生敬。

但見一羣羣少年男女衣分五色，分站五個方位。青、白、黑、黃四色的都是少年，穿紅的則是少女，背上各負長劍，每一隊約有百人。大廳彼端居中並排放着兩張竹椅，鋪了錦緞墊子。兩旁站着數十人，有男有女，年紀輕的三十來歲，老的已有六七十歲，身上均不帶兵刃。大廳中聚集着五六百人，竟無半點聲息，連咳嗽也沒一聲。

韋小寶心中暗罵：「他媽的，好大架子，皇帝上朝麼？」過了好一會，鐘聲連響九下，內堂脚步聲響。韋小寶心道：「鬼教主出來了。」

那知出來的卻是十名漢子，都是三十歲左右年紀，衣分五色，分在兩張椅旁一站，每一邊五人。又過了好一會，鐘聲鏜的一聲大響，跟着數百隻銀鈴齊奏。廳上衆人一齊跪倒，齊聲說道：「教主永享仙福，壽與天齊。」一胖頭陀一扯韋小寶衣襟，令他跪下。

韋小寶只得也跪了下來，偷眼看時，見有一男一女從內堂出來，坐入椅中。鈴聲又響，衆人慢慢站起。

那男的年紀甚老，白鬚垂胸，臉上都是傷疤皺紋，醜陋已極，心想這人便是教主了。那女的卻是個美貌少婦，看模樣不過二十三四歲年紀，微微一笑，媚態橫生，艷麗無匹。韋小寶暗讚：「乖乖不得了！這女人比我那好姊姊還要美貌。皇宮和麗春院中，都還沒這等標緻脚色。」

左首一名青衣漢子踏上兩步，手捧青紙，高聲誦道：「恭讀慈恩普照、威臨四方洪教主寶訓：『衆志齊心可成城，威震天下無比倫！』」

廳上衆人齊聲唸道：「衆志齊心可成城，威震天下無比倫！」

韋小寶一雙眼珠正骨碌碌的瞧着那麗人，衆人這麼齊聲唸了出來，將他嚇了一跳。

那青衣漢子繼續唸道：「教主仙福齊天高，教衆忠字當頭照。教主駛穩萬年船，乘風破浪逞英豪！神龍飛天齊仰望，教主聲威蓋八方。個個生爲教主生，人人死爲教主死，教主令旨盡遵從，教主如同日月光！」

那漢子唸一句，衆人跟着讀一句。韋小寶心道：「甚麼洪教主寶訓？大吹牛皮。我天地會的切口詩比他好聽得多了。」

衆人唸畢，齊聲叫道：「教主寶訓，時刻在心，建功克敵，無事不成！」那些少年少女叫得尤其起勁。洪教主一張醜臉上神情漠然，他身旁那麗人卻笑吟吟地跟着唸誦。

衆人唸畢，大廳中更無半點聲息。

註：唐末羅紹威取魏博鎮，將其五千精兵盡數殺死，事後深爲懊悔，自知是極大錯誤，說：「合六州四十三縣鐵，不能爲此錯也。」王莽時錢幣以銅鐵鑄作刀形，刀上文字鍍以黃金，稱爲「錯刀」。羅紹威以錯刀之「錯」喻錯誤之「錯」，此錯之大，聚天下之鐵，也難以鑄成。

戰國時秦國商鞅變法，法令初頒時恐人民不遵，立三丈之木於南門，宣稱若能搬出北門者賞五十金，衆皆不信。有一人試行搬木，商鞅果然依令照賞，於是人人皆信其法。商鞅立法嚴峻，民不敢違。

「九州聚鐵鑄一字」，此「一字」爲一個大「錯」字，本書借用以喻韋小寶受騙赴神龍島，悔之莫及。「百金立木招羣魔」句，本書用以喻神龍教教主先以甜頭招人歸附，然後施行嚴刑峻法，部勒教衆。

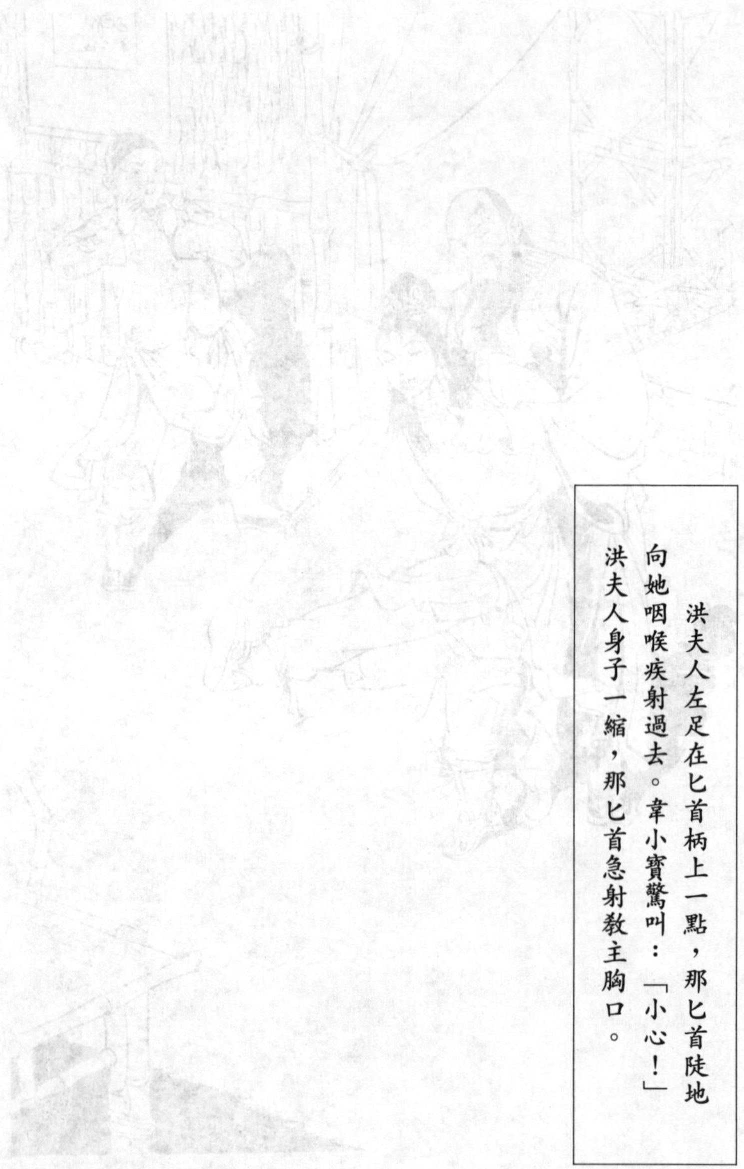

洪夫人左足在匕首柄上一點，那匕首陡地向她咽喉疾射過去。韋小寶驚叫：「小心！」洪夫人身子一縮，那匕首急射教主胸口。

第二十回　殘碑日月看仍在　前輩風流許再攀

那麗人眼光自西而東的掃過來，臉上笑容不息，緩緩說道：「黑龍門掌門使，今日限期已至，請你將經書繳上來。」她語音又清脆，又嬌媚，動聽之極，伸出左手，攤開手掌。

韋小寶遠遠望去，見那手掌眞似白玉雕成一般，心底立時湧起一個念頭：「這女人做我老婆倒也不錯。她如到麗春院去做生意，揚州的嫖客全要湧到，將麗春院大門也擠破了。」

左首一名黑衣老者邁上兩步，躬身說道：「啓稟夫人：北京傳來訊息，已查到了四部經書的下落，正在加緊出力，依據教主寶訓的教導，就算性命不要，也要取到，奉呈教主和夫人。」他語音微微發抖，顯是十分害怕。

韋小寶心道：「可惜，可惜，這個標緻女人，原來竟是洪教主的老婆，一朵鮮花揷在牛糞上。月光光，照毛坑！」

那女人微微一笑，說道：「教主已將日子寬限了三次，黑龍使你總是推三推四，不肯出力，對教主未免太不忠心了罷？」

黑龍使鞠躬更低，說道：「屬下受教主和夫人的大恩，粉身碎骨，也難圖報。實在這事萬分棘手，屬下派到宮裏的六人之中，已有鄧炳春、柳燕二人殉教身亡。還望教主和夫人恩准寬限。」

韋小寶心道：「那肥母豬和假宮女原來是你的下屬。只怕老婊子的職位也沒你大。」

那女子左手抬起，向韋小寶招了招，笑道：「小弟弟，你過來。」韋小寶嚇了一跳，低聲道：「我？」那女子笑道：「對啦，是叫你。」韋小寶向身旁陸先生、胖頭陀二了各望一眼。陸先生道：「夫人傳呼，上前恭敬行禮。」韋小寶心道：「我偏不恭敬，又待怎地？」可是走上前去，還是恭恭敬敬的躬身行禮，說道：「教主和夫人永享仙福，壽與天齊。」

洪夫人笑道：「這小孩倒乖巧。誰教你在教主之下，加上了『和夫人』三個字？」

韋小寶不知神龍教中教眾向來只說「教主永享仙福，壽與天齊」，一入教後，便將這些話唸得熟極而流，誰也不敢增多一字，減少半句。韋小寶眼見這位夫人容貌既美，又是極有權勢，反正拍馬屁不用本錢，隨口便加上了「和夫人」三字，聽她相詢，便道：「教主有夫人相伴，壽與天齊才有趣味，否則過得一兩百年，夫人歸天，教主豈不寂寞得緊？」

洪夫人一聽，笑得猶似花枝亂顫，洪教主也不禁莞爾，手撚長鬚，點頭微笑。

神龍教中上下人等，一見教主，無不心驚膽戰，誰敢如此信口胡言？先前聽得韋小寶如此說，都代他揑一把汗，待見教主和夫人神色甚和，才放了心。

洪夫人笑道：「那麼這三個字，是你自己想出來加上去的了？」

韋小寶道：「正是，那是非加不可的。那石碑彎彎曲曲的字中，也提到夫人的。」

此言一出，陸先生全身登如墮入冰窖，自己花了無數心血，才將一篇碑文教了他背熟，忽然間他別出心裁，加上夫人的名字，那如何還湊得齊字數？這頑童信口開河，勢不免將碑文亂說一通，自己所作文字本已破綻甚多，這一來還不當場敗露？

洪夫人聽了也是一怔，道：「你說石碑上也刻了我的名字？」韋小寶道：「是啊！」他隨口說了「是啊」二字，這才暗叫：「糟糕！她若要我背那碑文，其中卻沒說到夫人。」好在洪夫人並不細問，說道：「你姓韋，從北京來的，是不是？」韋小寶又道：「是啊。」洪夫人道：「聽胖頭陀說，你在北京見過一個名叫柳燕的胖姑娘，她還教過你武功？」

韋小寶心想：「我跟胖頭陀說的話，除了那部經書之外，他都稟告了教主和夫人，眼下只好死挺到底，反正胖柳燕已經死了，這叫做死無對證。」便道：「正是，這個柳阿姨是我叔叔的好朋友，白天夜裏，時時到我家裏來的。」洪夫人笑吟吟的問道：「她來幹甚麼？」

韋小寶道：「跟我叔叔說笑話啊。有時他們還摟住了親嘴，以為我看不到，我可偷偷都瞧見了。」他知道越說得活靈活現，諸般細微曲折的地方都說到了，旁人越是相信。

洪夫人笑道：「你這孩子滑頭得緊。人家親嘴，你也偷看。」轉頭向黑龍使道：「你聽見嗎？小孩子總不會說謊罷？」

韋小寶順著她眼光瞧去，見黑龍使臉色大變，恐懼已達極點，身子發顫，雙膝一曲，跪倒在地，連連磕頭，道：「屬下……屬下督導無方，罪該萬死，求教主和夫人網……網開一面，准屬下將功贖罪。」韋小寶大奇，心想：「我說那肥豬姑娘和我叔叔親嘴，跟這老頭兒又有甚麼相干？為甚麼要嚇成這個樣子？」

洪夫人微笑道：「將功贖罪？你有甚麼功勞？我還道你派去的人，當眞忠心耿耿的在爲教主辦事。那知道在北京，卻在幹這些風流勾當。」黑龍使又連連磕頭，額頭上鮮血涔涔而下。韋小寶心下不忍，想說幾句對他有利的言語，一時卻想不出來。

黑龍使膝行而前，叫道：「教主，我跟着你老人家出生入死，雖無功勞，也有苦勞。」洪夫人冷笑道：「你提從前的事幹甚麼？你年紀這樣大了，還能給教主辦多少年事？黑龍使這職位，早些不幹，豈不快活？」黑龍使抬起頭來，望着洪教主，哀聲道：「教主，你對老部下，老兄弟，眞沒半點舊情嗎？」

洪教主臉上神色木然，淡淡的道：「咱們教裏，老朽胡塗之人太多，也該好好整頓一下才是。」他聲音低沉，說來模糊不清。韋小寶自見他以來，首次聲到他說話。

突然間數百名少男少女齊聲高呼：「教主寶訓，時刻在心，建功克敵，無事不成。」

黑龍使歎了口氣，顫巍巍的站起身來，說道：「吐故納新，我們老人，原該死了。」轉過身來，說道：「拿來罷！」

廳口四名黑衣少年快步上前，手中各托一隻木盤，盤上有黃銅圓罩罩住，走到黑龍使之前，將木盤放在地下，迅速轉身退回。廳上衆人不約而同的退了幾步。

黑龍使喃喃的道：「教主寶訓，時刻在心，建功克敵，無事不成，……嘿嘿，有一事不成，便是屬下並不忠心耿耿。」伸手握住銅蓋頂上的結子，向上一提。

盤中一物突然竄起，跟着白光一閃，斜刺裏一柄飛刀激飛而至，將那物斬爲兩截，掉在盤中，蠕蠕而動，卻是一條五彩斑爛的小蛇。

韋小寶一聲驚呼。廳中衆人也叫都了起來：「那一個？」「甚麼人犯上作亂？」「拿下了！」「那一個叛徒，膽敢忤逆教主？」

洪夫人突然站起，雙手環抱，隨即連擺三下。只聽得刷刷刷刷，長劍出鞘之聲大作，數百名少男少女奔上廳來，將五六十名年長教衆團團圍住。這數百名少年青衣歸青衣，白衣歸白衣，毫不混雜，各人站着方位，或六七人，或八九人分別對付一人，長劍分指要害，那數十名年老的頃刻之間便被制住。胖頭陀和陸先生身周，也各有七八人以長劍相對。

一名五十來歲的黑鬚道人哈哈大笑，說道：「夫人，你操練這陣法，花了好幾個月功夫罷？要對付老兄弟，其實用不着這麼費勁。」站在他身周的是八名紅衣少女，兩名少女長劍前挺，劍尖挺住他心口，喝道：「不得對教主和夫人無禮。」那道人笑道：「夫人，那條五彩神龍，是我無根道人殺的。你要處罰，儘管動手，何必連累旁人？」

洪夫人坐回椅中，微笑道：「你自己認了，再好也沒有。道長，教主待你不薄吧？委你爲赤龍門掌門使，那是教主一人之下，萬人之上的高職，你爲甚麼要反？」無根道人說道：「屬下沒有反。黑龍使張淡月有大功於本教，只因屬下有人辦事不利，夫人便要取他性命，屬下大膽向教主和夫人求個情。」洪夫人笑道：「倘若我不答應呢？」

無根道人道：「神龍教雖是教主手創，可是數萬兄弟赴湯蹈火，人人都有功勞。當年起事，共有一千零二十三名老兄弟，到今日有的命喪敵手，有的被教主誅戮，賸下來的已不到一百人。屬下求教主開恩，饒了我們幾十個老兄弟的性命，將我們盡數開革出教。教主和夫人見着我們老頭兒討厭，要起用新人，便叫我們老頭兒一起滾蛋罷。」

洪夫人冷笑道：「神龍教創教以來，從沒聽說有人活着出教的。無根道長這麼說，眞是異想天開之至。」無根道人道：「這麼說，夫人是不答應了？」洪夫人道：「對不起，本教沒這個規矩。」無根道人哈哈一笑，道：「原來教主和夫人非將我們盡數誅戮不可。」

洪夫人微笑道：「那也不然。老人忠於教主，教主自然仍舊當他好兄弟，決無歧視。我們不問年少年長，只問他對教主是否忠心耿耿，那一個忠於教主的，舉起手來。」

數百各少年男女一齊舉起左手，被圍的年長衆教也都舉手，連無根道人也都高舉左手，大家同聲道：「忠於教主，決無二心！」韋小寶見大家舉手，也舉起了手。

洪夫人點頭道：「那好得很啊，原來人人忠於教主，連這個新來的小弟弟，雖非本教中人，居然也忠於教主。」韋小寶心道：「我忠於烏龜王八蛋。」洪夫人道：「大家都忠心，那麼我們這裏一個反賊也沒有了。恐怕有點不對頭吧？得好好查問查問。衆位老兄弟只好暫且委屈一下，都綁了起來。」數百少年男女齊聲應道：「是！」

一名魁梧大漢叫道：「且慢！」洪夫人道：「白龍使，你又有甚麼高見？」那大漢道：「高見是沒有，屬下覺得不公平。」洪夫人道：「嘖嘖嘖，你指摘我處事不公平。」那大漢道：「屬下不敢，屬下跟隨教主二十年，凡事勇往直前。我爲本教拚命之時，這些小娃娃都還沒生在世上。爲甚麼他們才對教主忠心，反說我們老兄弟不忠心？」

洪夫人笑吟吟的道：「白龍使這麼說，那是在自己表功了。你是不是說，倘若沒有你白龍使鍾志靈，神龍教就無今日？」

那魁梧大漢鍾志靈道：「神龍教建教，是教主一人之功，大夥兒不過跟着他老人家打天下，有甚麼功勞可言，不過……」

洪夫人道：「不過怎樣啊？」鍾志靈道：「不過我們沒有功勞，這些十幾歲的小娃娃更加沒有功勞。」洪夫人道：「我不過二十幾歲，那也沒有功勞了？」鍾志靈遲疑半晌，道：「不錯，夫人也沒有功勞。創教建業，是教主他老人家一人之功。」

洪夫人緩緩的道：「既然大家沒有功勞，殺了你也不算寃枉，是不是？」說到這裏，眼中閃爍過一陣殺氣，臉上神色仍是嬌媚萬狀。

鍾志靈怒叫：「殺我姓鍾的一人，自然不打緊。就只怕如此殺害忠良，誅戮功臣，神龍教的基業，要毀於夫人一人之手。」

洪夫人道：「很好，很好，唉，我倦得很。」這幾個字說得懶洋洋地，那知道竟是下令殺人的暗號。站在鍾志靈身周的七名白衣少年一聽，長劍同時挺出，一齊刺入鍾志靈身子。七劍拔出，他身上射出七股血箭，濺得七名白衣少年衣衫全是鮮血。鍾志靈叫道：「教主，你……好忍心！好……」倒地而死。七名少年退到廊下，行動極是整齊。

教中老兄弟都知白龍使鍾志靈武功甚高，但七劍齊至，竟無絲毫抗禦之力，足見這七名少年爲了今日在廳中刺這一劍，事先曾得教主指點，又已不知練了多少遍，實已到了熟極而流的地步，無不心下慄慄。

洪夫人打了個呵欠，左手輕輕按住了櫻桃小口，顯得嬌慵之極。洪教主仍是神色木然，對於鍾志靈的被殺，宛如沒有瞧見。洪夫人輕輕的道：「青龍使、黃龍使，你們兩位，覺得白龍使謀叛造反，是不是罪有應得？」

一個細眼尖臉的老者躬身說道：「鍾志靈反叛教主和夫人，處心積慮，由來已久，屬下十分痛恨，曾向夫人告發了好幾次。夫人總是說，瞧在老兄弟面上，讓他有個悔改的機會。教主和夫人寬宏大量，只盼他改過自新，那知道這人惡毒無比，實是罪不可赦。如此輕易將他處死，那是萬分便宜了他。教中兄弟，無不感激教主和夫人的恩德。」

韋小寶心道：「這是個馬屁大王。」

洪夫人微微一笑，說道：「黃龍使倒還識得大體。青龍使，你以為怎樣？」

一個五十來歲的高瘦漢子向身旁八名青衣少年怒目而視，斥道：「滾開。教主要殺我，我不會自己動手嗎？」八名少年長劍向前微挺，劍尖碰到了他衣服，那漢子嘿嘿幾聲冷笑，慢慢提起雙手，抓住了自己胸前衣衫，說道：「教主、夫人，當年屬下和赤、白、黑、黃四門掌門使義結兄弟，決心為神龍教賣命，沒想到竟有今日。夫人要殺許某，並不希奇，奇在黃龍使殷大哥貪生怕死，竟說這等卑鄙齷齪的言語，來誣衊自己好兄弟……」

猛聽得嗤的一聲急響，那漢子雙手向外疾分，已將身上長袍扯為兩半，手臂一振之間，兩片長袍橫捲而出，已將八名青衣少年的長劍盪開，青光閃動，手掌中已多了兩柄尺半長的短劍。嗤嗤之聲連響，八名青衣少年胸口中劍，盡數倒地，傷口中鮮血直噴。八人屍身倒在他身旁，圍成一圈，竟排得十分整齊。這幾下手法之快，直如迅雷不及掩耳。

洪夫人一驚，雙手連拍，二十餘名青衣少年挺劍欄在青龍使身前，又團團將他圍住。

青龍使哈哈大笑，朗聲說道：「夫人，你教出來的這些娃娃，膿包之極。教主要靠這些小傢伙來建功克敵，未免有些不大順手罷？」

七少年刺殺鍾志靈，洪教主猶如視而不見，青龍使刺殺八少年，他似乎無動於中，穩穩坐在椅中，始終渾不理會。

洪夫人看了丈夫一眼，似乎有些慚愧，嫣然一笑，坐下身來，笑道：「青龍使，你劍法高明得很哪，今日……」

忽聽得嗆啷啷、嗆啷啷之聲大作，大廳中數百名少年男女手中長劍紛紛落地，衆人大奇之下，眼見衆少年一個個委頓在地，各人隨卽只覺頭昏眼花，立足不定。功力稍差的先行摔倒，跟着餘人也搖搖幌幌，倒了下來，頃刻之間，大廳中橫七豎八的倒了一地。

洪夫人驚呼：「爲……爲甚麼……」身子一軟，從竹椅中滑了下來。

青龍使卻昂然挺立，獰笑道：「教主，你殘殺兄弟，想不到也有今日罷？」兩柄短劍一擊，錚然作聲，踏着地下衆人身子，向洪教主走去。

洪教主哼了一聲，道：「那也未必！」伸手抓住竹椅的靠手，喀喇一聲，拗斷了靠手。

青龍使登時變色，退後兩步，說道：「教主，偌大一個神龍教，弄得支離破碎，到底是誰種下的禍胎，你老人家現在總該明白了罷？」

洪教主「嗯」的一聲，突然從椅上滑下，坐倒在地。青龍使大喜，搶上前去，驀地裏呼的一聲，一物挾着一股猛烈之極的勁風，當胸飛來。青龍使右手短劍用力斬出，那物斷爲兩截，原來便是洪教主從竹椅上拗下的靠手。他這一擲之勁非同小可，一段竹棍被斬斷，上半截餘勢不衰，撲的一聲，插入青龍使胸口，撞斷了五六條肋骨，直沒至肺。

青龍使一聲大叫，戛然而止，肺中氣息接不上來，登時啞了。身子幌了兩下，手中兩柄短劍落地，分別揷入了兩名少年身上。這兩名少年四肢痳軟，難以動彈，神智卻仍淸醒，口中也能說話，短劍揷身，痛得大叫起來。

數百名少年男女見教主大展神威，擊倒了青龍使，齊聲歡呼。只見洪教主右手撐地，掙扎着要站起身，但右腿還沒站直，雙膝一軟，倒地滾了幾滾，摔得狼狽不堪。這一來，人人知道教主和自己一樣，也已中毒，筋軟肉痺。教主平素極其莊嚴，在教衆面前連話也不多說一句，笑也不多笑一聲，此刻竟摔得如此丟人，自是全身力道盡失。

大廳上數百人盡數倒地，卻只一人站直了身子。此人本來身材甚矮，可是在數百名臥地不起的人中，不免顯得鶴立鷄羣。

此人正是韋小寶。他鼻中聞到一陣陣淡淡的幽香，只感心曠神怡，全身暖洋洋地，快美難以言宣，眼見一個個人都倒在地下，何以會有此變故，心中全然不解。他呆了一會，伸手去拉胖頭陀，問道：「胖尊者，大家幹甚麼？」

胖頭陀奇道：「你……你沒中毒？」韋小寶奇道：「中毒？我……我不知道。」他用力扶起胖頭陀，可是胖頭陀腿上沒半點力氣，又即坐倒。

陸先生突然問道：「許大哥，你……你使得是甚麼毒？」

那青龍使身子搖搖幌幌，猶似喝醉了一般，一手扶住柱子，不住咳嗽，說道：「可惜，可……可惜功敗垂成，我……我是不中用了。」

陸先生道：「是『七蟲軟筋散』？是『千里銷魂香』？是……是『化……化血……腐骨粉』？」連說了三種劇毒藥物的名稱，說到「化血腐骨粉」時，聲音顫抖，顯得害怕已極。

青龍使右肺受傷，咳嗽甚劇，答不出話。陸先生道：「韋公子卻怎地沒有中毒？啊，是了！」他突然省悟，這「是了」二字，叫得極響，說道：「你短劍上搽了『百花腹蛇膏』，妙計，妙計。韋公子，請你聞一聞青龍使那兩柄短劍，是不是劍上有一陣花香？」

韋小寶心想：「劍上有毒，我才不去聞呢。」說道：「就在這裏也香得緊呢。」

陸先生臉現喜色，道：「是了，這『百花腹蛇膏』遇到鮮血，便生濃香，本是煉製香料的一門秘法，常人聞了，只有精神舒暢，可是……可是我們住在這靈蛇島上，人人都服慣了『雄黃藥酒』，以避毒蛇，這股香氣一碰到『雄黃藥酒』，那便使人筋骨酥軟，一十二個時辰不解。許大哥，眞是妙計。這『百花腹蛇膏』在島上本是禁物，原來你暗中早已有備，你定有三四個月沒喝雄黃藥酒了。」

青龍使坐倒在地，正好坐在兩名少年身上，搖頭說道：「人算不如天算，到頭來還是中了洪安通的毒手。」

幾名少年喝道：「大膽狂徒，你膽敢呼喚教主的聖名。」

青龍使慢慢站起，拾起一柄長劍，一步步向洪教主走去，道：「洪安通的名字叫不得？咳咳……我殺了這惡賊之後……咳咳……這叫不叫得？」數百名少年男女都驚呼起來。

過了一會，只聽得黃龍使蒼老的聲音道：「許兄弟，你去殺了洪安通，大夥兒奉你爲神龍教教主。大家快唸：咱們奉許教主號令，忠心不貳。」

大廳上沉默片刻，便有數十人唸了起來：「咱們奉許教主號令，忠心不貳。」有些聲音堅決，有些顯得遲疑，頗爲參差不齊。

青龍使走得兩步，咳嗽一聲，身子幌幾下，他受傷極重，但勉力掙扎，說甚麼要先殺了洪教主。

洪夫人忽然格格一笑，說道：「青龍使，你沒力氣了，你腿上半點力氣也沒了，你胸口鮮血湧了出來，快流光啦。你不成啦。坐下罷，疲倦得很，坐下罷，對了，坐下休息一會。你放下長劍，待會兒坐到我身邊來，讓我治好你的傷。對啦，坐倒罷，放下長劍。」越說聲音越是溫柔嬌媚。

青龍使又走得幾步，終於慢慢坐倒，錚的一聲，長劍脫手落地。

黃龍使眼見青龍使再也無力站起，大聲道：「許雪亭，你這奸賊痴心妄想，他媽的要做教主，你撒泡尿自己照一照，這副德性像是不像。」

赤龍使無根道人喝道：「殷錦，你這卑鄙無恥的小人，見風使舵，東搖西擺。老道手脚一活，第一個便宰了你。」

黃龍使殷錦道：「你狠甚麼？我……我……」欲待還口，見青龍使許雪亭搖搖幌幌的又待站起，眼見這場爭鬥不知鹿死誰手，又住了口。

一時廳上數百人的目光，都注視在許雪亭身上。

洪夫人柔聲道：「許大哥，你倦得很了，還是坐下來罷。你瞧着我，我唱個小曲兒給你聽。你好好歇一歇，以後我天天唱小曲兒給你聽。你瞧我生得好不好看？」

許雪亭唔唔連聲，說道：「你……你好看得很……不過我……我不敢多看……」說着又即坐倒，這一次再也站不起來，但心中雪亮，自己只要一坐不起，殺不了教主，數百人中以教主功力最爲深厚，身上所中之毒定是他最先解去，那麼一衆老兄弟人人無倖，盡數要遭他毒手，說道：「陸……陸先生，我動不了啦，你給想……想……咳咳……想個法子。」

陸先生道：「韋公子，這教主十分狠毒，待會他身上所中的毒消解，便將大夥兒殺死，連你也活不成。你快去將教主和夫人殺了。」

這幾句話他就是不說，韋小寶也早明白，當下拾起一柄劍，慢慢向教主走去。

陸先生又道：「這洪夫人狐狸精，儘會騙人，你別瞧她的臉，不可望她眼睛。」

韋小寶道：「是！」挺劍走上幾步。

洪夫人柔聲道：「小兄弟，你說我生得美不美？」聲音中充滿了銷魂蝕骨之意。韋小寶心中一動，轉頭便欲向她瞧去。胖頭陀大喝一聲：「害人精，看不得！」韋小寶一凜，緊緊閉住了眼睛。洪夫人輕笑道：「小兄弟，你瞧啊，向着我，睜開了眼。你瞧，我眼珠子裏有你的影子！」

韋小寶一睜眼，見到洪夫人眼波盈盈，全是笑意，不由得心中大蕩，隨卽舉劍當胸，向着洪教主走去，心道：「你這樣的美人兒，我眞捨不得殺，你的老公卻非殺不可。」

忽然左側有個清脆的聲音說道：「韋大哥！殺不得！」

這聲音極熟，韋小寶心頭一震，向聲音來處瞧去，只見一名紅衣少女躺在地下，秀眉俊目，正是小郡主沐劍屏。他大吃一驚，萬想不到竟會在此和她相遇，至於她身穿赤龍門少女的紅衣，反不覺如何驚奇了，忙俯身將她扶起，問道：「你怎麼會在這裏？」

沐劍屏不答他的問話，只道：「你……你千萬殺不得教主。」韋小寶奇道：「你投了神龍教？怎……怎麼會？」沐劍屏全身軟得便如沒了骨頭，將頭靠在他肩上，一張小口剛好湊在他耳邊，低聲道：「你如殺了教主和夫人，我就活不成了。那些老頭子恨死了我們，非盡數殺了我們這些少年人不可。」韋小寶道：「我要他們不來害你，他們會答允的。」沐劍屏急道：「不，不！教主給我們服了毒藥，旁人解不來的。」

韋小寶和她久別重逢，本已十分歡喜，何況懷中溫香軟玉，耳邊柔聲細語，自是難於拒卻，又想她已給教主逼服了毒藥，旁人解救不得，那麼殺了教主，便是害死懷中這個小美人兒，此事萬萬不可，只一件事爲難，低聲道：「我如不殺教主，教主身上毒性去了之後，就要殺死我了。」他將沐劍屏緊緊抱住，這句話就在她耳邊而說。

沐劍屏道：「你救了教主和夫人，他們怎麼還會殺你？」

韋小寶心想不錯，洪夫人這樣千嬌百媚，無論如何是殺不下手的，眼前正是建立大功的機會，只是胖頭陀、陸先生、無根道人這幾個，不免要給教主殺了。那無根道人十分豪傑，殺了他未免可惜。最好是既不殺教主和夫人，也保全了胖頭陀等人性命，便道：「正是！好老婆。就算教主要殺我，我也非救你不可。」說着在她左頰上親了一吻。

沐劍屏大羞，滿臉通紅，眼光中露出喜色，低聲道：「你立了大功，又是小孩，教主怎會殺你？」

韋小寶將沐劍屏輕輕放在地下，轉頭說道：「陸先生，教主是殺不得的，夫人也殺不得的。石碑上刻了字，說教主和夫人永享仙福，壽與天齊，我怎敢害他們性命？他二位老人齊神通廣大，就是要害，也害不死的。」

陸先生大急，叫道：「碑文是假的，怎作得數？別胡思亂想了，快快將他二人殺了，否則大夥兒死無葬身之地。」

韋小寶連連搖頭，說道：「陸先生，你不可說這等犯上作亂的言語。你有沒有解藥？咱們趕快得解了教主和夫人身上的毒。」

洪夫人柔聲說道：「對啦，小兄弟，你當眞見識高超。上天派了你這樣一位少年英雄下凡，前來輔佐教主。神龍教有了你這樣一位少年英雄，眞是大家的福氣。」這幾句話說得似乎出自肺腑，充滿了驚奇讚歎之意。

韋小寶聽在耳裏，說不出的舒服受用，笑道：「夫人，我不是神龍教的人。」

洪夫人笑道：「那再容易也沒有了。你現下即刻入教，我就是你的接引人。教主，這位小兄弟爲本教立了如此大功，咱們派他個甚麼職司才是？」

教主道：「白龍門掌龍使鍾志靈叛教伏法，咱們升這少年爲白龍使。」

洪夫人笑道：「好極了。小兄弟，本教以教主爲首，下面就是青、黃、赤、白、黑五龍使。像你這樣一入教就做五龍使，那眞是從所未有之事。足見教主對你倚重之深。小兄弟，你姓韋，我們是知道的，你大號叫做甚麼？」

韋小寶道：「我叫韋小寶，江湖上有個外號，叫做『小白龍』。」他想起那日茅十八給他杜撰了個外號，覺得若無外號，不夠威風，想不到竟與今日之事不謀而合。

洪夫人喜道：「你瞧，你瞧！這是老天爺的安排，否則那有這樣巧法。教主金口，一言既出，決無反悔。」

陸先生大急，說道：「韋公子，你別上他們的當。就算你當了白龍使，他們一不喜歡，若要殺你，還不是易如反掌？白龍使鍾志靈便是眼前的榜樣。你快去殺了教主和夫人，大家奉你爲神龍教的教主便了。」

此言一出，衆人皆是一驚。胖頭陀、許雪亭、無根道人等都覺這話太過匪夷所思，但轉念一想，若不奉他爲教主，教中再無比白龍使更高的職位，眼前情勢惡劣之極，衆人性命懸於其手，也只有這樣，才能誘得他去殺了教主和夫人，只消渡過難關，諒這小小孩童就算眞的當了教主，也逃不過衆人的掌握。當下衆人齊道：「對，對，我們齊奉韋公子爲神龍教教主，大夥兒對你忠心耿耿。」

韋小寶心中一動，斜眼向洪夫人瞧去，只見她半坐半臥的靠在竹椅上，全身猶似沒了骨頭一般，胸口微微起伏，雙頰紅暈，眼波欲流，心想：「做教主沒甚麼好玩，這個教主夫人可眞美得要命。我如做了教主，你這教主夫人可還做不做哪？」

但這念頭只在腦海中一幌而過，隨卽明白：「這些人個個武功高強，身上毒性一解，我又怎管他們得了？這是過橋抽板。」過橋抽板的事，他在天地會青木堂中早已有過經歷，天地會的兄弟都是英雄好漢，過了橋之後不忙抽板，這些神龍教的傢伙，豈有不大抽而特抽、抽個不亦樂乎的？教主夫人雖美，畢竟自己的小命更美，當下伸了伸舌頭，笑道：「教主我是當不來的，你們說這種話，沒的折了我的福份，而且有點兒大逆不道。這樣罷，教主、夫人，大家言歸於好，今日的帳，雙方都不算。陸先生、青龍使他們冒犯了教主，請教主寬洪大量，不處他們的罪。陸先生，你取出解藥來，大家服了，和和氣氣，豈不是好？」

洪教主不等陸先生開口，立卽說道：「好，就是這麼辦。白龍使勸我們和衷共濟，不咎既往，本座嘉納忠言，今日廳上一切犯上作亂之行，本座一概寬赦，不再追究。」

韋小寶喜道：「青龍使，教主答應了，那不是好得很嗎？」

陸先生眼見韋小寶無論如何是不會去殺教主了，長歎一聲，說道：「既是如此，教主、夫人，你們兩位請立下一個誓來。」

洪夫人道：「我蘇荃決不追究今日之事，若違此言，教我身入龍潭，爲萬蛇所噬。」

洪教主低沉着聲音道：「神龍教教主洪安通，日後如向各位老兄弟淸算今日之事，洪某身入龍潭，爲萬蛇所噬，屍骨無存。」

「身入龍潭，爲萬蛇所噬」，那是神龍教中最重的刑罰，教主和夫人當衆立此重誓，雖爲勢所迫，卻也是決計不能反口的了。陸先生道：「青龍使，你意下如何？」許雪亭奄奄一息，道：「我……我反正活不成了。」陸先生又道：「無根道長，你以爲怎麼樣？」

無根道人大聲道：「就是這樣。洪教主原是我們老兄弟，他文才武功，勝旁人十倍，大夥兒本來擁他爲主，原無二心。自從他娶了這位夫人後，性格大變，只愛提拔少年男女，將我們老兄弟一個個的殘殺。青龍使這番發難，只求保命，別無他意。教主和夫人既已當衆立誓，決不追究今日之事，不再肆意殺害老兄弟，大家又何必反他？再說，神龍教原也少不得這位教主。」

一衆少年少女縱聲高呼：「教主永享仙福，壽與天齊。」

陸先生道：「韋公子，你沒喝雄黃藥酒，不中百花腹蛇膏之毒，致成今日之功，冥冥之中，自有天意。要解此毒，甚是容易，你到外面去舀些冷水來，餵了各人服下即可。」

韋小寶笑道：「這毒原來如此易解。」走到廳外，卻找不到冷水，繞到廳後，見一排放着二十餘隻七石缸，都裝滿了清水，原來是防竹廳失火之用，當下滿滿提了一桶清水，回到廳中，先舀一瓢餵給教主喝下，其次餵給洪夫人。第三瓢卻餵給無根道人，說道：「道長，你是英雄好漢。」第四、五瓢餵了胖頭陀和陸先生，第六瓢餵給沐劍屏。

各人飲了冷水，便即嘔吐，慢慢手脚可以移動。韋小寶又餵數人後，陸先生以可起立行走，過去扶起青龍使許雪亭，爲他止血治傷。胖頭陀等分別去提冷水，灌救親厚的兄弟。不久沐劍屏救了幾名紅衣少女。一時大廳上嘔吐狼藉，臭不可當。

洪夫人道：「大家回去休息，明日再行聚會。」

洪教主道：「本座既不究既往，衆兄弟自夥之間，也不得因今日之事，互相爭吵尋仇，違者重罰。五龍少年不得對掌門使不敬，掌門使也不可藉故處置本門少年。」

衆人齊聲奉令，但疑忌憂慮，畢竟難以盡去。

洪夫人柔聲道：「白龍使，你跟我來。」韋小寶還不知她是在呼喚自己，見她招手，這才想起自己做了神龍教的白龍使，便跟了過去。

教主和夫人並肩而行，出了大廳，已可行動的教衆都躬身行禮，高聲叫道：「教主永享仙福，壽與天齊！」

教主和夫人沿着一條青石板路，向廳左行去，穿過一大片竹林，到了一個平台之上。台上築着幾間大竹屋，十餘名分穿五色衣衫的少年男女持劍前後把守，見到教主，一齊躬身行禮。洪夫人領韋小寶進了竹屋，向一名白衣少年道：「這位韋公子，是你們白龍門新任的掌門使，請他在東廂房休息，你們好好服侍。」說着向韋小寶一笑，進了內堂。

幾名白衣少年轉身向韋小寶道：「屬下少年參見座使。」韋小寶在皇宮中做慣了首領太監，在天地會中又做慣了香主，旁人對他恭敬，已毫不在乎，只點了點頭。

幾名白衣少年引他進了東廂房，獻上茶來。雖說是廂房，卻也十分寬敞，陳設雅潔，桌上架上擺滿了金玉古玩，壁上懸着字畫，床上被褥華美，居然有點皇宮中的派頭。

幾名白衣少年見洪夫人言語神情之中，顯然對韋小寶極爲看重，而教主這「仙福居」更是從無外人在此過宿，白龍使享此殊榮，地位更在其他四使之上了。這些少年在此守衛，不知適才大廳中的變故，但見韋小寶位尊得寵，一個個過來大獻殷勤。

當日下午，韋小寶向幾名白衣少年問了五龍門的各種規矩。原來神龍教下分五門，每一名統率數十名老兄弟、一百名少年，數百名尋常教衆。掌門使本來都是教中立有大功的高手宿將，但教主近來全力提拔新秀，往往二十歲左右之人，便得出掌僅次於掌門使的要職，韋小寶年紀雖小，卻也無人有絲毫詫異。

次晨洪教主和夫人又在大廳中招集會衆。各人臉上都有惴惴不安之色，教主雖已立誓不再追究，但他城府極深，誰也料不到他會有甚麼厲害手段使出來。

教主和夫人升座。韋小寶排在五龍使班次的第四位，反在胖頭陀和陸先生之上。

洪教主問道：「青龍使的傷勢怎樣？」陸先生躬身道：「啓稟教主，青龍使傷勢不輕，性命是否能保，眼下還是難說。」教主從懷中取出一個醉紅小瓷瓶，道：「這是三顆天王保命丹，你拿去給他服了。」說着也不見他揚手，那瓷瓶便向陸先生身前緩緩飛來。

陸先生忙伸手接住，伏地說道：「謝教主大恩。」他知這天王保命丹十分難得，是教主派遣部屬採集無數珍奇藥材煉製而成，其中的三百年老山人參、白熊膽、雪蓮等物，尤其難得，教主大費心力所煉成的，前後也不過十來顆而已。許雪亭一服這三顆靈丹，性命當可無礙。

其餘老兄弟都躬身道謝，均想：「青龍使昨日對教主如此衝撞，更立心要害他性命，今日教主反賜珍藥，那麼他的的確確是不咎既往了。」無不大感欣慰。大廳中本來人人嚴加戒備，這時臉上都現笑容，不少人大吁長氣。

洪夫人笑道：「白龍使，聽說你在五台山上見到一塊石碣，碣上刻有蝌蚪文字？」

韋小寶躬身道：「是！」

胖頭陀道：「啓稟教主、夫人，屬下拓得這碣文在此。」從懷中取出一個油紙包，打了開來，取出一張極大的拓片，懸在東邊牆上，拓片黑底白字，文字希奇古怪，無人能識。

洪夫人道：「白龍使，你若識得這些文字，便讀給大家聽聽。」

韋小寶應道：「是。」眼望拓文，大聲背誦陸先生所撰的那篇文字：「維大唐貞觀二年十月甲子……」慢慢的一路背將下去，偶爾遺忘，便說：「嗯，這是個甚麼字，倒也難認，是了，是個『魔』字。」背到「仙福永享，普天崇敬。壽與天齊，文武仁聖」，那四句時，將之改了一改，說是「仙福永享，連同夫人。壽與天齊，文武仁聖。」

這「連同夫人」四字，實在頗爲粗俗，若教陸先生撰寫，必另有雅馴字眼，但韋小寶不通文理，那裏作得出甚麼好文章來？不將四字句改成五字，已十分難能可貴了。

洪夫人一聽到這四字，眉花眼笑，說道：「教主，碣文中果眞有我的名字，倒不是白龍使胡亂揑造的。」

洪教主也十分高興，點頭笑道：「好，好！我們上邀天眷，創下這個神龍教來，原來大唐貞觀年間，上天已有預示。」

廳上教衆齊聲高呼：「教主仙福永享，壽與天齊。」

無根道人等老兄弟也自駭然，均想：「教主與夫人上應天象，那可冒犯不得。」

韋小寶最後將八部四十二章經的所在也都一一唸了。洪夫人歎道：「聖賢豪傑，惠民救世，固然上天早有安排，便連吳三桂這等人，也都在老天爺的算中。教主，這八部寶經，份中應屬本教所有，遲早都會到我神龍教來。」教主撚鬚微笑，道：「夫人說得是。」

衆人又大叫：「壽與天齊，壽與天齊！」

待人聲稍靜，洪教主道：「現下開香堂，封韋小寶爲本教白龍門掌門使之職。」

神龍教開香堂，和天地會的儀節又自不同。韋小寶見香案上放着五隻黃金盤子，每隻盤子中都盛着一條小蛇，共分青、黃、赤、白、黑五色。五條小蛇昂起了頭，舌頭一伸一縮，身子卻盤着不動。

韋小寶拜過五色「神龍」，向教主和夫人磕頭，接受無根道人等人道賀。洪夫人斟了三杯雄黃酒讓他飲下，笑道：「飲了此酒，島上神龍便都知道你是自己人，以後再也不會來咬你了。」教主賜了一串雄黃珠子，命他貼肉掛着，百毒不侵。跟着白龍門本門的執事和少年齊來參見掌門使。教主吩咐：「青龍掌門使因病休養，胖頭陀拓搨碣文有功，青龍門事務，暫由胖頭陀代理。待青龍使病愈，再行接掌。」胖頭陀躬身奉令。

教主又道：「五龍使和陸高軒六人，齊到後廳議事。」當即和夫人走下座來。廳上衆人高呼恭送，無根道人、韋小寶、胖頭陀、陸先生等都跟隨其後。韋小寶這時才知，原來陸先生的名字叫陸高軒。

那後廳便在大廳之後，廳堂不大，居中兩張大竹椅，教主和夫人就座。下面設了五張矮櫈，三位掌門使分別坐下，胖頭陀也坐了一張，說道：「白龍使請坐。」

韋小寶見陸先生沒有座位，微感遲疑。陸先生微笑道：「白龍使請坐，『潛龍堂』中，沒有我這等閒職教衆的座位。」韋小寶料想規矩如此，胖頭陀若不是代理青龍使，那也是沒有座位的了，便即坐下。陸先生站在黑龍使下首。

突然之間，殷錦等四人都站起來，韋小寶不明所以，跟着站起，只聽殷錦和陸先生等五人齊聲唸道：「教主寶訓……」韋小寶當即跟着唸下去：「……時刻在心。制勝克敵，無事不成。」他尖銳的童音，又比那五人更大聲了些。洪教主點了點頭，五人這才坐下。

洪教主道：「碣文所示，這八部四十二章經散處四方，可是黑龍使報稱，其中四部是在皇宮之內，卻是何故？」黑龍使道：「想來這四部經書本在少林寺、沐王府等處，後來給韃子搶入了宮中。」教主沉吟不語，黑龍使臉上懼意漸濃。

洪教主轉向胖頭陀，問道：「你師兄有消息回報沒有？」

胖頭陀恭恭敬敬的道：「啓稟教主，瘦頭陀以前曾說，在鑲藍旗旗王府中，曾查到一些端倪，可是後來卻再也查不到甚麼了。」

韋小寶心中一動：「鑲藍旗旗主府中？那不是陶姑姑的師父去過的地方嗎？原來胖頭陀還有個師兄，叫做瘦頭陀。」只聽洪教主道：「你說我吩咐他儘快追查，不得懶散。」胖頭陀連聲答應。

過了一會，洪夫人微笑道：「黑龍使派人去皇宮裏取經，據他自己說，已經竭盡全力，可是至今一部經書也沒取來。這件事，咱們恐怕另得派一個福份大些的人去辦了。」

黃龍使殷錦忙道：「夫人高見。取經之事，想來和福份大小，干係極大。黑龍使也不是不努力，不肯替教主立功，可是始終阻難重重，多半是福氣不夠，因此寶經難以到手。」洪夫人微笑道：「依你之見，誰的福份夠呢？」殷錦道：「本教福氣最大的，自然是教主他老人家，其次是夫人。不過總不能勞動兩位大駕親自出馬。更其次福份最大的，首推白龍使。他識得碣文，又立下大功，印堂隱隱透出紅光，福份之大，教主屬下無人能出其右。」

教主撚鬚微笑，道：「但他小小孩童，能擔當這件大任麼？」

白龍使一職，在神龍教雖然甚尊，在韋小寶心裏，卻半點份量也沒有，他既陷身島上，只好隨遇而安，瞧着閉月羞花的洪夫人，自是過癮之極，但瞧得多了，如給教主發見自己色迷迷的神色，難免有殺身之禍，還是儘速回北京爲妙，聽教主這麼說，正是脫身的良機，便道：「教主，夫人，承蒙提拔，屬下十分感激，我本事是沒有的，但托了兩位大福氣，混進皇宮中去偷這四部寶經，倒也有成功的指望。」

洪教主點了點頭。洪夫人喜道：「你肯自告奮勇，足見對教主忠心。我知你聰明伶利，福份又大，恐怕正是上天派來給教主辦成這件大事的。」

洪教主緩緩道：「據黑龍使稟報，他派在皇宮中的部屬傳出消息，小皇帝手下有個小太監，叫做甚麼小桂子的……」韋小寶大吃一驚：「拆穿西洋鏡，那可糟糕之極！」聽教主續道：「……小皇帝派了他去五台山，意欲不利於我教。我們接連派了幾批人手出去，要擒他來審問，章老三找他不到，胖頭陀也沒能成功，不料小桂子沒找到，卻遇上了你。」

殷錦聽教主語氣稍頓，說道：「那是教主洪福齊天！」

洪教主向他微微點了點頭，續道：「白龍使，你到得宮中，這小桂子的事，可得細細查一查，皇帝派他去五台山，到底有甚麼圖謀。」

韋小寶已嚇出了一身冷汗，忙道：「是，是。」心下十分歡喜，聽教主口氣，果然是派自己去皇宮了，向胖頭陀瞧了一眼，心道：「你不洩漏我的秘密，算你是好人。」

洪夫人道：「那八部四十二章經之中，據說藏有強身保命、延年益壽的大秘密。想我們教主既然上蒙天眷，許以永享仙福，壽與天齊，這八部經書，遲早自會落入教主手中。白龍使，你再去為教主立一大功，將這八部經書取來，教主自然另有封賞。」

韋小寶站了起來，躬身說道：「屬下粉身碎骨，也難報教主與夫人的大恩，自當盡忠報國，馬革裹屍。」這「盡忠報國，馬革裹屍」八個字，是他從說書先生那裏學來的，每逢大將出征，君王勉勵，大將就慷慨激昂，說了這八個字出來，他依樣葫蘆，用在此處，未免有點不倫不類。

洪夫人一笑，說道：「你効忠救主，那就好得很了。你去北京，要那幾個人相助，可隨便挑選。」韋小寶心想：「我自求脫身，教中有人跟了去，縛手縛脚。」說道：「人多了恐怕洩漏機密，啊，是了，赤龍使座下的少女，屬下想挑一兩人去，讓她們喬裝宮女，在宮裏行事較爲方便。」她想到了沐劍屏，要將她帶去。

無根道人道：「這些小姑娘只怕沒甚麼用，只要教主和夫人允准，你隨便挑選就是。」韋小寶道：「多謝道長。」

陸高軒道：「啓稟教主、夫人，屬下昨日犯了重罪，深謝教主不殺之恩……」

洪教主揮一揮手，皺眉道：「昨日之事，大家不得記在心上，今後誰也不許再提。」

陸高軒道：「是，多謝教主。屬下想跟隨白龍使同去，托賴教主與夫人洪福，或能爲教主立些微功，稍表屬下感激之誠。」洪教主點頭道：「陸高軒智謀深沉，武功高強，筆下更十分來得，一篇文章做得四平八穩。很好，很好，你跟隨白龍使同去便了。」陸高軒尋思：「他說『一篇文章做得四平八穩』，杜撰碣文之事，他早就心中雪亮。」

胖頭陀說道：「啓稟教主、夫人，屬下也願隨同白龍使去北京爲教主辦事。」教主點了點頭，見黃龍使也欲自告奮勇，說道：「人數多了，只怕洩漏行藏，就是你們兩個同去。一切行止，全聽白龍使的號令，不得有違。」陸高軒和胖頭陀躬身說道：「屬下遵命。」

洪夫人從懷中取出一條小龍，五色斑斕，是青銅、黃金、赤銅、白銀、黑鐵鑄成，說道：「白龍使，這是教主的五龍令，暫且交你執掌。教下數萬教衆，見此令有如親見教主。爲了幹辦大事，付你生殺大權。立功之後，將令繳回。」

韋小寶應道：「是。」雙手恭恭敬敬的接過，心下發愁：「我只盼一回北京，再也不去理他甚麼神龍教、惡虎教。拿了她這個『五龍令』，從此麻煩可多得緊了。」

洪夫人道：「白龍使與陸高軒、胖頭陀三人暫留，餘人退去。」

無根道人和黑龍使、黃龍使三人行禮退出。

洪教主從身邊取出一個黑色瓷瓶，倒了三顆朱紅色的藥丸出來，說道：「三人奮勇赴北京幹事，本座甚是嘉許，各賜『豹胎易筋丸』一枚。」

胖頭陀和陸高軒臉上登時現出又是喜歡、又是驚懼的神色，屈右膝謝賜，接過藥丸，呑入肚中。韋小寶依樣葫蘆，跟着照做，接過「豹胎易筋丸」，當卽呑服，過不多時，便覺腹中有股熱烘烘氣息升將上來，緩緩隨着血行，散入四肢百骸之中，說不出的舒服。

洪夫人道：「白龍使暫留，餘人退去。」胖頭陀和陸高軒二人退了出去。

洪夫人微笑道：「白龍使，你使甚麼兵刃？」韋小寶道：「屬下武藝低微，沒學過甚麼兵器，只有一把匕首防身。」洪夫人道：「給我瞧瞧。」

韋小寶從靴中拔出匕首，倒轉劍柄，雙手呈上。洪夫人接過一看，讚道：「好匕首！」拔下一根頭髮，放開了手，那根頭髮緩緩落上刃鋒，斷了兩截。教主也讚了聲：「好！」

韋小寶爲人別的沒甚麼長處，於錢財器物卻看得極輕，眼見洪夫人對這匕首十分歡喜，心想要拍馬屁，就須拍個十足，說道：「這柄匕首，屬下獻給夫人。常人道得好：胭脂、寶劍，都要……都要獻給佳人。天下的佳人，再也沒有佳過夫人的了。」他曾聽說書先生說過多次，甚麼「寶劍贈烈士，紅粉贈佳人」，畢竟這兩句話太難，不易記得清楚。

洪夫人格格嬌笑，說道：「好孩子，你對我們忠心，可不是空口說白話。我沒甚麼好東西給你，怎能要孩子的物事？你這番心意，我可多謝了。來，我傳你三招防身保命的招式，叫做『美人三招』，你記住了。」

她走下座來，取出一塊手帕，將匕首縛在自己右足小腿外側，笑道：「教主，勞你的大駕，演一下武功。」洪教主笑嘻嘻的緩步走近，突然左手一伸，抓住了夫人後領，將她身子提在半空。

這一下實在太快，韋小寶吃了一驚，「啊」的一聲，叫了出來。

洪夫人身子微曲，纖腰輕扭，左足反踢，向教主小腹踹去。教主後縮相避，洪夫人順勢反過身來，左手摟住教主頭頸，右手竟已握住了匕首，劍尖對準了教主後心，笑道：「這是第一招，叫做『貴妃回眸』，你記住了。」

這幾下乾淨利落，韋小寶看得心曠神怡，大聲喝采，叫道：「妙極！」心想：「那日我給胖頭陀抓着提起，半點法子也沒有，倘若早學了這招，一劍已刺死了他。」

教主將洪夫人身子輕輕橫放在地。洪夫人又將匕首插入小腿之側，翻身臥倒。教主伸出右足，虛踏她後腰，手中假裝持刀架住她頭頸，笑道：「投不投降？」

韋小寶心想：「到這地步，又有甚麼法子？自然是大叫投降了。」

驀見夫人的腦袋向着她自己胸口鑽落，敵人架在頸中的一刀自然落空，她順勢在地下一個觔斗，在教主胯下鑽過，握着匕首的右手成拳，輕輕一拳擊在教主後心，只是劍尖向上。倘若當眞對敵，這一劍自然插入了敵人背心。韋小寶又大叫一聲：「好！」

教主待她插回匕首後，將她雙手反剪，左手拿住她雙手手腕，右手虛執兵器，架在她的膚光白膩頭頸之中，笑道：「這一次你總逃不了啦。」夫人笑道：「看仔細了！」右足向前輕踢，白光閃動，那匕首已割斷她小腿上縛住的手帕，脫了出來。她右足順勢一勾，在匕首柄上一點，那匕首陡地向她咽喉疾射過去。

韋小寶驚叫：「小心！」只見她身子向下一縮，那匕首急射教主胸口。教主放開她手，仰天一個鐵板橋，撲的一聲，匕首在他胸口掠過，直插入身後的竹牆，直沒至柄。

洪夫人勾脚倒踢匕首，韋小寶已然嚇了一大跳，待見那匕首射向她咽喉，她在間不容髮之際避開，匕首又射向教主胸口，這一下勢在必中，教主竟又避開。這幾下險到了極處的奇變，只瞧得他目瞪口呆，心驚膽戰，喉頭那一個「好」字，竟叫不出來。

洪夫人笑問：「怎樣？」

韋小寶伸手抓住椅背，似欲跌倒，道：「可嚇死我了。」

洪教主洪安通和夫人見他臉色蒼白，嚇得厲害，聽了他這句話，那比之一千句、一萬句頌揚更是歡喜。他二人武功高強，多一個孩子的稱讚亦不足喜，但他如此擔心，足見對二人之忠。洪夫人明知故問：「匕首又不是向你射來，怕甚麼了？」韋小寶道：「我怕……怕傷了夫人和……和教主。」洪夫人笑道：「傻孩子，那有這麼容易便傷到教主了？這一招叫做『飛燕迴翔』，挺不易練。教主神功蓋世，就算他事先不知，這一招也傷他不着。但世上除了教主之外，能夠躲得過這出其不意一擊的，恐怕也沒幾個。」

當下將這「美人三招」的練法細細說給他聽，雖說只是三招，可是全身四肢，無一處沒有關聯，如何拔劍，如何低頭，快慢部位，勁力準頭，皆須拿捏得恰到好處。那第二招臥地轉身，叫做「小憐橫陳」。洪夫人又道：「這『美人三招』，用的都是古代美人的名字，男人學了，未免有些不雅，好在你是孩子，也不打緊。」

韋小寶一招一式的跟着學，洪夫人細心糾正，直教了一個多時辰，才算是教會了，但眞要能使，自非再要長期苦練不可，尤其第三招「飛燕迴翔」，稍有錯失，便殺了自己。洪夫人教他去打造一柄鈍頭的鉛劍，大小重量須和匕首一模一樣，以作練習之用。

洪安通在教衆之前，威嚴端重，不苟言笑，但此時一直陪着夫人教招，笑嘻嘻的在旁瞧着，竟然極有耐心，待夫人教畢，說道：「夫人的『美人三招』自是十分厲害，只不過中者必死。我來教你『英雄三招』，旨在降服敵人，死活由心。」

韋小寶大喜，跪了下來，道：「叩謝教主。」

洪夫人笑道：「我可從沒聽你有『英雄三招』，原來你留了教好徒兒，卻不教我。」洪安通笑道：「這是剛才瞧了你的美人三招，臨時想出來的，現製現賣，也不知成不成。你給我指點指點。」洪夫人橫了他一眼，媚笑道：「啊喲，我們大教主取笑人啦。」洪安通道：「自來英雄難過美人關，英雄三招，當然敵不過美人三招。」洪夫人又是一陣媚笑，嬌聲道：「在孩子面前，也在跟我說這些風話。」

洪安通自覺有些失態，咳嗽一聲，莊容說道：「白龍使年紀小，與人動手，極易給人抓住後頸，一把提起。夫人，你就將我當作是白龍使好了。」洪夫人笑道：「你可不能弄痛人家。」洪安通道：「這個自然。」

洪夫人左手伸出，抓住他身子提了起來。洪安通身材魁梧，看來總有一百七八十斤。洪夫人嬌怯怯的模樣，居然毫不費力的一把便將他提起。

洪安通道：「看仔細了！」左手慢慢反轉，在夫人左腋底搔了一把。洪夫人格格一笑，身子軟了下來。洪安通左手拿住她腋下，右手慢慢迴轉，抓住她領口，緩緩舉起她身子，過了自己頭頂，輕輕往外摔出。洪夫人身子一着地，便淌了出去，如在水面滑溜飄行。

洪夫人笑聲不停，身子停住後，仍斜臥地下，並不站起。適才洪安通搔她腋底，反手擒拿，拋擲過頂，每一下都使得極慢，韋小寶看得清清楚楚，見他姿式優美，說不出的好看，行動雖慢，仍是節拍爽利，指搔掌握，落點奇準，比之洪夫人的出手迅捷，顯然又更難了幾倍。洪夫人笑道：「你格支人家，那是甚麼英雄了。」說着慢慢站起。

洪安通微笑道：「這招在眞正英雄好漢手中，自然不會來搔你癢。可是白龍使倘若給敵人提起，定是頸下『大椎穴』給一把抓住，那是手足三陽督脈之會，全身使不出力道，只好去輕搔敵人腋底『極泉穴』，這穴屬手少陽心經，敵人非鬆手不可。白龍使有了力氣，便能甩敵過頂，一摔之際，同時拿閉了敵人肘後『小海穴』和腋下『極泉穴』，將他摔在地下，他已然動彈不得。」韋小寶拍手笑道：「這一招果然妙極。」洪安通道：「你熟練之後，出招自是越快越好。」

他跟着俯伏地下，洪夫人伸足重重踏住了他後腰，右手取過倚在門邊的門閂，架在他頸中，嬌聲笑道：「你投不投降？」洪安通笑道：「我早就投降了！我向你磕頭。」雙腿一縮，似欲跪拜，右臂卻慢慢橫掠而出，碰到門閂，喀喇一聲響，門閂竟爾斷折。

韋小寶嚇了一跳，他手臂倘若急速揮出，以他武功，擊斷門閂並不希奇，但如此緩緩的和門閂一碰，居然也將門閂震斷，卻大出意料之外。

洪安通道：「你縮腿假裝向人叩頭，乘勢取出匕首。你手上雖沒我的內力，但你的匕首鋒利異常，敵人任何兵器都可一削而斷。」他口中解說，突然間一個觔斗，向洪夫人胯下鑽去。

韋小寶一怔，心想他以教主之尊，怎地從女子胯下鑽過？雖然是他的妻子，似乎總是不妥。那知洪安通並非眞的鑽過，只一作勢，左手已抓住夫人右脚足踝，右手虛點她小腹，道：「這是削鐵如泥的匕首，敵人便有天大的膽子，也不敢掙扎。」說着慢慢站起。

洪夫人頭下脚上，給他倒提起來，笑道：「快放手，成甚麼樣子？」

洪安通哈哈大笑，右手摟住她腰，放直她身子，說道：「白龍使，你身材矮小，不能倒提敵人，那麼抓住他足踝一拖，就算拖他不起，匕首指住他小腹，敵人也只好投降。那時你便得在他胸口『神藏』『神封』『步廊』等要穴踢上幾脚，防他反擊。」

韋小寶大喜，道：「是，是！這幾脚是非踢不可的。」

洪安通雙手反負背後，讓夫人拿住，洪夫人拿着半截門閂，架在他頸中。洪安通笑道：「敵人拿住我雙手，自然扣住我手腕脈門，教我手上無力，難以反擊，當此情景，本來只好用脚……」他話未說完，洪夫人「啊」的一聲，笑着放手，跳了開去，滿臉通紅，道：「不能教孩子使這種下流招數。」

洪安通笑道：「『撩陰腿』那裏是下流招數了？」正色說道：「下陰是人身要害，中者立斃，即是名門大派的拳脚之中，也往往有『撩陰腿』這一招，少林派有，武當派也有，不足爲奇。不過敵人在你背後，你雙手被制，頸中架刀，只好使『反撩陰腿』。」說到這裏，頓了一頓，又道：「但敵人也必早防到你這一着，見你腿動，多半一刀先將你的小腦袋砍了下來。因此撩陰反踢這一招便用不着。」

他這時雙臂反在背後，給洪夫人抓住了手腕，突然雙手十指彎起，各成半球之型，身子向後一撞，十指便抓向洪夫人胸部。

洪夫人向後急縮，放脫了他手腕，啐道：「這又是甚麼英雄招式了？」

洪安通微微一笑，道：「人身胸口『乳中』『乳根』兩穴，不論男女，都是致命大穴。白龍使，那人既能將你雙手反剪握住，武功自是不低，何況多半已拿住你手腕穴道，就算給你抓中了，本來也不要緊，但他一見你使出這等手勢，自然而然的會向後一縮，待得想起你手上使不出力道，已然遲了一步。夫人，你再來抓住我雙手。」

洪夫人走上兩步，輕輕在他反剪的手背上打了一記，然後伸左手握住他雙手手腕，上身後仰，不讓他手指碰到自己胸口。洪安通道：「看仔細了！」背脊後撞，十指向洪夫人胸口虛抓。洪夫人明知他這一抓是虛勢，還是縮身避讓。

洪安通突然一個倒翻筋斗，身子躍起，雙腿一分，已跨在她肩頭，同時雙手拇指壓住她太陽穴，食指按眉，中指按眼，說道：「中指使力，戳瞎敵人眼睛，拇指使力，壓令敵人昏暈。但須防人反擊。」又是一個空心觔斗，倒翻出去，遠遠躍出丈餘，右手在小腿邊一摸，裝作摸出匕首，匕尖向外，左掌斜舉，說道：「敵人的眼睛如給你這樣一下戳瞎了，再撲上來勢道定然厲害無比，預防他抱住了你牢牢不放。」

韋小寶見這一招甚爲繁複，宛似馬戲班中小丑逗趣一般，可是閃避敵刃、制敵要害，的具顯效，歎道：「這一招眞好，可就難練得緊了。」

洪安通道：「我教你的雖只三招，但其中包含擒拿、打穴、輕身三門功夫，有一項練得不到家，這三招便使不出。說到擒拿、打穴、輕身，每一項都須十年八年之功。但你只學跟這三招相干的，那便容易得多。」當下指點了穴道部位、擒拿手法、輕身腿勁，與他拆解數遍，演得不對便一一校正。只是韋小寶不敢騎到他頭頸中去，洪安通也沒教他試練。

洪夫人道：「教主，我這美人三招是師父所授，當年經過千錘百鍊的改正。你這英雄三招卻是臨時興之所至，隨意創制，比之我的美人三招又更厲害得多。不是當面捧你，大宗師武學淵深，實在令人拜服。」

洪安通抱拳笑道：「夫人謬讚，可不敢當。」

昨日韋小寶在大廳之上，見他不言不笑，形若木偶，心下對他很有點瞧不起，早就在想：「這樣一個呆木頭般的老傢伙，大家何必對他怕成這個樣子？」此刻見到他的眞實功夫，那才死心塌地的佩服，說道：「把師父教的功夫練得純熟，那不算希奇，教主心裏要出甚麼新招，就隨手使了出來，那才眞是天下無敵了。」洪夫人問道：「爲甚麼天下無敵？」韋小寶道：「敵人本事再大，教主使幾下新招出去，他認也不認得，自然只好大叫投降。」

洪安通和夫人齊聲大笑。一個微微點頭，一個道：「說得不錯。」

洪夫人又道：「教主，我這美人三招有三個美人的名字，你這英雄三招如此厲害，也得有三位大英雄的名頭才是。」洪安通微笑道：「好，我來想想。第一招是將敵人舉了起來，那是臨潼會伍子胥舉鼎，叫做『子胥舉鼎』。」洪夫人道：「好，伍子胥是大英雄。」洪安通道：「第二招將敵人倒提而起，那是魯智深倒拔垂楊柳，叫做『魯達拔柳』。」洪夫人道：「很好，魯智深是大英雄。你這第三招雖然巧妙，不過有點兒無賴浪子的味道，似乎不大英雄……」說到這裏，格格嬌笑。

洪安通笑道：「怎麼會不大英雄？叫個甚麼招式好呢？嗯，我兩根食指扣住你眉毛，這叫做『張敞畫眉』。」洪夫人笑道：「張敞又不是英雄，給夫人畫眉，難道也算是英雄的一招？」洪安通笑道：「閨房之樂，有甚於畫眉者。你說給夫人畫眉不是英雄？」洪夫人紅暈雙頰，搖了搖頭。

韋小寶不知張敞是甚麼古人，心想給老婆畫眉毛，非但不是英雄，簡直是個怕老婆的孱漢，他也不懂洪安通掉文，乃是在跟妻子調笑，說道：「教主，你這一招騎在敵人頭頸裏，騎馬的大英雄可多得很，關雲長騎赤兔馬，秦叔寶騎黃驃馬。」

洪安通笑道：「對，不過關雲長的赤兔馬本來是呂布的，秦瓊又將黃驃馬賣了，都不大貼切。有了，這一招是狄青降伏龍駒寶馬，叫做『狄青降龍』，他降服的那匹寶馬，本來是龍變的。」

洪夫人拍手笑道：「好極！狄青上陣戴個青銅鬼臉兒，只嚇得番邦兵將大呼小叫，落荒而逃，那自然是位大英雄。只不過咱們叫做神龍教……」洪教主微笑道：「不相干，就算是龍，也有給人收伏得服服貼貼的時候。」洪夫人「呸」的一聲，滿臉紅暈，眼中水汪汪地滿是媚態。

當下韋小寶又將「美人三招」和「英雄三招」一一試演，手法身法不對的，洪安通和夫人再加指點。這六招功夫甚是巧妙，韋小寶一時之間自難學會。洪教主說不用擔心，只消懂了練習的竅門，假以時日，自能純熟。待得教畢，已是中午時分了。

洪夫人堅決不收匕首，還了給韋小寶，說道：「你武功還沒練好，這次去為教主辦事，須得這等利器防身。」又道：「白龍使，本教之中，能得教主親自點撥功夫的，除我之外，便是你一個了。」韋小寶道：「那不知是屬下幾生修來的福氣。」洪夫人道：「你當忠心給教主辦事，以報答教主的恩德。」韋小寶道：「是。」洪夫人道：「你這就去罷，明天一早和胖頭陀、陸高軒他們乘船出發，不用再來告辭了。」

韋小寶答應了，向二人恭恭敬敬的行禮，轉身出門，走到門邊，回頭道：「夫人，如果我活到八十歲，那時教主和夫人再各教我三招，好不好？」

洪夫人微微一怔，隨即明白這是他的善禱善頌，他現下不過十四五歲，到八十歲還有六十幾年，但教主和自己是壽與天齊，再活六十幾歲自是應有之義，嘻嘻一笑，說道：「我答應你了。你八十歲生日，教主和我再各傳你三招。等到你一百歲大壽，我們又各傳三招，叫做『老壽星三招』、『老婆婆三招』。」韋小寶道：「不，夫人那時仍跟今日一樣年輕美麗，多半你和教主更年輕了些，傳我的是……是……『金童三招』、『玉女三招』。」

洪安通和夫人哈哈大笑。

胖頭陀和陸高軒兩人坐在廳外山石上等了甚久，始終不見韋小寶出廳，驚疑不定，不知有甚麼變故，待見他笑容滿臉的出來，才放了心。兩人想問，又不敢問。

韋小寶道：「教主和夫人傳了我不少精妙的武功。」胖頭陀和陸高軒齊聲道：「恭喜白龍使。本教之中，除了夫人之外，從未有人得教主傳過一招半式。」韋小寶洋洋得意，道：「教主也這麼說。」陸高軒道：「白龍使得教主寵幸，實是本教創教以來，從所未有。」向胖頭陀望了一眼，問韋小寶道：「教主和夫人可曾說起，何時賜給我們『豹胎易筋丸』的解藥。」韋小寶奇道：「這『豹胎易筋丸』還得有解藥？難道……難道……這是毒藥？」陸高軒道：「也不能這麼說，咱們回家詳談。」向竹廳瞧了幾眼，臉上大有戒愼恐懼之色。

三人回到陸家，韋小寶見胖陸二人神色鬱鬱，心下起疑，問道：「這『豹胎易筋丸』是怎麼一回事？到底是毒藥還是靈丹？」胖頭陀歎道：「是毒藥還是靈丹，那也得走着瞧呢！咱三人的性命，全在白龍使的掌握之中了。」韋小寶一驚，問道：「為甚麼？」

胖頭陀向陸高軒瞧去，陸高軒點了點頭。胖頭陀道：「白龍使，人家客氣的，叫我胖尊者，不怎麼客氣的，叫我胖頭陀。可是我瘦得這般模樣，全然名不副實，你是不是覺得有點兒奇怪？」韋小寶道：「是啊。我早在奇怪，猜想是人家跟你開玩笑，才這樣叫的。可是教主也叫你胖頭陀，他老人家可不會取笑你啊。」

胖頭陀歎了口長氣，道：「我服豹胎易筋丸，這是第二次了，那眞是死去活來，現在還常常做噩夢。我本來很矮很胖，胖頭陀三字，名不虛傳。」

韋小寶道：「啊，一服豹胎易筋丸，你就變得又高又瘦了？那好得很啊，你現在相貌堂堂，威武之極，從前是個矮胖子，一定不及現在神氣。」

胖頭陀苦笑，說道：「話是不錯。可是你想想，一個矮胖子，在三個月之內，身子忽然拉得長了三尺，全身皮膚鮮血淋漓，這番滋味好不好受？若不是運氣好，終於回歸神龍島，教主又大發慈悲，給了解藥，我只怕還得再高兩尺。」

韋小寶不禁駭然，道：「咱們三人也服了這藥丸，我再高兩尺，還不打緊。你如再高兩尺，那……那可未免太高了。」

胖頭陀道：「這豹胎易筋丸藥效甚是靈奇，服下一年之內，能令人強身健體，但若一年滿期，不服解藥，其中猛烈之極的毒便發作出來。卻也不一定是拉高人的身子，我師哥瘦頭陀本來極高，卻忽然矮了下去，他本來極瘦，卻變得腫脹不堪，十足成了個大胖子。」

韋小寶笑道：「你胖尊者變瘦尊者，瘦尊者變胖尊者，兩人只消對掉名字，豈不是甚麼事都沒有了？」胖頭陀臉上微有怒色，搖頭道：「不成的。」韋小寶連忙道歉：「對不起，胖尊者，我說錯了，請勿見怪。」

胖頭陀道：「你執掌五龍令，我是下屬，就算打我罵我，我也不會反抗，何況這句話也不是有意損人。我和師兄二人的脾氣性格，相貌聲音，全然大不相同，單是一胖一瘦換個名字，並不能讓胖尊者變瘦尊者，瘦尊者變胖尊者。」韋小寶點頭道：「原來如此。」

胖頭陀續道：「五年之前，教主派我和師哥去辦一件事。這件事十分棘手，等到辦成，已過期三天，立卽上船回島，在船裏藥性已經發作，苦楚難當。師哥脾氣十分暴躁，狂性大發，將船上桅桿一脚踢斷了，這艘船便在大海中漂流，日子一天天過去，我越來越高，越來越瘦，他偏偏越來越矮，越來越胖。這豹胎易筋丸能將矮胖之人拉成瘦長，高瘦之人壓成矮胖，洪教主也當眞神通廣大之至。這樣漂流了兩個多月，那時只道兩人再也難以活命。船上糧食吃完，我們將梢公水手一個個殺來吃了，幸好僥天之倖，碰上了另一艘船，才得遇救，我們逼着那船立卽駛來神龍島。教主見事情辦得妥當，我們又不是故意躭擱，便賜了解藥。我們這兩條性命才算檢了回來。」

韋小寶越聽越驚，轉頭向陸高軒瞧去，見他臉色鄭重，知道胖頭陀之言當非虛假，說道：「那麼我們在一年之內，定須取得八部四十二章經，回歸神龍島了？」

陸高軒道：「八部經書一齊取得，自是再好不過，但這談何容易？只要能取得一兩部，及時趕回，教主自然也會賜給解藥。」

韋小寶心想：「我手中已有六部，當眞沒奈何時，便分一兩部給教主，又有何難？」當卽放心，笑道：「這次倘若教主不賜解藥，說不定咱們小的變老，老的變小。我變成七八十歲的老公公，你們兩位卻變成了小娃娃，那可有趣得緊了。」

陸高軒身子一顫，道：「那……那也並非不能。」語氣之中，甚是恐懼，又道：「我潛心思索，這豹胎易筋丸多半是以豹胎、鹿胎、紫河車、海狗腎等等大補大發的珍奇藥材製煉而成，藥性顯然是將原來身體上的特點反其道而行之。猜想教主當初製煉此藥，是爲了返老還童，不過在別人身上一試，藥效卻不易隨心所欲，因此……因此……」

韋小寶道：「因此教主自己就不試服，卻用在屬下身上。」

陸高軒忙道：「這是我的猜想，決計作不得準。請白龍使今後千萬不可提起。」

韋小寶道：「兩位放心，包在我身上，教主定給解藥。兩位請坐，我去給方姑娘說幾句話。」他昨日見到了沐劍屏，急於要告知方怡。

陸高軒道：「洪夫人已傳了方姑娘去，說請白龍使放心，只要你盡心爲教主辦事，方姑娘在島上只有好處。」韋小寶吃了一驚，道：「方……方姑娘不跟我們一起去？」陸高軒道：「洪夫人差人來傳了她去，有言留給內人，是這樣說的。還說赤龍門那位沐劍屏沐姑娘也是一樣。」

韋小寶暗暗叫苦，他剛才跟無根道人說，要在赤龍門中挑選幾人同去，其意自然只在沐劍屏，那知洪夫人早已料到，顫聲問道：「夫人……夫人是不放心我？」

陸高軒道：「這是本教的規矩，奉命出外替教主辦事，不能携帶家眷。」韋小寶苦笑道：「這兩個姑娘又不是我家眷。」陸高軒道：「那也差不多。」

韋小寶本來想到明日就可携同方沐二女離島，心下十分歡喜，霎時之間，不由得沒精打采，尋思：「教主和夫人果然厲害，豹胎易經丸箍子套在我頭上還不夠，再加上我大小老婆的兩道箍子。」

次日清晨，韋小寶剛起身，只聽得號角聲響，不少人在門外大聲叫道：「白龍門座下弟子，恭送掌門使出征，爲教主忠心辦事。」跟着鼓樂絲竹響起。韋小寶搶出門去，只見門外排着三四百人，一色白衣，有老有少。衆人齊聲高呼：「掌門使旗開得勝，馬到成功！」其後有數十名青衣教衆，是來相送代掌門使胖頭陀的。

韋小寶自覺神氣，登時精神一振，帶同胖頭陀、陸高軒二人，便即上船。正在和前來送行的無根道人、張淡月、殷錦等人行禮作別，忽聽得馬蹄聲響，兩騎馬馳到船邊。馬上兩人都身穿白衣，竟是方怡和沐劍屏二女。韋小寶大喜，心中怦怦亂跳，尋思：「莫非夫人回心轉意，又放她們和我同去麼？」

方沐二人翻身下馬，走上幾步。方怡朗聲說道：「奉教主和夫人之命，前來相送白龍使出征。」韋小寶心一沉：「原來只是送行。」方怡又躬身道：「屬下方怡、沐劍屏，奉夫人之命自赤龍門調歸白龍門，齊奉白龍使號令。」

韋小寶一怔，隨即恍然大悟：「原來你……你早已是神龍教赤龍門的屬下，一路上裝腔作勢，只是奉教主之命，騙我上神龍島來。胖尊者硬請不成功，你就來軟請。」想到此節，只覺滿心不是味兒，本想和她二人說幾句親熱話兒，卻也全無興致，忽然想起一事，對陸高軒道：「陸先生，服侍我的那小丫頭雙兒，你去叫人放出來，我要帶了同去。」陸高軒道：「這個……」韋小寶大怒，喝道：「甚麼這個那個的？快放！」

他厲聲一喝，陸高軒竟不敢違抗，應道：「是，是！」向船上隨從囑咐了幾句。那人一躍上岸，飛奔而去。

過不多時，便見兩乘馬迅速奔來，當先一匹馬上乘者身形纖小，正是雙兒。她不等勒定馬匹，叫道：「公子！」便從鞍上飛身而起，輕輕巧巧的落在船頭。在無根道人等大高手眼中，這手輕功也不算如何了不起，只是見她年紀幼小，姿勢又甚美觀，都喝了聲采。

初時韋小寶見坐船駛走，生怕雙兒落入奸人之手，當自擔心，她武功雖強，畢竟年紀幼小，人又溫柔斯文，不明世務，在海船上無處可走，必定吃虧，待見到方怡也是神龍教下弟子，猛然想起，自己坐到島上的那艘海船自然也是教中之物。他見到雙兒，十分喜歡，拉住她手，但見她容色憔悴，雙眼紅腫，顯是哭過不少次數，忙問：「有人欺侮了你嗎？」雙兒道：「沒……沒有，我只是記掛着相公。他們……他們關了我起來。」韋小寶道：「好啦！咱們回去了。」雙兒道：「這裏……毒蛇很多。」說着哇的一聲，又哭了出來。

韋小寶向方怡又望了一眼，想起她引自己走入林中，讓毒蛇咬噬，諸多做作，海船上種種甜言蜜語，全是假意，不由得甚是氣憤，向她狠狠白了一眼，說道：「開船罷！」

船上水手拔錨起碇，岸上鞭炮聲大作，送行諸人齊聲說道：「恭祝白龍使旗開得勝，馬到成功，爲教主立下大功！」

海船乘風揚帆，緩緩離島。岸上衆人大聲呼叫：「教主寶訓，時刻在心……」

韋小寶心想：「我若不知方姑娘已經入教，倒會時時刻刻記着她。這麼一來，倒也一無牽掛。」但想到來時方怡的柔情纏綿，心下不禁一片惆悵。又想：「她們兩個怎麼會入了神龍教，當眞奇哉怪也。是了，她們給韋老三一夥人捉了去，莊少奶說托人去救，定是救不出來，於是便給神龍教逼得入了夥。小郡主服了教主的毒藥，方姑娘當然也服了。嗯，方姑娘如不聽話，不來騙我上神龍島，她也得毒發身亡，那是無可奈何，倒也怪她不得。不過這小娘皮裝模作樣，騙老公不花本錢，不是好人！他媽的，神龍教到底是幹甚麼的？老子雖然做了白龍使，可就全然胡裏胡塗！」

想到這些事全因章老三而起，心想：「這老傢伙不知是屬於甚麼門，老子將來如回神龍島，將他調到白龍門來，每天打這老傢伙三百板屁股。」又想：「章老三不知是不是在島上？他多半不敢稟報教主，說我就是小桂子，否則教主聽他說已捉到了我這麼個大人物，轉手又卽放了，非殺他的頭不可。他是老傢伙，不是小白臉，教主和夫人本來就要殺了，犯了這樣的事，那還有不殺他媽的十七廿八次？對！胖頭陀不敢拆穿西洋鏡，章老三也不敢拆穿東洋鏡。只不過有一件事弄不明白，夫人喜歡小白臉，倒不奇怪，教主爲甚麼也喜歡？」

鹿鼎記=The duke of the mount deer

／金庸著. -- 三版. -- 台北市：遠流，

1996 [民 85]

冊； 公分.--(金庸作品集；32-36)

ISBN 957-32-2946-3(一套：平裝)

857.9 85008899